Elena Molini

Die kleine literarische Apotheke

Elena Molini

Die kleine literarische Apotheke

Roman

Aus dem Italienischen von Janine Malz

DIANA

Questo libro è stato tradotto grazie a un contributo per la traduzione
assegnato dal Ministero degli Affari Esteri e della Cooperazione
Internazionale Italiano.

Die Übersetzung dieses Buchs wurde durch einen Übersetzungskosten-
zuschuss des Italienischen Ministeriums für auswärtige Angelegenheiten
und internationale Zusammenarbeit ermöglicht.

Penguin Random House Verlagsgruppe FSC® N001967

2. Auflage
Deutsche Erstausgabe 02/2022
Copyright © 2019 by Elena Molini
Die Originalausgabe erschien 2019 unter dem Titel *La Piccola Farmacia
Letteraria* bei Mondadori, Mailand.
Copyright der deutschsprachigen Ausgabe © 2022 by Diana Verlag,
München, in der Penguin Random House Verlagsgruppe GmbH,
Neumarkter Straße 28, 81673 München
Umschlaggestaltung: © t.mutzenbach design, München
Umschlagmotiv: © Shutterstock.com (TheBlackRhino; Vjom; chempina)
Redaktion: Sonja Häußler
Satz: Uhl + Massopust, Aalen
Druck und Bindung: GGP Media GmbH, Pößneck
Alle Rechte vorbehalten
Printed in Germany
ISBN 978-3-453-36098-3

www.diana-verlag.de

INHALT

Prolog 11

1   Von desaströsen Dates, unerwarteten Begegnungen und einem Hoffnungsschimmer 13

2   Von Premio Strega, zerpflückten Fencheln und
einmaligen Gelegenheiten 36

3   Von lästigen Mitbewohnerinnen, roten
Mänteln und Erfolgsdruck 61

4   Von aufdringlichen Rückkehrern, Zombie-
Invasionen und Ohnmachtsanfällen 78

5   Von der Liebe auf den ersten Blick, neuen
Ideen und mintgrünen Schränken 106

6   Von offenkundigen Versäumnissen, unerwarteten Neuigkeiten und Zukunft in der Dose 126

7   Von drohendem Unheil, leichtfertigen
Weinkrämpfen und Neuanfängen 146

8   Von den Spice Girls, Livia Chandra Candiani
und Birkenblättertee 163

9   Von schicksalhaften Begegnungen, kulturellen
Phänomenen und Smokey Eyes   175

10   Von scharfsinnigen Omis, Stalking Supreme,
alter Liebe und neuem Groll   190

11   Von unauffindbaren Lokalen, alten Bekannten,
Portraits und Bar-Schlägereien   213

12   Von fehlgeleiteten Liebesbekundungen,
Achtsamkeitsübungen und sich erfüllenden
Träumen   245

13   Von verlorenen und wiedergefundenen
Schlüsseln, aus der Zeit gefallenen Bars und
schlechten Neuigkeiten   280

14   Von alten Begegnungen und neuen Gewissheiten   304

15   Ende   324

Anhang

Die kleine literarische Apotheke   339

Quellenverzeichnis   371

Danksagung   373

Nachweise der Zitate   379

DIE KLEINE
LITERARISCHE APOTHEKE

Für meine Schwester,
für alles, was ich ihr zu verdanken habe.
Für Mattia, der an mich geglaubt hat,
als nicht einmal ich dazu imstande war.
Euch beiden gilt mein ewiger Dank.

Dieses Buch richtet sich an alle,
die den Zug verpasst haben, auf den sie
ein Leben lang gewartet haben.
Die geweint, sich wieder gefangen haben
und einfach zu Fuß weitergegangen sind.
Die vor sich selbst davonlaufen wollten,
letztlich aber immer wieder bei sich selbst landeten,
und an alle, die schon meinten, die reguläre Spielzeit
sei abgelaufen, um dann in der neunzigsten Minute
doch noch ein Traumtor zu schießen.

PROLOG

Es gibt Momente im Leben, da fühlt man sich hilflos, am Ende. Man hat das Gefühl, als wäre man in seine Einzelteile zerbrochen, stünde nun vor einem Riesenscherbenhaufen und wüsste nicht, wie man ihn wieder auflesen soll. Man versucht, was kaputtgegangen ist, zu reparieren, und zwar so, dass es möglichst wieder so aussieht wie vorher. Doch es klappt nicht, die Teile zusammenzusetzen. Sie wollen einfach nicht zusammenpassen. Und zwar deswegen, weil sie in Wirklichkeit gar nicht zu uns gehören.

Diese Teile sind all die klugen Ratschläge, die wir jahrelang befolgt haben, die uns so vernünftig vorkamen, uns aber stattdessen von unserem wahren Ich entfernt haben. Alles Entscheidungen, die wir getroffen haben, weil es hieß, »Komm schon, es ist besser so«, dabei war es gar nicht besser, nur bequemer.

»Letztlich ist es bloß eine Kleinigkeit, die wichtigen Entscheidungen sind andere.«

Und so sind wir, Kleinigkeit um Kleinigkeit, an einem Punkt angelangt, an dem das Leben, das wir uns aufgebaut haben, eigentlich gar nichts mehr mit uns zu tun hat.

Und dann, wenn alles in sich zusammenfällt, verzweifeln wir daran, ohne uns darüber im Klaren zu sein, dass uns in

Wirklichkeit gar nichts Besseres passieren konnte. Krisen zeigen uns, dass etwas schiefläuft, dass der Weg, den wir eingeschlagen haben, nicht der richtige für uns ist. Wenn wir rechtzeitig erkennen, dass wir uns etwas vormachen, haben wir gute Chancen, doch noch die Kurve zu kriegen.

Meine Geschichte setzt genau hier an, bei dem Versuch, Ordnung in ein ungeordnetes Leben zu bringen.

Sie mag absurd erscheinen, aber ich werde sie genau so erzählen, wie sie sich zugetragen hat, und dafür muss ich ganz von vorne beginnen, bei einem Tag, von dem ich glaubte, er wäre wie jeder andere.

Doch da hatte ich mich getäuscht.

1

VON DESASTRÖSEN DATES, UNERWARTETEN BEGEGNUNGEN UND EINEM HOFFNUNGSSCHIMMER

> [M]an [darf] sich in harten Zeiten keine zuckrigen Träume
> erlauben [...], denn in schlechten Zeiten braucht man
> handfeste Träume, wirklichkeitsnahe Vorstellungen,
> die wahr werden können.
>
> CLARISSA PINKOLA ESTÉS: *Die Wolfsfrau.*
> *Die Kraft der weiblichen Urinstinkte*

Der Anfang

Fest stand, dass ich an diesem Morgen mordsmäßige Augenringe hatte.

Fest stand vor allem, dass ich keinen weiteren platonisch-
pathetischen Abend mit so einem Möchtegern-Dichter-Freak
verbringen würde wie der, mit dem ich gestern verabredet war.
Schon das Abendessen war eine mittlere Katastrophe gewesen, und was danach kam, versetzte meiner Hoffnung, wenigstens einmal mit jemandem auszugehen, der nicht in die
Geschlossene gehört, endgültig den Todesstoß. Beim dritten

Gedicht von Cesare Pavese, das mir Dimitri – so der Name meines Dates – mit geschlossenen Augen vortrug, hatte ich die klassische Exit-Strategie angewendet und den Anruf einer Freundin vorgetäuscht, die sich angeblich ausgesperrt hat.

Nachdem ich ein letztes Glas des kostbaren torfigen Whiskys hinuntergekippt hatte, der aus dem privaten Weinkeller von Dimitris Onkel stammte und wie eine Schwefelgrube stank, versprach ich, ihn am nächsten Tag anzurufen, nur dass ich ihn dann gleich nach Verlassen seiner Wohnung auf dem Handy blockierte und beinahe mit dem Rad in den Arno gestürzt wäre.

Dem Badezimmerspiegel zufolge war ich trotz der Augenringe durchaus vorzeigbar, meine Uhr jedoch sagte mir, dass ich mich sputen musste, wenn ich die Buchhandlung pünktlich aufmachen wollte.

Aus der Küche drang derweil das Gegacker der drei Frauen, mit denen ich zusammenlebte.

»Was bedeutet das noch mal, wenn man den Tod aufdeckt? Guck mal im Buch nach, ich kann mich nicht mehr erinnern.«

»Oh Gott, ich bin doch nicht etwa schwanger?«

»Mädels, euch ist aber schon klar, dass man sich nicht zu mehreren gleichzeitig die Karten legen kann? Das funktioniert so nicht.«

»Und du hör doch auf mit diesem Tarotkarten-Quatsch! Wenn du wissen willst, ob du schwanger bist, geh in die Apotheke und kauf dir 'nen Test.«

»Heißt das, ich soll die Tarotkarten wegpacken?«

Denn ja, obwohl ich gerade dreißig geworden war, lebte ich noch immer in einer WG. Nicht nur, weil die Zahlen auf meinen Kontoauszügen so rot waren wie deutsche Touristen am ersten Tag am Strand, sondern vor allem, weil ich diese Mädels wahnsinnig gernhatte.

Wir lebten zu viert in der Wohnung. Wie die *Quattro amici al bar* in dem gleichnamigen Lied von Gino Paoli, die »die Welt verändern wollten«. Rachele, Giulia, Carolina sowie meine Wenigkeit, die meine sympathischen alternativen Eltern mit dem schönen Namen Blu bedacht hatten. Richtig gehört, Blu, wie die Farbe, eine Silbe, drei Buchstaben: B-L-U. Ein Name, für den es keine Verkleinerungs- oder Koseform gibt, folglich: eine ruinierte Kindheit und unverhohlener Hass auf alle Mädchen mit einem Namen mit mehr als fünf Buchstaben.

Das gemeinsame Frühstück war uns heilig: Wir mochten uns den lieben langen Tag nicht sehen, aber den ersten Kaffee tranken wir zusammen. Und eines stand fest: Den Kaffee zu trinken, den Carolina mit ihrer antiken Moka samt defekter Dichtung zubereitete, von dem neunzig Prozent auf dem Herd landeten, war wirklich ein Freundschaftsdienst.

Auch an diesem Morgen, an dem alles seinen Anfang nahm, gab es ihn, dunkel und teerartig zwinkerte er mir scheinheilig vom Boden meiner Tasse aus zu, die das Konterfei von Charlie Brown trug. Ich hatte eine eigene Technik entwickelt, ihn hinunterzukippen, ohne mich zu übergeben: Ich verabreichte ihn mir wie als Kind den fürchterlichen Hustensirup – kurz und schmerzlos.

»Mädels, wisst ihr eigentlich, dass Enrico gestern in Neapel angekommen ist? Hier, dieses Foto hat er mir geschickt, ist er nicht schnucklig? Sie haben ihm sogar die Zähne neu gemacht, er sieht völlig verändert aus, aber ich finde ihn trotzdem nach wie vor wunderschön.«

Carolina hielt uns ihr Handy unter die Nase. Trotz eines Einserexamens in Psychologie, einer glänzend absolvierten Therapeutenausbildung und einer Karriere als Psychothera-peutin, die noch abhob, während sie ihren Master machte, der ihre Karriere endgültig in luftige Höhen katapultierte, war sie nicht vor ebenso plötzlichen wie fragwürdigen Verliebtheits-anfällen gefeit. Zuletzt hatte sie sich, die wie ich dreißig Lenze zählte, in einen Jungen verliebt, der zehn Jahre jünger war als sie und sich mit Joints zudröhnte wie ein Pubertierender. Nach einem Unfall, bei dem er sich sämtliche Zähne ausge-schlagen hatte, war er zu einer spirituellen Radtour nach Süd-italien aufgebrochen. Offensichtlich nahm er sich auch eine Auszeit von der Beziehung zu Carolina, was diese jedoch gar nicht wahrzunehmen schien, so angetan war sie von seinem plötzlichen Tatendrang.

»Ich würde ja wahnsinnig gerne noch ein bisschen bleiben und mit euch über die paranormalen Kräfte der Tarotkarten und das wunderschöne Kunstgebiss von Enrico fachsim-peln, aber es gibt da eine Buchhandlung, die ich aufsperren muss«, sagte ich, immer noch diesen furchtbaren Geschmack im Mund.

»Ich komm mit runter, sonst lässt mich die Sgrana wieder Überstunden schieben, wenn ich zu spät ins Büro komme.«

Rachele schnappte sich ihren Mantel und schob sich eilig an mir vorbei Richtung Wohnungstür. So war das immer bei ihr: Sie aß, redete, studierte in einem erstaunlichen Tempo. Von allen Mädels war sie meine Lieblingsmitbewohnerin: un-bewusst faszinierend und bewusst gnadenlos. Vor ihr konnte man nichts verheimlichen, nicht einmal das, wofür man sich in

Grund und Boden schämte. Und man konnte darauf wetten, dass sie einem keine Peinlichkeit ersparte. Es entsprach nicht ihrer Natur, es zumindest nett zu verpacken, wenn sie einem sagte, dass man eine Dummheit beging, und da sie enorm intelligent war, hatte sie meist auch noch recht. Trotzdem verzieh man ihr, denn auch wenn sie sich wie eine dumme Kuh aufführte, wusste man, dass sie einen im Grunde gernhatte. Wir kannten uns seit sage und schreibe achtundzwanzig Jahren – seit Racheles Geburt – und waren praktisch so etwas wie Schwestern. Unsere Väter waren seit Ewigkeiten befreundet, und jedes Mal, wenn ich als Kind von Ligurien nach Florenz hinunterfuhr, um meine Oma Tilde zu besuchen, spielten Rachele und ich miteinander. Wir teilten dieselbe Leidenschaft fürs Lesen, und wir beide träumten davon, Schriftstellerin zu werden. In den Wochen und Monaten, in denen wir uns nicht sahen, schrieben wir uns lange Briefe in einer Geheimschrift, die nur wir verstanden. Wir waren ein ziemlich exklusiver Club.

Als ich beschloss, nach Florenz zu ziehen, hatte sie ihre Mutter auf Knien angefleht, mit mir zusammenziehen zu dürfen.

»Wann willst du dir eigentlich mal einen neuen Motorroller zulegen?«, fragte ich. »Abgesehen davon, dass ich noch nie ein so hässliches Ding gesehen habe, verpestet es die ganzen Klamotten mit seinem Abgasgestank; außerdem, weißt du eigentlich, welche Luftverschmutzung du mit deinem Zweitaktmotor anrichtest? Erst kaufst du dir sündhaft teure französische Parfüms und dann fährst du diese Schrottlaube.«

»Entschuldige mal, Miss Möchtegern-Öko-Buchhändlerin,

willst *du* mir vielleicht einen neuen Roller kaufen? Ich fahre bestimmt nicht mit dem Fahrrad und so einer peruanischen Ethno-Tasche durch die Gegend. Außerdem, was hast du gegen Becco? Der ist doch spitze, echt… *vintage*!«

Becco, der Roller von Rachele, war ein Piaggio Liberty Baujahr 1999 in einem grauenhaften Bronzefarbton, dem man bei einem unerklärlichen Diebstahlversuch die vordere Verblendung abgerissen hatte. Völlig unbeeindruckt, wie es ihre Art war, hatte sie das Loch einfach mit einer schwarzen Mülltüte zugeklebt und anschließend, um ihr Werk zu vollenden, mit einer anderen Verblendung abgedeckt, die sie von irgendeiner Schrottmühle am Stadtrand entwendet hatte. Auf ihre Flickarbeit hatte jemand mit einem lila Filzstift »becco« geschrieben, wahrscheinlich als sie mal wieder wild auf dem Gehweg geparkt hatte.

»Über die Beleidigung meiner Tasche sehe ich ausnahmsweise großzügig hinweg. Ich geh dann mal zur Arbeit, wir sehen uns heute Abend. Ah, da fällt mir ein, hast du mir was zum Lesen mitgebracht?«

Rachele senkte den Blick und gab sich schüchtern. Das war so untypisch für sie, dass es mich nach wie vor jedes Mal überraschte, sie so zu sehen. Seit sie für eine Lokalzeitung arbeitete und erkannt hatte, wie das Leben einer kleinen, unbedeutenden Reporterin in der Realität aussah, hatte sie beschlossen, in ihrem Journalismusstudium einen Gang runterzuschalten und andere berufliche Wege zu beschreiten. Doch ihre Leidenschaft fürs Schreiben war ungebrochen, und sie hatte nie den Traum aufgegeben, Schriftstellerin zu werden. Fast jeden Abend setzte sie sich nach einem achtstündigen Arbeitstag an

den PC der Bibliothek, wo sie eine Kleinigkeit aß und Kurz‐
geschichten schrieb, die sie an sämtliche Schreibwettbewerbe
schickte.

Seit Kurzem versuchte sie sich an ihrem ersten Roman,
und genau dazu hatte sie mich vor Weihnachten um meine
Meinung gebeten. Das Schreiben half ihr auch, sich von der
familiären Situation abzulenken, die sich in den letzten Jah‐
ren schwierig gestaltet hatte. Ihre Eltern waren immer überaus
wohlhabend gewesen, aber nach dem Konkurs des Familien‐
betriebs war fast ihr gesamtes Vermögen für die vom Vater
angehäuften Schulden draufgegangen. Diese ganze Misere
hatte sie in eine Situation der Mittellosigkeit gestürzt, die sie
nicht kannte. Der Job bei Reska, einer Schuldeneintreibungs‐
agentur, den sie über eine Internetannonce gefunden hatte,
bezahlte die Miete für ihr Zimmer, die sonst immer pünktlich
von Torresi Senior überwiesen worden war. Sie hasste ihre
Arbeit, aber für den Moment begnügte sie sich damit und
hoffte, irgendwann einen Job zu ergattern, der nicht darin be‐
stand, Pommes in einer Fast-Food-Kette zu frittieren – wenn‐
gleich sie auch das gemacht hätte, nur um nicht wieder bei
ihren Eltern einziehen zu müssen.

»Ich dachte, du hättest es vergessen«, murmelte sie und
kramte in ihrer Tasche aus weichem braunem Leder, die farb‐
lich perfekt auf ihren Kamelhaarmantel abgestimmt war.
»Hier, das sind die ersten beiden Kapitel. Aber wie gesagt, du
musst mich nicht schonen, nur weil wir befreundet sind. Ich
möchte ein erbarmungslos ehrliches Urteil.«

»Darauf kannst du Gift nehmen, ich habe sowieso noch ein
Hühnchen mit dir zu rupfen.«

»Apropos…« Ein schelmisches Lächeln umspielte ihre Lippen, auf denen sie einen ziegelroten Lippenstift trug, der ebenfalls farblich auf Tasche und Mantel abgestimmt war. Verdammt, wie schafften es manche Frauen nur, so schick zu sein! »Wie lief es gestern Abend eigentlich mit diesem Loser, mit dem du unterwegs warst? Ich nehme an, nicht besonders, wenn ich für deinen vorgetäuschten Anruf herhalten musste.«

Ich hatte keine Lust, über das Trauerspiel des Vortags zu reden, deshalb war ich kurz angebunden.

»Ich muss los, sonst komme ich zu spät zur Arbeit.«

Sie warf mir diesen sarkastischen Blick zu, den sie immer aufsetzte, wenn sie wusste, dass sie ins Schwarze getroffen hatte. Während sie den Rollerkoffer öffnete, um den Helm herauszunehmen, bewunderte ich ihre wunderschönen mahagonifarbenen Haare, die ihr in weichen Wellen über den Rücken fielen. So schön glänzende Haare würde ich nie haben, nicht einmal, wenn ich sie mir jeden Tag mit Evian wusch. Das wusste ich sicher, weil ich einmal in der *Vanity Fair* gelesen hatte, dass das seit Jahren zur Haarpflegeroutine von Demi Moore gehört, woraufhin ich es eine Zeit lang selbst ausprobiert hatte, allerdings mit bescheidenen Ergebnissen.

»Ciao, Bluette, bis heute Abend!«

Sie warf mir eine Kusshand zu und ließ eine schwarze Smogwolke hinter sich zurück.

Einen Augenblick lang versuchte ich mich durch Racheles Augen zu sehen. Eigentlich war ich heute gar keine besonders freakige Erscheinung. Ich trug eine schwarze Jeans, einen Rollkragenpullover mit gefärbten Bommeln, Fellstiefel, die ich im November anzog und erst im Mai wieder auszog, und einen flaschengrünen Poncho, der perfekt mit meiner Augenfarbe harmonierte. Nicht sonderlich stylisch, aber ich gab mir immerhin Mühe. Mein Blick wanderte an mir hinunter zu meiner Tasche: Es stimmte, sie war groß und bunt, aber anders als viele andere Dinge, die ich besaß, hatte ich sie nicht auf dem Ethno-Markt gekauft, sondern auf dem Handwerkermarkt, und zwar bei einer japanischen Designerin, die sie von Hand fertigte. Am selben Tag hatte ich in einem Anfall von Begeisterung auch den zigsten afrikanischen Turban gekauft, der natürlich wie alle anderen Haar-Accessoires, die ich nie trug, im Schrank gelandet war. All die Jahre immer das Gleiche: Ich sah diese Frauen mit ihren farbenfrohen Tüchern auf dem Kopf und fand sie supercool, superschön, superalternativ. Dann kaufte ich mir eins, und kaum war ich zu Hause und band es mir um, sah ich im Spiegelbild keine afrikanische Königin, sondern ein Osterei, das sich in der Jahreszeit geirrt hat. Wie es kam, dass diese Haartücher ihre Faszination verloren, sobald man den Markt verließ, war für mich ein Mysterium irgendwo zwischen dem Bermudadreieck und Stonehenge.

Während ich mich aufs Rad schwang, um den Weg von unserer Wohnung in Santo Spirito, genauer gesagt in der Via del Campuccio, bis zur Buchhandlung zurückzulegen, sinnierte ich über Racheles Worte und über das Mysterium der Kopftücher.

Das sanfte Licht an diesem Dienstag, dem fünfzehnten Januar, flutete die engen, gepflasterten Straßen des Zentrums und gab mir für einen Moment trotz der beißenden Kälte das Gefühl, in Einklang mit mir selbst zu sein.

Ich genoss diese Augenblicke, in denen alles seinen rechten Platz zu haben schien, wenn man jede Ecke und Szene mit geschlossenen Augen beschreiben kann und genau weiß, was man vorfindet, wenn man sie wieder aufmacht, und sich sicher und geborgen fühlt, wenn auch nur kurze Zeit.

Wenn mich jemand in diesem Augenblick aufgefordert hätte, aufzulisten, welche fünf Dinge ich am meisten mochte, hätte ich keinen Moment gezögert, weder was die Reihenfolge betrifft noch meine Auswahl.

Blu mag Nachmittagsnickerchen. Aber so richtige Nickerchen von mindestens zwei Stunden, bei denen man aufwacht und nicht mehr weiß, in welchem Erdzeitalter man sich befindet, und man einen solchen Bärenhunger hat, dass man sogar bereit wäre, diesen ekligen Truthahnaufschnitt zu essen, der zu jeder Eiweißdiät gehört, oder zähe Hühnerbrust. Ich war schon immer felsenfest davon überzeugt, wer sich nach einem zehnminütigen Powernap regeneriert fühlt, muss über irgendwelche Superkräfte verfügen, die mir offensichtlich abgehen.

Blu mag Pizza. Wow, na Glückwunsch, werdet ihr jetzt denken, aber das Besondere ist, dass ich auf einer Pizza Dinge essen kann, die ich normalerweise total eklig finde, aber so richtig, so was wie Kapern und Gorgonzola.

Blu mag es, mit einem Glas kühlem Weißwein auf einer Bank auf der Piazza della Passera zu sitzen. Himmel, an schwierigen Tagen gerne auch mehr als nur eins.

Blu mag Sommernachmittage, umgeben von zirpenden Grillen und in der Hand ein gutes Buch. Hier kommt auch das oben genannte Nickerchen zum Tragen, das zu solchen Nachmittagen passt wie Käse zu Maccheroni.

Angesichts dieser Liste könnte man meinen, außer Essen,

Trinken und Faulenzen hätte Blu keine anderen Vorlieben im Leben, doch das stimmt nicht.

Dieser ganze Käse wurde nur aufgelistet, um zu einer völlig unerwarteten Szene hinzuleiten, in der sich diese träge junge Dame, die es schafft, eine ganze Pizza mit Kapern, Gorgonzola und dreifacher Salami zu verdrücken, wobei sie auch einer frittierten Version nicht abgeneigt ist, eine Flasche Wein hinterherkippt und sich dann sofort hinlegt, um nicht auch nur eine einzige Fettzelle zu verschwenden, die sich am Hintern ablagern kann; eine Szene jedenfalls, in der sich eben diese Blu in eine rechtschaffene Bürgerin verwandelt, die, anstatt die Umwelt zu verpesten, liebend gerne Rad fährt. Mit anderen Worten, Blu mag es, morgens durch das Zentrum von Florenz zu radeln, wenn die Stadt unter dem Gemurmel der Ladeninhaber, die ihre Geschäfte aufsperren, und der Straßenverkäufer, die ihre Stände aufbauen, aus dem Halbschlaf erwacht.

Ja, ich gefiel mir darin, mich ein wenig wie die Hauptdarstellerin in *Die fabelhafte Welt der Amélie* zu fühlen, auch wenn mir der kurze Pony ungefähr genauso beschissen stand wie der afrikanische Turban.

Stellt euch vor, wie ich mitten im schweinekalten Januar, eingenebelt von den Abgasen der städtischen Müllabfuhrwagen, auf einem klapprigen Fahrrad sitze und die kosmopolitische, modebewusste Pariserin spiele, die anmutig wie eine Libelle von einem Bistro zum nächsten kurvt. Ich tue euch leid? Fragt mich mal!

Ich war so in meine beste Imitation von Amélie vertieft, dass ich beinahe eine Touristin umgenietet hätte, vermutlich eine Schwedin, den Haaren nach zu urteilen, die einfach auf die Straße getreten war, ohne sich umzuschauen, ob jemand aus der Gegenrichtung kam.

Nach jahrelanger Praxis war ich im Menschenslalom geübt und fand mittlerweile sogar Gefallen daran.

Deutsche Touristin mit Birkenstock-Latschen und Quechua-Rucksack auf zehn Uhr – rechts ausweichen. Schwerhörige Japanerin mit Schildmütze und einer Gucci-Tasche, in die ich mit meinen eins achtzig locker hineingepasst hätte, auf achtzehn Uhr – Ausweichmanöver mit Streifen der Mauer und Warngeklingel.

Trotz all dieser Kniffe, mit denen ich an diesem Morgen versuchte, vor mir selbst die Tatsache zu verschleiern, dass mein Leben in die völlig falsche Richtung lief, verspürte ich in der Magengrube einen Anflug von Wehmut. Der Manuskriptentwurf, den mir Rachele mitgebracht hatte, öffnete eine alte Wunde, die noch nicht abgeheilt war, auch wenn inzwischen bereits fast zwei Jahre vergangen waren: mein Rauswurf bei Bernini. Wenn man seinen Traumjob verliert, ist das ein wenig so, wie wenn der Mann, den du liebst und mit dem du den Rest deines Lebens verbringen wolltest, dich verlässt. Alle, die danach kommen, wirst du immer mit diesem einen vergleichen, und letztlich kann keiner ihm das Wasser reichen.

Mein Abschluss in klassischer Literatur passte so perfekt zu Bernini, einen auf religiöse Texte spezialisierten Verlag, dass es nur auf eine unbefristete Stelle hinauslaufen *konnte*. Doch stattdessen war nach etlichen Monaten der Schufterei, schlecht bezahlter Arbeit von früh bis spät, unzähligen Opfern und geschluckten Kröten, die Wahl auf jemand anderen gefallen. Sie hatten Federica eingestellt. Diese blöde Kuh

Federica Ricci. Sie war hässlich wie ein Autounfall und tat so, als sei sie ein Unschuldsengel, dabei war sie in Wirklichkeit Raucherin. In jedem anderen Arbeitsumfeld wäre das nicht weiter schlimm gewesen, aber zu rauchen galt im Verlag geradezu als Majestätsbeleidigung. Mir war des Öfteren ein seltsamer Geruch an ihrer Kleidung aufgefallen, aber dann hatte ich sie einmal auf frischer Tat ertappt, als sie hinter dem Zeitungskiosk in der Nähe der Redaktion gierig eine Zigarette rauchte. Ich hatte mich an die Wand gelehnt, sie mit dem Blick fixiert und genüsslich auf den Moment gewartet, da sie mich entdecken würde. Als sie mich und mein Grinsekatzegrinsen bemerkte, wäre ihr um ein Haar das Herz stehen geblieben. Sie hatte mich auf Knien angebettelt, sie nicht zu verraten, woraufhin ich, die im Grunde ein butterweiches Herz besitzt, eingewilligt hatte. Man weiß ja, wer spioniert, ist kein Kind der Muttergottes, und ein Kind der Muttergottes zu sein, galt bei Bernini enorm viel. Bis ich, nachdem Federica eingestellt und ich rausgeworfen worden war – denn, arme Blu, leider war für eine weitere Lektorin kein Platz –, herausfand, dass die Nikotinsüchtlerin hinter meinem Rücken über sämtliche meiner Freizügigkeiten getratscht hatte, die dem Ruf des Verlags hätten schaden können. Dinge wie einen Aperitif trinken gehen oder noch nicht verheiratet sein.

Damals war die Nachricht meiner Kündigung in der Via del Campuccio mit gelassenem Schweigen vonseiten Racheles und heftigen Protesten vonseiten der anderen Mitbewohnerinnen aufgenommen worden.

»Was soll's«, hatte Giulia gesagt, »der Job hat dir doch eh keinen Spaß gemacht. Letztlich haben sie dir einen Riesengefallen getan, dir zu kündigen. So kannst du deiner wahren Leidenschaft nachgehen.«

Klar, schade nur, dass das Verlagswesen meine wahre Leidenschaft war.

»Aber immerhin hatte sie so ein festes Einkommen und Sicherheit, was gerade heutzutage nicht zu unterschätzen ist«, hatte Carolina eingewendet, die schon immer die pragmatischste meiner Freundinnen war.

Und sie hatte recht, Sicherheiten gab es in diesem Haus wahrhaftig nicht viele.

Aus irgendeinem Grund bildete unser Quartett einen beeindruckenden Querschnitt der Menschheit. Allesamt um die dreißig, völlig unterschiedlich, was die Herkunft, den sozialen Status und den Charakter betraf, aber vereint durch ein erstaunliches Portfolio an Neurosen, die Freud, wäre er noch am Leben, Material für weitere vier Traktate geliefert hätte. Manchmal hatten wir kollektiv den Eindruck, unwissentlich für ein soziales Experiment ausgewählt worden zu sein.

Für eine Art *Truman Show* für Loser, wo der Hauptpreis für diejenige, die der Versuchung widerstand, sich statt Baldriantropfen starke Beruhigungsmittel zu verabreichen, darin bestand, dass sie entweder ihren Traumjob ergatterte oder aber einen Mann, der kein wilder Cocktail aus Paranoia und diversen Unsicherheiten war.

Vielleicht lag unsere Stärke ja genau darin, trotz aller Unterschiede eine Einheit zu bilden. Bevor ich die Buchhandlung eröffnet hatte, hatte mir Giulia einmal gesagt: »Probier es halt aus. Wenn es schiefgeht, heulen wir alle gemeinsam.«

Meine kleine erbärmliche Revanche kam ein Jahr später, als

Federica gekündigt wurde und sie gezwungen war, sich beim Finanzamt als Selbstständige anzumelden, weil Bernini sich nicht mehr als eine Vollzeitstelle leisten konnte. Am liebsten hätte ich mich in ihre Wohnung geschlichen und mit Lippenstift auf ihren Spiegel geschrieben: »Willkommen in der Welt der Soloselbstständigen, Baby!«

Völlig in diese Gedanken versunken, wäre ich beinahe am Rollgitter meiner Buchhandlung vorbeigefahren. Unzufrieden mit meinen Verlagserfahrungen und mir der mageren Verdienstmöglichkeiten im Verlagswesen nur allzu sehr bewusst, hatte ich natürlich dennoch nicht auf meinen Traum verzichten wollen. Nach meinem Rauswurf bei Bernini hatte ich wild entschlossen und mit einer Opferbereitschaft, die nur von Samurai getoppt wurde, alle nur erdenklichen Stellenanzeigen im Verlagsbereich herausgesucht, mich darauf beworben und dabei auch Jobs gefunden, die mir wie auf den Leib geschneidert zu sein schienen. Voller Vertrauen hatte ich meinen Lebenslauf eingeschickt und jedes Callcenter der Welt ertragen, weil ich vor lauter Angst, den entscheidenden Anruf zu verpassen, sogar bei Abzockeranrufen mit der Vorwahl 00216 ranging. Aber bislang hatte sich niemand wegen eines Bewerbungsgesprächs gemeldet.

Da ich mich in der Zwischenzeit von irgendetwas anderem ernähren musste als von tiefgefrorenen Crêpes mit Tomaten-Mozzarella-Geschmack der Supermarkt-Eigenmarke – vier Stück für einen Euro neunundzwanzig: ein echtes Schnäppchen –, hatte ich mich in den unterschiedlichsten Jobs verdingt: angefangen als Kassiererin bei einem Discounter bis hin zur Texterin für Fortbildungsunterlagen. Der einzige annähernd adäquate Job, für den ich mit meinem Lebenslauf als geeignet erachtet wurde, war der als Verkäuferin in der großen Buchhandelskette LeggereInsieme.

Ich war zum Vorstellungsgespräch gegangen mit dem festen Entschluss, mir den Job zu angeln, und schwelgte bereits in Fantasien davon, wie schön mein Leben zwischen Bücherregalen wäre. Als sie mich anriefen, um mir zu sagen, dass sie sich für mich entschieden hätten, war ich im siebten Himmel, schließlich wäre es bestimmt himmlisch, endlich auf die andere Seite zu wechseln. Ich war in die ebenso banale wie weitverbreitete Falle getappt zu glauben, eine Buchhandlung wäre ein traumhafter Arbeitsplatz, an dem man sich zwischen den Regalen im Duft der Bücher verliert. Ich sah mich schon vor mir, wie ich die Liste meiner Lieblingsbücher griffbereit hielt, um Kunden Lesetipps zu geben, und zwar eine solch vielseitige Auswahl, dass ich damit jeden Lektüregeschmack, vom anspruchsvollsten bis hin zum leichtesten, bedienen könnte. Ja, ich würde meine handverlesenen Herzensbücher weiterempfehlen an Menschen, die das mit Sicherheit gebührend zu würdigen wüssten.

Aber nein.

In Wirklichkeit erkannte ich schon bald ernüchtert, dass ich genauso gut Würstchen und Ricotta hätte verkaufen können, das hätte nicht viel geändert. Meine Tätigkeit hatte nichts Spontanes, ich war einfach nur eine dieser nervigen Verkäuferinnen, die einem zu einem Paar Schuhe unbedingt das passende Imprägnierspray und Einlegesohlen andrehen wollen. Im Gegenteil, nun da ich weiß, was sie ertragen müssen, sehe ich sie mit anderen Augen: Schwestern, euch gilt mein ganzer Respekt und meine Solidarität, die ihr einen Kampf austragt, den ihr nur verlieren könnt.

»Wenn Ihnen *Jacke* gefällt, hätte ich hier noch den letzten Band von *Hose* im Angebot für gerade mal neun Euro neunzig! Und wenn Sie noch mal dreißig Euro obendrauf legen, bekommen Sie einen wundervollen Coupon dazu, den Sie bei Ihrem nächsten Einkauf einlösen können. Was meinen Sie, nehmen wir noch einen hübschen Bleistift dazu? Ein Heft? Diesen handlichen Fächer? Merken Sie, wie erfrischend das ist? Na, na?«

Und wenn man nicht die von der Zentrale vorgegebenen – und natürlich viel zu hoch angesetzten – Verkaufszahlen erreichte, wurde man als Niete abgestempelt.

Anmerkung für den Leser: Beim folgenden Dialog muss man sich meine Gebietsmanagerin so wie die böse Stiefmutter aus *Dornröschen* vorstellen. Ich bin in diesem Fall natürlich Aurora, die Gute, die trällernd mit einem Weidenkorb umherspaziert – nur um sich kurz darauf an der einzigen noch verbliebenen Spindel im ganzen Universum zu stechen.

»Wie, du kriegst es nicht hin, siebenundfünfzig Exemplare von *Pizza, Minipizza und Mikropizza – Rezepte für die Kleinen* zu verkaufen? Nimm dir ein Beispiel an Lisa, die verkauft in der Filiale im Atlantide-Einkaufszentrum davon sechzig Stück pro Tag. Offensichtlich machst du bei deiner Verkaufsoffensive irgendwas falsch.«

»Mir ist das selbst ein Rätsel, böse Stiefmutter, es tut mir leid, aber während meiner Vormittagsschicht sind nur zwei Leute ins Geschäft gekommen: ein fünfzehnjähriger Junge, der *Der Name der Rose* von Umberto Eco gesucht hat, und ich glaube kaum, dass der schon Kinder hat; und eine Dame, die, als ich ihr das Buch vorschlug, in Tränen ausbrach, weil ihre Tochter ihr den Umgang mit den Enkeln untersagt hat. Ich habe versucht, sie zu überzeugen, dass sie das angeknackste Verhältnis mithilfe von Minipizzen reparieren kann, aber da hat sie erneut angefangen zu weinen.«

»Und dem Jungen hast du es nicht vorgeschlagen?«

Und schon war Aurora in die Falle getappt und würde sich jeden Moment in den Finger stechen und in ewigen Schlaf sinken.

»N-nein, wie gesagt, ich bin davon ausgegangen, dass er keine Kinder hat.«

»Siehst du! Genau da liegt der Fehler. Wir bei LeggereIn-sieme lassen nie locker. Du hättest es ihm als Geschenk für die Oma oder die Mutter vorschlagen können. Ich hoffe, du hast auch immer die Feiertage im Blick? In einer Woche ist Groß-elterntag, das hast du dir durch die Lappen gehen lassen.«

»Es tut mir schrecklich leid, böse Stiefmutter, das nächste Mal werde ich mich mehr anstrengen.«

»Ich werde Lisa bitten, dir eine Liste mit nützlichen Sätzen zu mailen, damit du besser performst. Ohne die richtige An-sprache kein Erfolg.«

Wenn man besser *performte* – oh, wie die böse Stiefmutter dieses Wort liebte –, hatte man sogar Chancen, als Anwärter an der Preisverleihung teilzunehmen, die einmal pro Jahr im Rahmen der Betriebsfeier stattfand.

»Besonderer Dank gebührt der Pizzeria Pappa&Ciccia aus Florenz für ihre stapelweise verkauften Bücher. Gina, komm rauf und hol dir den Preis ab.«

Tosender Beifall.

Innerhalb weniger Monate war auch ich zu einem Rädchen im Getriebe geworden, die Horrorvision von Eigenmarken-Crêpes von früh bis spät hatte es geschafft, dass ich meinen anarchisch-rebellischen Persönlichkeitsanteil unterdrückte, um das Lob der Geschäftsleitung zu erheischen. Und so kämpfte ich Seite an Seite im Schützengraben mit meinen Kolleginnen, denen die Firmenstrategie genauso verhasst war wie mir, die jedoch Familie hatten und daher nicht einfach gehen konnten.

»Blu, da du so gut mit Menschen umgehen kannst, haben wir beschlossen, dass du ab sofort die Vorstellungsgespräche mit den Bewerbern führst. Nur damit wir uns richtig verstehen, sortier alle aus, die Bücher förmlich verschlingen, die können wir hier nicht gebrauchen.«

»Aber sicher doch, böse Stiefmutter, zu Euren Diensten.«

Die sogenannten »Bücherverschlinger« waren jene, die auf die Frage »Womit hat eine Buchhandlung mehr Ähnlichkeit? Mit einer Bibliothek oder mit einem Schuhgeschäft?« im Brustton der Überzeugung antworteten: »Mit einer Bibliothek natürlich.«

In diesem Moment ahnten sie es zwar noch nicht, trotzdem hatten sie ihrer Bewerbung damit bereits den Garaus gemacht.

Ich verschlang Bücher inkognito. Es war mir gelungen, die böse Stiefmutter circa anderthalb Jahre zu täuschen, aber beim Final Countdown hatte ich nicht mehr mitgespielt und die Maske fallen lassen.

Wäre ich vor der Firmenphilosophie eingeknickt, würde ich wahrscheinlich immer noch Brillenetuis und Taschenbücher für sechs Euro neunzig verkaufen, aber als jemand, der zwischen Carrara und der Lunigiana aufgewachsen war, ließ sich meine anarchisch-aufrührerische Herkunft nicht einfach so unterjochen.

Also hatte ich mich bedankt, mich verabschiedet und war meines Weges gezogen. Zum zweiten Mal innerhalb kürzester Zeit hatte ich mit einem wichtigen Kapitel in meinem Leben abgeschlossen, auch wenn mir diesmal deutlich leichter ums Herz war.

Eine professionelle Bücherverschlingerin wie ich durfte nicht einfach so das Handtuch werfen. Und so beschloss ich in einer Aufwallung von Enthusiasmus, all meine Ängste beiseitezuschieben, um gerade einmal anderthalb Monate vor diesem Januarmorgen, pünktlich zu Weihnachten, am Stadtrand eine Buchhandlung zu eröffnen.

Ein ziemlich verzweifeltes Unterfangen, aber ich war genauso verzweifelt und musste daran glauben, dass aus unserer gemeinsamen Verzweiflung Stärke erwachsen würde. Die Voraussetzungen jedoch waren nicht optimal: Mein Eigenkapital betrug stattliche siebenhundert Euro, ich hatte keinerlei Bürgschaften vonseiten meiner Eltern oder Verwandten und hatte es mir in den Kopf gesetzt, ausgerechnet ein hochriskantes Geschäft zu eröffnen. Die eine Hälfte des Sommers war dafür draufgegangen, sämtliche Ausschreibungen zu studieren, für die ich mich mit meinem Finanzplan bewerben konnte. Die andere Hälfte hatte ich damit verbracht, Ratgeber mit so spannenden Titeln wie *Der kinderleichte Businessplan für deine Firma*, *Businessplan für Jedermann* und Ähnliches zu wälzen. In Wirklichkeit war es überhaupt nicht kinderleicht, weder einen zu erstellen, der irgendwie Sinn ergab, noch die Kostenschätzungen aufzustellen, die für eine Kreditanfrage erforderlich waren. Glücklicherweise hatte mir dabei der Vater von Giulia geholfen, der jahrelang als Manager auf Führungsebene tätig gewesen war.

Nach der Auswertung der Tragfähigkeit des Projekts hatte er mir dann auch noch einen väterlichen Rat gegeben: »Lass es lieber, für den Verdienst lohnt sich der Aufwand nicht.«

Ich ignorierte ihn genauso wie all jene, die mir nahelegten, aufzugeben: Was hätte ich sonst machen sollen, außer eine Buchhandlung zu eröffnen?

In der Zwischenzeit hielt ich vor lauter Angst, mein Projekt könnte scheitern, weiter Ausschau nach Stellen. Eine Episode sollte meinen weiteren Weg besonders prägen: Ich hatte den Auswahltest als Sekretärin in einer Import-Export-Firma, die mit Steinpilzen handelte, mit Bravour bestanden. Ich stand kurz davor, die Stelle anzunehmen, als ich mir vorstellte, wie mein Leben aussehen würde.

Ganz allmählich wäre ich immer mehr ausgebrannt und abgestumpft, während ich mich für eine Arbeit ins Zeug legte, die mir nichts bedeutete, sodass ich jede Woche den Freitag herbeisehnen und den Montag fürchten würde.

Nein, ich musste mein Projekt weiterverfolgen. Und so hatte ich mir eine Nische in der Welt eingerichtet, ganz nach meinem Geschmack und meiner Persönlichkeit, und alles in allem war sie ziemlich hübsch geworden.

»Eigenlob stinkt«, das Mantra meiner Oma hatte sich mir eingebrannt und war geblieben. Auch deshalb, weil mein kleines Reich nicht frei von Mängeln war. So erinnerte mich die Buchhandlung jeden Morgen, wenn ich das Rollgitter hochzog, an das Geschäft von Leland Gaunt aus *In einer kleinen Stadt* von Stephen King; ein Laden, der plötzlich wie von Geisterhand erscheint. Und auch die Buchhandlung Novecento, benannt in Hommage an das gleichnamige Buch von Baricco, das ich abgöttisch liebte, schien jetzt aus dem Nichts aufzutauchen. Nur hatte es noch einen weiteren Haken: Weder gab es eine Hintertür, durch die ich in eine andere Welt katapultiert wurde, noch besaß ich Zauberkräfte.

Es ließe sich konstatieren, dass ein simples Schild meinem Problem Abhilfe geschafft hätte, aber die tausend Euro, die dafür nötig waren, bissen sich mit meiner finanziellen Situation, die ich schon jetzt optimistisch als nahe der Atomkatastrophe beschreiben konnte.

Ich stellte mein Fahrrad in den Fahrradständer und fummelte am Schloss herum. Das Fahrrad war ein Geschenk von meinem Vater Pietro: Damals war ich höchst erstaunt gewesen über seine Großzügigkeit, da er nur selten Geschenke machte. Nachdem ich die erste Runde damit gedreht hatte, war mir klar, weshalb er es unbedingt hatte weiterverschenken wollen: Die Pedale waren defekt, sodass ich, wenn ich zu sehr hineintrat, Gefahr lief, in den Lenker zu beißen und die ganze schöne Arbeit meines Zahnarztes auf dem Asphalt zu verteilen. Manchmal lief es wie geschmiert, andere Male war ich gezwungen, das Rad so lange zu schieben, bis sich die Pedale wieder in die richtige Stellung gebracht hatten. Dennoch hatte ich beschlossen, es zu behalten, ich liebte mangelhafte, komplizierte Dinge, die einen von einem Moment zum anderen in die Bredouille bringen konnten. Dadurch lebte ich immer mit dem Risiko, nicht zu wissen, was die Zukunft für mich bereithielt, aber gleichzeitig war ich dadurch gut darin, mich vom Glück überraschen zu lassen.

Wenn ich an diesem Tag gewusst hätte, was die Zukunft wirklich für mich bereithielt, hätte ich wahrscheinlich all meine Tränen vergossen.

Aber das ist eine andere Geschichte.

2

VON PREMIO STREGA,
ZERPFLÜCKTEN FENCHELN UND
EINMALIGEN GELEGENHEITEN

Nein, nein, mein Schatz, nicht was man kann, bringt
einen in dieser Stadt weiter, sondern wen man kennt.
Und Verbindungen, die habe ich, weiß Gott.

PATRICK DENNIS: Tante Mame

Am selben Tag

»Beinahe wärst du zu spät gekommen.«

Obwohl Giulio Maria, der Barista des Lokals Dal Mago
neben meiner Buchhandlung, und ich unerklärlicherweise bereits seit circa zehn Jahren befreundet waren, bedachte er mich
mit dem üblichen verärgerten Blick, den er aufsetzte, wenn
mein Verhalten nicht seinen Qualitätsstandards entsprach. Es
war zehn vor neun, somit blieben mir genau zehn Minuten,
um mein zweites Frühstück zu verspeisen.

»Ich komme gerade rechtzeitig, mach mir einen schnellen
Cappuccino und schon bin ich einsatzbereit.«

»Es heißt: ›Giulio, könntest du mir bitte einen Cappuccino

machen?«« Oh Mann, was für eine Nervensäge, von allen möglichen Orten musste ich ausgerechnet neben ihm landen.

Regungslos blickte er mich an und wartete darauf, dass ich das Zauberwort wiederholte, so wie es Eltern bei unartigen Kindern taten. Ich hatte keine Wahl, wenn ich einen Kaffee wollte, musste ich mich ihm fügen.

Giulio war fast schon obsessiv pingelig, aber letztlich hatte ich ihn lieb gewonnen, und trotz allem ging es ihm andersherum genauso. Außer, wenn ich ihn bei seinem ersten und zweiten Vornamen rief, was ich des Öfteren machte, nur um ihn zu reizen.

Unsere beiden Läden waren zwar nicht miteinander verbunden, dennoch hatten wir beschlossen, einen gemeinsamen Raum zu schaffen: einen Außenbereich, in dem eine Art kleines literarisches Café entstanden war mit Tischen und Regalen mit gebrauchten Büchern, vor allem Klassikern.

»Vorhin ist ein Mädchen vorbeigekommen, das dich gesucht hat. Sie meinte, sie plant eine Buchvorstellung bei dir und kommt später wieder.«

»Wie sah sie denn aus?«

Giulio Marias Beschreibung ließ keinen Zweifel: Premio Strega war zurückgekehrt.

In der Verlagswelt sind ziemlich unheimliche Leute unterwegs, von denen ich, während meiner, seufz, nicht allzu langen Karriere als Redakteurin, jede Menge getroffen hatte. Nie im Leben hätte ich damit gerechnet, dass ich in meiner Karriere als Buchhändlerin noch schlimmere treffen würde. Und Premio Strega war eine heiße Anwärterin auf einen der vorderen Plätze auf meiner persönlichen »Leben auf dem Mars«-Liste, die all jene Menschen versammelte, die besonders realitäts-fremd waren. Ihren Spitznamen hatte sie verpasst bekommen, weil sie unerschrocken wie eine der Figuren in *Game of Thrones* sämtliche Buchhandlungen abklapperte und wie eine kaputte Schallplatte immer wiederholte, sie hätte ein Meisterwerk ge-schrieben und sei nur deshalb nicht für den Premio Strega nominiert gewesen, weil sie keine zwei willfährigen Journalis-ten gefunden hätte, die sie unterstützt hätten. In Wirklichkeit hatte sie ein ziemlich mittelmäßiges Buch geschrieben und auf eigene Kosten in einem Verlag veröffentlicht, der, nachdem sie die Produktionskosten durch die von der Autorin gezahlte Summe wieder reingeholt hatten, natürlich keinerlei Absich-ten hegte, Geld für Werbung auszugeben.

Ich, unschuldig wie ein Rehkitz, das innerhalb eines Jagd-gebiets grast (von *Dornröschen* zu *Bambi* ist es ein kurzer Weg), hatte mich überreden lassen, eine Ausgabe in Augenschein zu nehmen, um ihr anschließend Feedback zu geben. Nach den ersten zehn Seiten hatte ich feierlich das kostbare Werk zugeklappt, mich ebenso feierlich an den PC-Platz der Buch-handlung begeben und rhythmisch auf die Tasten eingetippt:

www.google.it
Last-Minute-Angebote nach Nicaragua
Nur Hinflug

Senden. Das Buch war nicht nur schlecht: Es war das Pein-lichste, was ich je gelesen hatte. Und nun befand ich mich in einer wirklich unangenehmen Lage: Wie sagt man einem Autor, dass sein Baby furchtbar ist? Das ist ein bisschen so, als würde man Eltern sagen, dass ihr Kind dumm ist. Das ist schlicht unmöglich. Unzählige Buchhandlungen hatten ihre Anfrage, eine Buchvorstellung zu organisieren, bereits abgelehnt, und den Zorn von Beatrice, so der echte Name von Premio Strega, auf sich gezogen, der sich in tobsuchtsartigen Wutanfällen und Shitstorms in den sozialen Medien entladen hatte, wie mir von der Urheberin höchstpersönlich minutiös und mit Stolz berichtet wurde.

Insofern, um zu verhindern, dass sie mir meinen Kopf fein säuberlich abtrennte und aufspießte, hatte ich auf meinen alten Trick siebzehn gesetzt, eine Strategie, die ich über die Jahre regelmäßig anwendete und auf die ich ein Copyright hatte: Vermeiden&Vertagen©. Zugegebenermaßen hatte Vermeiden&Vertagen© mich nie weit gebracht, aber ich hatte so viel Energie in die Verfeinerung dieser Taktik gesteckt, dass ich es nicht einsah, sie nach nur dreitausendvierhundertzehn gescheiterten Versuchen aufzugeben.

Deshalb ging ich Premio Strega bereits seit zwei Wochen tunlichst aus dem Weg, indem ich ihre Anrufe ignorierte und ihr, wenn sie mich doch einmal abfing, erklärte, dass ich es noch nicht zu Ende gelesen hätte. Es war dasselbe Gefühl wie in der Schule, wenn mündliche Tests anstanden und ich dem Blick des Lehrers begegnete und genau wusste, dass er wusste, dass ich mich nicht vorbereitet hatte.

Ich weiß zwar nicht wie, aber er wusste es einfach.

Sie irgendwie loszuwerden und die schlechte Publicity zu vermeiden – die hatte mir gerade noch gefehlt! –, wurde zur obersten Priorität, aber an diesem Morgen wollte ich nicht weiter darüber nachdenken müssen. In diesem Moment wollte ich einfach nur einen Cappuccino, der diesen Namen verdiente, und ein schönes gefülltes Croissant: Vermeiden&Vertagen© hatte sich pünktlich eingeschaltet.

Während ich versuchte, im Kampf gegen die Pistazienfüllung die Oberhand zu behalten, die bei jedem Bissen drohte herauszuquellen, fiel mein Blick auf das Manuskript, das mir Rachele mitgegeben hatte. Ich war höchst gespannt, was das Hirn meiner Freundin diesmal ausgespuckt hatte, die seit jeher völlig schmerzunempfindlich zu sein schien. Wie hatte ich sie in der Jugend beneidet, wenn ich meinen Verflossenen hinterherweinte, weil ich nie hinreichend schön-sympathisch-sexy gewesen war, während sie sich sämtliche Typen angelte und von einem zum Nächsten überging, sobald sich etwas Besseres auftat. Ich warf einen Blick auf die Uhr. Mir blieben weniger als zehn Minuten, aber meine Neugier war zu groß, also begann ich zu lesen. Ich war vollkommen in die anstrengende Lektüre vertieft, als eine Stimme meinen unsichtbaren Konzentrationskokon durchdrang.

»Hör mal, wenn du so weitermachst, machst du den Laden wirklich zu spät auf.«

Giulio Maria hatte mich in die Realität zurückgeholt und das Ende meiner Lektüre besiegelt. Umso besser, allein das erste Kapitel hatte mir einen kalten Schauer über den Rücken gejagt, und ich verstand ehrlich gesagt nicht mal recht, worum es ging.

Nachdem ich all meinen Krimskrams aufgelesen hatte, den ich auf dem Tisch abgelegt hatte, wurde es Zeit, produktiv zu sein und meinen Beitrag zur Gesellschaft, vor allem aber meinem Portemonnaie zu leisten.

Das Rollgitter wog zwei Zentner und hätte eine ordentliche Ölung gebrauchen können, aber inzwischen berappelte ich mich mit natürlicher Leichtigkeit, Schlüssel ins Schloss und los, einen Moment später umfing mich der vertraute Duft der Bücher wie eine warme Decke. Ich hielt einen Moment inne, um den Buchladen zu betrachten, Fluch und Segen meines Lebens.

Der enge, längliche Raum fiel vor allem durch seine petrolfarbenen Wände auf. Der Vollständigkeit halber sei gesagt, dass die ursprüngliche Idee eigentlich Taubenblau gewesen war. Ich war davon ausgegangen, dass es reichen würde, dem Verkäufer den gewünschten Farbton zu nennen und schon wäre alles in Butter. Die Realität sah jedoch ganz anders aus als die vereinfachte Version in Großdruck, die vor meinem inneren Auge ablief. Als ich mit meinem hübschen sommersprossigen Gesichtchen im Baumarkt nach einem Eimer taubenblauer Farbe gefragt hatte, war der Verkäufer, der sich in meiner Vorstellung enorm für mein Vorhaben interessieren würde, völlig ungerührt geblieben. Er hatte lediglich den Arm ausgestreckt und einen Ordner mit rund zweieinhalbtausend Seiten aus einer Schublade hinterm Tresen geholt und mir unter die Nase gehalten.

»Hier, zeigen Sie mir den genauen Farbton«, hatte er, immer noch völlig ungerührt, gesagt.

»Gerne, ich möchte Taubenblau.«

Da war etwas wie Mitleid in seinen Augen aufgeblitzt.

Er hatte den Ordner aufgeschlagen und auf eine Seite gedeutet, auf der ungefähr dreißig verschiedene Schattierungen dieser Farbe abgebildet waren. Wie Schilf im Wind hatte ich begonnen zu schwanken. Noch nie hatte ich mich so sehr auf ein Blatt Papier konzentriert, nicht einmal als mich im zarten und völlig ungeeigneten Alter von siebzehn Jahren die erste Lektüre von *Ulysses* auf eine harte Probe gestellt hatte.

Und dann auch noch unter dem Druck seines prüfenden Blickes auf meinem gesenkten Haupt.

Wer weiß, vielleicht standen wieder die üblichen vier grauen Haare ab, wie um mich daran zu erinnern, dass auch an meiner dichten kastanienbraunen Mähne die Zeit nicht unbemerkt vorüberging. Letztlich stand ich vor dem üblichen Problem, wie wenn man in einen Parfümladen geht: Selbst wenn man sich Paillettes von Enrico Coveri Anno 1982 aufs Handgelenk sprüht, am Ende riecht alles gleich. Also hatte ich beschlossen, meinen anderen Trick siebzehn hervorzukramen, den ich bei allen wichtigen Entscheidungen in meinem Leben anwendete: IchentscheideeinfachfreiSchnauze©. Auch hier mit überwältigenden Erfolgen, aber das brauche ich euch wohl nicht zu sagen. So kam die Buchhandlung zu ihrem hinreißenden petrolfarbenen Gewand: Getrennt durch einen Backsteinbogen, der dem Ganzen eine romantische Aura verlieh, umfassten die beiden Räume insgesamt dreißig Quadratmeter.

Mit anderen Worten, ein echtes Loch.

Während ich die Wände gemalert und dabei überall Farbe verspritzt hatte – wann kommt man schon mal in die Verlegenheit, einen Farbroller zu benutzen? –, lief vor meinem geistigen Auge ein Film davon ab, wie ich einen Erfolg nach dem anderen feierte. Ich hatte mir auch verschiedene Kategorien für mein Kopfkino ausgedacht, damit ich stets auf Anhieb den für die jeweilige Situation passenden Streifen fand. Der

Film an jenem Tag zählte zu den banalen, die in die Kategorie »Romance« fielen: Ein Typ betrat meinen Buchladen, sagte ein, zwei Sätze, mit denen er mein Herz im Sturm eroberte und dem ich nach einem leidenschaftlichen Kuss unter dem Backsteinbogen endgültig verfiel. Uuuh, wie romantisch, Giulia und Carolina würden bei meiner Hochzeit bestimmt flennen.

Aber lassen wir den Film einen Augenblick beiseite und kehren wir in die Realität zurück. Die Regale waren alle handgemacht und stammten von Massimo, einem pensionierten Tischler, der sie für einen Freundschaftspreis – mein Budget war wirklich gering – angefertigt und in einem natürlichen dunklen Palisanderholzton angestrichen hatte. Ausgerechnet diese verfluchten natürlichen Palisanderholzregale waren mir zum Verhängnis geworden: Ihre Anfertigung hatte alles verzögert, sodass das Eröffnungsdatum gefährdet war. In letzter Minute hatte ich die Mädels rekrutieren müssen, die Tag und Nacht arbeiteten, damit ich doch noch zum anvisierten Datum eröffnen konnte. Die Freundin einer Freundin meiner Cousine hatte einen Miniartikel von fünfhundert Anschlägen in einer Lokalzeitung veröffentlicht, und auch wenn ich mir sicher war, dass außer mir, meiner Oma, Giulio Maria und den Mädels aus der WG ihn niemand gelesen hatte, wollte ich nicht das Risiko eingehen, am offiziellen Eröffnungstag blöd aus der Wäsche zu gucken.

Oh Mann, das Telefon klingelte schon, dabei hatte ich noch nicht mal das Licht eingeschaltet. Wenn jeder, der mich anrief, auch ein Buch kaufen würde, hätte ich längst auf dem Domplatz einen Megastore über drei Etagen eröffnen können. Apropos, in einem meiner Kopfkinofilme der Kategorie

»Work and Empowerment« war ich übrigens Eigentümerin einer großen Buchhandelskette. In einer besonders gefeierten Version davon stand am Eingang einer jeden Filiale ein lebensgroßer Pappaufsteller mit meinem Konterfei.

»Buchhandlung Novecento, guten Tag.«

In meiner Idealvorstellung sollte die Buchhandlung für mich wirklich dasselbe sein wie der Ozeandampfer *Virginian* für die Hauptfigur des Romans von Baricco.

»Schätzchen, ich bin's, Nonna.«

»Nonna, wie schön dich zu hören! Wie geht's dir?«

»Wie üblich, meine Liebe, wie üblich. Ich wollte mal hören, wie es dir geht. Heute Nacht habe ich von dir geträumt, dabei ist mir aufgefallen, dass du dich schon fast eine Woche nicht gemeldet hast, treulose Tomate, du!«

»Du hast ja recht, Nonna, tut mir leid, aber die Arbeit verlangt mir meine ganze Energie ab, sodass ich abends nach Hause komme und nur noch ins Bett falle.«

»Wie schön, das heißt also, du hast viele Kunden. Bist du zufrieden?«

»Zufrieden« war nicht unbedingt das Wort, das ich verwendet hätte, um meinen derzeitigen Gemütszustand zusammenzufassen. Das Weihnachtsgeschäft war nicht sonderlich gut gelaufen; außerdem war die Finanzierung, die ich von der Bank bekam, ziemlich gering ausgefallen und hatte gerade so die erste Fuhre Bücher abgedeckt. Schon ab Anfang Januar war das Geschäft immer weiter abgeflaut, sodass mir allmählich das Geld ausging, aber Nonna hatte so fest an mich geglaubt, dass ich sie nicht enttäuschen und mit Kummer belasten wollte.

»Ja, alles prima. Es ist schon ein wenig anstrengend, aber ich kann nicht klagen.«

»Du weißt gar nicht, wie sehr mich das erleichtert. Sag mal, wann kommst du mal wieder bei mir vorbei? Dann mache ich dir Kotelett in Tomatensoße.«

Mmh, Kotelett in Tomatensoße war eines meiner Lieblingsrezepte: im Backteig frittiert und anschließend in eine Pfanne mit Tomatensoße geworfen, waren sie ein absoluter Traum.

Meine Großmutter wohnte in Impruneta, einem Dorf ganz in der Nähe von Florenz, und war alles, was von meiner Familie übrig geblieben war, die ich, ohne jemandem unrecht zu tun, als »geistesgestört« bezeichnen konnte. Meine Eltern, beide Florentiner, waren, nachdem sie sich hatten scheiden lassen, als ich circa ein Jahr alt war, getrennte Wege gegangen – daran kann ich mich natürlich nicht erinnern.

Meine liebe Mamma Giada war mit ihrem neuen Lebensgefährten Giancarlo nach Garfagnana gezogen, wo sie einen Campingplatz mit Tipi-Zelten leiteten, der sich *Da G&G* nannte, wirklich sehr originell, der Name. Glücklicherweise hörte ich sie nur selten, und zu meiner noch größeren Erleichterung traf ich sie nur einmal im Jahr. In Wirklichkeit erblickte ich sie täglich im Spiegel; ich würde sogar so weit gehen zu behaupten, dass ich ihr Ebenbild war: beide waren wir groß, dunkelhaarig, hatten undurchdringlich grüne Augen, Sommersprossen und volle Lippen. Meine Stiefschwester Swami, die aus der Verbindung zwischen Mama und Giancarlo hervorgegangen war, schrieb mir relativ häufig E-Mails, um über unsere gemeinsame Erzeugerin herzuziehen. Trotz einer nicht gerade vorteilhaften DNA fand ich sie ziemlich intelligent.

Mein Vater, den ich normalerweise Piero nannte, weil ich die Bezeichnung Papa als eine Beleidigung gegenüber allen Vätern empfand, die ihre Rolle ernst nahmen, war hingegen in die Nähe von La Spezia gezogen – genauer gesagt nach Castelnuovo Magra, ein Kaff mit achttausend Seelen. An diesen entlegenen Ort an der Riviera di Levante hatte es ihn gezogen, weil er sich Hals über Kopf in eine Einheimische namens Clarissa verliebt hatte, meine Stiefmutter. So war er von der Stadt aufs Land gezogen, quasi das Gegenstück von Renato Pozzetto – der war in den Achtzigern, zumindest im Film, der Liebe wegen vom Land nach Mailand gegangen. Auch was seinen Beruf betrifft, hatte er eine idyllische Wandlung durchgemacht und war vom Bauunternehmer zum Weinbauern mutiert. Als solcher produzierte er biodynamischen Wein und hatte seit 1999 beschlossen, auf Schuhe zu verzichten, ein entscheidendes Detail, das ihn als Typ ganz gut umreißt. Clarissa, die als Stiefmutter nicht mal übel war, hatte sehr dafür kämpfen müssen, um neben dem Weinbau die Aufzucht von Cockerspaniels in ihr Leben zu integrieren. Achtzehn Jahre lang hatte ich mit den beiden in Ligurien inmitten des Gestanks nach Maische und Hundescheiße gelebt, ehe ich beschlossen hatte, nach Florenz zu ziehen, um näher bei Tilde, meiner Oma väterlicherseits, zu sein und an die Uni zu gehen. Piero war im Grunde kein schlechter Kerl, aber zu egoistisch, um sich um die Bedürfnisse anderer zu kümmern. Im Einklang mit seinem alternativen Lebensstil besaß er kein Handy und kommunizierte mit mir ausschließlich über Briefe.

Das i-Tüpfelchen dieser surrealen Situation war seit jeher das Weihnachtsfest im Hause Rocchini-Gervasi. Meine Eltern hatten noch vor der Scheidung entschieden, trotzdem den fünfundzwanzigsten Dezember gemeinsam zu verbringen und mit den neuen Lebensgefährten und Kindern als große, glückliche Familie bei Oma Tilde zu feiern.

Das Mittagessen, das stets mit den besten Vorsätzen begann, endete jedes Mal damit, dass Nonna die Messer versteckte, damit niemand verletzt wurde.

Am liebsten hätte ich einmal Carolina mit zu unserem Familienessen genommen, um ihr einen hoffnungslosen Fall zu zeigen – als Psychotherapeutin beschäftigte sie sich unter anderem auch mit Familientherapie.

»Ich komme Sonntag zum Mittagessen vorbei. Ciao, Nonna.«

Tja, nun wurde es wirklich Zeit, an die Arbeit zu gehen, ich musste E-Mails an Lieferanten schreiben und meine Bestellung eingeben…

»Was würdest du nur ohne mich machen?«

Giulia mit ihrer unverkennbaren bordeauxroten samtenen Baskenmütze hatte mit theatralischer Geste den Laden betreten. Sie wedelte mit einem Handy, das ich nach einigen Sekunden als meins erkannte. Nicht selten vergaß ich es zu Hause, auch bei mir hatte das ungünstige Erbgut Spuren hinterlassen.

»Wenn ich schon mal da bin, kann ich vielleicht für mein Projekt ein paar Fotos davon machen, wie du arbeitest?«

»Na gut, aber die, die mir nicht gefallen, werden gelöscht.«

»Ach so, nein, die Fotos wähle ich aus. Ich habe nämlich bald noch eine andere Überraschung für dich, du wirst mir dankbar sein.«

Giulia war die künstlerischste meiner Mitbewohnerinnen:

Die siebenundzwanzigjährige Tänzerin und Langzeitstuden-
tin an der Hochschule für Musik, Tanz und Theater besuchte
nebenbei auch noch eine Privatakademie für bildende Künste.
Seit vier Jahren war sie mit Paolo liiert, einem geradlinigen
Ingenieur, den sie in Ligurien zurückgelassen hatte, sodass sie
am Wochenende pendelte, während er darauf drängte, dass sie
endlich nach Hause zurückkehrte, um mit ihm eine Familie zu
gründen. Wir hatten uns ganz zufällig bei einer Demonstra-
tion für Kunst und Tanz kennengelernt. Als ich mit ihr, die
lange dunkle Haare und – wie sollte es anders sein – eine Bal-
lerinafigur hatte, ins Gespräch gekommen war, hatten wir festgestellt, dass wir zwar beide in Ligurien nur wenige Kilometer
voneinander entfernt gelebt hatten, uns aber nie über den Weg
gelaufen waren. Wir waren uns auf Anhieb sympathisch und
verspürten eine große Zuneigung zueinander. Da wir beide
auf der Suche nach einer Wohnung in Florenz waren, hatten
wir uns zusammengetan. Allerdings natürlich erst, nachdem
wir von Rachele Torresi die unterkühlte Zustimmung erhalten hatten, die nur mit wenigen Leuten klarkam und ebenso
wie wir ein Dach überm Kopf suchte. Aber Giulia war mit
ihrer Zerstreutheit und ihrem sonnigen Gemüt so sympathisch, dass sie selbst Rachele für sich eingenommen hatte.
Erfolglos hatten wir rund dreißig Wohnungen besichtigt, als
aus heiterem Himmel ein Immobilienmakler auftauchte, der
mehr wie ein Zuhälter denn wie ein Hausverwalter daherkam
und uns den ganzen Tag lang in seinem Porsche herumkut-
schiert, uns zum Aperitif und einer Sightseeingtour durch
Florenz eingeladen und uns eben diese Wohnung mitten im
Zentrum im Viertel Santo Spirito gezeigt hatte. Zur Haustür

gelangte man, indem man ein paar Stufen hinabstieg; dahinter lag direkt ein großes Wohnzimmer mit einem Esstisch, einem Sofa und einem Fernseher. Die offene Küche war auf das Nötigste reduziert mit gerade mal einer Herdplatte, aber das war uns egal, schließlich rührte keine von uns dreien gerne in den Töpfen. Der Rest der Wohnung bestand aus einem Bad und vier Schlafzimmern. Nachdem wir Wohnungen besichtigt hatten, deren Badfenster zum Flur hinausging oder die über Schlafzimmer verfügten, die bessere Abstellkammern waren, machte dieses Objekt einen guten Eindruck auf uns. Zwei Faktoren überzeugten uns schließlich, zuzuschlagen: die Steinwände im Wohnzimmer und der kleine Garten nach hinten raus, der einem Buch von Frances Hodgson Burnett entsprungen zu sein schien.

»Ich habe fantastische Neuigkeiten: Ich habe eine Rolle in einem Stück ergattert!«, verkündete Giulia fröhlich, während sie hinter den Tresen kam und die Kamera zückte.

»Wow, ich hoffe doch, eine richtige Rolle?«

»Klar, ich darf den Fenchel zerpflücken.«

»Wie bitte?«

»Während die anderen ihren Text aufsagen, werde ich die ganze Zeit in einer Ecke Fenchel zerreißen. Ich habe schon Tickets für euch besorgt, das dürft ihr nicht verpassen.«

Ach du liebe Güte, schon wieder so ein modernes Theaterstück! Keine Ahnung, ob ich das aushalten würde. Giulia schaffte es immer wieder, die abstrusesten Theatergruppen des ganzen Landes aufzutun und sich ihnen anzuschließen. Folglich waren auch die Stücke rätselhaft und unverständlich, zwei Adjektive, die ich wähle, nur um nicht in ordinärste

Gossensprache zu verfallen. Natürlich mussten Caro und Rachele und ich als die drei Musketiere jedes Mal dabei sein.
Das letzte Mal hatten wir einem zwei unendlich lange Stunden währenden Stück beigewohnt, in dem die Protagonisten
nichts anderes getan hatten, als sich gegenseitig völlig sinnlos anzuschreien, um auf die mangelnde Kommunikation in
unserer Gesellschaft hinzuweisen. Die Botschaft war so gut
verborgen gewesen, dass, wenn Giulia es mir nicht erklärt
hätte, ich es für ein Stück für schwerhörige Menschen gehalten hätte.

Am liebsten hätte ich für die Fenchelzerpflück-Perfor-
mance einen unaufschiebbaren Termin erfunden, so was wie
einen Intensivkurs in Übelkeit, aber ich wusste genau, dass
Giulia nicht blöd war und tödlich beleidigt gewesen wäre. Sie
war immer derart begeistert von allem, dass ich ihr diesen Moment für nichts in der Welt hätte ruinieren mögen; Giulia war
unsere kleine umtriebige Schlumpfine. Ihre Begeisterungs-
fähigkeit war ansteckend, außerdem war sie so vielleicht von
einem anderen Projekt abgelenkt, das wir insgeheim hassten.
Sie hatte es sich nämlich in den Kopf gesetzt, eine Fotoreihe
über uns vier zu machen, eine Art Foto-Story unserer Freundschaft. Mein Eindruck war, dass auch sie bei ihren Projekten Filme schob, die fast genauso fantastische Blüten trieben
wie bei mir, in denen sich die Kunstgalerien um ihre Werke
regelrecht rissen. Die Foto-Story unserer Freundschaft bestand konkret aus Schnappschüssen zu jeder nur erdenklichen
Tages- oder Nachtzeit, selbst im unmöglichen Fleece-Schlaf-
anzug mit angeklatschten Haaren, die Giulia liebte, weil es
ihrer Meinung nach den Fotos einen Neorealismus vom Typ

50

Pasolini 2.0 verlieh, wohingegen es meiner Meinung nach einfach nur nach Bettlerin an der Straßenkreuzung aussah, aber das hatte ich nicht gewagt laut auszusprechen.

»Ah, da ist er ja«, sagte Giulia plötzlich.

Ich drehte mich um. Herein kam ein Typ, den ich euphemistisch als »ziemlich speziell« beziehungsweise als eindeutigen Sozialfall umschrieben hätte. Runde Brille mit dickem Gestell, die sich in der Sonne dunkel färbte – gibt es etwas, das unsexyer ist? –, Twill-Tweedmantel, schwarzes Hemd, lachsfarbene Krawatte, Pi mal Daumen um die fünfzig, vielleicht auch fünfundfünfzig. Aber das Detail, das ihm den Titel »Sozialfall des Jahres« einbrachte, waren die Haare. Er trug sie schulterlang, daran war an sich erst einmal nichts auszusetzen, im Gegenteil, lange Haare fand ich bei Männern immer ziemlich anziehend; die Besonderheit seines Haarbuschs bestand vielmehr in seiner Konsistenz: Er war aufgeplustert und abstehend, als hätte er ihn toupiert. Und zwar jene gewaltvolle Anwendung von Kämmen, wie ich sie in den Neunzigerjahren in den Provinzsalons gesehen hatte, wenn ich als Kind Clarissa zum Friseur begleitet hatte, wo ich jedes Mal mit einem Pagenkopf und einem fürchterlich mit der Rundbürste geföhnten Pony herauskam. Abgesehen davon erinnerte es mich total an die Cockerspaniels, mit denen ich zehn Jahre lang das Zuhause geteilt hatte. Doch mir fiel noch ein anderes Detail auf, als er näher kam, nämlich der Glanz: Ich weiß zwar nicht wie, aber ich schwöre, dass diese Haare strahlten, diese Mähne schaffte es irgendwie, gleichzeitig kraus, glänzend und aufgeplustert zu sein. Ich war wie hypnotisiert.

Unser mysteriöser Gast hatte zudem einen Gesichtsausdruck wie jemand, der gerade in eine saure Zitrone gebissen hat, mehr noch, in einen ganzen Zitronenbaum.

Überschwänglich begrüßte er Giulia, ohne mich oder meine Begrüßung auch nur im Geringsten zu beachten, und begann, die Bücherregale zu studieren.

»Hast du das aktuelle Buch von Calasso da?«, fragte er, mich noch immer keines Blickes würdigend, den Kopf gen Decke geneigt.

Wenn Giulia mir nicht mit verschiedenen unmissverständlichen Gesten bedeutet hätte, ihm zu antworten, wäre ich stumm geblieben und hätte darauf gewartet, dass unser Herrgott persönlich auf seine Frage antworten würde, was das Buch von Calasso betraf.

Widerstrebend näherte ich mich dem Regal und zog das Buch aus dem Haus Adelphi mit weißem Umschlag heraus.

»Da haben wir es«, sagte ich und reichte ihm höflich eine Ausgabe von *I geroglifici di Sir Thomas Browne*, wobei ich versuchte, wenigstens seinem Blick zu begegnen, um herauszufinden, ob er sich seiner selbst bewusst war oder nicht. »Ich hab es kürzlich gelesen und kann es dir nur empfehlen. Ich habe auch *Religio Medici* von ihm gelesen und finde Calassos Analyse von Thomas Browne hervorragend.«

Nach diesem Satz leuchtete das Gesicht von Cocker, denn so hatte ich ihn inzwischen insgeheim getauft, auf, und zum ersten Mal sah er mir direkt ins Gesicht.

Giulia, die seltsam nervös war, stellte sich zwischen uns und begann mit einer aufgesetzten Stimme zu reden, die ich noch nie bei ihr gehört hatte.

»Blu, darf ich dir vorstellen: mein Freund Neri Venuti«,

sagte sie und rückte näher an Cocker heran, »aber bestimmt sagt dir der Name etwas.«

Um ein Haar wäre mir die Kinnlade heruntergeklappt. Das war Neri Venuti?

Und ob ich ihn kannte! Er war der angesehenste Schriftsteller der ganzen Florentiner Szene. Wieso hatte mir Giulia nichts davon erzählt?

Oder mich zumindest auf seinen Besuch vorbereitet? Bis eben hatte ich ihn wie einen behandelt, der aus einer psychiatrischen Anstalt ausgebrochen war!

»Hallo, Neri, freut mich, dich kennenzulernen. Entschuldige, wenn ich dich nicht gleich erkannt habe, aber ich schaue mir nur selten die Autorenfotos auf der Umschlagseite an.«

Er machte daraufhin nur eine wegwerfende Geste irgendwo zwischen »kein Problem« und »ich vergebe dir, Schwester, denn du hast gesündigt«.

»Womit wir beim Thema wären, Neri, denn ich habe dich hergebracht, weil Blu gerne bei sich im Laden eine Präsentation deines letzten Publikumserfolgs abhalten würde«, verkündete Giulia und wandte sich mir mit einer eloquenten Geste zu, die besagte: Bitte spiel mit. »Die Buchhandlung ist noch neu, und ein wenig Werbung kann nicht schaden.«

Ich wäre am liebsten im Boden versunken. Mich so schamlos jemandem anzubiedern, sah mir, die ich im Grunde doch schüchtern war, überhaupt nicht ähnlich.

Andererseits hatte Giulia das soeben für mich übernommen, insofern konnte ich mich entspannen und mit gedrückten Daumen seine Antwort abwarten. Eine solch einmalige Gelegenheit konnte ich mir nicht entgehen lassen.

Neri Venuti bei mir in der Buchhandlung zu präsentieren, wäre ein echter Geniestreich, mit dem ich auf einen Schlag über die Grenzen des Viertels hinaus bekannt wäre.

Das Stichwort aufgreifend begann ich mit der liebenswürdigsten Stimme zu sprechen, derer ich fähig war.

»Genau, Neri, es würde mich sehr freuen, wenn wir zusammen was organisieren könnten, das heißt, natürlich nur, wenn du Lust hast. Und Zeit. Also ich möchte nicht, dass du dich verpflichtet fühlst hier etwas zu machen, nur weil Giulia dich mir vorgestellt hat und ...«

»Von mir aus gern«, antwortete Neri und fuhr damit fort, das Buch von Calasso zu studieren, das er in den Händen hielt, »ich bin zwar derzeit ziemlich beschäftigt, aber würde es dir in zwei Wochen passen?«

Ich bemühte mich, mir meine fulminante Begeisterung nicht anmerken zu lassen, und schlug einen beiläufigen Ton an.

»Ja klar, wunderbar.« Am liebsten wäre ich ihm um den Hals gefallen, hätte seine verdunkelten Brillengläser geküsst und ihm durch diese unfassbaren Haare gewuschelt. Der Vileda-Wischmopp, den er auf dem Kopf trug, wurde immer faszinierender, ich hätte mich gerne ganz darin versenkt, aber ich wusste nicht, ob meine Hände je wieder rausgekommen wären. Stattdessen entschied ich mich für einen energischen, deutlich förmlicheren Handschlag, und versprach, mich in einer Woche bei ihm zu melden.

Es war vereinbart, dass ich mich um alles kümmern würde, angefangen bei der Werbung in der Zeitung und in den sozialen Netzwerken bis hin zur Organisation eines kleinen Stehempfangs. Er hingegen würde als Moderatorin eine befreundete Journalistin mitbringen.

»So, Spätzchen, ich geh dann auch mal«, trällerte Giulia, als sie mir zum Abschied Küsschen gab, »Neri hat mir ein Vorsprechen beim Direktor des Rossini-Theaters vermittelt, und wir dürfen nicht zu spät kommen. Wir sehen uns heute Abend zu Hause.«

Ich umarmte sie fest.

»Danke, du bist ein Schatz. Ich schulde dir was.«

»Ach was, wozu hat man denn Freundinnen?«

Sie zwinkerte mir zu und folgte dem Schriftsteller, der sich bereits nach draußen gewagt hatte und die Fassade des Gebäudes fixierte, in dem sich die Buchhandlung befand.

Sobald sie hinter der Ecke verschwunden waren, fing ich in einem Anfall von Glückseligkeit an zu tanzen.

Ein Abend mit Neri Venuti!

Alle würden kommen zu diesem ersten wichtigen Event in der Buchhandlung, ich musste sofort rübergehen und Giulio davon erzählen. Das Büfett nach der Präsentation wäre natürlich seine Aufgabe.

Ich wollte gerade rübergehen, als plötzlich eine blonde Dame um die siebzig vor mir stand.

»Signorina, Sie müssen mir helfen«, sagte sie in starkem florentinischem Dialekt. »Ich schaffe es einfach nicht mehr, irgendwas zu lesen. Sie müssen mir ein Buch geben, mit dem ich die Freude am Lesen wiederfinde.«

Mit diesen Worten ließ sie sich auf einem der Sessel am Eingang nieder, auf denen die Kunden in ein Buch hineinlesen konnten, um zu entscheiden, ob es ihnen zusagte oder nicht.

»Herrje, Signora, da muten Sie mir aber eine ganz schöne Verantwortung zu! In welche Richtung soll es denn gehen: Roman, Krimi, historischer Roman ...?«

Gedankenversunken kaute sie auf der Unterlippe herum und ließ den Blick über die Regale schweifen.

»Ich will ein Buch, das mich zum Lachen bringt, in dem so ein Trottel wie ich vorkommt! In letzter Zeit war ich öfter traurig, weil es meinem Mann nicht gut geht, insofern möchte ich etwas Lustiges.«

Während sie das sagte, lag eine Trauer in ihrem Blick, bei der es mir das Herz zuschnürte. Ich wollte ihr wirklich gerne helfen, und sei es auch nur, indem ich es schaffte, sie fünf Minuten ihre Sorgen vergessen zu lassen.

»Wie wäre es mit *Tante Mame*? Kennen Sie das schon?«

»Tante wer?«

»*Tante Mame*, Signora. Das ist ein wundervolles Buch von Patrick Dennis, das er in den Fünfzigerjahren schrieb. Die Hauptfigur ist eine exzentrische Dame, eine Verwandlungskünstlerin, die in keine Schublade passt. Da gibt es allerhand zu lachen.«

Ich hatte sie bereits überzeugt, das sah ich daran, wie interessiert sie den rosa Umschlag betrachtete.

»Na gut, Sie haben mich rumgekriegt, ich nehme es mit. Aber falls es mir nicht gefällt, komme ich wieder«, erklärte sie, reichte mir das Buch und folgte mir zur Kasse.

»Gerne doch. Aber wenn ich es geschafft habe, Sie von Ihrer Traurigkeit zu kurieren, müssen Sie trotzdem vorbeikommen, um es mir zu sagen.«

»Wenn Sie mich von meiner Traurigkeit kurieren, komme ich, um noch mehr zu kaufen.«

Nachdem der Pakt besiegelt war, hatte die Dame bezahlt und sich herzlich von mir verabschiedet. Der Morgen war schon einmal gut losgegangen, und ich hatte noch nicht einmal Giulio von den guten Neuigkeiten berichtet.

Sobald ich durch die Tür war, hob der für Januar mutige Sonnenschein noch mehr meine Laune: Endlich ein wenig Licht und Wärme nach all dem Grau und der Kälte. Ich hatte eine unbändige Lust auf Sommer, auf länger werdende Tage, auf den Geruch von frisch gemähtem Gras und weiche Schatten, die meine Silhouette auf das Pflaster malten, wenn ich abends nach Hause ging.

Ich hatte bereits die Schwelle zur Bar überschritten, als ich abrupt stehen blieb: Giulio Maria war mit seiner großen Liebe Mia beschäftigt, einer Studentin, die in der Nähe wohnte. Bislang hatte er nicht den Mut aufgebracht, ihr seine Liebe zu gestehen, und in Anbetracht dessen, dass sie noch immer nicht die leiseste Ahnung hatte, dass er auf sie stand, legte er sich nicht gerade ins Zeug. Einmal hatte ich sogar versucht, das Thema unauffällig anzusprechen, und dabei festgestellt, dass all die prunkvollen Pfauenräder, die Giulio Maria, der für Mia einfach Giulio war, jedes Mal schlug, wenn sie die Bar betrat, die Betroffene nicht erreicht hatten – ja, sie hatte sie nicht einmal bemerkt. Die beiden waren wie Tag und Nacht: Sie träumte davon, als Übersetzerin zu arbeiten und einen Verlag zu gründen, während das letzte Buch, das er gelesen hatte, die Fibel in der Grundschule gewesen war. Er: sportlich, groß, tätowiert, trainiert; sie: Puddingärmchen, faul, vom Typ Radical Chic.

Mia und ich hingegen hatten jede Menge gemeinsam, allen voran die Leidenschaft fürs Lesen, sodass wir ganze Nachmittage damit zubringen konnten, nur über einen Autor anstatt über ein Genre zu diskutieren. Ab und zu setzten wir unsere Unterhaltungen auch abends in einem Lokal abseits der Touristenmeilen fort. Sie war ungewöhnlich, einerseits kämpferisch und andererseits zerbrechlich; mit ihren sechsundzwanzig Jahren hatte sie beschlossen, ihren Job im Kommunikationsbereich hinzuschmeißen, um einen zweiten Abschluss in Fremdsprachen und fremdsprachiger Literatur zu machen. Giulio Marias Interesse an ihr hatte mich ziemlich überrascht, war er doch sonst, was Frauen betraf, ziemlich oberflächlich. Ihm war ein wohlgeformter Hintern weit wichtiger als eine brillante Dialektik. Mia hatte ein ziemlich hübsches Gesicht mit ihren großen dunklen Augen und dem kecken Pony, aber was ihren Körper anging, konnte man sie ruhigen Gewissens als kurvig mit üppigem Busen und sanft geschwungenen Hüften beschreiben. Ein klassischer Fall von hübschem Gesicht, an dem Männer ohne Sinn und Verstand kein Interesse zeigten.

Da drehte sie sich um und hatte mich entdeckt, noch ehe ich den Rückzug antreten und wie eine Küchenschabe fliehen konnte, die vom Licht überrascht wird. Giulio hasste es, wenn ich ihm die Tour mit Mia vermasselte.

»Blu, komm nur, wir haben gerade über etwas geredet, das dich bestimmt interessiert!«, rief Mia enthusiastisch.

Während ich mich mit ihr an den Tisch setzte, sah ich aus dem Augenwinkel, wie Giulio mir hasserfüllte Blicke zuwarf, weil ich im falschen Moment hereingeplatzt war, aber nun war es zu spät.

»Warte, zuerst muss ich eine Bombe platzen lassen: Neri Venuti wird bei mir im Laden sein Buch vorstellen!«

Sofort hatte ich ihre ungeteilte Aufmerksamkeit. An diesem Tag trug sie ein pflaumenblaues T-Shirt und sah besonders niedlich aus.

»Nein, ich fass es nicht: Ich liebe ihn!«, rief sie aus und klatschte in die Hände wie ein Kind vor einer riesigen Schokotorte.

Die Unterhaltung mit Giulio war bereits in Vergessenheit geraten, sodass sich sein Hass mir gegenüber noch um eine Stufe gesteigert hatte. Aber ich freute mich viel zu sehr über Mias Begeisterung, ich brauchte jemanden, der meine Euphorie teilte und sie wirklich nachvollziehen konnte.

Vor allem aber brauchte ich Hilfe. Bevor sie mit dem Sprachstudium begonnen hatte, hatte Mia bereits einen Abschluss in Medien und Journalismus gemacht. Eine Zeit lang hatte sie als Social-Media-Managerin für verschiedene Firmen und Eventagenturen gearbeitet.

Ich wusste, dass sie ihren alten Job hingeworfen hatte, weil sie kurz vor dem Burn-out gestanden hatte, aber ich würde es trotzdem probieren. Ich und die sozialen Medien waren zwei Parallelwelten, die einander nie begegnen würden, ich hatte mir noch nie ein privates Profil irgendwo angelegt und nutzte auch das der Buchhandlung nur selten.

»Ich wollte dich um einen Gefallen bitten. Ich weiß, dass du keine Lust mehr auf den Job hattest und nicht gedenkst, je wieder in dem Bereich zu arbeiten, aber ich bräuchte echt Hilfe bei der Organisation und der Bewerbung des Events. Ich habe nicht die leiseste Ahnung, wie man das anstellt und wo man anfängt.«

Mia zögerte keine Sekunde, um mir zu antworten: »Klaro!

Ich habe auch schon ein paar Ideen. Komm, lass uns rüberge-hen, dann erkläre ich dir alles.«

Ohne ihren Redefluss zu unterbrechen, stand sie auf, um zur Buchhandlung rüberzugehen, wo sie dann aus dem Nichts einen Block und einen Stift zückte, um sich Notizen zu machen.

Was für ein Wunder effiziente Menschen doch sind! Am liebsten hätte ich auch sie geknuddelt.

Während sie noch redete und Notizen machte, hatte ich zum ersten Mal seit Langem das Gefühl, dass doch noch alles gut werden würde.

Zumindest musste ich hoffen können, dass dem so wäre.

3

VON LÄSTIGEN MITBEWOHNERINNEN, ROTEN MÄNTELN UND ERFOLGSDRUCK

Aber jetzt, wenn Sie allein mit sich selbst in diesem Raum sind, wo Sie vielleicht so allein sind, wie Sie es noch nie zuvor zu sein wagten, will ich, dass Sie einmal schreiben, nur für Ihre eigenen Augen bestimmt, warum Sie sich das antun – und wie Sie es fertigbringen, Fremde in Ihre wundeste Stelle zu lassen?

DAVID GROSSMAN: *Sei du mir das Messer*

Zwei Wochen später

»Liebe Freunde des Frühstücksfernsehens, gleich haben wir eine wirklich fantastische, bewegende Geschichte für euch, bleibt dran!«

Laut dem Wecker war es sieben Uhr morgens. Sieben Uhr morgens und irgendjemand hatte den Fernseher in einer Lautstärke laufen, dass man damit Bären aus dem Winterschlaf hätte holen können. Vermutlich war es die Nachbarin von oben, Signora Leoparda, eine aggressive Siebzigjährige mit toupierten Haaren und einem Kilo Make-up, die ihren Spitznamen dem kuriosen Umstand verdankte, dass sie ausschließlich Kleidung mit Leopardenprint trug. Bei ihr lebte auch ihr Enkel, der äußerlich durchaus ansehnlich war, wenngleich es ihm an Manieren mangelte. Er war oft zu Gast bei unseren Partys, die, obwohl wir vier uns viel Mühe damit gaben, oft damit endeten, dass die Gäste in einem Kreis auf den Klappstühlen von IKEA für sechs Euro fünfzig (unser Tiefstpreis!) saßen, mit einem Plastikbecher in der Hand. Eine Mischung aus Partys wie zu Teenagerzeiten und einem Stuhlkreis der anonymen Alkoholiker, bei denen es Matteo, so hieß Mr. Schlitzohr, es abwechselnd bei jeder von uns mal probierte. Einmal hatte er Giulia, Rachele und mich zu einem gefakten Probeshooting mit einem angeblichen Mitarbeiter von Franco Zaffini, dem berühmten Regisseur, eingeladen, der für dreißig Euro eine Mini-Sedcard von uns anfertigte, die er dem Maestro überreichen würde, woraufhin dieser uns garantiert als Komparsinnen für einen Film engagieren würde, der in Florenz gedreht wurde. Dieser sichtlich zwielichtige Typ versprach, wir würden ihn schon bald zur Vertragsunterzeichnung wiedersehen. Tatsächlich sahen wir ihn auch bald wieder, allerdings im Fernsehen, wo genau über diese Masche berichtet wurde, auf die wir Dummköpfe reingefallen waren und bei der wir an abgelegenen Orten fotografiert worden waren, wie wir zermatschte Halloween-Kürbisse umarmen. Matteo hatte sich in aller Form entschuldigt und uns alle, einzeln, und ohne dass eine von der anderen wusste, als Wiedergutmachung zum Abendessen eingeladen.

Die Naivität des männlichen Geschlechts erstaunt mich immer wieder. Einige Männer scheinen mit den Grundregeln von Frauenfreundschaften nicht vertraut zu sein: Echte Freundinnen erzählen einander alles, angefangen bei der Shampoo-marke, die sie benutzen, bis hin zur Tatsache, dass ihr aktueller Lover beim Hauptakt die Socken nicht ausgezogen hat.

Inzwischen war ich munter und konnte genauso gut aufstehen, immerhin musste ich allerlei für die Buchpräsentation mit Neri Venuti heute Abend vorbereiten.

Als ich mein Zimmer verließ, wurde mir klar, dass der Fernsehlärm in Wirklichkeit aus unserem Wohnzimmer kam. Auf dem Weg ins Bad entdeckte ich, dass ein Mädchen, das ich noch nie gesehen hatte, auf der Sofakante saß, als hielte sie sich für einen Hundertmetersprint bereit. In der einen Hand die Fernbedienung, in der anderen eine Zigarette, an der sie gierig zog.

Von Neugier gepackt angesichts dieser Unbekannten auf dem Sofa, das ja auch mein Sofa war, trat ich etwas näher, um herauszufinden, was sie so in den Bann zog. Der Videotext. Jawohl, meine Damen und Herren, hiermit kann ich verkünden, dass auch im Jahre des Herrn 2019 der Videotext noch existiert. Genauer gesagt, las sie dermaßen konzentriert den Polizeibericht, dass sie mein Heranschlurfen nicht bemerkt hatte.

»Hallo.«

Beim Klang meiner Stimme machte sie einen solchen Satz, dass sie beinahe unsere Lampe im Stil »arme Kunst« – nicht im Sinne der Kunstrichtung, sondern weil sie tatsächlich aussah, als stamme sie von der Müllhalde – umarmt hätte.

»Entschuldige vielmals, ich wollte dich nicht erschrecken. Ich bin Blu, genau, Blu wie die Farbe, und du bist …«

Die Unbekannte sah mich weiterhin mit aufgerissenen Augen an, die umso größer wirkten durch die dicke Brille, die sie trug. Sie sah aus wie eine kleine Eule, die aus dem Nest gefallen war und ihre Mama suchte.

»Hallo, ich bin Sery«, sagte sie und reichte mir eine Hand so labbrig wie Kabeljau. »Hat dir Carolina nichts von meinem Besuch erzählt? Ich bin ihre Cousine aus Brindisi.«

»Nein, sie hat mir nichts erzählt. Aber mach dir deshalb keinen Kopf, das ist überhaupt kein Problem.«

Ich hätte ihr gern gesagt, dass die Vibrationen aufgrund der Lautstärke, in der der Fernseher lief, drohten das Fundament des Gebäudes zu kompromittieren, ließ es aber sein, setzte stattdessen ein versöhnliches Lächeln auf und ging in Richtung Bad. Außerdem, was war Sery überhaupt für ein Name? Während ich über die Bedeutung von Namen nachgrübelte, meinen eigenen eingeschlossen, öffnete sich die Zimmertür von Rachele, die mich am Ärmel packte und hereinzog.

»Boah, kannst du dieser Bekloppten sagen, dass sie den Fernseher leiser drehen soll, oder muss ich erst rübergehen und ihr eine reinhauen?« Diplomatie war nie Racheles große Stärke gewesen.

Mit ihrer zerstrubbelten mahagonifarbenen Haarpracht auf dem Kopf sah sie aus wie Medusa. Auf dem Bett, anmutig ausgestreckt wie eine Sphinx, lag Frodo, ihr bildschöner Kater, der uns schläfrig ansah.

»Sag mal, wusstest du vom Besuch von Caros Cousine? Ich bin eben aus allen Wolken gefallen, als sie sich mir vorgestellt hat.«

»Ja, sie hat sich nicht getraut, es dir zu sagen. Wenn ich mich nicht täusche, hatte sie mich beauftragt, es dir zu beichten, aber ich habe es vergessen.«

Sie setzte sich aufs Bett, das – neben Frodo natürlich – von der Hello-Kitty-Bettwäsche dominiert wurde, die wir ihr letztes Jahr zum Geburtstag geschenkt hatten, strich sich die langen Strähnen hinters Ohr und redete weiter.

»Aber sie ist echt speziell, mach dich auf was gefasst. Gestern Abend haben wir uns unterhalten, und nach fünf Minuten hat sie mir erzählt, dass sie noch Jungfrau ist. Um ein Haar hätte ich ihr vor lauter Schreck meinen Tee ins Gesicht gespien.«

»Siehst du, hätte ich gestern Abend mal lieber nicht mit Giulio Maria zu Abend gegessen, sondern wäre hiergeblieben, dann wäre ich auch in den Genuss dieser Szene gekommen. Aber wie alt ist sie denn? Sie ist doch nicht etwa so eine Hardcore-Katholikin?«

»Sie ist fünfundzwanzig, meine Liebe. Keine Ahnung, ob sie katholisch ist, aber das werden wir bestimmt herausfinden, immerhin bleibt sie sechs Monate bei uns.«

»Wie bitte?!«

Mit Unschuldsmiene zuckte sie die Achseln.

»Ups. Noch ein Detail, das mir entfallen war und das ich dir wohl hätte kommunizieren sollen.«

Sie griff sich eine Tasse vom Nachttisch und nahm einen raschen Zug des dunklen, ungesund aussehenden Inhalts. Wenn sie den kalten Teer-Kaffee vom Vorabend herunterbekam, ohne sich zu übergeben, war sie offiziell meine Heldin.

»Carolina will als Entschädigung für die Unannehmlichkeiten mehr Miete zahlen.«

Das besänftigte meine Wut vorübergehend: Carolina schuldete mir nach wie vor eine Erklärung, aber es kam mir durchaus gelegen, wenn ich ein wenig Miete sparte und nicht ständig am Ende des Monats blank war.

»Wegen heute Abend, wir kommen also um sieben zu dir in den Laden?«, fragte sie und streckte sich dabei so, dass ihre runden Brüste sich unter ihrem Unterhemd abzeichneten. Schlanke Frauen mit großen Möpsen gehörten wirklich zur hassenswertesten Kategorie Mensch.

»Serafina nehmen wir mit, dann sind wir eine mehr.«

»Entschuldige mal, welche Serafina?«

»Wie jetzt, welche Serafina? Die Jungfrau von Apulien, die seit geschlagenen vierzig Minuten so laut Frühstücksfernsehen schaut, dass einem fast das Trommelfell platzt.«

Aha, daher kam also Sery, es war die Kurzform von Serafina. Ich hielt mir den Mund zu, um ein Lachen zu unterdrücken.

»Bring mich bloß nicht zum Lachen, die hört uns doch. Aber ja, je mehr desto besser, von mir aus kann sie mitkommen. Aber hast du den Jungs vom Rugby auch Bescheid gesagt?«

»Ja, Mattia kommt mit fünf weiteren Jungs, das war alles, was ich rausschinden konnte.«

»Vielen Dank, du bist ein Schatz. Ich geh mich mal fertig machen, damit ich etwas früher im Laden bin und noch was vorbereiten kann.«

Ich hätte es niemals zugegeben, nicht mal vor den Mädels, aber ich war aufgeregt. Aus Angst, es könnte niemand auftauchen, hatte ich ein paar Vorkehrungen getroffen: Ich hatte sämtliche Freundinnen gezwungen, mindestens zwanzig Leute einzuladen und sicherzustellen, dass wenigstens zehn davon kamen, ansonsten würde das das Ende unserer Freundschaft bedeuten. Falls zufällig auch Verwandtschaft in der Stadt lebte, musste die Einladung auf Blutsverwandte bis hin zum dritten Grad ausgedehnt werden, auch auf Personen von über achtzig Jahren. Die Veranstaltung musste an sämtliche Facebook-Kontakte weiterempfohlen und jede nur erdenkliche Gruppe gnadenlos zugespammt werden, in der auch nur einmal das Wort »Bücher« aufgetaucht war. Zudem hatte ich Flyer drucken lassen, die Giulio Maria an sämtliche Kunden verteilen sollte, sowie ein Plakat für Simona, die Schreibwarenhändlerin von gegenüber, die gute Seele und Vertrauensperson des Viertels. Kurz hatte ich auch überlegt, Flyer hinter die Scheibenwischer der Autos zu klemmen, fand das dann aber doch etwas zu gewagt und habe es lieber sein lassen.

Mit einem Mal kamen all meine Unsicherheiten aus der Kindheit zurück, was unheimlich lästig war. Dazu muss man wissen, dass ich als kleines Mädchen den Mund nicht aufbekam. Ich war wahnsinnig schüchtern und blieb lieber für mich. Im Kindergarten hatte ich keinerlei Freunde: Ich spielte für mich allein, schaukelte allein, malte allein. Die anderen Mädchen schlossen sich zu Grüppchen zusammen, ich hingegen hielt mich abseits und stellte mir vor, wie schön es wäre, so wie sie zu sein. Nach Monaten des Einsiedlertums in der ersten Klasse freundete ich mich schließlich mit einer gewissen Cristina an.

Ich war überglücklich: Endlich hatte auch ich eine Freundin. Allerdings stellte sich Cristina schon bald als unzuverlässige Spielkameradin heraus. Nachdem wir einen guten Monat lang die Bank geteilt und uns gegenseitig unserer Zuneigung ver-

sichert hatten, erklärte sie eines Tages, dass sie am selben Nachmittag zu mir nach Hause zum Spielen kommen würde. Also
hatte ich all meine schönsten Spielsachen sorgfältig zurechtge-
legt und Clarissa gebeten, mir Zöpfe zu flechten. Während sie
mir die Haare machte, erzählte ich ihr, wie besonders Cristina
sei und dass sie sie schon bald kennenlernen würde. Als es drei
Uhr war, setzte ich mich zum Warten raus in den Garten, wo ich
eines meiner Lieblingsbücher las, *Celestina geht auf den Markt*, die
Geschichte einer Maus, die für die ganze Familie einkaufen geht.
Ich konnte zwar noch nicht richtig die Uhr lesen, wusste aber,
wenn *Bim bum bam* auf Canale 5 anfing, war es vier. Ab und zu
ging ich hinein, um nachzusehen, ob Uan und Ambrogio, meine
beiden haarigen Freunde, bereits auf dem kleinen Fernseher in
der Küche liefen. Die beiden Handpuppen kamen und gingen,
ohne dass Cristina und ihre Mutter aufkreuzten.

Am nächsten Tag in der Schule entschuldigte sie sich und
erfand eine wenig plausible Ausrede, wieso sie nicht hatte
kommen können. Anfangs schluckte ich ihre Geschichte
noch, aber dann wiederholte sich der Vorfall jeden Dienstag
aufs Neue mit immer neuen Ausreden. Ich sagte nichts dazu
und tat unbefangen, weil ich meine einzige Freundin nicht
verlieren wollte, aber fortan ließ ich mir nicht mehr die Haare
von Clarissa flechten, um nicht im Anschluss erklären zu müssen, wieso Cristina nicht aufgetaucht war.

Aber genug gejammert! Der heutige Abend würde bestimmt ein Erfolg werden, zumal ich auch Michele und meine
Ex-Kommilitonen eingespannt hatte. Ich ging ins Bad und
machte mich sorgfältig zurecht.

An diesem Morgen erwartete mich vor dem verschlossenen

Rollgitter ein Mädchen, das ich noch nie zuvor gesehen hatte. Sie trug einen hübschen kirschroten Mantel, ein echter Hingucker. Wie üblich war ich zu spät dran, aber sie machte keinen ungeduldigen Eindruck.

»Hallo, wartest du darauf, dass der Laden aufmacht?«, fragte ich sie, um sicherzugehen, dass ich keine Passantin belästigte, die vielleicht nur auf eine Freundin wartete.

»Ja, aber kein Problem, schließ ruhig in Ruhe auf.«

Eigentlich pfiff ich aus dem letzten Loch und dürstete nach einem Kaffee, aber da ich es mir nicht leisten konnte, auch nur eine Kundin zu verlieren, öffnete ich in Blitzeseile den Rollladen, knipste das Licht an und schaltete die Playlist mit Billie-Holiday-Songs ein, die mir jeden Morgen versüßte. Die Musik erfüllte die Luft und verbreitete wie üblich eine wohlige Atmosphäre: Jetzt konnte der Kaffee getrost warten.

Während ich das Chaos in Ordnung brachte, das ich am Vorabend hinterlassen hatte, bemerkte ich aus dem Augenwinkel, dass meine Kundin mit dem roten Mantel sich verdruckst umsah.

»Darf ich dich um einen Rat fragen?«, fragte sie und näherte sich dem Kassentresen.

Ich hörte auf, Kassenbons und Rechnungen zu sortieren.

»Klar, schieß los.«

Sie zwirbelte sich eine Haarsträhne auf den Finger und senkte die Stimme.

»Also, ich bin gerade in einer ziemlich speziellen Situation. Es ist mir ein bisschen peinlich darüber zu reden, aber ich hätte gern ein Buch, das mir weiterhilft.«

Nun hatte sie meine volle Aufmerksamkeit.

»Wenn du mir dein Problem nennst, kann ich überlegen, ob ich etwas dahabe, das eine Lösung bereithält.«

Das Mädchen senkte den Blick; offenbar suchte sie nach den richtigen Worten.

»Ich bin seit circa sechs Jahren mit meinem Freund zusammen. Im September wollen wir heiraten.«

Und ich hatte schon eine Tragödie erwartet.

»Wie schön! Glückwunsch, das klingt doch nach fabelhaften Neuigkeiten.«

Nun redete sie noch leiser, flüsterte fast. Ich rückte etwas näher, damit mir nichts entging.

»Ja schon. Das Problem ist nur, dass ich in einen anderen verliebt bin, den ich nicht vergessen kann.«

Ihre Stimme brach und ihre Augen wurden feucht. Als sie das Gesicht hinter der Hand verbarg, bemerkte ich den funkelnden Diamantring an ihrem Ringfinger.

Kein Wunder, dass sie die Haare so zwirbelte, das war wirklich eine heikle Angelegenheit.

Es ist unglaublich, wie kompliziert menschliche Beziehungen sein können, wie Menschen ihre wahren Gefühle hinter einer Maske verbergen können. Wenn ich diesem Mädchen in einer Bar oder im Kino begegnet wäre, mit ihrem schicken roten Mantel, dem kecken blonden Pony, ihrem Lächeln und den sanften Augen, hätte ich niemals für möglich gehalten, dass sie hinter der Fassade todunglücklich ist.

Ich rückte noch ein Stück näher und versuchte, so sensibel wie möglich zu sein. Ich hatte gelernt, dass in bestimmten Situationen ein falsches Wort reichte, und schon igelte sich jemand ein, der kurz davor war, sich dir anzuvertrauen.

Vorsichtig ergriff ich das Wort.

»Ich versteh dich. Manchmal gibt es Menschen, die nisten sich in unserem Herzen ein und ziehen dort ein illegales Haus hoch, und wir lassen es ihnen einfach durchgehen und dulden diese Schmarotzer.«

Das Mädchen mit dem roten Mantel fing an zu lächeln. Immerhin hatte mein oftmals unkontrollierter Einsatz von Ironie den gewünschten Effekt. Sie war noch immer emotional erreichbar, hatte noch nicht zugemacht.

»Genau so hat er das gemacht. Es ist eine Art Fernbeziehung, er ist ebenfalls verlobt.« Bei dem Wort »verlobt« verzog sich ihr Mund unwillkürlich.

»Er lebt in einer anderen Stadt, wir sehen uns nur selten. Im Grunde schreiben wir uns nur E-Mails, aber keiner von uns beiden will den Faden abreißen lassen. Ich für meinen Teil bin allerdings ratlos, weil ich nicht weiß, wie ich aus dieser Nummer wieder rauskomme. Deshalb hätte ich gerne ein Buch, das mir hilft, diese Beziehung zu überdenken.«

»Okay, lass mich mal einen Moment nachdenken.«

Das war gar keine so leichte Aufgabe, schließlich musste ich ein Buch finden, in dem es um eine Fernbeziehung zwischen zwei Liebenden ging. Obwohl ich in meiner Laufbahn als zwanghafte Leseratte Hunderte, ach was, vielleicht gar Tausende Bücher gelesen hatte, gab es immer Situationen, in denen es mir schwerfiel, eine passende Buchempfehlung für die Person vor mir auszusprechen.

Aber warte mal, zwei Liebende, eine Fernbeziehung... mir fiel da ein potenzieller Kandidat ein, aber zuerst musste ich einen Blick hineinwerfen. Das Regal mit der fremdsprachigen

Literatur stand rechts neben dem Eingang, Buchstabe G, da ist es ja. Ich schlug das Buch an einer beliebigen Stelle auf und fing an zu lesen.

Gehen Sie jetzt nur nicht hinaus, denn wenn Sie jetzt gehen, werden Sie nicht mehr zurückkehren. Bis zum Ende der Welt werden Sie fliehen und sich nicht erinnern wollen an das, was jetzt mit mir bei Ihnen seinen Anfang nimmt. Wenn sich die Seele ganz langsam und unter schrecklichen Qualen einem anderen öffnet. Und hören Sie nicht auf zu schreiben, Jair, halten Sie sich mit Ihrer ganzen Kraft am Stift fest, Sie zittern vor lauter Anspannung, aber schreibend schlagen Sie in mir eine Wurzel, und haben Sie keine Angst. Auch nicht vor dem Gedanken, den Sie einmal hatten, vor einer Million Jahren oder vor zwei Tagen, als Sie ohne Gedächtnis aufwachen wollten, nach einem Unfall oder einer Operation, und sich Schritt für Schritt wieder erinnern wollten, an Ihre und meine Geschichte, und sie sich ganz erzählen wollten, von Anbeginn an, aber ohne zu wissen, auch nicht für einen Augenblick, ob Sie in dieser Geschichte der Mann oder die Frau sind.

Und hoffentlich werden Sie sich daran erinnern, wie es ist, wenn Sie die Frau sind, und wie — wenn weder Mann noch Frau, sondern Sie selbst vor absolut allem, vor den Definitionen und vor den Pronomen und vor den Nomen und den Geschlechtern. Und vielleicht werden Sie, wie zufällig, auch auf eine Urmöglichkeit von mir stoßen, auf die, »ich« zu sein.

Genau das hatte ich gesucht. Das passte perfekt.

Ich kehrte zu dem Mädchen zurück, das sich etwas im Kinderbuchregal ansah, und streckte ihr das Buch entgegen. Auf dem Cover sah man eine Frau. Daneben in Großbuchstaben der Titel: *Sei du mir das Messer*. Von David Grossman.

»Lies das. Das ist ein wundervoller Roman über eine Liebe, die eurer ähnelt, die kompliziert ist, aber vom Schicksal vorherbestimmt zu sein scheint.«

Unsicher, was sie damit anfangen sollte, betrachtete sie den Umschlag. Ich schlug für sie die Seite auf, in der ich soeben gelesen hatte, und deutete auf den betreffenden Absatz.

»Oh Gott, das ist ja, als würde es von uns handeln.«

»Falls es nicht das Richtige sein sollte, bringst du es mir einfach wieder zurück. Versprochen?«

»Versprochen«, das Mädchen schlug das Buch zu und zeigte erneut ihr strahlendes Lächeln, »das nehme ich auch.«

Zu Grossman legte sie *Mein Schwangerschaftstagebuch*.

»Soll ich dir das als Geschenk einpacken?«, fragte ich und deutete auf das Buch, das sie mir hingelegt hatte.

»Nein, es ist für mich.«

Eine Sekunde lang trafen sich unsere Blicke und plötzlich begriff ich, weshalb sie zuvor mit solchem Unbehagen über ihre heimliche Affäre gesprochen hatte.

»Okay, dann packe ich beide in eine Tüte.«

Ich überreichte ihr ihren Einkauf. Als sie fast zur Tür hinaus war, überkam mich mit einem Mal das Bedürfnis, ihr noch etwas mitzugeben.

»Falls etwas ist, kannst du jederzeit wiederkommen. Auch ohne etwas zu kaufen.«

Sie antwortete nicht, sah mich lediglich mit ihren melancholisch dreinblickenden haselnussbraunen Augen an.

»Ach so, ich heiße übrigens Blu, wie die Farbe, hat mich gefreut dich kennenzulernen.«

»Vanessa. Tschüss, dann bis bald also.«

Mir gefiel der Gedanke, dass Vanessa, wenn sie nun meinen Buchladen verließ, der Welt da draußen mit ein wenig mehr Zuversicht entgegentreten würde. Es war mir schon öfter passiert, dass mir beiläufige Bemerkungen von Unbekannten Trost gespendet, mein Herz erwärmt hatten und jahrtausendealte Verkrustungen dahinbröckeln ließen. Ein tief empfundenes, schwer in Worte zu fassendes Gefühl.

Ich dachte noch immer über das Mädchen mit dem roten Mantel nach, als Giulio Maria in der Tür stand. Weil er wie üblich nicht in die Puschen kam, geriet er jetzt in Panik wegen des Aperitifs heute Abend und terrorisierte mich seit acht Uhr mit Fragen per Whatsapp. Er hatte schon ein paarmal vor dem Fenster gestanden, aber das Mädchen mit dem roten Mantel hatte ihn ferngehalten. Jetzt, da ich allein war, musste ich mir all seine Ängste anhören.

»Wie viele sind wir heute Abend eigentlich genau? Ich muss schließlich alles für den Aperitif vorbereiten. Ich könnte auch Mia eine Nachricht schicken unter dem Vorwand, sie zur Lesung einzuladen, und mich an sie ranwanzen.«

Er wackelte ein paarmal vielsagend mit den Augenbrauen wie ein waschechter Latin Lover. Obwohl er echt gut aussehend war, wirkte er auf mich ungefähr so anziehend wie ein Steak auf einen Vegetarier.

»Noch eine Nachricht? Du hast ihr doch schon gestern und

vorgestern geschrieben. Wie oft hat sie dir von sich aus geschrieben?«

»Noch nie.«

»Also, lass es und koch lieber für heute Abend.«

In der Kunst des Liebeswerbens war Giulio Maria eine Katastrophe, nie sprach er jemanden an. Seit Jahren versuchte ich, ihm die weibliche Psyche näherzubringen, aber es war jedes Mal vergeblich.

Er schickte sich an zu gehen, beschloss dann aber, mir den Vormittag zu versauen.

»Ich frage dich immer in Liebesdingen um Rat, dabei macht es mir nicht den Anschein, als ob du sonderlich erfolgreich wärst.«

Wie nett von meinem guten Freund Giulietto, mich daran zu erinnern, dass sich mein Liebesleben zuletzt mit dem Titel von Dino Buzzatis Meisterwerk zusammenfassen ließ, nämlich: *Die Tatarenwüste*. Erst voriges Jahr hatte ich eine Beziehung beendet, eine richtig ernste Beziehung, die vier Jahre gehalten hatte. Seither war das einzige Lebewesen, mit dem ich mir das eheliche Bett geteilt hatte, Frodo gewesen, der gelegentlich mit mir fremdging und mir das Gesicht abschlecken wollte.

»Na, alles bereit für den großen Abend heute?«, unterbrach uns eine vertraute Stimme.

Mia betrat triumphierend meinen Buchladen, als ob sie im Äther Giulio Marias Nachricht empfangen hätte, die er ihr hatte schicken wollen. Dieser lief rot an, wohl aus Sorge, sie könnte etwas über seine amourösen Absichten aufgeschnappt haben, wenngleich das unmöglich war, da wir schon seit Minuten nicht mehr über sie gesprochen hatten.

Etwas war neu, aus ihrem dunklen Haar stachen zwei blaue Strähnchen hervor.

»Müsstest du nicht beim Unterricht sein?«, fragte ich. »Und was hast du mit deinen Haaren angestellt?«

»Ja, ich sollte eigentlich an der Uni sein, aber mein sechster Sinn hat panische Schwingungen in der Luft wahrgenommen, also bin ich dir zu Hilfe geeilt.«

»Gesegnet sei dein sechster Sinn. Ich bin wirklich panisch.«

»Aber sag mal, gefallen dir meine Haare etwa nicht?«, sagte sie und strich sich über die blauen Strähnchen, die ihr Gesicht einrahmten. »Irgendwie habe ich mich heute so unbeschwert gefühlt, und da habe ich sie mir gefärbt.«

Ich betrachtete sie und stellte dabei den Freundschaftsfilter aus. Den Begriff »Freundschaftsfilter« hatte ich im Lauf der Jahre erfunden für jenen wohlmeinenden Blick, mit dem man Menschen betrachtet, die man gernhat. In meinen Augen waren all meine Freundinnen wunderschön und Frauen, die ich nicht leiden konnte, abgrundtief hässlich. Aber wenn ich mich dann mit Männern unterhielt, stellte ich fest, dass mein ästhetisches Empfinden stark von eben jenem Freundschaftsfilter geprägt war. Die blauen Strähnchen waren objektiv betrachtet furchtbar, aber das hätte ich ihr niemals gesagt, nicht mal unter Folter. Wäre Rachele hingegen hier, sie hätte ihr längst geraten, zum Friseur zu gehen und das Geld zurückzufordern für den Pfusch, den er angerichtet hatte.

»Weiß nicht. Das letzte Mal, dass mich Strähnchen in Verzückung versetzt haben, war 1998, als ich neun Jahre alt war und meine großen Vorbilder die Sängerin von Acqua und Geri von den Spice Girls waren.«

Ich drehte mich zu Giulio Maria, der von ihren fragwürdigen blauen Strähnchen ebenfalls wie hypnotisiert schien.

»Na, dann los. Machen wir uns an die Arbeit. Lasst die Spiele beginnen.«

4

VON AUFDRINGLICHEN RÜCKKEHRERN, ZOMBIE-INVASIONEN UND OHNMACHTSANFÄLLEN

Wenn ethisch und ästhetisch alles erlaubt ist,
dann gibt's auch keine Blamage mehr.

NICCOLÒ AMMANITI: *Lasst die Spiele
beginnen*

Am selben Abend

Um sechs herrschte noch fröhliches Chaos. In aller Seelenruhe schnitt Giulio Maria die zu füllende Focaccia auf und
hatte noch nicht einmal angefangen, das Büfett anzurichten.
Der Kurier mit den Büchern für die Lesung steckte im Stau
fest und konnte mir keine genauen Angaben machen, wie
lange er brauchen würde. Im Laden hatten weit weniger Stühle
Platz als einkalkuliert, und in knapp einer Stunde würde Neri
Venuti eintreffen. Zum Glück hatten sich Rachele und Giulia,

die Retterinnen der Republik, angeboten, Giulio Maria bei der Vorbereitung des Büfetts zu helfen, während Mia und ich den Laden so umräumten, dass der Autor keinen klaustrophobischen Anfall erleiden würde.

»Meinst du, wenn wir diesen Tisch ein wenig nach rechts rücken, könnten wir noch einen Stuhl hinstellen?«

»Nein, besser nicht, es muss noch ein Durchgang bleiben. Wenn auch nur die Hälfte der Leute kommt, die wir eingeladen haben, quetschen wir uns hier sonst zu Tode.«

Für diesen besonderen Anlass hatte ich mich extra zurechtgemacht, ich trug ein kleines Schwarzes aus Wolle, das schlicht und zugleich chic wirkte, dazu Absatzschuhe und dezentes Make-up. Die Haare hatte ich zu einem lockeren Dutt zusammengebunden. Leider hatte ich nicht einkalkuliert, dass sich das Umherrücken der Tische und Stühle so anstrengend gestalten würde. Ergebnis: Der Dutt war in sich zusammengefallen wie ein Sahnehäubchen in der Sonne, und vor lauter Schwitzen war mein Make-up zerlaufen. Statt wie Audrey Hepburn auszusehen, wie erhofft, glich ich eher einem zotteligen, verschwitzten Panda. Mia hingegen strahlte, abgesehen von den blauen Strähnchen, nach wie vor eine überirdische Perfektion aus.

»Guten Abend, ihr Lieben. Na, wie laufen die Vorbereitungen?«

Carolina klang gezwungen fröhlich. Sie wusste genau, dass sie mir eine Erklärung für das unverhoffte Auftauchen ihrer Cousine schuldete und versuchte, dies mit besonderer Liebenswürdigkeit zu überspielen. Zu ihrer Linken stand auch schon das Objekt, beziehungsweise Subjekt unseres Dissenses: Sery im Abendoutfit. Die tiefschwarzen Haare, die heute Morgen noch glatt und zu einem Pferdeschwanz gebunden gewesen waren, trug sie nun offen und zu Korkenzieherlocken verdreht, die selbst Shirley Temple in *Lockenköpfchen* in den Schatten stellten. Anders als die kleine Temple hingegen war Sery eine Riesin von eins achtzig Körpergröße und neunzig Kilo Lebendgewicht. Sie hielt ihre Tasche unter den Arm geklemmt, als hätte sie soeben die übelste Spelunke in Caracas betreten und klebte an Carolina, die so tat, als würde sie nicht bemerken, wie ihre Cousine am liebsten mit ihr verschmolzen wäre. Immerhin hatte sie ihre eulenmäßige Brille daheimgelassen und trug stattdessen Kontaktlinsen, auch wenn das Ergebnis dennoch ein wenig zu wünschen übrig ließ.

»Hallo, Caro, na ja … wir versuchen gerade, nicht alles vollzustellen. Hi, Sery, schön, dass du mitgekommen bist.«

»Ich hab gehört, heute Abend kämen auch Rugbyspieler, aber ich kann nirgends welche sehen.«

Die Jungfrau von Apulien kam direkt zur Sache.

»Ja, Rachele hat ein paar Freunde eingeladen, aber sie kommen später. Wenn ihr mögt, könnt ihr euch in der Zwischenzeit bei Giulio Maria einen Prosecco abholen, während wir hier weitermachen.«

Sery schien wenig begeistert von meiner Antwort und schleppte Carolina missmutig rüber zur Bar.

»Was ist denn das für eine?«, fragte Mia amüsiert.

»Frag nicht, erzähl ich dir später. Lass uns erst mal diesen Sessel rüberschieben, vielleicht können wir eine Nische freihalten, damit …«

»Guten Abend, Blu.«

Oh Gott, diese Stimme. Wer immer da oben unsere Gebete erhört, bitte mach, dass es nicht die ist, die ich glaube.

»Genug Zeit für eine Buchpräsentation hast du also, wie ich sehe.«

Ahnend, wen ich gleich vor mir haben würde, drehte ich mich langsam um. Und tatsächlich, Premio Strega sah mich mit flammenden Augen und einem auffälligen Hautausschlag im Gesicht an, der von ihrer cholerischen Wut zusätzlich befeuert wurde.

Ich versuchte, einen Ausdruck irgendwo zwischen Freude und Erstaunen aufzusetzen, aber im Gegensatz zu Giulia konnte ich nicht gut schauspielern.

»Hallo, Beatrice! Wie schön, dich zu sehen!«

Nichts, ihr Blick blieb undurchdringlich und die roten, an Marmor erinnernden Verästelungen auf ihren Wangen gewannen an Intensität.

»Entschuldige, dass ich mich nicht mehr gemeldet habe. Ich bin noch dabei, dein Buch zu lesen, das echt gut ist, aber ich bin noch nicht ganz durch.«

Bei den Worten »echt gut« entspannten sich ihre Gesichtszüge etwas, vielleicht hatte ich sie besänftigt.

»Deshalb warte ich noch etwas, bis ich deine Buchpräsentation organisiere.«

Zusammengepresste Lippen, aufgeblähte Nasenflügel. Sie hatte es mir nicht abgekauft.

»Das Buch von Neri Venuti ist erst letzte Woche rausgekommen, aber für seins hast du offenbar Zeit gehabt.«

Sie hob bedrohlich die Stimme. Wenn Neri jetzt hereinkam und diese Szene sah, wäre das mit Sicherheit nicht gerade ein

Aushängeschild für meinen Laden. Ich musste mir etwas einfallen lassen. Und zwar hurtig. Leider konnte mir Mia in dieser Situation nicht aus der Patsche helfen, weil ich ihr nie von Premio Strega erzählt hatte und das jetzt schlecht direkt vor ihr nachholen konnte.

Da kam mir ein Gedankenblitz.

»Ach so, nein. Neri ist ein guter Freund von mir, weshalb ich seinen Roman schon vorab lesen durfte.«

Premio Strega fing übers ganze Gesicht an zu strahlen. Schlagartig wurde mir klar, dass meine geniale Idee in Wirklichkeit ein fatales Eigentor gewesen war. Um mir Ärger vom Hals zu halten, hatte ich mich erst recht in den Schlamassel hineingeritten.

»Dann könntest du ihn mir doch vorstellen, sobald er kommt. Wenn ihr euch so gut kennt, sollte das ja kein Problem sein. Ich bräuchte auch dringend einen neuen Verlag. Meiner vernachlässigt nämlich total die Öffentlichkeitsarbeit und kapiert einfach nicht, welches Potenzial mein Buch birgt. Ein Verlag wie der, bei dem Neri Venuti erscheint, wäre eher meine Kragenweite.«

Sie verschränkte die Arme vor der Brust und sah mich mit gespielter Liebenswürdigkeit an.

Na toll. Wie sollte ich jetzt bitte schön aus dieser Zwickmühle herauskommen? Wenn Premio Strega ihn ansprechen würde, würde Neri herausfinden, dass ich ihn als meinen *best friend* ausgegeben hatte, wo wir uns doch in Wirklichkeit nur einmal flüchtig über den Weg gelaufen waren und er sich vielleicht nicht mal mehr an mein Gesicht erinnerte, angesichts dessen, dass er die ganze Zeit über mit der Wand geredet hatte. Und ich konnte ihn auch kaum bitten mitzuspielen, er schien mir eher nicht so der ironische Typ zu sein. Mein Kopfkino der Kategorie »Hobbys und Freizeit«, in dem sich meine Buchhandlung zu einer kulturellen Begegnungsstätte mauserte und dank Nero Venuti zu einem beliebten Treffpunkt von Schriftstellern und Lesern wurde, löste sich in Luft auf.

»Klar, können wir gerne machen, aber erst nach der Präsentation, denn vor einem Auftritt möchte er allein sein und mit niemandem ein Wort wechseln. Wie wär's, wenn du dir in der Zwischenzeit nebenan in der Bar ein Getränk holst. Ich lad dich ein. Oder weißt du was, ich bring dich hin.«

Sanft stupste ich sie Richtung Bar, die bereits voll war, obwohl sich gerade mal zehn Leute darin aufhielten. Giulio Maria stand hinter dem Tresen, während im Hintergrund Giulia und Rachele wie Profiköchinnen kalten Aufschnitt anrichteten und Panini belegten. Wenn die Situation nicht so katastrophal gewesen wäre, wäre mir zum Lachen zumute gewesen. Normalerweise rührten die beiden nicht mal unter Folter einen Kochtopf an, und nun sahen sie aus, als seien sie einer Fernsehkochshow entsprungen.

Ich ließ Premio Strega am Tresen zurück und schnappte mir Carolina. Sery, die Handtasche immer noch fest umklammert, schickte sich an, ihr zu folgen, doch ein pfeilartiger Blick von mir und sie blieb brav, wo sie war.

Sobald wir allein waren, fing Carolina an wie ein Wasserfall zu reden. Offensichtlich war ihr das Ganze höchst unangenehm, aber so leicht würde ich sie nicht davonkommen lassen. Um jeder Konfrontation aus dem Weg zu gehen, hatte sie es an Rachele delegiert, mich über unsere temporäre Mitbewohnerin zu informieren; aber jetzt war nicht der richtige Zeitpunkt dafür, das auszudiskutieren.

»Blu, es tut mir leid. Mir ist klar, dass ich dir vorher wegen Serafina hätte Bescheid geben müssen, aber mich hat das selbst kalt erwischt. Ich zahle auch die doppelte Miete, mach dir da keine …«

Ich hob eine Hand, um ihrem Redefluss Einhalt zu gebieten. Carolina schuldete mir einen Gefallen, und diesen beabsichtigte ich umgehend in Anspruch zu nehmen.

»Hör mal, du musst heute Abend eine Aufgabe für mich übernehmen, und wenn du sie zu Ende bringst, ist alles vergeben und vergessen. Siehst du die Irre da hinten, mit den elektrisch aufgeladenen Haaren und den rot geäderten Wangen?« Ich deutete auf Premio Strega am Tresen.

»Klar. Wer ist das?«

»Stell jetzt keine Fragen. Du musst sie von Neri Venuti fernhalten, Caro, egal wie. Es ist von größter Wichtigkeit, dass die beiden nicht miteinander reden, verstanden?«

Sie riss die Augen auf und fing an zu protestieren.

»Aber wie soll ich das machen? Ich kenn die ja nicht mal, und Serafina weicht mir keine Sekunde von der Seite. Du weißt es noch nicht, aber meine Tante hat sich in den Kopf gesetzt, dass sie unbedingt jemanden kennenlernen muss, weil sie fünfundzwanzig ist und endlich unter die Haube gehört. Meine Tante und meine Mutter machen mir die Hölle heiß. Aber das Ding ist, wenn ein Mann nicht wie Brad Pitt aussieht, schaut sie ihn nicht mal mit dem Arsch an.«

Ich zuckte mit den Achseln. Serafinas Hochzeitspläne interessierten mich momentan null.

»Mir egal, wie du das anstellst. Heute Morgen um sieben bin ich davon aufgewacht, dass die Prinzessin auf Prinzsuche den Fernseher auf voller Lautstärke laufen hatte.«

»Wie bitte? Dabei hatte ich sie gebeten, morgens leise zu sein, um euch nicht zu stören. Die kriegt was von mir zu hören. Sie kann sich nicht aufführen, als wäre sie allein auf der Welt.«

Sie war sichtlich erregt, was mich vorübergehend milde stimmte.

»Schau da«, sagte ich und deutete auf den Rücken meiner Stalkerin, »das ist deine einzige Mission heute Abend.«

»Okay, ich versuch's.«

»Du versuchst nicht, du vollendest.«

Ich drückte ihr einen Kuss auf die Stirn und ließ sie mit einer Mission Impossible und Verzweiflung im Blick zurück.

Als ich die Bar verließ, kamen mir drei Jungs entgegen, vom Aussehen her irgendwo zwischen *Der Bachelor* und den *Ragazzi di vita* von Pasolini.

Kaum waren sie drin, begrüßten sie Giulio Maria mit Schulterklopfen und Handschlag.

»Hey, Jules, alles klar? Wo isser denn, dieser Schreiberling?«

Das durfte nicht wahr sein. Ich hatte Giulio Maria gebeten, ein paar Freunde zur Lesung einzuladen, und da ich um seine Fußball- und Muckibuden-Bekanntschaften wusste, hatte ich ihn extra darauf hingewiesen, dass es sich um glaubwürdige Gäste handeln sollte. Ich wollte Neri schließlich nicht den Eindruck vermitteln, ich hätte wahllos Leute von der Straße rekrutiert, weil sonst niemand zu meinen Veranstaltungen kam.

Giulio Maria hatte mir daraufhin versichert, nur vorzeigbare

Leute mitzubringen. Offenbar hatten wir unterschiedliche Vorstellungen von »glaubwürdigen Besuchern einer Buchpräsentation«.

Innerlich verfluchte ich meinen unberechenbaren Kumpel, als mir jemand an die Schulter tippte.

»Na, Liebes, ich komme hoffentlich nicht zu spät?«

Endlich erblickte ich inmitten des Chaos ein vertrautes Gesicht. Nonna Tilde präsentierte ihr charakteristisches Lächeln, das ihr Gesicht erstrahlen ließ. Ich umarmte sie fest, und einen Moment lang wünschte ich, ich könnte für immer in dieser Umarmung verharren und müsste mich nicht all dem stellen, was mich erwartete.

»Blu, Schätzchen, du brichst mir fast die Rippen.«

Die Nonna war eine zierliche Frau von fünfundvierzig Kilo, verteilt auf einen Meter sechzig, und manchmal wunderte ich mich, wie sie einen Bison wie Piero zur Welt hatte bringen können. Sie war eine überaus elegante Frau, sowohl was ihre Manieren als auch was ihren Kleidungsstil anging, und wie Mia schaffte sie es, in jeder Situation perfekt auszusehen. *Sie* war eine glaubwürdige Lesungsbesucherin, mit ihrem Bob aus weißem Haar und ihrem blauen Hosenanzug.

»Entschuldige, Nonna, ich freu mich einfach so, dich zu sehen. Die Mädels sind schon drin. Ich ruf eben den Kurier an, und dann geselle ich mich zu dir.«

Denn ja, inmitten von all dem Ungemach war er mein größtes Problem: Der verfluchte Kurier mit den Buchexemplaren für Neris Lesung war noch immer nicht eingetroffen. Und bei mir im Laden war kein einziges mehr übrig. Das letzte hatte ich gerade erst heute Vormittag verkauft. Der Vertreter des Großhändlers, der mich belieferte – Gennaro, stets ein prickelnder Anblick –, hatte mir versichert, dass sie »spätestens um eins da sind«, sodass die Lieferung noch rechtzeitig zur Lesung eingetroffen wäre. Ich war kurz davor, erneut die Nummer des Kuriers einzutippen und sämtliche Daumen und Zehen zu drücken, als ich in der Ferne das glänzende Haar von Cocker alias Neri Venuti erblickte, der in meine Richtung kam. Neben ihm eine Frau um die sechzig, eine Journalistin von *Firenze Oggi,* die meistgelesene Zeitung in Florenz und Umgebung. Ich schaute auf die Uhr, es war Viertel vor sieben, und in fünfzehn Minuten würde die Lesung beginnen.

Ich ging meinen Gästen mit einem Ausdruck entgegen, der bestmöglich Gelassenheit und völlige Kontrolle der Situation ausstrahlen sollte.

»Hallo, Neri, herzlich willkommen. Wie geht es dir?«

Einen verschämten Augenblick lang wussten wir nicht, ob wir uns mit Wangenküsschen oder Händedruck begrüßen sollten. Schließlich entschieden wir uns für Letzteres.

»Prima, danke. Darf ich vorstellen? Lisa Bussetti. Lisa, das ist ...«

Er sah verwirrt drein und ein paar Sekunden lang herrschte Stille. Es war offenkundig, dass er sich nicht an meinen Namen erinnerte. Ein super Auftakt dafür, dass ich ihn erst vorhin als meinen besten Freund ausgegeben hatte.

»Blu, Blu, wie die Farbe«, eilte ich ihm zu Hilfe. Die Dame warf mir einen flüchtigen Blick zu und schielte zur Buchhandlung hinter mir.

»Ist das nicht ein bisschen klein?«, bemerkte sie mit einem halb genervten, halb ironischen Tonfall.

Am liebsten hätte ich ihre Hackfresse genommen und gegen den Fahrradständer geschlagen, der vor dem Geschäft stand. Stattdessen behielt ich das Lächeln bei und antwortete liebenswürdig: »Nein, keine Sorge, wir haben nicht allzu viele Leute eingeladen, das wird eher ein intimer Rahmen.«

Sie sah mich an wie jemand, der gerade ziemlichen Koko-lores vom Stapel gelassen hatte, sagte aber nichts weiter.

Während ich noch sprach, sah ich aus dem Augenwinkel, wie Michele, ein Freund und ehemaliger Kommilitone von der Uni, mit ein paar weiteren Freunden im Schlepptau her-beikam. Gleichzeitig näherte sich auf der anderen Straßen-seite Raffaele, ein weiterer guter Freund aus meinen Anfangs-tagen in Florenz. Ein sympathischer New-Age-Freak mit langen blonden Haaren und blauen Augen, der beschlossen hatte, ein Zero-Impact-Leben zu führen. Er fuhr ausschließ-lich Rad, war militanter Veganer und kleidete sich, seit ich ihn kannte, immer gleich, das heißt seit rund zehn Jahren. Manchmal kam er mir vor wie eine jüngere Version meines Vaters, nur dass er weit weniger anmaßend war. Auf dem Gepäckträger seines Fahrrads transportierte er einen Kar-toffelauflauf, den er bestimmt fürs Büfett beisteuern wollte. Während ich so tat, als würde ich ihn nicht kennen, bat ich meine Gäste, an dem Tisch Platz zu nehmen, den ich für sie reserviert hatte, und auf dem ganz offenkundig die Bücher fehlten. Ehe sie mir Fragen stellen konnten, auf die ich keine Antwort wusste, verabschiedete ich mich schnell mit ein paar Floskeln und setzte ein breites Lächeln auf. Ich musste drin-gend Giulia finden, damit sie die beiden beschäftigte, wäh-rend ich diese verfluchten Bücher auftrieb. In Giulio Marias

Bar stauten sich die Leute bis hinaus auf die Straße, und es kamen ständig weitere hinzu. Drinnen war die Situation aus dem Lot geraten: Die Musik ließ die Wände erzittern, und gut drei Viertel der Kundschaft war angetrunken. Während ich noch versuchte, Giulias Aufmerksamkeit zu erregen, die mit den *Ragazzi di vita* zu Reggae tanzte – ihre Ballettlehrerin wäre gestorben vor Scham, wenn sie sie so gesehen hätte –, traf ich Mia.

»Hör mal, da drüben sind Neri und die Journalistin. Giulia ist gerade unabkömmlich, kannst du vielleicht rübergehen und die beiden bespaßen?«

»Kein Problem, ich kümmere mich darum.«

Mein Handy. Ich musste den Kurier anrufen. Ich probierte es ein paarmal, aber es ging niemand ran; während ich ihn erneut anklingelte, kam Mia mit Grabesmiene zu mir.

»Blu, es sind Fotografen da. Sie wollen ein Foto von Neri mit seinem Buch in der Hand machen. Jetzt. In fünfzehn Minuten müssen sie schon beim nächsten Event an der Piazza Santa Maria Novella sein, deshalb können sie nicht warten.«

Vielleicht war jetzt der Zeitpunkt gekommen, in Panik zu verfallen.

»Wir haben das Buch nicht da, und der Kurier geht nicht ans Telefon. Ich habe wirklich keine Ahnung, wie wir das hinkriegen sollen. Hat denn niemand ein beschissenes Exemplar von diesem Buch?«

Aufgrund meines drohenden Nervenzusammenbruchs war meine Stimme auf einmal ziemlich schrill. Auf der Suche nach einer Lösung schaute ich mich um.

Ich fragte Michele, Raffa und all meine Freunde. Niemand

hatte das Buch dabei, da sie natürlich alle davon ausgegangen waren, es bei mir erwerben zu können.

Steckte in meiner Handtasche nicht noch eine Xanax zwischen all den Ibuprofen- und Imodium-Tabletten? Vielleicht war das der optimale Zeitpunkt, sie einzusetzen. Wie war ich eigentlich auf die Schnapsidee gekommen, die Präsentation bei mir im Laden abzuhalten? Ein unorganisierter Mensch wie ich ist nicht dazu gemacht, Events zu organisieren, das ist gegen die ... warte mal. Mein Blick fiel auf die Handtasche von Premio Strega, die sie drüben in der Bar abgelegt hatte. Aus der Tasche ragte ein Buch mit einem weißen Cover. Darauf erkannte ich das Schwarz-Weiß-Bild eines Mannes vor einem Fenster. Ich wusste, was das war: das Buch von Neri! Ich machte Premio Strega am Tresen aus, wo sie an Giulio Maria klebte wie eine Klette und unaufhörlich auf ihn einredete, während er mit Prosecco-Gläsern und Shots jonglierte.

»Premio Strega hat es in ihrer Handtasche dabei«, sagte ich zu Mia. »Uns bleibt keine Zeit: Ich klau es ihr einfach.«

»Bist du bescheuert? Wenn sie dich erwischt, macht sie dir eine solche Szene, dass wir wirklich noch in der Zeitung landen, aber nicht wegen der Präsentation.«

Ich packte Mia an den Schultern und sah ihr in die Augen.

»Mir egal, hast du eine bessere Idee? Ich nicht.«

Letzteres sagte ich mit einem Pathos in der Stimme, das jeder südamerikanischen Serie Konkurrenz gemacht hätte.

Mia warf einen Blick zu Neri und den Fotografen hinüber, die uns mit einem Fragezeichen im Gesicht ansahen, und sagte: »Na gut. Aber lass dich nicht erwischen.«

Wie ein Ninja schlüpfte ich in die Bar, mein Zielobjekt

immer im Visier. Die Tasche lag auf einem Stuhl an einem Tisch nahe dem Tresen, wo unsere angehende Bestsellerautorin den unschuldigen Barkeeper in die Ecke drängte. Armer Giulio Maria, ich würde ihn zum Abendessen einladen müssen als Wiedergutmachung für die Bürde, die ich ihm auferlegt hatte. Aber nun hieß es Konzentration: Wenn sie sich umdrehte, würde sie mich zweifelsohne entdecken. Mein Plan war von vornherein zum Scheitern verurteilt: Alle dreißig Sekunden drehte sie sich um, um nachzusehen, ob ihre Tasche noch da war. Trotz meiner Verzweiflung und des Gedränges in der Bar wurde mir klar, dass keine Hoffnung bestand und ich mir eine andere Strategie überlegen musste. Da ich mich ohnehin schon in die Nesseln gesetzt hatte, indem ich behauptet hatte, mit Neri befreundet zu sein, konnte ich auch noch einen Schritt weitergehen, um an das Buch für das Pressefoto heranzukommen.

»Hey, Beatrice, ich habe eben Neri von dir erzählt. Er hat mich gebeten, ihm deine Ausgabe seines Buches vorbeizubringen, damit er eine persönliche Widmung für dich hineinschreiben kann. Er freut sich schon, nachher mit dir zu plaudern.«

Offensichtlich kaufte sie es mir ab, denn sie bekräftigte jedes meiner Worte mit einem Nicken. Auf einen Schlag hatte ich bei ihr tausend Pluspunkte gesammelt.

»Klar, gerne. Ich komme direkt mit, ich bin schon gespannt, was er mir reinschreibt«, flötete sie.

»NEIN! DU MUSST HIERBLEIBEN!« Ihrem verdutzten Gesichtsausdruck nach zu urteilen hatte ich geschrien.

»Was ich sagen wollte, ist, es wäre besser, wenn du ihn hinterher ansprichst, weil er das gerne ungestört machen möchte, um die richtigen Worte zu finden. Dann kannst du es hinterher in aller Ruhe lesen.« Ich wusste, mit jeder weiteren Lüge, die mir herausrutschte, rückte ich einen Zentimeter näher an die Grube, die ich mir selbst grub, aber mir blieb keine andere Wahl.

Ich stibitzte das Buch aus ihrer Handtasche und rannte rüber in den Buchladen.

Mir war jegliches Zeitgefühl abhandengekommen, wie lange ich gebraucht hatte, aber den ungeduldigen Mienen von Neri, der Journalistin und den Fotografen nach zu urteilen, eine Minute zu lang. Die arme Mia sah aus wie eine Fakir-Anfängerin, die auf glühenden Kohlen ausharrte, und ihr Lächeln wirkte inzwischen mehr wie eine Gesichtslähmung.

Zwei Minuten vor sieben, und noch immer keine Spur des Kuriers.

»Hier, entschuldigt bitte«, sagte ich und reichte Neri das Buch, der mich weiterhin perplex ansah. Bestimmt hatte er erkannt, dass etwas nicht stimmte, aber solange ich direkten Nachfragen ausweichen konnte, war alles gut.

Während die Fotografen anfingen zu knipsen, verabschiedete ich mich flugs. In der Zwischenzeit hatten die Gäste die Buchhandlung betreten, und eines konnte man auch ohne Ingenieursstudium mit Bestimmtheit sagen: niemals würden alle reinpassen.

»Ich rufe Mattia an und sage ihm, er soll nicht kommen.« Rachele hatte sich mir lautlos von hinten genähert und wie immer meine Gedanken gelesen.

Ich drehte mich um und versuchte, Trost im Anblick meiner lieben Freundin zu finden.

»Das ist nicht mal unser größtes Problem, Ra. Wir haben keine Bücher.«

Mit einem schiefen Lächeln zog sie die Augenbrauen hoch à la *Du machst Witze, oder?*

»Was willst du damit sagen? Dass du nicht genug dahast?«

Ihr konnte ich anvertrauen, in welcher Patsche ich saß. Seufzend blickte ich ihr in ihre haselnussbraunen Augen mit den waldgrünen Sprengseln und verkündete feierlich: »Wir haben kein einziges Buch da. Das, mit dem der Autor gerade abgelichtet wird, hab ich einer Irren geklaut.« Kurz erläuterte ich ihr die ganze Sache mit Premio Strega.

Rachele raufte sich die Haare ob der ernsten Lage.

»Entschuldige mal, aber warum hast du nicht mich damit beauftragt, sie in Schach zu halten? Carolina hat schon genug mit ihrer Cousine um die Ohren. Gib mir die Nummer vom Kurier, dann ruf ich da an.«

Ich zog das Handy heraus und diktierte ihr die Nummer, die sie blitzschnell auf der Tastatur eintippte.

»Blu, sorry, aber du müsstest kurz mitkommen.« Mia tippte mir sanft auf die Schulter. »Die Leute kloppen sich um die Sitze. Wir müssen die Gemüter beschwichtigen.«

Das hatte gerade noch gefehlt! Leider konnte ich mir das hysterische Lachen nicht verkneifen, und Rachele und Mia sahen mich an, als hätte ich den Verstand verloren.

Neri und die Journalistin waren noch immer mit den Fotos beschäftigt und hatten glücklicherweise das Gezeter hinter ihrem Rücken nicht bemerkt. Der Streit war schnell beigelegt, nachdem ich zusätzliche Stühle im Flur aufstellte, den wir als Durchgang für die Gäste freigelassen hatten. Rachele positionierte ich hinten, damit sie ein Auge auf Premio Strega und die Gesamtsituation hatte.

Zwei Minuten nach sieben war alles bereit, die Anwesenden saßen auf ihren Plätzen, und die Buchhandlung platzte aus allen Nähten. Inmitten der generellen Aufregung war mir gar nicht aufgefallen, dass ich buchstäblich hinter dem Kassentresen gefangen war. Der Geräuschpegel war enorm laut, und draußen vor dem Laden sah ich Menschen in der abendlichen Dunkelheit vorübergehen.

»Blu, darf ich dich etwas fragen?« Cocker sah mich fragend an. »Wo sind eigentlich meine Bücher zum Signieren?«

»Gut, dass du nachfragst, Neri, die Sache ist die …«

Während ich dazu ansetzte, ihm zu erklären, dass ich nicht ein einziges verschissenes Exemplar dahatte, vibrierte das Handy in meiner Hand und ich las die Vorschau der Whatsapp-Nachricht von Rachele: »DER KURIER IST DAAAAAAAAAA«. Aus dem Augenwinkel sah ich draußen Rücklichter aufleuchten: Das unverkennbare Rot des Transporters erwärmte mein Herz.

»Das wollte ich dir gerade erklären: Die Bücher sind da. Ich lege sie später aus, denn ich hätte es komisch gefunden, sie den Leuten schon vorher anzubieten.«

»Ah, okay. Dann würde ich sagen, fangen wir an?«

»Wunderbar. Ich moderiere euch an.«

Ich griff mir das Mikro, das ich extra für den Anlass angeschafft hatte, und hoffte, wenigstens das würde funktionieren.

»Guten Abend allerseits, schön, dass ihr so zahlreich erschienen seid. Zunächst möchte ich mich kurz vorstellen: Ich bin Blu Rocchini, die Inhaberin des Ladens, und freue mich sehr, euch Neri Venuti, den Autor des Buches *Einsam und stolz* zu präsentieren. Die Moderation der Lesung übernimmt Lisa Bussetti, Journalistin bei *Firenze Oggi,* bei der ich mich hiermit bedanke. Einen schönen Abend!«

Das Mikro hatte mich nicht im Stich gelassen, und es erscholl tosender Applaus. Ich reichte das Mikro an Cocker weiter, der wie ein Wasserfall zu reden anfing.

In der Zwischenzeit war Rachele mit dem Karton in der Hand hereingekommen und zeigte mit der anderen das Victory-Zeichen. Blieb nur noch das Problem mit Premio Strega, die in einer der letzten Reihen saß, unter der wachsamen Beobachtung von Carolina hinter ihr.

Ich nahm das Handy und tippte eine Nachricht an Mia ein: »Mach ein paar Fotos von hinten, ich bin hier völlig eingekeilt, und auch ein paar Videos für Instagram. Danke.«

Die Antwort kam sofort: »Alles klar, Chefin.«

Konnte ich mich wirklich entspannen?

Während Neri redete, sah ich mich um, um die wundersame menschliche Fauna zu bestaunen, die ich zusammengetrommelt hatte: die angetrunkene, rotwangige und zerzauste Premio Strega, Sery, die immer noch ihre Handtasche an sich presste, die *Ragazzi di vita* mit ihren muskelbepackten Armen auf den winzigen Stühlen, die Nonna, Raffa, der an Jesus erinnerte, Michi und die Absolventen der Altphilologie. Unter ihnen stachen zwei heraus, die am Fachbereich für Literaturwissenschaften berüchtigt waren: Biagettone, ein sagenumwobener Typ, der berühmt dafür war, zwischen den Augenbrauen drei fein säuberlich angeordnete Pockennarben zu haben, als hätte er mit voller Wucht eine Gabel abgekriegt;

und Duccio, der sich mit einem Pfund Gel so frisierte, dass ihm zwei dicke Locken in die Stirn hingen, ziemlich genau wie beim Sternzeichen Widder in den Horoskopen. So gesehen hatte meine Buchhandlung Ähnlichkeit mit der Bar in *Star Wars*, in der sich ein so vielseitiger und lebendiger Querschnitt der Menschheit tummelte, dass Giulia hier das Fotoshooting ihres Lebens hätte veranstalten können.

Alles lief wie geschmiert, und ich war kurz davor, mich von Cockers monotoner Stimme einlullen zu lassen, als ich draußen vor der Buchhandlung im Dunkeln ein merkwürdiges Treiben bemerkte. Langsam erhob ich mich von meinem Hocker, um einen besseren Blick auf die Geschehnisse draußen im Dunkeln zu haben, als ein Typ, der direkt an der Tür stand, abrupt nach vorn geschubst wurde. Hinter der Tür tauchten vier Paar Hände auf, die weiter versuchten, sich Einlass zu verschaffen. Es erhob sich ein lautes Stimmengewirr, und als ich schon dabei war, Mia zu schreiben, um zu fragen, was da los war, traf ihre Nachricht ein, verfasst in Großbuchstaben: »SIE KOMMEN REIN.« Plötzlich wusste ich, wie sich Rick Grimes in *The Walking Dead* gefühlt haben musste, als er gegen einen Zombie-Ansturm kämpfte. Als ich den Blick hob, sah ich Mia überwältigt und hinter den Bücherregalen im Farbton Palisander, Natur in die Ecke gedrängt. Sie konnte sich nicht mehr vom Fleck rühren. Inzwischen hatten sich zu den Händen auch Köpfe gesellt, die in unsere Richtung riefen. Neri unterbrach seine Litanei, um sich anzuhören, was die neuen Zombie-Gäste zu sagen hatten.

»Wir sind extra aus Lucca angereist und wollen teilnehmen. Es ist nicht fair, dass wir draußen hocken bleiben.«

Neri drehte sich zu mir, die offenkundig nicht die leiseste Ahnung hatte, wie sie mit der Situation umgehen sollte, um. Jeder Zentimeter der Buchhandlung war besetzt, und es gab keinerlei Möglichkeit, noch mehr Leute reinzulassen, außer …

Ich beugte mich zu Neri und flüsterte ihm etwas zu. Er hörte mir aufmerksam zu und nickte dann. Ich glaube, wenn Mord in Italien legal gewesen wäre, hätte mich Lisa Bussetti in diesem Moment eigenhändig erwürgt. Und so machte ihr Tisch Platz für die Neuankömmlinge, und der Abend wurde fortgesetzt mit einem Cocker hinter der Kasse, dem nur noch der Scanner in der Hand fehlte, und einer Journalistin, die zwischen dem Grußkartenständer und den Lesebrillen aus unechtem Holz eingekeilt war.

Glücklicherweise verlief der letzte Abschnitt der Präsentation ruhig, und es kam der Moment, den ich den ganzen Abend lang am meisten gefürchtet hatte: die Signierstunde. Ich fragte Neri, ob er einen Stift brauchte, doch der zückte bereits seinen glänzenden Füllfederhalter. In der Zwischenzeit hatte ich den Karton mit den Büchern aus dem hinteren Teil des Ladens geholt und dabei stets das letzte Hindernis im Blick gehabt, das nun noch zwischen mir und einem gelungenen Abend stand. Genauer gesagt eine ganz bestimmte Person: Premio Strega, die bereits aufgesprungen war und mit dem Roman in der Hand geradewegs auf ihr Opfer zusteuerte. Das Buch hatte ich ihr über Rachele zukommen lassen, ohne Gründe anzugeben, weshalb die von mir versprochene persönliche Widmung darin fehlte.

Carolina baute sich vor ihr auf und quatschte sie an, doch sie waren zu weit weg, und ich konnte kein einziges Wort aufschnappen. Mit wachsender Furcht bemerkte ich, dass Beatrice ihr gar nicht zuhörte und nur ein einziges Ziel hatte: sich einen Weg durch die Menge zu bahnen, um so schnell wie möglich zu Neri vorzudringen. Rachele kam von hinten dazu, doch zu spät. Premio Strega wich Caro nach rechts aus, als sich Giulia vor sie hinstellte, plötzlich schwankte und die rotwangige Schriftstellerin mit sich zu Boden riss.

Augenblicklich brach in der Buchhandlung Panik aus: Die Leute erkundigten sich, ob ein Arzt anwesend sei, und versuchten den beiden am Boden liegenden Frauen Platz zu machen. Cocker und die Journalistin sahen sich mit fassungsloser Miene an, während alles den Bach runterging. Ich versuchte, rüber zu Giulia zu gehen, um herauszufinden, was los war, aber angesichts der Mauer aus Menschen gab es kein Durchkommen. Jemand musste den Krankenwagen gerufen haben, weil innerhalb weniger Minuten Blaulicht vor der Buchhandlung zu sehen war. Von meinem Platz aus sah ich nur Köpfe und dann Giulia, die auf einer Trage in den Krankenwagen geschafft wurde, und Carolina, die Premio Strega in dieselbe Richtung zerrte, während diese sich zu Neri durchzuwinden suchte. »Du hast dir den Kopf angeschlagen, womöglich hast du eine Gehirnerschütterung, komm mit in die Notaufnahme, dann wirst du ...«, war alles, was ich aufschnappte, während die drei die Buchhandlung Richtung Krankenwagen verließen.

»Was für ein turbulenter Abend!« Cocker hatte sich mir mit seinem Buch in der Hand genähert. »Sorry, Blu, aber ich habe vor lauter Schreck zu sehr mit dem Füller aufgedrückt, ich fürchte, dieses Exemplar ist damit hinüber.«

Das Buch, das er mir überreichte, war nicht mehr zu retten. Auf der ersten Seite prangte triumphierend ein dicker Tintenklecks, der die Widmung an seine Mutter völlig verdeckte, mit der er, wie ich später herausfinden sollte, noch immer in einem großzügigen Apartment über zwei Etagen mit Garten zusammenlebte.

»Macht nichts, Neri, im Gegenteil, ich möchte mich bei dir entschuldigen für die Unannehmlichkeiten heute Abend, es war eine einzige Katastrophe und ...«

»Machst du Witze? Der Abend war total aufregend! Normalerweise sind Lesungen ja eher todlangweilig.«

Ich versuchte eine Spur von Ironie aus seinem Ton herauszulesen, doch da war nichts: Er machte sich nicht über mich lustig, sondern hatte sich wirklich köstlich amüsiert. Damit überließ ich ihn wieder dem Signieren und gesellte mich zu Rachele, an der Sery klebte wie eine Briefmarke, seit Carolina mit dem Krankenwagen abtransportiert worden war.

»Wie geht's Giulia?«, fragte ich sie ziemlich beunruhigt.

Sie hakte sich bei mir unter und ging mit mir nach draußen.

»Giulia geht's super. Sie hat mir gerade geschrieben. Sie hat den Ohnmachtsanfall nur vorgetäuscht, weil Carolina mit ihrem Latein am Ende war und nicht wusste, wie sie diese Gestörte noch aufhalten sollte.«

Ich war wie erstarrt und traute meinen Ohren kaum.

»Ist sie jetzt völlig verrückt geworden?«

»Sie meinte, sie sei zwar sauer auf Caro gewesen wegen Serafina, wusste aber auch, dass es ihr nicht gelingen würde, Premio Strega Einhalt zu gebieten. Also hat sie ihr Schauspieltalent unter Beweis gestellt, eine ihrer besten Darbietungen, wie ich finde.«

Oh Mann, was für ein Irrsinn, Giulia hatte es echt übertrieben.

»Ja, aber was wird sie jetzt denen in der Notaufnahme erzählen? Wir haben wegen diesem Schwachsinn einen Notfalleinsatz ausgelöst!«

»Ja, das mit dem Krankenwagen war so nicht geplant gewesen, aber irgendjemand hat offenbar einen gerufen, also musste sie ja mitfahren. Carolina hat die Chance ergriffen und Premio Strega mit reingezerrt. So ist sie mindestens mal die nächsten fünf Stunden beschäftigt!«

Untröstlich sah ich mich um und wusste nicht, ob mir nach Lachen oder Weinen zumute war. Der Abend war ein voller Erfolg: Neri signierte weiterhin Bücher, und die Leute strömten in Giulio Marias Bar, wo das Büfett wartete.

»Aber das mit Giulia und der vorgetäuschten Ohnmacht? Krasse Scheiße«, bemerkte Mia und verkniff sich ein Lachen angesichts meines ungläubigen und entgeisterten Gesichtsausdrucks.

»Egal, ich will nicht darüber reden. Scheucht alle rüber, dann beseitige ich derweil das Chaos in der Buchhandlung.«

Nach einigen Minuten hatten sich fast alle Gäste der Lesung in der Bar eingefunden.

Jetzt, wo ich endlich allein war, bemerkte ich, wie erschöpft ich war. Da entdeckte ich aus dem Augenwinkel, dass jemand mit aufgerissenen Augen in einer Ecke saß wie ein Reh, das vom Scheinwerferlicht eines nahenden Autos wie gelähmt ist.

Es war Sery, natürlich. Rachele hatte sie nach geschlagenen

fünf Minuten abgeschüttelt. Hoffentlich hatte sie sie wenigstens nicht schlecht behandelt. Ich schenkte ihr ein aufmunterndes Lächeln und sprach behutsam auf sie ein.

»Sery, keine Sorge. Carolina kommt bald wieder. Giulia geht's gut, sie hat die Ohnmacht nur vorgetäuscht.«

Sie rückte ihre Handtasche unter dem Arm zurecht und warf mir einen listigen Blick zu.

»Das wusste ich längst. Schließlich hab ich ihr zu dem vorgetäuschten Ohnmachtsanfall geraten, so als Plan Z, wenn alles andere nicht funktioniert.«

Die Ohnmacht war also auf Serafinas Mist gewachsen? Offenbar steckte mehr in ihr, als es den Anschein hatte.

»Weißt du«, fuhr sie mit selbstgefälligem Ausdruck in ihrem pausbäckigen Gesicht fort, »ich liebe Krimis, und als Carolina mir die Situation erklärt hat, habe ich überlegt, was Agatha gemacht hätte.«

Und wer sollte diese Agatha sein? Ich scheute mich fast nachzufragen, aber nur so konnte ein Gespräch entstehen.

»Agatha, ist das eine Verwandte von euch?«

Sie machte große Augen und begann zu buchstabieren, wie man es bei kleinen Kindern macht oder bei Vollidioten.

»A-g-a-t-h-a C-h-r-i-s-t-i-e, wer denn sonst?«

Okay, die ist echt durchgeknallt. Durchgeknallt wie eine Langstreckenrakete.

»Wenn ich in Schwierigkeiten stecke, überlege ich immer, wie Agatha an meiner Stelle gehandelt hätte.«

Es folgten einige Sekunden Stille, in denen ich mich bemühte, eine Antwort zu formulieren, die nicht »du bist ja vollkommen meschugge« lautete.

»Ach, na klar! Wie dumm von mir. Hör mal, wieso gehst du nicht rüber mit den anderen Mädels und trinkst was?«

Ich flehte sie beinahe an, denn mir waren die Themen ausgegangen, und ihre waren nicht sonderlich interessant.

Aber sie hatte gar nicht vor, irgendwo hinzugehen, und wie um das zu unterstreichen, rückte sie ihren Stuhl zurecht.

»Ich bin abstinent, außerdem interessiert mich keiner von denen, die sind alle potthässlich.«

Mir entfuhr ein erstaunter Ausruf, den ich sofort abwürgte: Die Männerauswahl ließ tatsächlich ziemlich zu wünschen übrig, nachdem die Rugby-Spieler nicht aufgetaucht waren.

»Wenn du magst, kann ich dir beim Aufräumen helfen. Tut mir leid, wenn ich bei euch in der WG für Querelen gesorgt habe, ich wollte echt keine Unruhe stiften. Und entschuldige auch wegen des Fernsehers heute Morgen. Bei uns zu Hause in Apulien haben wir ein großes Haus, und ich bin es einfach gewöhnt, dass sich niemand an Lärm stört.«

Serafina hatte atemlos drauflosgeredet, und ich nahm an, dass Carolina ihr ordentlich den Kopf gewaschen hatte für ihre Aktion mit dem Fernseher heute Morgen.

»Außerdem würde ich die hier gerne kaufen.«

Ich traute meinen Augen kaum. Sery hielt mir einen Stapel mit einem Dutzend Bücher hin.

»Das war schon ernst gemeint, dass ich großer Krimi-Fan bin. Wenn du mir jetzt noch einen Besen gibst, helfe ich dir. Zu zweit geht es schneller.«

Die Krimi-Queen Shirley Temple stellte sich als patente Putzfrau heraus, und innerhalb von dreißig Minuten erstrahlte die Buchhandlung in neuem Glanz.

»So, ich nehme mir dann mal ein Taxi und fahre heim, vielleicht ist Caro ja schon wieder zurück.«

»Alles klar, dann bis morgen früh. Danke für deine Hilfe, Sery.«

Das war ernst gemeint, ohne sie hätte ich mindestens doppelt so lange gebraucht.

Nun musste ich nur noch die Tageseinnahmen eintragen, und dann konnte ich mich zu den anderen gesellen. Während ich nach dem schwarzen Ordner mit der Aufschrift »Kassenbuch« in Großbuchstaben griff, fiel mein Blick auf das Buch von Neri mit dem Tintenfleck.

Was sollte ich damit anfangen? Derart ruiniert konnte ich es weder dem Händler zurückgeben noch einem ahnungslosen Kunden andrehen. Es mit nach Hause zu nehmen, kam ebenfalls nicht infrage, mein Bücherregal platzte aus allen Nähten, und meine Freunde, denen ich es hätte schenken können, hatten heute Abend selbst ein Exemplar gekauft. Mit dem Buch in der Hand ging ich zur Papiertonne. Kurz bevor ich es hineinwarf, überlegte ich es mir anders. Immerhin war es noch hervorragend lesbar. Nein, beschloss ich, dieses Buch würde in die Abteilung »Wander-Bücher« der Buchhandlung Novecento eingehen. Dabei handelte es sich um Bücher, die mit einem kleinen Kärtchen versehen waren, auf dem stand:

Hallo, ich bin ein Wander-Buch. Ich stamme aus der Buchhandlung Novecento und bin bestimmt aus gutem Grund bei dir gelandet. Lies mich, und wenn du fertig bist, bring mich doch zu meiner Inhaberin zurück, um dir ein anderes Buch auszuleihen.

Heb diesen Zettel auf, stecke ihn in ein Buch, das du gerne jemand anderem empfehlen möchtest, und lege es dann an einem öffentlichen Platz aus, damit das Schicksal seinen Lauf nehmen kann.

Auf allen Wander-Büchern klebte ein Sticker der Buchhandlung Novecento, damit ich sie auf Anhieb wiedererkannte. Für jedes Buch, das jemand zurückbrachte, gab es zudem einen Rabatt von zehn Prozent auf den nächsten Kauf. Dies stand auch auf der Kiste am Eingang, in der die Bücher aufbewahrt wurden. Was die Buchverkäufe anging, kam dabei nicht viel rum, aber mir gefiel die Vorstellung, dass auch diejenigen, die es sich ansonsten nicht leisten konnten, immer wieder neuen Lesestoff bekamen.

Ich setzte mich an den Computer, um das Kärtchen auszudrucken, doch dann hielt ich inne und anstatt auf das Druckersymbol zu klicken, öffnete ich eine neue Datei und haute ein paar Zeilen in die Tasten:

Okay, zugegeben, ich habe einen kleinen Mangel, aber wollt ihr mich deshalb ausmustern?
Ich eigne mich für all jene, die sich nicht von Äußerlichkeiten blenden lassen, sondern auf das Wesentliche achten. Perfektionisten sollten die Finger von mir lassen. Am besten liest man mich abends, so zwanzig Seiten täglich, bis ich ausgelesen bin.

Irgendwie war mir danach, dem Text diesmal eine besondere Note zu verleihen, also verpasste ich ihm einen rechteckigen Rahmen, eine schnörkelige Schrift und fügte ein kleines, von zwei Pfeilen durchbohrtes Herz hinzu. Fehlte nur noch Farbe, ich entschied mich für Rot und druckte ihn aus. Nachdem ich das Kärtchen ausgeschnitten und laminiert hatte, sah es richtig professionell aus, als hätte ein Grafiker es entworfen. Na ja, vielleicht nicht ganz, aber ich war höchst zufrieden damit.

Ich beschloss, es mit einem goldenen Geschenkband festzubinden, das ich normalerweise zu Weihnachten benutzte, wodurch das Buch gleich viel kostbarer und einzigartiger erschien. Zum Schluss bekam es einen Ehrenplatz in der Wanderbuch-Kiste, mit schön sichtbarem Kärtchen, und schon war die Sache erledigt.

Ich seufzte. Ich konnte es noch gar nicht fassen, dass dieser so ereignisreiche Tag endlich zu Ende war. Es kam mir so vor, als wären drei Jahre vergangen, seit ich mit dem Mädchen im roten Mantel geredet hatte, dabei war es erst heute Morgen gewesen. Ich zog mir meinen Mantel über, schaltete das Licht aus und schrieb das Wort »Ende« unter diesen Tag.

Während ich das Rollgitter herunterließ, hörte ich von drüben aus der Bar von Giulio Maria heiteres Gemurmel. Ich drehte den Schlüssel im Schloss, das mit einem leisen Quietschen einrastete, und ging hinüber zu meinen Freunden, die bereits auf mich warteten.

Wenn ihr glücklich seid, haltet inne und macht es euch bewusst.

5

VON DER LIEBE AUF DEN ERSTEN BLICK, NEUEN IDEEN UND MINTGRÜNEN SCHRÄNKEN

Was sollen wir nur heute nachmittag machen
[…] und morgen
und in den nächsten dreißig Jahren?

FRANCIS SCOTT FITZGERALD:
Der große Gatsby

Vier Tage später

»Saturday night fever, baby?«

Michele steckte seinen Lockenkopf durch die Tür der Buchhandlung. Es war neunzehn Uhr an einem verschlafenen Samstag, an dem mich die Einsamkeit und meine Alltime-Lieblingsband Baustelle, die nicht gerade für ihre fröhliche Musik bekannt war, eingelullt hatten, und das trotz der Kälte, die stets im Laden herrschte.

»Was ist denn mit dir los? Du siehst ja aus wie die Pietà von Michelangelo.«

Ich hielt mir die Hand vor den Mund, um ein Gähnen zu verbergen.

»Nichts. Ich habe mir nur meine Umsatzabrechnungen angeschaut und überlegt, wie lange es wohl noch dauert, bis ich mich von Racheles Katzenfutter ernähre. Ich frage mich, wie wohl das mit Lachs und Garnelen schmeckt. Meinst du, dazu passt eher Prosecco oder ein fruchtiger Weißwein?« Ich imitierte das Öffnen einer Flasche, deren Korken in hohem Bogen davonfliegt.

Michele und ich hatten uns im ersten Jahr an der Uni im Kurs »Griechische Literatur I« kennengelernt. Mit seinen eins neunzig und seinen langen, lockigen Haaren stach er natürlich heraus und war eine auffällige Erscheinung, aber unsere Freundschaft war eher zufällig aufgrund eines Zahns entstanden. Zu jener Zeit wartete Michi auf ein Zahnimplantat und hatte vorübergehend einen provisorischen Eckzahn, der mit einem nicht ganz zuverlässigen Kleber fixiert wurde. Das erste Mal, dass wir ins Gespräch gekommen waren, war ihm etwas aus dem Mund geflogen und geradewegs vor mir auf dem Tisch gelandet. Sein künstlicher Zahn.

Daraufhin hatte ich so laut angefangen zu lachen, dass die Wände der Fakultät an der Piazza Brunelleschi bebten. Wir waren damals beide in einer Beziehung gewesen, er mit einem schwierigen Mädchen aus einer noch schwierigeren Familie, ich mit Rossano, einem farblosen und geschmacklosen, aber gutherzigen jungen Mann, bei dem ich mich nach jahrelangen turbulenten Beziehungen hatte erden wollen. Natürlich scheiterten beide Beziehungen kolossal: Michi hatte herausgefunden, dass die Mutter seiner Freundin ihn mit anonymen Anrufen erotischer Natur terrorisierte, während sie zusammen waren, damit sie in Streit gerieten, und dass ihr Vater, ein Biologe mit Spleens von unvorstellbaren Ausmaßen, in seinem Tiefkühlfach Pockenviren hortete; ich hingegen hatte Rossano mit einem anderen meiner fehlgeleiteten Verflossenen betrogen und ihn unter einem banalen Vorwand verlassen, obwohl er mir eigens einen Song gewidmet hatte, über den sich meine Freundinnen und ich an feuchtfröhlichen Abenden jedes Mal köstlich amüsiert hatten.

»Ich würde mich für eine schöne Flasche Freschello aus dem Eurospin für eins neunundzwanzig entscheiden, angesichts deiner finanziellen Möglichkeiten.«

»Genau, davon kriegt man zwar einen Brummschädel, aber mehr ist einfach nicht drin. Aber mal Spaß beiseite, ich muss mir langsam was einfallen lassen, wenn ich nicht noch vor dem Sommer dichtmachen will. Das wäre enorm deprimierend.«

»Ach komm, denk an was anderes, immerhin ist heute Samstag. Außerdem bin ich hergekommen, um dich mit einer sagenhaften Neuigkeit aufzumuntern. Wir haben beschlossen, ein Ehemaligentreffen unseres Uni-Jahrgangs zu organisieren.«

»Aha, und wer hat das in all seiner Güte beschlossen?«

»Na ja, ich, Biagettone und Duccio.«

Ich verdrehte die Augen gen Himmel. Ein Abendessen mit den beiden hatte mir gerade noch gefehlt zu meinem Entschluss, mir endgültig den Strick zu nehmen.

»Ach so, na, dann komme ich auf jeden Fall. Sag mir einfach nur das Datum, dann mache ich schon mal einen Termin beim Friseur und der Kosmetikerin aus, schließlich könnte ich dort die Liebe meines Lebens treffen«, sagte ich und zog meinen Terminkalender aus der Handtasche.

»Sieht dein Liebesleben so düster aus, dass du selbst bei einem Treffen mit Ex-Kommilitonen deine Chance witterst, den großen Fang zu machen?«

»Schätzchen, mein Liebesleben sieht noch düsterer aus als mein Kontostand. Außerdem bist du bestens im Bilde.«

Er blickte nachdenklich drein und deutete dann mit dem Finger auf mich.

»Du hast recht. Du bist eindeutig verzweifelt genug, um unter deinen Ex-Kommilitonen zu wildern.«

Wir fingen beide an, herzhaft zu lachen.

»Aber ich muss dir was gestehen«, sagte ich, mit einem Mal ernst, »ob du es glaubst oder nicht, aber den besten Sex meines Lebens hatte ich mit einem Typen von der Uni!«

»Entschuldige mal, wie kann es sein, dass du mit jemandem von der Uni gepennt hast und ich nichts davon weiß?«

Ich riss die Augen auf und klatschte in die Hände.

»Wie, hab ich dir nie von dem Typen aus dem Twice erzählt?«

»Nein, das wäre mir neu.«

Das überraschte mich wirklich, denn normalerweise behielt ich solche Sachen nicht für mich. Und ich meinte mich auch zu erinnern, dass ich schon mal jemandem von dieser einzigen guten Nacht meines Lebens erzählt hatte.

»Dann erzähl ich es dir jetzt. Es ist am Abend unserer Abschlussfeier passiert. Erinnerst du dich, wie wir uns, als wir in der Disco ankamen, aus den Augen verloren und nicht mehr wiedergefunden haben?«

Michele nickte, also fuhr ich fort.

»Da stand dieser Typ mit einem Lorbeerkranz auf dem Kopf, der von hinten aussah wie du. Und als er sich umdrehte, ta-da, stellte sich heraus, dass du das gar nicht warst.«

»Ich würde sagen, jemanden zu verwechseln, ist die beste Voraussetzung, um mit ihm in die Kiste zu hüpfen.«

Das kam wirklich falsch rüber, deshalb versuchte ich die Sache geradezubiegen und es näher zu erläutern.

»Doch nicht deshalb, Blödi! Wir kamen so ins Gespräch, und wie sich herausstellte, war es ein enorm faszinierender und tiefgründiger Typ. Außerdem hatte er Rastas! Ich war als Kind in Lenny Kravitz verknallt, und offenbar habe ich diese Faszination nie überwunden, auch wenn der Typ ihm gar nicht ähnlich sah. Jedenfalls hatte ich weit mehr als meine üblichen anderthalb Gläser Wein intus, und so kam eins zum anderen«, sagte ich und zuckte mit den Schultern, »und ich hab ihn mit zu mir nach Hause genommen.«

Michele brach in Gelächter aus, in das ich nach kurzem Zögern einstimmte, als ich mich vor mir sah, wie ich in einer gelben Regenjacke betrunkene Absolventen mit einem Nackenbiss abschleppte.

»Du hast ja keine Ahnung, da war eine intellektuelle Anziehung zwischen uns. Wir hegten beide dieselbe Leidenschaft für Verga und seinen ›Rotfuchs‹. Damit hat er mich rumgekriegt.«

Michele kriegte sich gar nicht mehr ein vor Lachen und brauchte einige Minuten, um sich wieder zu sammeln.

»Das nächste Mal, wenn ich eine Frau abschleppen will, klemme ich mir die *Sizilianischen Dorfgeschichten* unter den Arm«, sagte er und wischte sich die Tränen aus den Augenwinkeln.

»Die einzige Möglichkeit, jemanden mit den *Sizilianischen Dorfgeschichten* abzuschleppen, ist, ihn damit bewusstlos zu schlagen.«

»Aber mit ›Rotfuchs‹ hat es doch funktioniert.«

»Ja, aber womöglich hat da mehr der Rosso di Montepulciano reingespielt, den ich zum Abendessen getrunken hatte. Irgendwann dachte ich nur noch: Ach, was soll's. Außerdem sah er ganz gut aus, glaube ich.«

»Und wo ist er hin? Du hast ihn uns nie vorgestellt.«

Das alles war schon so lange her, dass ich einen kurzen Moment lang überlegen musste.

»Nach diesem Abend habe ich ihn nie wieder gesehen«, erzählte ich langsam und redete immer schneller, als die Erinnerungen zurückkehrten. »Ich glaube, er musste am nächsten Tag zu einem Praktikum in irgend so einem Scheißland aufbrechen, keine Ahnung, welches.«

»Echt jetzt? Erst hat er dich verführt und dann einfach so abserviert?«

»Ja, ein echter Mistkerl. Die Geschichte hängt mir immer noch nach, mich hat noch nie jemand einfach so fallen lassen. Normalerweise reicht ein Küsschen auf die Wange und schon kleben die Leute die nächsten zwei Jahre an mir wie eine Klette.«

»Davon kann ich ein Lied singen, allein wenn ich an deine anhänglichen Ex-Typen denke, ich erinnere mich noch gut an Rossano und das Gejammer am Donnerstagabend.«

»Schade, dass ich damals nicht schon das Horoskop von Rob Brezsny im *Internazionale* gelesen habe, er hätte mir sicher sagen können, ob ich gerade den Mann meines Lebens ziehen ließ. Und vielleicht hätte ich mir die nächsten drei Jahre Beziehung mit Cesare und seinen rauen Ellenbogen erspart.«

Michele nickte nachdenklich, wahrscheinlich hatte er keine Ahnung, wer Rob Brezsny war, doch Cesare und seine rauen Ellenbogen kannte er nur zu gut.

Er klatschte sich mit den Händen auf die Oberschenkel, um zu signalisieren, dass die Unterhaltung damit beendet war, und fragte: »Also, kommst du nun zum Ehemaligentreffen?«

Ich überlegte einen Moment und antwortete dann: »Na gut, aber ich bringe mein eigenes Katzenfutter mit.«

»Dann notiere ich bei dir eine Zusage. Was machst du heute Abend?«

»Nichts Besonderes. Ich erledige hier noch den Rest«, sagte ich und deutete auf den Papierkram, den ich dabei war zu sortieren, »und dann warte ich auf eine göttliche Fügung, die meinem Leben eine andere Wendung gibt. Aber Spaß beiseite, ich bin später mit Giulia verabredet, wir wollen im Zentrum den neuesten Film von Lars von Trier im Odeon schauen.« Lars von Trier war ein Muss für alle Radical-Chic-Vertreter oder solche, die sich dafür hielten, auch wenn mich seine letzten Aussagen ziemlich verstört hatten. »Kommst du mit? Wir sind für halb neun verabredet.«

Sein Gesicht leuchtete auf, offenbar hatte ich ihm den Samstagabend gerettet.

»Gleich. Ich muss erst noch ein paar Wege erledigen und komme so in einer Stunde wieder, okay?«

»Okay, bis nachher.«

Somit blieb mir eine Stunde, um die Buchhandlung aufzuräumen und letzte Dinge zu erledigen. Ich würde bei den Regalen anfangen, nachdem ich beschlossen hatte, dass ein wenig Umräumen nicht schaden und frischen Wind hineinbringen würde. Tief versunken in das Umstellen der Sachbuchabteilung machte ich plötzlich einen Satz, als laute Musik ertönte. Dröhnende Saxofonklänge erfüllten den Raum. Hallo, geht's noch? Ich hätte beinahe einen Herzinfarkt bekommen! Dabei hatte ich gar keine Playlist ausgewählt, oder hatte sich Spotify etwa von allein eingeschaltet? Ich ging hinüber zum Computer, um nachzusehen, was da lief. Unten rechts stand der Name: Sidney Bechet.

Wahrscheinlich hatte Michi hinter meinem Rücken die Musik eingeschaltet. Ich musste daran denken, mich nachher bei ihm zu bedanken, den Künstler kannte ich noch gar nicht.

Als ich mich wieder dem Sachbuchregal zuwandte, tanzte ich zu dieser fantastischen Jazzmusik.

»Eine tanzende Buchhändlerin, das nenne ich eine ungewöhnliche Kombination.«

Zum zweiten Mal innerhalb weniger Minuten schrammte ich knapp an einem Herzinfarkt vorbei, wenn dieser Tag nicht bald rum wäre, würde ich den morgigen nicht mehr erleben. Ich hatte die Musik so laut aufgedreht, dass ich das Eintreffen des Kunden gar nicht bemerkt hatte. Ich drehte mich um und mich traf erneut fast der Schlag. Vor mir stand ein bildschöner Mann, der mich amüsiert beäugte. Mit verschränkten Armen stand er lässig an den bogenförmigen Durchgang gelehnt. In der Hand hielt er ein Buch. Am liebsten wäre ich im Erdboden versunken und nie mehr aufgetaucht: Im Gegensatz zu Giulia war ich nämlich eine grottenschlechte Tänzerin, ein totaler Trampel ohne jegliches Taktgefühl.

Während ich noch um Fassung rang, stammelte ich etwas zusammen.

»Guten Abend, entschuldigen Sie, ich habe Sie gar nicht reinkommen gehört. Das heißt, bei dieser Lautstärke hätte ich vermutlich selbst einen Elefanten nicht bemerkt. Womit ich nicht sagen will, dass Sie ein Elefant sind.«

Ich fing an zu kichern, und als mir klar wurde, dass ich total plemplem wirken musste, hörte ich augenblicklich auf.

Bestimmt hatte ich einen grandiosen Eindruck hinterlassen: die stocksteife Tänzerin mit der Lache einer Irren. Na, wenn das mal nicht Erfolg versprechend war.

Trotz meiner Bär-auf-dem-Fahrrad-Zirkusnummer schenkte mir mein – wie ich hoffte – neuer Kunde ein halbes Lächeln.

Und was für eins.

Blond, blaue Augen und eine weiße Zahnreihe, die so strahlte, dass man eine Sonnenbrille brauchte. Normalerweise stand ich nicht übermäßig auf Blonde, aber für ihn könnte ich eine Ausnahme machen. Die einzige Frage, die in meinem Kopf aufleuchtete wie ein Neon-Reklameschild, war: Wo zum Henker kam der denn plötzlich her?

Meine Klientel war abgesehen von einer geringen Fluktuation eigentlich immer dieselbe, hatte mir aber noch nie mitten im Februar Hitzewallungen beschert. Ihre Zusammensetzung ließ sich mit ziemlich präzisen Prozentangaben wiedergeben: Neunzig Prozent aller Kunden waren Frauen, acht Prozent waren Männer, die im Pleistozän geboren waren, und zwei

Prozent entfielen auf Sonstiges/ Undefinierbar/ Keine Ahnung. Dieser Bursche passte nicht im Geringsten in eins meiner Raster. Mit Sicherheit war er nicht im Pleistozän geboren, auch wenn ich nicht abschätzen konnte, wie alt er war: Vom Gesicht her hätte ich gesagt, um die dreißig, aber seine äußerst elegante Kleidung ließ ihn reifer wirken. Da ich ihn schlecht anglotzen konnte, speicherte ich alle Details ab, indem ich ihm blitzartig verstohlene Blicke zuwarf.

Er sah wie aus dem Ei gepellt aus, ich hingegen wirkte wie immer in den wichtigsten Momenten meines Lebens, als hätte ich den Preis für das schlechteste Outfit des Jahres gewonnen. Heute Morgen hatte ich mich für eines meiner Glanzstücke entschieden, einen Look, den Rachele als »Omi-Look durch und durch« bezeichnete und der von Tönen aus dem Spektrum blättriges Unterholz dominiert wurde. In meiner Vorstellung hörte ich beinahe die TV-Off-Stimme, die detailliert mein Outfit beschrieb, wie damals, wenn bei *Glücksrad* die Pelzmäntel der Marke Anabella aus Pavia präsentiert wurden.

»Werte Damen und Herren, hier sehen Sie ein Model, das einen wunderschönen verfilzten Rollkragenpullover aus der Zara-Kollektion 2010/2011 trägt. Nach mehreren Waschgängen bei dreißig Grad – um Zeit und Mühe zu sparen, wurde einfach alles zusammen gewaschen – ist das intensive Petrol neuen Farbtönen gewichen. Kommen wir nun zum Material dieses hinreißenden Kleidungsstücks.« Hier steigt die Stimme etwas an, während ich verschmitzt die Hände in die vom Pullover verkleideten Seiten stemme. »Zu hundert Prozent reinstes Polyester, das sich bei der kleinsten Berührung so rau anfühlt wie Sandpapier. Ein Erlebnis, das Sie sich nicht entgehen lassen sollten, liebe Damen. Aber fahren wir fort und schauen wir uns diesen prächtigen Rock aus hundert Prozent Schurwolle an, der wundervoll an den Schenkeln juckt«, verkündet die Stimme, um die inexistente Weichheit des Materials zu demonstrieren. »Dieser Rock in einer sexy braunen Farbnuance wurde auf dem prestigeträchtigen Florentiner Wochenmarkt im Kampf mit einer rüstigen Siebzigjährigen erstanden. Stellen Sie sich nur vor, meine Damen, auch nach etlichen Waschgängen klebt an dem Stoff noch der Geruch nach Tod und den Mottenkugeln der Vorbesitzerin, und das Ganze für nur fünf Euro, verdammt, wollen Sie sich das wirklich entgehen lassen?«

Das einzig Positive an diesem modischen Desaster waren meine Stiefel aus braunem glänzenden Leder, die fast bis hoch zum Knie reichten. Jedenfalls erinnerte dieser Look, der natürlich aussehen sollte, eher an eine graue Maus. Kein Fitzelchen Mascara, seltsamerweise war ich mal wieder spät dran gewesen und hatte meine nicht vorhandene Beauty-Routine übersprungen. Was war zu meiner Frisur zu sagen? Ich konnte nur erahnen, welch anmutiges Bild ich abgab mit meinen mit einem angekauten Bleistift auf dem Kopf zusammengesteckten Haaren.

Ich war so sehr in meine Gedanken rund um Outfits und Teleshopping versunken, dass ich nur entfernt wahrnahm, dass er etwas gesagt hatte. Ich entschuldigte mich und bat ihn darum, es zu wiederholen.

»Kein Problem. Ich sagte nur, du siehst schön aus, wenn du tanzt.«

Okay, alles klar, heute Abend würde erneut der Krankenwagen kommen müssen. Ich brachte kein Wort heraus und betrachtete wie erstarrt mit meinem sich auflösenden Dutt das faszinierendste Wesen der Welt, das mir soeben ein Kompliment gemacht hatte.

Er lächelte noch immer, hoffentlich nicht über meine enorme Unbeholfenheit.

»Wir können uns gerne duzen, wir sind bestimmt gleichaltrig«, sagte er und warf mir von der Seite einen Blick zu. »Hast du den Laden schon lange? Ich komme oft hier vorbei, aber deine Buchhandlung ist mir nie aufgefallen.«

Okay, das war eine Lüge. Seit ich Single war, hatte ich reichlich Erfahrungen mit peinlichen Dates gesammelt. So viele, dass, wenn es ein Sammelalbum der größten Psychos gegeben hätte, ich genug doppelte Bildchen für zwei Alben gehabt hätte. Wenn sich jemand wie der Typ vor mir in einem Umkreis von sieben Kilometern um die Buchhandlung aufgehalten hätte, hätte ich das mit meinem Single-Radar sofort bemerkt, der sogar die russischen U-Boote im Kalten Krieg in den Schatten stellte.

Ich tat so, als würde ich ihm glauben, und antwortete beiläufig. Ich durfte kein allzu großes Interesse zeigen.

»Ich hab vor etwa vier Monaten eröffnet. Aber ich muss noch ein Schild aufhängen, damit man den Laden besser sieht.«

Er drehte sich um, als ob man von innen das Äußere des Ladens beurteilen könnte. Ich betrachtete sein Profil mit dem markanten Kiefer und geriet erneut ins Wanken.

»Ich muss dir echt ein Kompliment machen. Du hast eine wirklich interessante Buchauswahl. Bist du schon lange in dem Beruf tätig?«

»Eine Zeit lang habe ich als Verkäuferin in einer Buchhandelskette gearbeitet, aber richtig Erfahrung habe ich eigentlich eher auf der Konsumentenseite gesammelt. Vorher war ich auch mal als Lektorin in einem Verlag tätig. Da ging es aber irgendwann nicht mehr weiter, also habe ich beschlossen, meine eigene Buchhandlung aufzumachen.«

Während ich redete, stöberte der Traumprinz durch die Regale und nahm ein Buch nach dem anderen in die Hand. Unter den Arm geklemmt hielt er immer noch jenes Buch, mit dem er hereingekommen war. Ich weiß, kein sonderlich origineller Spitzname, aber wie sonst sollte man es umschreiben, wenn einem unverhofft ein schnieker, netter, ungewöhnlich heißer und auch noch blonder Typ über den Weg lief? Die göttliche Vorsehung war nichts im Vergleich zu meinem perfekten Timing. Wir wirkten wie zwei Tiere, die ihr Terrain erkunden und sich dabei weder in die Quere noch zu nahe kommen wollen. Jedes Mal, wenn er sich umdrehte, versuchte ich, so viele Details wie möglich aufzusaugen, die mir auf den ersten Blick nicht aufgefallen waren. Er war ein wirklich ungewöhnlicher Typ von einer aus der Zeit gefallenen Eleganz. Wie er sich so flüssig und selbstsicher durch den Raum bewegte, wirkte es, als gehöre der Laden ihm. Mehr noch, als sei er hier zu Hause.

Nach einigen Minuten Stille versuchte ich, an unser Gespräch anzuknüpfen. Ich musste mir etwas Intelligentes, Brillantes, Spritziges einfallen lassen, mit dem ich ihn überraschen würde. Ich dachte einen Moment lang nach, doch das Einzige, was mir einfiel, war absolut banal.

»Liest du gerne?«

Bravo, Blu, du hast ihn glatt umgeworfen mit deiner Originalität.

»In gewissem Sinne schon.«

Er schaute sich alles an und hielt nun ein anderes Buch in der Hand. Allem Anschein nach ein Taschenbuch von Mondadori, aber ich konnte weder Titel noch Cover erkennen. Mir fiel auf, dass ich den Kopf gefährlich schräg hielt und dass er mich, würde er sich schlagartig umdrehen, in Käuzchenstellung erwischen würde.

Auf seine Antwort hin ließ sich nichts erwidern. Krampfhaft dachte ich nach, was ich noch sagen könnte, aber ich wollte auch nicht rüberkommen wie eine Muschel, die am Felsen klebt. Hübsche Jünglinge waren so rar in der Welt, dass die Handvoll, die es gab, an jedem Finger zehn Verehrerinnen hatte. Also setzte ich wieder meine gleichgültige Miene auf und begann, bereits geordnete Bücher zu sortieren und nicht vorhandenen Staub zu wischen. Bei jeder Bewegung kontrollierte ich mein Spiegelbild im Computerbildschirm: Fuck, waren das etwa Augenringe?

»Kann ich dich etwas fragen?«, richtete er sich an mich.

»Klar.«

»Was ist das?«

Ich drehte mich um und sah, dass mir der Traumprinz das Buch entgegenstreckte, das er die ganze Zeit über unterm Arm geklemmt herumtrug. Es war der Roman von Neri Venuti mit dem Appell, über Imperfektionen hinwegzusehen.

»Ach das. Nichts weiter, mir war nur danach, diesen kleinen Text zu verfassen. Das Buch hat einen Tintenklecks auf der ersten Seite, ist aber ansonsten völlig makellos. Aber in dem

Zustand hätte es niemand gekauft, also habe ich es in den Kasten mit den Wander-Büchern gestellt.«

Vor sich hin murmelnd las er die Rückseite des Kärtchens vor. Bei jedem Lächeln stellte ich mir vor, wie wir unseren ersten gemeinsamen Urlaub verbringen und wie sich bei unserem zahlreichen Nachwuchs seine blauen Augen mit meinen Sommersprossen aufs Schönste verbinden würden.

Als er fertig war mit Lesen, richtete er seinen magnetischen Blick auf mich und sagte mit einer Überzeugung in der Stimme, die mich rührte: »Das finde ich eine hervorragende Idee. Hast du mal darüber nachgedacht, das auch mit anderen Büchern zu machen?« Er deutete auf den Tisch, auf dem die neuesten Bestseller ausgelegt waren. »Ich meine, jedem Buch ein Kärtchen beizulegen und darauf zu notieren, für wen es sich eignet und was die Nebenwirkungen sind. Genau wie bei dem hier.«

Zuerst war mir nicht klar, welchen Sinn das Ganze haben sollte, doch dann nahm eine Idee allmählich Form in meinem Kopf an. Gar keine üble Idee eigentlich.

»Du meinst, man sollte Bücher wie Medikamente empfehlen und jedem eine Art Beipackzettel beilegen?«

Er hob kapitulierend die Hände.

»Das hast du gesagt, nicht ich. Natürlich könntest du das nur bei Büchern machen, die du auch gelesen und reinen Gewissens weiterempfehlen kannst.«

Verdammt, das klang nicht nur nicht übel, das war sogar eine richtig gute Idee. Mir brannte etwas unter den Nägeln.

»Hör mal, darf ich dich was fragen?«

»Kommt darauf an, was du wissen willst.«

»Arbeitest du auch im Verlagswesen?«

»Nein, ich mache etwas vollkommen anderes.«

»Und was, wenn ich fragen darf?«

Ich versuchte, die Frage so beiläufig wie möglich zu stellen, aber innerlich starb ich vor Neugier.

»Ich bin Broker und in der Finanzbranche tätig. Aber ich will dich nicht mit Details aus meiner Arbeit langweilen.«

Schätzchen, du würdest mich nicht mal langweilen, wenn du mir von deinen Warzen erzählen würdest! Diesen Gedanken behielt ich natürlich für mich.

»Kein Problem, zumal ich davon ausgehe, dass ich es nicht mal verstehen würde, wenn du es mir erklären würdest.«

»Nur keine falsche Bescheidenheit, Blu, du weißt ja wohl selbst, dass du ein aufgewecktes Mädel bist. Ich kaufe das Mängelexemplar hier und wollte fragen, ob du mir noch ein anderes Buch besorgen kannst, es ist schon etwas älter, aber mir liegt viel daran, genau diese Ausgabe zu haben.«

Er begann in den Taschen zu kramen und zog einen Zettel mit der ISBN, dem Barcode für Bücher, heraus.

»Okay, das Buch bestelle ich dir, aber das Mängelexemplar schenke ich dir. Dafür hätte ich ohnehin nichts verlangt, und außerdem hast du mir einen super Tipp gegeben.«

Ich begann die Zahlen vom Zettel auf der Seite des Groß-händlers einzutippen. Es handelte sich um *Die Liebe in den Zeiten der Cholera* von Gabriel García Márquez, was zunächst mal nicht ungewöhnlich war. Davon standen zwei Exemplare bei mir im Laden, aber bei seinem Bestellauftrag handelte es sich um eine alte Ausgabe mit einer dunkelhaarigen Schönheit inmitten des kolumbianischen Regenwalds auf dem Umschlag.

121

»Okay. Also, es ist vergriffen und nicht so leicht aufzutrei-
ben, aber heute ist dein Glückstag, denn zufälligerweise gibt
es noch ein Exemplar auf Lager. Bist du sicher, dass du nicht
die neuere Ausgabe willst? Die habe ich bereits da, sie steht
griffbereit im Regal.«

Er schüttelte den Kopf.

»Nein, danke, ich möchte gerne speziell diese Ausgabe.«

»Sicher? Denn wenn ich die bestelle, kann ich sie nicht
mehr umtauschen.«

»Ganz sicher. Soll ich es gleich bezahlen?«

»Quatsch, ich vertrau dir. Das Buch ist am Dienstag da,
wenn du mir deine Nummer dalässt, schick ich dir eine
SMS.«

»Nicht nötig, ich komme direkt am Dienstag vorbei, um es
abzuholen. Allerdings schulde ich dir für diesen Gefallen was.
Deshalb möchte ich dir ein Angebot machen.«

Ein Heiratsangebot? Ja, ich will. Lass mich nur eben meinen Mantel anziehen, dann können wir eine Kapelle suchen,
in der uns Elvis traut, der dabei Las-Vegas-mäßig Lambada
tanzt.

Stattdessen antwortete ich etwas misstrauisch: »Was für ein
Angebot?«

»Kommt darauf an.«

»Worauf?«

»Je nachdem, aus welcher Perspektive wir es betrachten.«

Plötzlich stellte ich fest, dass ich mich ihm gegenüber
nicht mehr schämte: Nach unserem kurzen Schlagabtausch
eben fühlte ich mich bei ihm so pudelwohl, als würden wir
uns schon ewig kennen. Vielleicht bekam ich meine Tage, das

würde meine Stimmungsschwankungen und seltsamen Anwandlungen zumindest erklären.

All meinen Mut zusammennehmend, fragte ich: »Welche Perspektive könnte es denn für uns beide geben?«

»Na ja, wären wir Freunde, würde ich dich heute Abend einladen, mit mir einen Long Island Ice Tea im Romanow zu trinken. Während im Hintergrund hervorragender Jazz spielt, sitzen wir an einem langen Tisch, der eigentlich viel zu groß für uns zwei ist, und lachen uns kaputt. Wären wir hingegen Feinde, würde ich dich zum Abendessen in ein Restaurant einladen, wo es miserables Essen gibt, dir den ganzen Abend sämtliche Details des Börsenhandels erklären und dich hinterher auf der astronomischen Rechnung sitzen lassen. Wären wir hingegen Bekannte, würde ich dich zu einer modernen Kunstausstellung in den Palazzo Strozzi mitnehmen, wo wir uns die Installationen unter freiem Himmel anschauen und auf der kleinen Mauer vor dem Museum eine rauchen würden. Wären wir Kollegen, würde ich mit dir zu einem Vortrag übers Drehbuchschreiben ins Kino Spazio Alfieri gehen. Dort würden wir einen ellenlangen Film im Original schauen, danach den Plot analysieren und anschließend mit dem Rad heimfahren. Wären wir ein Paar, würden wir zu mir gehen, meinen Schrank mintgrün anmalen und uns hinterher auf den ausgelegten Zeitungen lieben. Wenn ich stattdessen vorhätte, dich zu küssen, würde ich mit dir eine Pizza holen, die wir uns teilen und genüsslich mümmeln, während wir auf dem Ponte Santa Trinita sitzen und auf die Lichter der Stadt blicken. Welcher dieser Vorschläge würde dir denn am besten gefallen?«

Okay. Das war gerade die bizarrste Einladung zu einem Date meines Lebens gewesen, noch dazu von einem völlig Fremden, der wie Fred Astaire angezogen war und von dem ich gar nichts wusste. Rein verstandsmäßig hätte ich rundheraus ablehnen und erklären müssen, dass ich bereits mit einem Freund verabredet war, der mich gleich abholen würde. Ich würde mir seine Telefonnummer geben lassen, ein paar Tage mit ihm schreiben und mich dann für nächste Woche auf einen Aperitif mit ihm verabreden an einem Ort, den *ich* ausgewählt hatte. Das Vernünftigste wäre wirklich, die Einladung für heute Abend auszuschlagen.

»Okay, aber wenn schon, möchte ich eine ganze Pizza, ist das ein Problem?«

In Wirklichkeit klang auch der Vorschlag mit dem mintgrünen Schrank reizvoll, aber das hätte ich nie gewagt auszusprechen, ohne mir vorher mindestens eine halbe Flasche Wein reinzukippen.

In der Zwischenzeit war es acht, ich schloss die Buchhandlung und als ich das Licht ausschaltete, fiel mein Blick auf das Buch, das der Traumprinz, mit dem ich heute Abend Pizza essen würde, eine ganze Weile mit sich herumgetragen hatte.

Es war *Der große Gatsby*.

Ich verbrachte einen der unglaublichsten Abende meines Lebens. Ich glaube, man weiß erst, was »Liebe auf den ersten Blick« wirklich bedeutet, wenn man es einmal selbst erlebt hat. Und nein, ihr Schelme, ich habe keinen Schrank mintfarben angemalt, auch wenn ich es von ganzem Herzen gewollt hätte. Es war ein so einzigartiger Abend, dass er sich in keine Kategorie einordnen lässt, und am Ende war ich so hoffnungslos bis über beide Ohren verknallt wie nicht einmal zu Teenager-zeiten.

Aber in Anbetracht der Ereignisse, die darauf folgten, über-lasse ich es euch zu beurteilen, was wirklich geschehen war.

6

VON OFFENKUNDIGEN VERSÄUMNISSEN, UNERWARTETEN NEUIGKEITEN UND ZUKUNFT IN DER DOSE

Alle für Einen, Einer für Alle.

ALEXANDRE DUMAS: *Die drei Musketiere*

Am nächsten Tag

»Sery.«

»Sery.«

»Seryyyyyyyyyyyyy.«

Sery fuhr auf der Couch hoch und nahm die Kopfhörer ab. Das war nämlich unsere neueste Abmachung: Fernsehen und Teletext morgens um sieben nur mit Kopfhörern. Ich musste irgendwem von dem irren Abend gestern erzählen, und sie war die Einzige, die gerade in der Nähe war. In den wenigen Tagen, die sie nun bei uns wohnte, hatte ich sie kennen und schätzen gelernt, auch wenn wir völlig unterschiedlich waren. Ich setzte mich zu ihr.

»Sery, ich bin verliebt.«

Mit diesen vier Worten hatte ich sofort ihre ungeteilte Aufmerksamkeit. Sie war immer auf der Suche nach aufregenden Liebesgeschichten, schaute sich die kitschigsten Filme im Fernsehen an, und ein paarmal hatte ich sie sogar dabei erwischt, wie sie heimlich in den etwas schmuddeligen Liebesromanen im Bücherregal der WG geblättert hatte. Von wegen Krimis!

Nun, da sie ihre großen Eulenaugen auf mich fokussiert hatte, konnte ich ihr von meinem völlig abgefahrenen Erlebnis berichten. Ich fuhr mir mit der Hand durch die Haare, überschlug die Beine und begann, sämtliche Details des gestrigen Abends zu erzählen. Je mehr ich erzählte, desto gebannter hing sie an meinen Lippen und rückte näher. Gegen Ende war sie mir so dicht auf die Pelle gerückt, dass wir uns auch gleich hätten küssen können.

»Was macht ihr beide denn? Seid ihr ein Paar und habt uns nicht informiert?«

Rachele und Giulia kamen ins Wohnzimmer, erstaunlich früh für ihre Verhältnisse. Mir fiel auf, dass Giulia einen Fotoapparat bei sich trug, aber ich war so überglücklich, dass sie so viel knipsen konnte, wie sie wollte.

»Seit wann seid ihr beide so früh auf den Beinen?«

Sonntags standen die beiden für gewöhnlich nie vor Mittag auf.

»Um neun kommt der Tatini«, sagte Rachele, die ein Gähnen unterdrückte und sich am Tisch rekelte wie eine Katze,

»er meint, er müsse mit uns reden. Hoffentlich will er uns nicht die Miete erhöhen.«

Apropos Katze, Frodo kam nun ebenfalls ins Wohnzimmer und hatte den Schwanz freundlich grüßend aufgestellt. Ich nahm ihn hoch und fing an, ihn abzuknuddeln, irgendwie musste ich meine Freude rauslassen und brauchte jemanden, der meine Zuneigung erwiderte.

Aus dem Augenwinkel bemerkte ich, dass mich Giulia finster ansah, offenbar verübelte sie mir meine kurzfristige Absage gestern. Ich hatte ihr eine knappe Nachricht geschickt, um ihr mitzuteilen, dass Michele zu ihr stoßen würde, dass ich selbst aber nicht käme. Mir wäre etwas dazwischengekommen, was ich ihr später zu Hause erklären würde.

»Mädels, setzt euch, ich habe mich verliebt.«

Ich erntete lediglich zwei skeptische Blicke, die ich beschloss zu ignorieren.

Also führte ich zum zweiten Mal innerhalb weniger Minuten meine Geschichte aus, diesmal mit Unterstützung von Sery, die mich an Details erinnerte, die ich dabei vergaß.

»Du hast den Traumprinzen gefunden, auf den du immer gewartet hast.« Sery hatte die Arme um den Körper geschlungen, als würde sie jemanden umarmen, der nicht existierte.

Die anderen beiden zeigten weiterhin keinerlei Gefühlsregung, diese emotionslosen blöden Kühe.

Rachele brach als Erste die Stille: »Bravo, unsere Blu hat den perfekten Traummann gefunden. Wenn ich das so höre, kriege ich direkt Diabetes. Das klingt nach einer dieser Schnulzen, die meine Nonna liest. Das heißt, dagegen sind diese Romane sogar noch komplex.«

Ihre Worte verletzten mich nicht sonderlich, schließlich war ich ihre scharfe Zunge gewöhnt. Aber offenbar war sie noch nicht fertig.

»Die alleinstehende Buchhändlerin und der faszinierende Kunde. Wie heißt dieser Prinz im Frack?«

Vor Rachele und ihrem Zynismus gab es kein Entrinnen. Dabei gab es überhaupt nichts auszusetzen an …

Ich machte den Mund auf, um zu antworten, und klappte ihn sofort wieder zu. War es möglich, dass ich ihn den ganzen Abend über nicht nach seinem Namen gefragt hatte?

»Mädels, mir fällt auf, dass ich seinen Namen gar nicht weiß. Wir haben über alles Mögliche geredet, aber ich war so hin und weg, dass ich vergessen habe, ihn nach seinem Namen zu fragen.«

Das passierte mir öfter mit Kunden in der Buchhandlung, dass wir uns mehrfach nett unterhielten und uns erst nach dem fünften oder sechsten Mal gegenseitig vorstellten. Im Laden ist das ganz normal, ist ja nicht so, als würde man reinkommen und erst mal seinen Namen nennen.

Da hielt es Giulia nicht mehr aus und platzte heraus: »Aha, das wird ja immer schöner. Da bleibe ich einmal übers Wochenende in Florenz, und du versetzt mich wegen eines Typen, dessen Namen du nicht mal kennst?«

»Entschuldige, aber wie hast du ihn denn im Handy eingetragen? Als Mister X?«

Tja, wie sagte ich ihnen jetzt am besten, dass ich auch seine Nummer nicht hatte? Es war schließlich kein gewöhnliches Date gewesen, sondern eine Art schicksalhafte Begegnung zweier Seelenverwandter, die sich endlich gefunden hatten.

Aber wenn ich das gesagt hätte, hätte Rachele mir wahrscheinlich in den Schoß gekotzt. Seufzend gestand ich die Wahrheit.

»Ehrlich gesagt habe ich seine Nummer nicht«, murmelte ich und fügte dann etwas mutiger hinzu: »Aber er hat ein Buch bestellt und holt es Dienstag ab. Wir sind so verblieben, dass wir uns in zwei Tagen wiedersehen.«

Drei verdatterte Augenpaare blickten mich an, auch meine neue Freundin Sery hatte mich im Stich gelassen und sich auf die Seite des Feindes geschlagen: Diese Verräterin, das würde sie mir büßen.

Ich versuchte, mich besser zu erklären.

»Ich kann es nicht erklären, aber der Abend war so perfekt, dass wir nicht über solche trivialen Details nachgedacht haben.«

Sie tauschten erneut einen verdatterten Blick, dann ergriff erneut Rachele das Wort, aber diesmal sanftmütiger.

»Bluette, meine Liebe. Ich möchte ja nicht negativ erscheinen oder deine Begeisterung dämpfen, aber entschuldige mal, nach Millionen desaströsen Dates triffst du deinen Traummann, verbringst den großartigsten Abend deines Lebens und bittest ihn dann nicht um seine Telefonnummer? Wissen wir wenigstens, was er arbeitet?«

Ah, endlich eine Frage, auf die ich eine Antwort wusste. Ich hob den Kopf wie ein Boxer, der bereits für k. o. erklärt wurde, aber nicht aufgeben will.

»Ja, er ist Broker bei einem großen amerikanischen Konzern.«

Rachele lächelte mich nachsichtig an.

»Gut. Wenn du mir jetzt noch sagst, wie diese Firma heißt, kann ich mithilfe der Suchmaschinen bei der Reska nachschauen.«

Ich versuchte mich zu erinnern, ob er den Namen der Firma erwähnt hatte, aber mir fiel nichts ein. Mein innerer Boxer hob das K.-o.-Schild, und auch ich gab mich geschlagen.

»Das hat er mir nicht gesagt, keine Ahnung.«

Giulia eilte mir zu Hilfe: »In Ordnung, aber wir geben nicht so schnell auf, stimmt's, Ra?«

»Absolut, nenn uns einfach irgendeine weitere Info über … Wir müssen irgendeinen Namen für ihn finden. Ich weigere mich, ihn Traumprinz zu nennen. Also? Broker? Blondie? Amor? Fällt euch etwas ein, das weniger beknackt klingt?«

Plötzlich fiel mir ein Detail ein: »Gatsby! Er hielt *Der große Gatsby* in der Hand, als wir ins Gespräch kamen.«

Rachele nickte zufrieden.

»Gatsby gefällt mir.«

»Wisst ihr, dass Gatsby die erste Romanfigur war, in die ich mich als Jugendliche verliebt habe, als ich anfing, die Klassiker zu lesen?«

Es stimmte wirklich, Jay Gatsby war meine erste literarische Liebe gewesen.

»Wenn er am Dienstag vorbeikommt, um das Buch abzuholen, werde ich ihm sagen, dass meine Mitbewohnerinnen professionelle Stalkerinnen sind und seinen Vor- und Nachnamen sowie Geburtsort und -datum brauchen, um seine Sozialversicherungsnummer nachvollziehen zu können. Zufrieden?«

»Wir können es kaum erwarten ihn kennenzulernen.«

»Wen kennenzulernen?« Carolina kam nun ebenfalls ins Wohnzimmer. »Und vor allem, wer möchte alles einen Kaffee?«

»Gatsby«, antwortete Giulia und brach in Gelächter aus, »der neue Freund von Blu.«

Während Carolina die alte Moka befüllte, erzählte ich zum dritten Mal von meinem amourösen Abend, aber weniger überzeugt als vorher. Rachele und Giulia – und sogar Sery, die mir plötzlich mit ihren Blicken auswich – hatten bei mir Zweifel gesät. Vielleicht hatte Gatsby mir nicht seine Nummer gegeben, weil er keine Absicht hegte, noch mal mit mir auszugehen, vielleicht hatte er sich gelangweilt, oder ich gefiel ihm nicht genug und er wollte mich loswerden. Vielleicht hatte er sich von einer Buchhändlerin erwartet, sie müsse gebildeter sein, und war enttäuscht gewesen. Mein schwaches Selbstwertgefühl begann, all meine Unzulänglichkeiten minutiös aufzuzählen.

Carolina war wie immer deutlich positiver als die anderen und fand nichts dabei, dass ich seine Nummer nicht hatte. Sofort ging es mir besser, und auch meine Paranoia schwand angesichts ihres zuversichtlichen Gesichtsausdrucks. Für mich war sie wie warme Milch mit Honig, sofort breitete sich ein wohliges Gefühl in mir aus. Sie war als Letzte zu unserer Dreier-WG dazugestoßen, und wir hatten sie mittels eines Aushangs gefunden: »Mitbewohnerin gesucht«. Ursprünglich aus Kalabrien stammend, war sie nach Florenz gezogen, um Psychologie zu studieren. Um sich über Wasser zu halten, hatte sie immer Tausende Jobs gleichzeitig jongliert, angefangen beim Kellnern bis hin zur Nachhilfe, und war super organisiert. Sie kümmerte sich um den kompletten Haushalt, die Rechnungen und war so ein wenig die Mama von uns allen. Auch bei der Arbeit war sie sehr fleißig, was ihr einen Erfolg und eine Anerkennung nach der anderen einbrachte. Ich fand sie enorm hübsch, trotz ihrer paar Kilo zu viel, die sie hingegen sehr belasteten und dazu führten, dass sie sich ständig in Diäten stürzte, die sie normalerweise nach ein paar Wochen aufgab, wenn ein Teller Lasagne oder Spaghetti Frutti di Mare lockte. Sie war ein Genussmensch und liebte es ebenso sehr zu essen wie zu kochen, womit sie in unserer WG die Einzige war.

»Ich würde Gatsby so gerne kennenlernen. Am besten ich komme Dienstagabend mal unauffällig im Laden vorbei.«

Sie sagte das völlig ironiefrei, wofür ich sie noch ein wenig mehr mochte.

»Was hältst du davon, wenn ich Enrico ein Buch von Rilke schicke? Wisst ihr, er macht nämlich gerade mit dem Katamaran eine Rundfahrt rund um Sizilien und …«

»Hör endlich auf mit diesem Enrico! Konzentrier dich auf die Gegenwart! Auf Bobo zum Beispiel, der ist süß, nett und sympathisch. Können wir mal bitte aufhören, von diesem Junkie zu reden, der keinen Finger für dich gerührt hat?«

Vier bestürzte Gesichter drehten sich zu Sery um, die noch immer erhitzt war von ihrem Wutanfall, in dem sie sich über Enrico ausgekotzt hatte. Niemand von uns hätte geahnt, dass sie solch eine dezidierte Meinung zum Liebesleben ihrer Cousine hatte, aber zugegebenermaßen mussten wir ihr alle vier beipflichten. Caro hatte mit Bobo endlich jemanden kennengelernt, der vernünftig war, und allgemein herrschte in der

Via del Campuccio die einhellige Meinung, dass Enrico schon bald der Vergangenheit angehören würde.

Meine peinliche Befragung endete abrupt, als es an der Tür klingelte: Offenbar war Signor Tatini eingetroffen, dem die Wohnung gehörte, in der wir lebten.

Der sportliche, sympathische Herr um die fünfzig war ein äußerst dezenter Vermieter, den wir praktisch nie zu Gesicht bekamen, außer wenn wir die Miete bei ihm ablieferten. Dazu ging immer abwechselnd eine von uns zu ihm in die Wohnung, die nicht weit von unserer entfernt lag. Die Tatsache, dass er extra an einem Sonntagvormittag bei uns vorbeischaute, um uns alle zusammen anzutreffen, beunruhigte mich. Nach den üblichen Höflichkeitsfloskeln setzten wir uns an den Tisch im Esszimmer.

Er faltete die Hände wie zum Gebet und begann: »Wir kennen uns nun schon seit zehn Jahren. In all der Zeit gab es nie Schwierigkeiten, und wir hatten immer ein gutes Verhältnis miteinander. Leider hat sich ein anderes Verhältnis derweil eingetrübt, das zu meiner Frau. Wir lassen uns scheiden.«

Man hätte eine Stecknadel fallen hören können, denn wir alle ahnten, was gleich kommen würde.

»Diese Wohnung gehört uns beiden, und um Diskussionen zu vermeiden, haben wir beschlossen, sie zu verkaufen. Ich habe versucht, noch etwas Zeit herauszuschlagen, aber meine Frau will es so bald wie möglich über die Bühne bringen. Morgen bekommt ihr von mir per Einschreiben die Kündigung. Ich muss euch leider bitten, innerhalb der nächsten sechs Monate auszuziehen.«

Es herrschte Grabesstille. Keiner brachte den Mut auf, etwas zu sagen.

Nach einigen Sekunden, in denen er womöglich eine Antwort von uns erwartete, die aber nicht kam, fuhr Signor Tatini mit seinem Monolog fort.

»Ich möchte euch auch um einen Gefallen bitten. Eventuell habe ich bereits Interessenten, denen ich die Wohnung gerne zeigen würde. Wenn es euch nichts ausmacht, wäre es schön, wenn eine von euch da sein könnte, wenn der Immobilienmakler kommt.«

Das gab mir den Rest. Allein der Gedanke, dass irgendwelche Fremden kommen würden, um sich unsere Wohnung anzusehen, die unsere Zimmer betreten und einen Blick in unsere Privatsphäre werfen würden, war unerträglich.

Die Stille war zum Greifen.

»Mädels, jetzt sagt schon was. Für mich ist es auch nicht leicht, euch diese Botschaft zu überbringen.«

»Der Makler kann die Schlüssel für die Wohnung bei mir in der Buchhandlung abholen«, sagte ich schließlich. »Tagsüber ist niemand zu Hause, insofern können sich die Interessenten die Wohnung in aller Ruhe anschauen.«

In Wirklichkeit wäre Sery zu Hause, aber Signor Tatini wusste nichts von ihrer Existenz, und selbst wenn er es herausgefunden hätte, hätte das jetzt auch keinen Unterschied mehr gemacht. Im Moment war mir alles egal.

Außer mir hatte niemand etwas gesagt, und Signor Tatini begann unruhig auf dem Stuhl umherzurutschen.

Ich hatte das Schweigen gebrochen, um die praktischen Aspekte zu besprechen, nicht meine Befindlichkeiten. In den schmerzhaften Momenten meines Lebens hatte ich mich stets in einen Pragmatismus geflüchtet, der manchmal eher schadete als half. Wenn ich böse auf die Nase fiel, war mein einziger Gedanke der, wie ich so hinfalle, dass ich mir nicht allzu sehr wehtue und wieder aufstehen kann. Ich war schon immer unabhängig gewesen, aber diese Selbstständigkeit hatte ich mir teuer erkauft, indem ich einen Großteil meiner Emotionen geopfert hatte. Ich blickte zu meinen Leidensgenossinnen: Racheles Gesicht war zu einer Maske erstarrt, Giulia stand kurz davor, in Tränen auszubrechen, und Carolina sah so resigniert drein, wie ich sie noch nie erlebt hatte. Sery hatten wir vorhin ins Zimmer geschickt, da sie offiziell gar nicht hier wohnte.

»Danke, Blu, für dein Verständnis. Schreibst du mir die Adresse deiner Buchhandlung auf?«

Ich nahm ein Stück Papier und kritzelte rasch, aber lesbar, die Anschrift darauf. Mir zitterte ein wenig die Hand dabei.

Unser Vermieter verabschiedete sich eilig und verschwand. Es war ihm auf zehn Meilen anzusehen, dass er uns keine Minute länger als nötig gegenübersitzen wollte.

Nun, da wir allein zurückgeblieben waren, fand immer noch niemand den Mut, etwas zu sagen. Das einzige Geräusch war der Fernseher, der im Hintergrund lief. Sobald sie die Tür ins Schloss hatte fallen hören, war Sery aus Carolinas Zimmer geschlichen und hatte sich in ihrem natürlichen Habitat eingefunden, um *Gilmore Girls* zu schauen, ihre absolute Lieblingsserie, von der sie keine Folge verpasste. Wenn jemand es auch nur wagte, sich im selben Zimmer zu unterhalten, drehte sie den Fernseher in einer Lautstärke auf, der jedem Vergleich mit jenem Morgen, an dem ich unsanft durch das Frühstücksfernsehen geweckt worden war, spottete.

Giulia fand als Erste die Sprache wieder.

»Da wir schon mal dabei sind, Mädels, es gibt da etwas, das ich euch sagen muss. Ich überlege schon seit einer Weile, wieder nach Sarzana zu ziehen.«

Bähm, der erste Stein war herausgefallen.

Wie so oft in Familien reichte es, wenn ein einziges Mitglied ausfiel, und schon stürzte wie durch einen unerklärlichen Dominoeffekt alles wie ein Kartenhaus ein. Das Ende unserer WG war in dem Moment, in dem Giulia diese Worte ausgesprochen hatte, besiegelt.

Sie sprach weiter, aber ich hörte kaum mehr zu.

»Die Lebenshaltungskosten sind hier viel höher«, fuhr Giulia fort, »und ich habe das Gefühl, nichts Sinnvolles zustande zu bringen. Der Kurs an der IED … die Uni kann ich noch zu Ende machen … Hier hätte ich ohnehin schlechte Berufsaussichten, und Paolo drängt schon länger darauf …«

Rachele atmete hörbar ein. Ich sah sie an und wusste genau, was sie gleich sagen würde.

Giulia hatte das Leck gerissen, und Rachele hatte sich in die Schlange eingereiht.

»Bei mir ist es auch Lorenzo, der schon seit Langem darauf drängt, dass wir zusammenziehen«, murmelte sie. »Bislang habe ich ihn immer damit hingehalten, dass ich euch nicht hängen lassen wollte. Wenn ich jetzt umziehe und nicht mit ihm zusammenziehe, ist es aus, so einfach ist das. Tut mir leid.«

Lorenzo und Rachele waren seit fünf Jahren zusammen. Er

war dermaßen in sie verliebt, dass es fast schon kitschig war, wohingegen sie fast kein Wort über ihre Beziehung verlor und sich oft so verhielt, als gäbe es ihn gar nicht.

»Blu, da fällt mir ein, könntest du vielleicht Frodo nehmen? Lorenzo hasst Katzen, und im Grunde ist er ja fast schon dein Kater, er will immer zu dir.«

Ich nickte, womöglich suchte ich Trost in dem Umstand, dass immerhin Frodo noch mit mir zusammenwohnen würde. Flehentlich sah ich Carolina an.

»Caro?«

Sie bedachte mich mit einem sanften Blick und legte eine Hand auf meine.

»Blu, das ist schon richtig so. Wir haben unsere Studi-WG-Phase schon viel zu lange ausgedehnt. Es wird Zeit, endlich erwachsen zu werden.«

Sie verstummte, und kurz hatte ich den Eindruck, sie hielte die Tränen zurück.

»Ich suche mir eine Einzimmerwohnung, das ist das einzig Vernünftige. Das heißt nicht, dass wir nicht mehr befreundet sind, wir werden uns weiterhin sehen, und das ändert auch nichts an unserer Zuneigung füreinander.«

Ich öffnete den Mund, um zu widersprechen, um eine Alternative vorzuschlagen, eine Lösung, etwas, das uns zusammenhalten würde. Doch mir fiel nur »Okay« ein.

Sonst nichts. Ich wusste, dass Carolina recht hatte, die ganze Situation stand schon eine Weile auf der Kippe. Mir war auch klar, dass wir nicht ewig so weiterleben konnten und früher oder später eine von uns es leid gewesen wäre, zu viert auf hundert Quadratmetern mit nur einem Bad zu leben. Die

Traurigkeit und das Gefühl von Verlust rührten einfach daher, dass damit eine Ära zu Ende ging.

Ich stand auf, um in mein Zimmer zu gehen, als Giulia mit einem Mal sagte: »Lasst uns das festhalten.«

»Was?«

»Dass es nicht hier und heute, an diesem dritten Februar, endet und wir immer Freundinnen bleiben werden. Wir halten schriftlich fest, wer wir heute sind und wer wir in zehn Jahren sein wollen. Und am dritten Februar in zehn Jahren treffen wir uns, um festzustellen, ob wir so geworden sind, wie wir es uns vorgenommen hatten.«

Schon sprang sie auf und holte eine alte Keksdose, die wir als Vintage-Deko in der Küche stehen hatten.

»Den Zettel stecken wir hier rein, und Carolina wird die Dose aufbewahren und uns zu gegebener Zeit an unser Versprechen erinnern.«

»Und wieso ausgerechnet ich?«

»Weil du die Einzige bist, auf die Verlass ist.«

In dieser Sache waren wir uns alle einig.

Giulia riss ein Blatt von einem Notizblock, der mit einem Magnet am Kühlschrank befestigt war, riss es in vier Stücke und teilte sie an uns aus. Ich nahm meinen Zettel und ging damit in mein Zimmer.

Daraufhin verbrachte ich den gesamten Sonntag damit zu katalogisieren, welche Gegenstände ich behalten und welche ich beim Umzug wegwerfen würde. Wie sollte ich nur ohne Carolinas verbrannten Kaffee leben? Und ohne Giulias Tarotkarten? Ich schob die Gedanken beiseite und versuchte, etwas zu finden, das mich von dieser Hiobsbotschaft ablenkte, die mir einen ziemlichen Schlag versetzt hatte. Zum Beispiel konnte ich mir vorstellen, wie mein Treffen am Dienstag mit Gatsby verlaufen würde. Ich durfte es nicht allzu sehr übertreiben, was Frisur und Make-up betraf, schließlich hatte er mich bereits in meiner denkbar schlechtesten Verfassung gesehen: Eigentlich konnte ich mich nur verbessern, solange ich mich nicht wie Moira Orfei auftakelte.

Während ich überlegte, ob ich eine weiße Bluse oder die meergrüne Spitzenbluse zu meinem Pulli kombinieren sollte, klopfte jemand zaghaft an meine Tür.

Carolina steckte ihr rundliches, stets gebräuntes Gesicht herein.

»Kann ich reinkommen?«

»Klar.«

Sie setzte sich auf den einzigen Teil meines Betts, der nicht von Krimskrams bedeckt war – zu Hause und im Laden war ich eine echte Chaotin.

»Vorhin wollte ich das nicht vor allen ansprechen, weil es ihnen sichtlich unangenehm war, dass sie bereits eine Entscheidung getroffen und ihren Beziehungen den Vorrang vor unserer Freundschaft gegeben hatten. Aber ich kenne dich und weiß, dass dich das mitgenommen hat. Das ist völlig normal, Blu. Ich wollte nur sichergehen, dass du es ihnen nicht verübelst.«

Ich legte die beiden Kleiderbügel mit den Blusen ab und setzte mich zu ihr.

»Überhaupt nicht. Es wird mir schon schwerfallen, unserer gemeinsamen Zeit Adieu zu sagen. Und ich weiß nicht, ob ich bereit bin, allein zu leben. Vorübergehend werde ich in die kleine Mansarde im Haus meiner Nonna Tilde ziehen. Ich kann mir keine eigene Wohnung leisten.«

Sie strich mir über die Wange.

»Du wirst sehen, alles wird gut. Früher oder später fügt sich alles. Deine Begegnung gestern scheint mir auch sehr vielversprechend zu sein.«

Das war typisch für Carolina, bestimmt litt sie ebenso sehr wie ich, aber sie war schon immer die Stärkere von uns beiden und sprach mir Mut zu, wenn ich in Trübsinn verfiel.

»Apropos«, sagte ich, »es gibt da noch ein Detail des gestrigen Abends, von dem ich dir erzählen wollte.«

Sie sah mich mit fragender Miene an und bedeutete mir, weiterzureden.

»Der Typ gestern war besonders angetan von dem Kärtchen, das ich zu dem Buch von Neri gelegt habe. Du weißt schon, das Exemplar mit dem Tintenfleck, der zustande kam, als Giulia einen Ohnmachtsanfall vorgetäuscht hat.«

Carolina schlug sich die Hände vors Gesicht.

»Erinnere mich bloß nicht daran, meine Berufsehre leidet immer noch unter jenem Abend. Und dann diese Peinlichkeit, als wir mit dieser irren Premio Strega in der Notaufnahme ankamen und sie herumschrie wie eine Verrückte …«

Ich erklärte ihr in wenigen Sätzen, was es mit dem Kärtchen auf sich hatte, und versicherte ihr, dass sich Premio Strega seither glücklicherweise nicht mehr gemeldet hatte.

»Jedenfalls hat er mich auf eine echt gute Idee gebracht, und zwar, jedem Buch eine solche Karte beizulegen, auf der steht, wem dieses Buch zu empfehlen ist und wieso. Wie bei einem Beipackzettel, nur dass man statt körperlicher seelische Leiden heilt. Verstehst du etwas von Bibliotherapie?«

»Ja, ich habe dazu mal einen Kurs in Zusammenhang mit meiner Psychotherapie-Ausbildung besucht. In Italien ist das wenig verbreitet, aber ich fand die Idee höchst spannend. Ich habe daraufhin allerlei Studien und Anleitungen gelesen, alles auf Englisch natürlich.«

Wusste ich's doch, dass auf meine Streberfreundin Carolina Verlass war.

»Und worin besteht die Bibliotherapie?«

»Also, ganz kurz umrissen und ohne unnötige Fachtermini: Die Grundannahme der Bibliotherapie besteht darin, dass das Lesen von Romanen die Empathie schult. Wenn man ein Wort liest, was weiß ich, zum Beispiel ein Verb, ruft das dieselben Gehirnströme hervor, wie wenn man diese Tätigkeit tatsächlich ausführen würde.«

Auch ohne Fachtermini fand ich die Vorstellung bereits völlig faszinierend.

»So was wie eine Virtual Reality?«

Ich dachte an diese Spaceshuttles im Vergnügungspark, wo man die Simulation eines Raketenstarts sah und herumgeschüttelt wurde, bis einem schlecht war.

»In gewisser Weise ja. Lesen ist eine Art Simulation der Realität.«

»Aber gibt es Belege, dass es auch körperliche Wirkung entfaltet?«

Das war ja alles schön und gut, aber ich wollte wissen, ob es wirklich einen messbaren Nutzen hatte.

»Ja, ich lasse jetzt mal den psychophysiologischen Aspekt

weg, weil ich annehme, dass der dich weniger interessiert, aber es ist bewiesen, dass das Lesen von Büchern die kognitiven und emotionalen Prozesse stimuliert.«

Die Rädchen in meinem Hirn fingen an zu rattern, aber ich musste es noch mal laut für mich formulieren.

»Das heißt, wenn ich dir sage, welche Geschichten, Verhaltensweisen und Emotionen in einem Buch enthalten sind, könntest du mir Kategorien nennen, in die ich das Buch einordnen kann, um sie dann je nach Gemütszustand zu empfehlen?«

»Das dürfte kein Problem sein. Von wie vielen Büchern sprechen wir?«

Ich warf ihr einen hinterlistigen Blick zu und deutete hinter sie.

»Na ja. Von allen, die ich je gelesen habe.«

Carolina drehte sich zu meiner Bücherwand um, die bis zur Decke reichte und überquoll vor Büchern, und sie erblasste.

»Alle?«

Ich brach in Gelächter aus. Ihr Gesichtsausdruck irgendwo zwischen Entsetzen und Verzweiflung war einfach zu komisch.

Mit einem Satz sprang ich vom Bett auf.

»Hör mal, ich erstelle eine Liste, und dann reden wir noch mal, ja?«

Sie erhob sich ebenfalls vom Bett und ging zur Tür.

»Okay. Ich geh dann mal lernen, ich habe morgen die x-te Masterprüfung. Ach, und ich an deiner Stelle würde am Dienstag die Spitzenbluse anziehen, die betont deine grünen Augen.«

»Woher willst du wissen, dass ich die für Dienstag heraussuche?«

Statt einer Antwort blies mir Carolina eine Kusshand zu und schloss die Tür hinter sich.

Nun, da ich wieder allein war, nahm ich meinen Zettel für die Keksdose und begann mein Ich zu beschreiben, das ich in zehn Jahren sein wollte, eine Vierzigjährige, die endlich angekommen und vielleicht mehr mit sich im Reinen ist.

Es war gar nicht so einfach, diese wenigen Zeilen zu verfassen. Schon seltsam, wie man, indem man etwas schwarz auf weiß aufschreibt, seinen Gedanken eine dreidimensionale Komponente verleiht, die alles plötzlich immanenter macht, wie mein Freund Immanuel gesagt hätte. Als ich fertig war, faltete ich den Zettel zusammen und legte ihn auf den Schreibtisch, um mich meinem neuen Projekt zu widmen.

Ich tüftelte bereits seit ein paar Stunden an meiner Liste, als mich mein vibrierendes Handy von dem Stapel Bücher ablenkte, den ich aus dem Regal auf meinen Schreibtisch gepackt hatte.

Es war eine Nachricht von Giulio Maria.

»Abendessen?«

Dahinter das Emoji eines Schweinegesichts. Das war seine Art darüber zu witzeln, dass ich, seit ich den Laden eröffnet hatte, noch ungesünder aß als zuvor und ein paar Kilo zugelegt hatte. Ehrlich gesagt sogar mehr als nur ein paar. Aber daran war er nicht unschuldig, da er mir ständig Pasta, Sfogliatelle und Biscotti anbot, die ich unmöglich ablehnen konnte.

Ich nahm das Handy und tippte eine Antwort.

»Sushi?«

Zwei Schweinerüssel.

»Gebongt!«

Drei Emojis eines ganzen Schweins.

Heute Abend würde ich weder abnehmen noch mit dem Mann meiner Träume ausgehen, aber ein wenig Comfort Food und die Gesellschaft eines guten Freundes konnten diesen ansonsten verkorksten Tag immerhin noch geradebiegen.

7

VON DROHENDEM UNHEIL, LEICHTFERTIGEN WEINKRÄMPFEN UND NEUANFÄNGEN

> Begreifen Sie endlich, dass zwar die Zunge die Wahrheit verhehlen kann, aber niemals die Augen!
>
> MICHAIL BULGAKOW: *Der Meister und Margarita*

Einen Monat später

Der März war schon immer mein Lieblingsmonat: Endlich kehrt der Frühling ein, die Tage werden länger, der Sommer rückt näher. Dieses Jahr jedoch schien mein Lieblingsmonat, ganz in Einklang mit meiner miesen Laune, in ungewohnter Häme beschlossen zu haben, besonders grau daherzukommen und sich als November zu verkleiden. Kälte plus Regen plus bittere Enttäuschung ist gleich ein Stimmungspegel, der noch unterhalb meiner Clogs liegt, die von den meisten verspottet wurden, als ich sie gekauft hatte, nur um dann plötzlich reißenden Absatz zu finden, als die Fashionista sie für sich entdeckten.

An diesem Morgen schüttete es wie aus Kübeln, und ich hatte beschlossen, das Fahrrad im Schuppen zu lassen und den Bus zu nehmen, um nicht klitschnass bei der Arbeit zu erscheinen. Ich war zu Fuß zur Haltestelle der Linie 23 gegangen, die mich direkt vor meinem Laden absetzen würde. Ich hatte mich schon auf Verhältnisse wie auf einem Flüchtlingsboot eingerichtet, doch der Bus war erstaunlich leer und still. Nachdem ich mir einen freien Sitzplatz gesucht hatte, fing ich wieder an zu grübeln.

Wenn es etwas gab, das ich am meisten hasste von all den Dingen, auf die ich in dieser Zeit einen Hass verspürte, dann zugeben zu müssen, dass ich mich getäuscht hatte. Mir dann auch noch Racheles süffisantes Lächeln ansehen zu müssen, machte mich rasend. Es war ein Monat vergangen seit jenem fantastischen Abend und von meinem ehemals künftigen Ehemann fehlte jede Spur. Ich hatte mich die ganze Woche lang hübsch angezogen und gedacht, vielleicht war er nur bei der Arbeit aufgehalten worden und würde am nächsten Tag vorbeikommen, bis schließlich Wochenende war. Inzwischen waren vier Wochenenden verstrichen, und ich war es leid, tagtäglich Ohrringe und Mascara zu tragen. Ich hatte mir selbst eine Frist von einer weiteren Woche gesetzt, danach hätte ich das Buch, das er bestellt hatte, genommen und weggeworfen. Wie ich diesem blöden Arsch erklärt hatte, war dieser Titel vergriffen und deshalb nicht umtauschbar.

Wie sagt man noch gleich?

Schlimmer geht immer.

In fünf Monaten würde ich die Wohnung verlassen müssen, die ich die letzten elf Jahre mein Zuhause genannt hatte, und noch immer hatte ich keine alternative Bleibe gefunden, die mir zusagte. Die Mansarde von Nonna Tilde behielt ich als Plan Z in der Hinterhand. Natürlich hätte ich es schön gefunden, mehr Zeit mit ihr zu verbringen, aber aufs Land zu ziehen und mit den öffentlichen Verkehrsmitteln herumzufahren, hatte ich mir für meine Zukunft nicht unbedingt vorgestellt. Während der kurzen Fahrt ließ ich den Blick über die Passagiere schweifen, die gemeinsam mit mir die vibrierenden Sitze, beschlagenen Scheiben und eine Luftfeuchtigkeit, bei der sich einem die Haare kräuselten, ertrugen.

Nach zehn Minuten drückte ich auf die Haltewunschtaste und begab mich Richtung Tür. Ein Junge von höchstens dreizehn Jahren stellte sich verstohlen zu mir und warf mir schüchterne Blicke zu, die ich jedoch nicht weiter beachtete, denn es war zwei Minuten vor zehn, und somit konnte ich das Frühstück in der Bar vergessen.

Als ich ausstieg, riss eine Windböe meinen ohnehin schon angeschlagenen Knirps entzwei. Leise vor mich hin fluchend rannte ich zum Rollgitter, die Kapuze über den Kopf gezogen, um mich vor dem Regen zu schützen.

Es gelang mir nicht, mit nur einer Hand das Schloss zu öffnen, und ich stellte fest, dass ich, auch ohne mit dem Rad gefahren zu sein, pitschnass bei der Arbeit ankommen würde.

Als ich den Laden betrat, klingelte wie gewöhnlich bereits das Telefon, aber ich beschloss, es zu ignorieren: Ich musste mich erst mal irgendwie abtrocknen, damit ich mir keine Lungenentzündung holte. Ich hatte das Licht noch nicht eingeschaltet, als ich wahrnahm, wie eine Gestalt durch den Schatten huschte.

Es war der Teenager, der mir vorhin im Bus aufgefallen war, und der sich nun hinter den Regalen versteckte.

Bestimmt schwänzte er die Schule, denn normalerweise sollte kein Kind unter neunzehn Jahren um diese Zeit an einem Werktag unterwegs sein.

Draußen ging eine Gruppe Teenager vorbei, woraufhin er sich noch mehr hinter den Regalen verkroch.

»Haben die dich gesucht?« Meine Frage schreckte ihn auf.

»Ja, aber wenn ich dich störe, gehe ich sofort.«

»Nein, Quatsch. Aber wieso suchen die dich denn?«

Seufzend rückte er seinen Ranzen auf dem Rücken zurecht.

»Das sind größere Jungs, die haben meinen Nachmittagssnack und mein Handy geklaut. Außerdem hänseln sie mich, ich würde aussehen wie ein Schwein und wäre ein Streber.«

Ich knipste das Licht an und betrachtete ihn aufmerksam. Mein junger Gast war ein klassischer Fall von jemandem, der es später bestimmt mal zu etwas bringen würde, sich aber in seiner Jugend allerlei gefallen lassen musste. Mit seiner großen Brille und dem Topfschnitt sah er wirklich aus wie ein Streber. Eine Vollkatastrophe in jenem Alter, in dem sich die Popularität nicht an Dingen wie Intelligenz und Scharfsinn bemaß.

Seufzend blickte ich nach draußen auf den Regen; bei dem Wetter würde sich bestimmt niemand darum schlagen, ein Buch zu kaufen.

»Komm mit in die Bar, ich spendiere dir einen Snack.«

Bei dem Wort »Snack« leuchteten seine traurigen Augen auf.

»Bist du etwa die Buchhändlerin?«

»Siehst du sonst jemanden?«

»Nein, stimmt. Also, dann würde ich gerne wissen, ob du zwei Bücher dahast. Einmal *Faust* von Goethe und dann *Der Meister und Margarita*.«

»Wie alt bist du?«

»Fast vierzehn.«

»Und die geben euch in der Schule solche Bücher zum Lesen?«

Er sah mich ungerührt an.

»Nein, das sind Bücher, die mir einfach gefallen.«

Mir fiel die Kinnlade herunter. In seinem Alter habe ich auch viel gelesen, aber eher Horror- und Liebesromane.

Mein junger Gast war ungewöhnlich frühreif.

»Außerdem hab ich beide Bücher schon mit zwölf gelesen, die hatte ich aus der Bibliothek ausgeliehen. Ich heiße Iwan, wie der Dichter in *Der Meister und Margarita*.«

»Und wieso willst du sie dann kaufen?«

»Weil du nicht so wirkst, als würde es dir sehr gut gehen.«

Ich wusste nicht, ob ich lachen oder weinen sollte. Offenbar wirkte ich so verzweifelt, dass ein Dreizehnjähriger, der gemobbt wurde, mit mir Mitleid hatte.

»Hast du schon mal *Die unendliche Geschichte* gelesen?«

»Nein, was ist das denn?«

Ich ging zum Regal, nahm das Buch heraus und steckte es in eine Tüte zusammmen mit den beiden von ihm genannten Titeln.

»Das hier leihe ich dir aus, wie in der Bibliothek. Zerfleddere es nicht und bring es mir einfach wieder, wenn du es ausgelesen hast.«

»In Ordnung.«

Er zog ein Batman-Portemonnaie mit Klettverschluss heraus, und mir zog es das Herz zusammen bei dem Gedanken daran, wie viele Jahre es noch dauern würde, bis er endlich an die Uni könnte.

»Und jetzt essen wir was zusammen. Mein Geld dürfte noch reichen, um dir den Snack zu bezahlen.«

Als ich die Buchhandlung hinter mir abschloss, klingelte erneut das Telefon, aber ich ignorierte es weiter. Stattdessen redete ich eine halbe Stunde lang mit Iwan über Bücher, der regelrecht aus *Der Meister und Margarita* entstiegen zu sein schien, so klug wie er das Buch analysierte. Wir verabschiedeten uns in dem Wissen, dass wir uns bald wiedersehen würden, denn ich zweifelte keine Sekunde daran, dass er mir das geliehene Buch zurückbringen würde. Ich hatte ihm auch geraten, sich wegen der Hänseleien einer Lehrerin anzuvertrauen und *Die unendliche Geschichte* zu lesen. Vielleicht ließ er sich davon inspirieren, wie man es auf dem Rücken von Fuchur, dem flauschigen Glücksdrachen, solchen Fieslingen heimzahlte.

Als ich wieder in den Laden ging, zwang mich das Klingeln des Telefons dazu, Phantásien zu verlassen und in die Realität zurückzukehren.

»Buchhandlung Novecento, hallo?«

»Hallo, Blu, hier ist Gennaro, wie geht's?«

Normalerweise sprühte der Vertreter des Großhändlers,

der mich belieferte, nur so vor Energie. Heute jedoch schien auch er betrübt zu sein: ob er ebenfalls wetterfühlig war?

In Wirklichkeit wusste ich genau, was der Grund für seinen Anruf war: Ich hatte die Rechnung Ende Februar nicht begleichen können.

»Hallo, Gen, alles bestens. Bei dir?«

»Alles okay, kann mich nicht beklagen.« Er zögerte kurz und fuhr dann fort. »Blu, vermutlich ahnst du bereits, weshalb ich anrufe. Wir haben letzten Monat keine Zahlung von dir erhalten. Und leider hast du mit deinem Konto bei uns den Kreditrahmen überschritten. Die Buchhaltung hat es noch nicht bemerkt, aber ich bin dazu verpflichtet, es ihr mitzuteilen. Und sobald ich das tue, wird dein Konto gesperrt und du kannst keine Bestellungen mehr tätigen.«

Diese Worte trafen mich härter als jener Wintermonat 2016, als unser Boiler ausgefallen war und wir kalt duschen mussten, da sich so kurz vor Weihnachten kein Handwerker fand, der ihn reparieren konnte.

Ein gesperrtes Konto bedeutete das Ende. Aus, finito, Game over. Ich war wie erstarrt und wusste nicht, was sagen.

Wie durch ein Wunder kam in diesem Moment ein Kunde herein, sodass ich den Rettungsanker, den man mir hingeworfen hatte, ergriff und Gennaro versprach, ihn in wenigen Minuten zurückzurufen.

»Guten Morgen, Signorina, was für ein herrlicher Tag!«

Okay, es war wirklich ein Morgen voller Seltsamkeiten. Soeben hatte ein Typ meinen Laden betreten, den als exzentrisch zu beschreiben noch untertrieben gewesen wäre. Verglichen mit ihm war der arme, verlotterte Neri Venuti nahezu gewöhnlich. Der Mann, der mir mit einem scheinheiligen Lächeln gegenüberstand, war komplett in Schwarz gekleidet. Vom Jackett über das Hemd bis hin zu Krawatte, Gürtel und Schuhen. Wenn ich nicht gerade mitten in einer Lebenskrise gesteckt hätte, hätte ich mich heimlich schiefgelacht. Vage interessiert schwirrte er von einem Regal zum nächsten, ohne mich dabei auch nur eine Sekunde aus dem Auge zu verlieren. Unter den momentanen Umständen konnte ich mich unmöglich unterhalten, am liebsten hätte ich mich unter dem Tresen verkrochen und wäre in eine andere Dimension abgetaucht.

»Wenn ich Ihnen helfen kann, geben Sie gern Bescheid.«

Diese Höflichkeitsfloskel war Pflicht, aber innerlich hoffte ich inständig, er würde mit »Nein, danke, ich schaue nur« antworten.

Er beäugte mich neugierig, antwortete aber nicht.

Schnell heftete ich meinen Blick auf den Computer mit einem Mix aus größter Geschäftigkeit und höchster Anspannung, als ob das Schicksal des Universums davon abhing, was ich da las. Ehrlich gesagt fixierte ich die Excel-Tabelle mit den heutigen Verkäufen, die exakt die zwei Bücher enthielt, die der kleine Iwan gekauft hatte. Nachdem einige Minuten vergangen waren und er immer noch nichts geantwortet hatte, war ich mir relativ sicher, dass er mich in Ruhe lassen würde. Ich musste mir überlegen, wie ich die Sache mit dem Großhändler klären sollte. Vielleicht könnte ich mich an einen anderen Lieferanten wenden, aber damit hätte ich nur mehr Schulden angehäuft, und ich wollte mich nicht finanziell übernehmen.

»Ich weiß übrigens, wer Sie sind.«

Na bravo, da hatte ich den Salat.

Ich nahm den Blick vom Monitor und versuchte so höflich wie möglich zu bleiben.

»Ah ja? Ich kann mich nicht erinnern, Sie je gesehen zu haben.«

»Das stimmt, wir haben uns noch nie gesehen, aber Signor Tatini sagte mir, Sie hätten etwas für mich.« Mit einer Hand imitierte er das Klimpern mit einem Schlüsselbund.

Fassungslos starrte ich ihn an: Dieser Typ, der so irre aussah wie der Märzhase, sollte unser Immobilienmakler sein? Einen ganzen Monat lang war niemand wegen der Schlüssel aufgetaucht, und tief in meinem Herzen hatte ich die Hoffnung gehegt, dass es sich unser Vermieter anders überlegt hätte und die Wohnung nun doch nicht verkaufen würde. Stattdessen war heute tatsächlich der Internationale Pechsträhnentag: Erst musste ich vernehmen, dass mein Konto beim Großhändler gesperrt und somit meine Geschäftsaufgabe nur noch eine Frage der Zeit war, und nun wurde auch noch mein zartestes Pflänzchen Hoffnung zerstört, dass mir wenigstens irgendetwas von meinem Leben bleiben würde, das vor meinen Augen zerfiel.

Ich versuchte mir nichts anmerken zu lassen.

»Ah, okay. Ich hatte eigentlich schon viel eher mit Ihnen gerechnet. Signor Tatini hatte mir bereits letzten Monat erklärt, dass es Interessenten gäbe.«

»Heute Nachmittag habe ich einen Termin mit zwei Turteltauben, die sich diese hinreißende Wohnung anschauen wollen. Die Chancen stehen gut, dass sie sofort ein Angebot unterbreiten.«

Keine Ahnung warum, aber ich hatte das starke Gefühl,

dass dieser schleimige Makler meine Gedanken gelesen und es absichtlich so formuliert hatte, um mich zu verletzen. Es gab keinerlei Grund für ihn das zu tun, aber in seinen Augen sah ich ein fast schon boshaftes Funkeln, das mir sagte, dass ich mich schön von ihm fernhalten sollte.

»Prima, das freut mich, dann hole ich eben den Schlüssel.«

Geräuschvoll schob ich den Hocker beiseite, auf dem ich gesessen hatte, und riss schwungvoll den Vorhang auf, um den hinteren Teil des Ladens zu betreten.

Hinten im Lager suchte ich nach meiner Handtasche – immer noch die Hippie-Tasche, die Rachele so hasste – und in der die Ersatzschlüssel lagen. Ich fing an darin zu wühlen, konnte sie aber in dem ganzen Kladderadatsch nicht finden. Ich versuchte mich zu beeilen, da mir der Gedanke nicht behagte, ihn allein im Laden zu lassen. Aber nichts, ich konnte die verdammten Schlüssel nirgends finden, also hängte ich mir die Handtasche um, um sie in aller Ruhe an der Kasse zu durchsuchen. Mit dem Handy schickte ich eine Nachricht an den Gruppenchat unserer WG, um die anderen zu bitten, die Wohnung für die Dauer der Besichtigung zu verlassen. Als ich den Vorhang aufriss, hörte ich, wie sich etwas außen am Reißverschluss verhakte, und dann einen dumpfen Aufprall. Was war heruntergefallen? Als ich mich umdrehte, entdeckte ich es, dort auf dem Boden.

Es war das Buch, das ich für diesen Deppen bestellt hatte, auf den ich hereingefallen war. Dabei hatte ich geglaubt, er würde mich von Tinder erretten, von den Abenden mit torfigem Whisky und einem Leben in einer winzigen Einzimmerwohnung. Ein bisschen melodramatisch, ich weiß, aber verständlicherweise aufgewühlt durch die Gesamtsituation, hätte ich in diesem Moment sogar einen abgebrochenen Fingernagel für ein Riesendrama gehalten. Dieses beschissene Buch starrte mich vom Boden aus an, wie es mich die letzten vier Wochen angeschielt hatte. Jedes Mal, wenn ich ins Lager ging, mit Mascara oder meiner meergrünen Bluse, beäugte es mich mitleidig.

In diesem Augenblick jedoch war mir seltsam zumute, als würde ein Damm brechen. Und ich, die Emotionen sonst an sich abprallen ließ, brach in heftiges, unkontrollierbares Schluchzen aus. Ich wusste, dass der Immobilienmakler mich hinter dem Vorhang hören konnte, aber ich fühlte mich schutzlos allem ausgeliefert, und dieses so unbekannte Gefühl jagte mir Todesangst ein.

Eine Sekunde später wurde der Vorhang beiseitegeschoben und das spitze schnurrbärtige Gesicht des Maklers erschien.

»Signorina, ist alles in Ordnung? Himmelherrgott, Sie weinen ja. Kommen Sie, setzen Sie sich auf diesen Stuhl.«

Wie eine Stoffpuppe gehorchte ich und nahm auf dem Hocker Platz, während er behände hinter dem Tresen herumhuschte und mir ein Glas Wasser holte. In der Zwischenzeit hatte sich mein Schluchzen gelegt, aber ich weinte weiter wie ein Mädchen, das sich das Knie aufgeschlagen hatte.

Ich murmelte ein Danke und trank gierig.

»Wenn das ein ungünstiger Zeitpunkt ist, komme ich ein anderes Mal wieder. Es tut mir leid, falls ich Sie zum Weinen gebracht habe, manchmal bin ich wirklich furchtbar, aber das war keine Absicht. Das rutscht mir manchmal … einfach so raus.«

Er reichte mir ein makellos sauberes Taschentuch.

»Keine Sorge, ich weine nicht Ihretwegen«, sagte ich und trocknete meine Tränen, »das heißt, klar, die Situation mit der Wohnung ist Teil des Gesamtpakets, aber es gibt noch weiß Gott andere Probleme.«

»Wenn Sie mir davon erzählen wollen, ich bin ganz Ohr.«

Ich fing an zu lachen, zuerst zaghaft, dann immer ausgelassener.

»Entschuldigen Sie, aber ich glaube kaum, dass Sie mir irgendwie helfen können.«

Das Gesicht in beide Hände gestützt, sah er mich hoch konzentriert an.

»Sie wären überrascht.«

Seine Augen funkelten immer noch listig, aber dahinter erkannte ich noch etwas anderes.

Ich seufzte, was hatte ich schon zu verlieren? Also fing ich an zu erzählen: zuerst nur ein paar Brocken, dann immer mehr Details. An diesem Tag war offenbar mehr als ein Damm gebrochen, sodass ich diesem Unbekannten Probleme anvertraute, über die ich nicht einmal mit Nonna Tilde oder den Mädchen sprechen konnte. Ich erklärte ihm, wie schlecht es um die Buchhandlung stand und dass ich nicht wusste, wie ich da wieder heil rauskam.

Die ganze Zeit über hörte er mir aufmerksam zu und stellte hin und wieder konkrete Fragen zum Lieferanten. Als ich mich endlich von der Last befreit hatte, die ich schon viel zu lange mit mir herumgeschleppt hatte, fühlte ich mich deutlich leichter.

»Danke fürs Zuhören«, sagte ich aufrichtig, »es tut mir leid, wenn ich abgeschweift bin. Aber ich wüsste nicht, wie ich aus dieser Situation wieder herauskommen sollte.«

»Manchmal erscheinen uns Sackgassen nur als solche, weil wir immer nur in eine Richtung schauen.«

Er begann mit seinem seltsamen schwankenden Gang auf und ab zu gehen.

»Da gebe ich Ihnen recht, aber egal aus welcher Perspektive ich sie betrachte, unbezahlte Rechnungen bleiben was sie sind, solange mir das Geld zum Begleichen fehlt.«

Er blieb stehen und zeigte mit dem Finger auf mich, um mir zu bedeuten, dass ich den Knackpunkt angesprochen hatte.

»Ganz genau, Sie müssen Geld erzeugen.«

Okay, jetzt war er völlig durchgedreht. Nett von ihm mir zuzuhören, ne, aber vielleicht war ihm das Wesentliche entgangen: Ich hatte kein Geld. Daran änderte sich auch nichts, indem ich rumheulte.

Was, wenn die Suche nach dem Geld im Geld selbst lag?

Oh Gott, hatte sich etwa Gigi Marzullo, der philosophierende TV-Moderator, meiner bemächtigt? Eben noch hatte ich einen Gefühlsausbruch erlitten, und nun stellte ich mir innerlich mit nasaler Stimme existenzielle Fragen. Das würde bestimmt das Jahr meines endgültigen Nervenzusammenbruchs werden.

Ich beschloss, ihm recht zu geben, um ihn schnell loszuwerden. Vorhin hatte ich Gennaro versprochen, ihn in fünf Minuten zurückzurufen, und inzwischen war fast eine halbe Stunde vergangen.

»Ja, vielleicht leihe ich mir bei jemandem Geld«, sagte ich

ausweichend, »danke für den Rat, aber ich glaube, Sie sollten dann langsam gehen, sonst kommen Sie zu spät ...«

Mit erhobenem Zeigefinger brachte er mich zum Verstummen.

»Ich habe nicht gesagt, dass Sie das Geld physisch haben müssen. Sie müssen nur Zeit schinden: Solange der Lieferant nichts von dem fehlenden Geld weiß, muss er davon ausgehen, dass welches da ist.«

Wie ein Wasserfall redete er drauflos. Es war erstaunlich, wie er anhand meiner wenigen, allgemeinen Erläuterungen derart tief in die Materie eindringen konnte. Seine Strategie war äußerst simpel, erforderte aber eine hundertprozentige Kooperation von Gennaro. Der erste Schritt bestand darin, sofort die Rechnung für den letzten Monat zu begleichen, um wieder kreditwürdig zu sein, und Gennaro zu bitten, den Betrag sofort zu verbuchen und über die restlichen Fehlbeträge kein Wort zu verlieren. Dadurch verschaffte ich mir ein wenig Zeit, in der ich versuchen konnte, wieder Land zu gewinnen. Es war eine etwas unsolide und unprofessionelle Strategie, aber sie konnte funktionieren. Gedanklich rüstete ich mich bereits für das Gespräch, mit dem ich den Vertreter überzeugen würde, mir diesen Gefallen zu tun, als der Makler fortfuhr.

»Aber, hübsche Signorina, so kann es langfristig natürlich nicht weitergehen.« Mit Unschuldsmiene warf er die Hände in die Luft. »Verstehen Sie mich nicht falsch, aber um das Ruder herumzureißen, bräuchten Sie schon eine geniale Geschäftsidee.«

Verdammt, die Idee hatte ich bereits, eine Bücher-Apotheke! Ich war so sehr damit beschäftigt gewesen, mich in meinem Elend zu suhlen, dass ich darüber ganz die Sache mit den Beipackzetteln und der literarischen Hilfestellung vergessen hatte.

Gerade als ich ihm von meiner Idee erzählen wollte, sagte er: »Ein aufgewecktes Mädel wie Sie hat doch bestimmt bereits etwas in petto.«

Ein aufgewecktes Mädel.

Ein aufgewecktes Mädel.

Das weckte Erinnerungen an jenen berühmten Samstagabend.

Nur keine falsche Bescheidenheit, Blu, du weißt ja wohl selbst, dass du ein aufgewecktes Mädel bist.

Woher hatte er überhaupt meinen Namen gewusst? Den hatte ich ihm ganz sicher nicht genannt, und in der Buchhandlung stand er nirgends. Das verwirrte mich noch mehr. Hatte ich ihn schon einmal zuvor getroffen und konnte mich nur nicht erinnern? Nein, das schloss ich kategorisch aus.

Aber das war jetzt zweitrangig, ich musste die Buchhandlung retten. Gatsby und die Frage, woher er meinen Namen kannte, mussten warten.

Vor lauter Grübeln hatte ich beinahe den Grund vergessen, weshalb der Makler hergekommen war.

Letztlich hatte ich die Schlüssel in einem entlegenen Seitenfach der Handtasche gefunden, und nun legte ich sie ihm höflich hin.

»Hier sind die Wohnungsschlüssel.«

»Super, darf ich sie vorerst behalten?«

»Klar, das Einzige, worum ich Sie bitten würde, ist, dass Sie mir vor einer Besichtigung Bescheid geben, damit ich meine Mitbewohnerinnen vorwarnen kann.«

»Ich melde mich.«

»Hier ist die Visitenkarte meiner Buchhandlung, unter der Nummer können Sie mich kontaktieren. Haben Sie auch eine Visitenkarte, die Sie mir dalassen können?«

Er zögerte einen Moment und sagte dann: »Ja, die habe ich in meiner alten Klapperkiste liegen gelassen, mit der ich hergekommen bin. In fünf Minuten bringe ich sie Ihnen.«

»Kein Problem, ich lauf nicht weg.«

Er deutete eine Verbeugung an und wandte sich zum Gehen.

»Vielen Dank für alles. Sie wissen gar nicht, wie sehr Sie mir geholfen haben.«

»Ach was, Signorina, nichts zu danken. Ich bin ein Teil von jener Kraft, die stets das Böse will und stets das Gute schafft. Leben Sie wohl.«

Wo hatte ich diesen Satz schon mal gehört? Ich konnte mich nicht entsinnen. Was soll's, vielleicht hatte ihn auch das Marzullo-Fragefieber gepackt.

Aber egal, ich musste eine ganze Reihe von Anrufen erledigen. Zuerst musste ich unbedingt Gennaro überzeugen, sonst war der ganze Rettungsplan umsonst. Unter nicht unerheblicher Mühe und Aufbietung all meiner weiblichen Verführungskünste gelang es mir, ihm die Bedingungen abzupressen, die mich vor dem endgültigen Ausscheiden bewahren würden. Er hatte im Gegenzug ein Treffen zum Aperitif herausgepresst, aber wenn schon, ich würde es einfach so lange aufschieben, bis er aufgab. Mein zweiter Anruf galt Nonna Tilde.

Dieser brachte mir, mit weit weniger Aufwand, eine Leihgabe von tausend Euro ein. Der dritte Anruf ging an meinen Steuerberater, genannt Wimpy, nach der Figur aus Popeye, wegen seiner Tendenz, ein Panino nach dem anderen zu futtern. Ich fragte Wimpy, ob ich die Firmeneintragung behalten, aber die Buchhandlung umbenennen konnte.

»Klar, kein Problem.«

Wunderbar.

Danach waren Carolina und Rachele dran: Erstere würde ich bitten, sich heute Abend freizuhalten, und zweitere, einen Freund anzurufen, der für diverse Florentiner Zeitungen arbeitete, damit er eine Presseerklärung abdruckte. Als Letztes würde ich mich an Simone wenden, den Vermessungstechniker von Giulio Maria.

»Okay, und wie soll Ihre Buchhandlung künftig heißen?«

»Ich dachte an: Die Bücher-Apotheke. Was meinen Sie?«

»Mir ist das gleich, ich muss nur den Vorgang melden. Sind Sie sicher, was den Namen betrifft?«

»Ja. Das heißt, nein. Der neue Name lautet: Kleine Literarische Apotheke.«

»Fertig?«

»Fertig.«

Und so nahm alles seinen Lauf.

Zwischen all den frenetischen Anrufen hatte ich gar nicht bemerkt, dass der Immobilienmakler verschwunden war, ohne mir seine Visitenkarte zu bringen.

8

VON DEN SPICE GIRLS, LIVIA CHANDRA CANDIANI UND BIRKENBLÄTTERTEE

du warst so weit fort

ich wusste gar nicht mehr dass du da bist

RUPI KAUR: *milk and honey – milch und honig*

Am gleichen Tag

Als ich an jenem Abend nach einer schrecklichen Busfahrt, bei der ich ans Fenster gequetscht stand, nach Hause kam, erwartete mich ein hoch qualifiziertes Einsatzteam, das mir helfen würde, meine Kleine Literarische Apotheke aus der Taufe zu heben. Ich fühlte mich wie Steve Jobs in Cupertino, und meine weiblichen Pendants zu Steve Wozniak und Ronald Wayne standen schon bereit, um dieses Jahrhundertprojekt in Angriff zu nehmen.

Carolina saß am Esstisch und wartete mit einem großen Schreibblock in der Hand in ihrem klassischen Hausfrauen-Look auf mich: im Pyjama mit Motiven von Klopfer, dem aufgekratzten Häschenfreund von Bambi, Dutt auf dem Kopf und riesiger Lesebrille. Neben ihr saß Giulia in ihrem Tanztrainingsanzug, die an dem fürchterlichen entschlackenden Bio-Birkenblättertee nippte, den ich im Laden einer Freundin von Giulio Maria gekauft hatte. Sie hatte mir versichert, dass der Tee mir helfen würde, überschüssiges Wasser auszuschwemmen und Wassereinlagerungen loszuwerden, doch das Einzige, was ich dadurch losgeworden bin, war mein Geld, während mein Hintern weiterhin stolz und unnachgiebig seine Rundungen behielt.

Special Guest des Abends war Sery, die auf ihrem angestammten Platz vor dem Fernseher saß: Apropos Hinterteile – ich war inzwischen überzeugt, dass sie fest mit der Couch verwachsen war und ihre Pobacken einen Abdruck im Polster hinterlassen hatten. Sie war hypnotisiert von einer Sendung, in der sich Jungs vorstellten, um eine Freundin zu finden. Sery hatte eine Art Algorithmus entwickelt, um anhand einer Vielzahl an Eigenschaften den perfekten Mann zu finden, gegen die das Sieb des Eratosthenes nichts war. Offensichtlich waren ihrem Algorithmus zufolge alle hässlich, aber vielleicht konnte man der Sendung dennoch etwas abgewinnen. Frodo döste ausgestreckt neben ihr.

»Wir sind bereit«, sagte Giulia in ihrem Fitnessanzug.

Ich zog die Augenbraue hoch. »Hat Giulia einen Abschluss in Psychologie, von dem ich nichts weiß?«

Mit gespielt beleidigter Miene konterte sie: »Hör mal, du Schlaubergerin, wenn du als therapeutische Bücher nur die empfiehlst, die du gelesen hast, kommst du nicht sehr weit. Die Kleine Literarische Apotheke braucht auch leichtere Stoffe, nicht nur schwere Schinken und Klassiker. Ich bin deine Beraterin, was Bücher betrifft für Leute, die eine Aufmunterung brauchen, die reisen wollen oder ihre große Liebe suchen!«

Ich hatte eine fiese Antwort parat, die ich ihr nicht ersparte; außerdem stimmte es nur halb, dass ich ihnen ihren großen WG-Verrat nicht übelnahm.

»Wenn jemand die große Liebe sucht und so eine Nervensäge wie Paolo findet, dann ist ja alles geritzt.«

»Du bist echt 'ne doofe Kuh, meine liebe Blu Rocchini!« Rachele, eine Tasse Tee in der einen Hand – offenbar genoss auch sie die entschlackenden Birkenblätter – und den Laptop in der anderen, war gerade ins Wohnzimmer gekommen. »Na los, Giulia als Romantikerin hilft dir bei der Auswahl der Bücher, und ich helfe dir mit dem Design. Ich bin bestimmt die Einzige, die du kennst, die mit Illustrator und InDesign umgehen kann.«

»Was soll ich denn mit Illustrator und InDesign?«

Sie nahm Platz, klappte den Laptop auf und sah mich durch ihre Schildpattbrille an.

»Hast du gedacht, du könntest das Logo mit Word erstellen?«

»Was ist denn daran bitte schön so schlimm? Das Logo der Buchhandlung Novecento habe ich auch so entworfen.«

»Ja, es sieht ja auch scheiße aus«, entgegnete sie verärgert. »Sorry, ich wollte dir das nicht so knallhart sagen, aber wenn du schon einen Neuanfang planst, dann lass uns den auf solide Füße stellen. Während ihr euch über Psychologie und blablabla unterhaltet, kümmere ich mich um das Logo und die Pressemitteilung.«

Ich hatte keine Lust, mit ihr herumzustreiten, denn ich brauchte tatsächlich ihre Hilfe beim Erstellen eines Logos, das diesen Namen auch verdient hatte.

»Abgesehen von deiner Beleidigung meiner Word-Kenntnisse, die ich hiermit ignoriere, gibt es etwas, bei dem ich sofort Hilfe bräuchte. Du müsstest Kärtchen erstellen, die man an den Büchern befestigen kann: Vorne muss draufstehen, wogegen sie helfen, so was wie »Glückspille gegen Traurigkeit«, eine passende Farbe dazu, das Logo der Buchhandlung und der Titel des Buchs. Hintendrauf brauche ich drei Felder für die Anwendung, die Nebenwirkungen und die Dosierung.«

Rachele hielt inne und sah mich über den Brillenrand hinweg an.

»Willst du damit sagen, du willst den Büchern Beipackzettel beifügen?«

»Ganz genau.«

»Ich weiß nicht, ob das die bescheuertste oder die genialste Idee ist, die ich je gehört habe, aber versuchen wir's.«

Genau das wollte ich hören; die Mädels waren hochmotiviert und gaben mir den Antrieb, mein Projekt durchzuziehen. Aber es gab eine Sache, über die ich reden wollte, bevor wir loslegten.

»Mädels, wenn wir schon mal alle vereint sind, muss ich euch ein Detail erzählen, das mir von jenem Abend wieder eingefallen ist.«

»Welcher Abend?« Sery war damit beschäftigt, in ihr Heft zu schreiben, aber ab und zu warf sie geistesabwesend etwas ins Gespräch ein.

»Als ich den Typen kennengelernt habe. An einem Punkt hat er mich Blu genannt. Aber ich bin mir sicher, dass ich ihm gegenüber meinen Namen nie erwähnt habe.«

»Hast du nicht gesagt, dass Michele in der Buchhandlung war, als er reinkam?«, fragte Rachele, ohne den Blick vom Bildschirm zu nehmen.

»Nein, Michele war schon weg, als er reinkam. Ich hatte Musik laufen und habe dazu getanzt.«

»Du hast getanzt? Dieses Detail hattest du unterschlagen!« Bei dem Wort »Tanz« hatte Giulia ihre Antennen ausgefahren. Sie musste sich sichtlich ein Lachen verkneifen – bestimmt stellte sie sich meine wenig anmutigen Bewegungen vor.

»Ja, aber könnten wir das bitte ausklammern?«

»Meinst du nicht, dass man im Internet deinen Vor- und Nachnamen findet, wenn man die Buchhandlung sucht?«

»Nein, ich schaue gerade nach und tatsächlich steht nirgends dein Name«, sagte Rachele und tippte blitzschnell auf der Tastatur.

»Wie ich euch gesagt habe, Mädels. Ich wüsste gern, woher er meinen Namen kannte.«

»Ich wiederhole mich, aber ich frage dich noch mal: Bist du sicher, dass du ihn nicht schon mal irgendwo gesehen hast?«

»Ich bitte dich, so ein heißes Eisen hätte ich doch nicht vergessen. Und ich glaube kaum, dass wir gemeinsame Freunde haben. Irgendwie war er, ich weiß auch nicht, aus der Zeit gefallen. Ich kann ihn mir nicht vorstellen, wie er ins Caffè degli Artigiani geht und einen Spritz bestellt.«

»Was spielt das jetzt noch für eine Rolle? Der ist über alle Berge. Machen wir uns lieber an die Arbeit.«

Mit dieser lapidaren Bemerkung hatte Carolina das Gespräch für beendet erklärt. Offenbar wollte sie keine Zeit verlieren.

»Na los, ich fange mit dem Logo an.«

Als Rachele das Mauskabel in den USB-Anschluss des Computers steckte und sich mit einer raschen Handbewegung die langen Haare zusammenband, erblickte ich das T-Shirt, das sie trug.

Mir fiel die Kinnlade herunter.

»Entschuldige mal, aber wo hast du denn das T-Shirt von den Spice Girls her?«

»Cool, oder? Das hab ich zu Hause bei meinen Eltern gefunden, es hat meiner Schwester gehört, als sie sich noch die Haare mit Wasserstoffperoxid blondiert hat.«

»Aber damals muss sie zwölf gewesen sein. Wie kann es sein, dass du in das T-Shirt einer Zwölfjährigen hineinpasst? Ich würde da nicht mal mit dem kleinen Finger reinkommen. Wieso hast du so einen guten Stoffwechsel? Erklär mir das mal.«

»Das ist doch nicht meine Schuld, wenn du ein Problem mit Konsonanten hast und die Regel ›3 verschiedene Obstsorten am Tag‹ als ›3 verschiedene Obsttorten‹ fehlinterpretiert hast. Abgesehen davon dachte ich, das T-Shirt passt hervorragend zu unserem Girl-Power-Abend.«

»Ich hatte eigentlich eher an Steve Jobs gedacht als an die Spice Girls.«

»Ach was, Steve Jobs, wir sind die ideale Girlband: Caro ist Scary Spice, das kommt vom Hautton ungefähr hin, Giuly mit ihrem Gymnastikanzug ist natürlich Sporty Spice, du bist

Baby Spice, das unschuldige Nesthäkchen, das sich in Unbekannte auf der Straße verliebt, und ich bin Posh Spice, denn einmal mit David Beckham im Bett landen, wäre mein größter Traum.«

»Ja, fehlt nur noch die mit den roten Haaren.«

Wir drehten uns zu Sery um, die gierig an ihrer Zigarette zog, während sie vor dem Fernseher Notizen machte. Vermutlich stellten wir sie uns alle in einem hautengen Kleid mit Union-Jack-Motiv und knallroten Lackstiefeln vor, denn es brach allgemeines Gelächter aus, wodurch sogar Sery einen Moment lang von ihrem »Traumprinz-Algorithmus« abgelenkt wurde.

»Wieso lacht ihr?«

Ihr fragender Blick hinter der Eulenbrille trug nur noch mehr zu unserer Belustigung bei.

Rachele hatte Tränen in den Augen, und Giulia hatte sich unter dem Tisch verkrochen, während Carolina und ich versuchten, uns zusammenzureißen und der armen Sery irgendeine Erklärung zu liefern, die natürlich bemerkt hatte, dass es um sie ging.

»Entschuldige, Sery, offenbar haben die in den Birkenblättertee irgendein komisches Kraut gemischt.«

Sie warf uns noch mal einen eindringlichen Blick zu, ehe sie sich wieder ihren eigenen Angelegenheiten zuwandte.

»Mädels, wir dürfen nicht das Wesentliche aus den Augen verlieren: das Titelverzeichnis der Buchhandlung und die übergeordneten Kategorien«, sagte ich, um wieder mehr Ernst reinzubringen. »Allerdings würde ich die Klassiker nicht mit reinnehmen, auch wenn ich damit mein täglich Brot verdiene, aber die kennen sowieso alle und wurden schon tausendmal empfohlen. Insofern würde ich mich lieber auf zeitgenössische Literatur und neue Titel fokussieren.«

»Okay, dann also zeitgenössische Literatur! Fangen wir an!«

Giulia und ich tauschten uns über unsere Ideen und die Geschichten aus, an die wir gedacht hatten, ab und zu ergänzt von Racheles Tipps für geschundene Seelen.

Carolina hörte aufmerksam zu, legte aber bei jedem Buch, das wir vorschlugen, ihr Veto ein.

Nach ein paar Stunden hatten wir immer noch nichts zustande gebracht, wurden langsam nervös und hatten uns ein paarmal fast in die Haare gekriegt.

Irgendwann platzte es aus Caro heraus.

»Mädels, ihr habt den Hauptpunkt nicht verstanden«, sagte sie und klopfte mit dem Stift auf den Tisch, »die Bibliotherapie verfolgt klar definierte Ziele, da können wir nicht einfach beliebige Bücher auswählen, nur weil sie uns gefallen haben. Ziel dieses Projekts muss es sein, das eigene Bewusstsein zu schärfen, das muss das Grundprinzip sein.«

Sie sah uns reihum an und fuhr fort.

»Die Stärkung des Selbstbewusstseins und der Durchsetzungsfähigkeit – etwas, was dir, Blu, komplett fehlt –, eine Verbesserung der kommunikativen Fähigkeiten – Giulia, in der Hinsicht könntest du noch dazulernen –, die Fähigkeit zur Anpassung in bestimmten Situationen – hier gäbe es in Bezug auf Rachele einiges zu sagen –, und die Erweiterung des Weltwissens des Lesers, das alles sind Merkmale, die die Voraussetzung dafür bilden sollten, um in die Kleine Literarische Apotheke aufgenommen zu werden.«

Sie nahm ein Blatt und fing an, lauter kleine Kreise darauf zu malen, die miteinander verbunden waren.

»Unabhängig vom jeweiligen Thema und der Art der Therapie, muss jeder, der sich an deine Buchhandlung wendet, in der Lage sein, anhand des Textes, den wir ihm empfehlen, einen persönlichen Entwicklungsprozess einzuleiten. Versteht ihr, was ich meine?«

Da behauptete diese Psychotherapeutin einfach rotzfrech, wir hätten das Grundprinzip überhaupt nicht verstanden, und hielt uns auch noch unsere Unzulänglichkeiten vor.

Ich hatte Carolina wahnsinnig gern, aber diesmal hatte sie den Bogen wirklich überspannt. Ich wollte ihr gerade widersprechen, als eine Stimme uns zum Verstummen brachte.

»Das hier solltet ihr lesen.«

Im allgemeinen Durcheinander hatten wir gar nicht bemerkt, dass Sery ihre TV-Recherche unterbrochen hatte, um ins Zimmer zu gehen und ein Buch zu holen.

Sie hielt es uns hin. Der Umschlag war komplett schwarz, bis auf die überwiegend weiße Schrift und weißen Zeichnungen. Der Titel des Buchs lautete *milk and honey – milch und honig*. Davon hatte ich mal ein paar Exemplare in der Buchhandlung gehabt, weil es mehrfach bestellt worden war, aber ich hatte nie auch nur reingelesen.

»Das sind Gedichte. Geschrieben von einer jungen indisch-kanadischen Schriftstellerin. Darin geht es um Frauen, um schreckliche Erlebnisse und wie man sie überlebt.«

Ich schlug das Buch auf einer beliebigen Seite auf und las.

ich will dich nicht um
zu füllen was leer in mir ist
ich will erfüllt sein aus eigener kraft
ich will so voller energie sein dass ich
eine ganze stadt damit erleuchten könnte
und dann
will ich dich
denn wir zwei zusammen
können sie in brand stecken

Wir rückten alle vier zusammen, um gemeinsam darin zu lesen, wie die Goonies in der Szene mit der Schatzkarte.

Es waren wirklich Gedichte.

Und was für welche.

»Das gesamte Buch ist in Kleinbuchstaben gedruckt«, fuhr Sery fort, »wie bei der Gurmukhi-Schrift. Außerdem gibt es keine Zeichensetzung, um die Gleichwertigkeit der Buchstaben zu unterstreichen; ein Stil, der das Weltbild von Rupi Kaur ausmacht.«

Sie war gerade dabei sich hinzusetzen, als ihr offenbar etwas einfiel und sie ein weiteres kleines weißes Büchlein hervorzog: *La bambina pugile* von Livia Chandra Candiani, und ohne etwas zu sagen, legte sie es auf den Tisch.

Nachdem sie beide Bücher abgeliefert hatte, machte sie es sich wieder auf der Couch gemütlich und drehte den Fernseher lauter, um uns zu verstehen zu geben, dass wir sie mit unseren banalen Unterhaltungen bei Wichtigerem störten.

Es folgten mehrere Sekunden Stille, in der Carolina die Gedichte von Livia Chandra Candiani las.

Rachele schob mir derweil den Laptop hin, damit ich einen Blick auf die Pressemitteilung werfen konnte, die sie gerade abgetippt hatte:

Du fühlst dich niedergeschlagen? Hast gerade eine gescheiterte Beziehung hinter dir?

Oder machst gerade eine schwere Zeit durch? Dann ist die Kleine Literarische Apotheke in Gavinana genau das Richtige für dich! Eine Buchhandlung der besonderen Art, die mit ihrem handverlesenen Sortiment für jedes reale Problem die passende literarische Lösung bietet. Wie in einer richtigen Apotheke ist jedem Buch ein Zettel beigefügt mit Angaben zu Anwendungsbereich, Dosierung und Nebenwirkungen. Je nachdem, was dir fehlt, kannst du aus über sechzig verschiedenen Kategorien wählen, angefangen bei Gemütszuständen bis hin zu körperlichen Leiden.

Entstanden ist diese Apotheke aus einer Idee der dreißigjährigen Inhaberin Blu Rocchini, die langjährige Erfahrung in der Buchbranche besitzt und auf gerade mal fünfunddreißig Quadratmetern ein völlig neues Konzept anbietet. Einzigartig ist auch das Prinzip der Schnitzeljagd, denn auf jedem Beipackzettel werden drei thematisch verwandte Titel empfohlen, sodass man sich im Regal sogleich auf die Suche danach begeben kann.

Ergänzt wird das Angebot durch die direkt angrenzende kleine Bar Dal Mago, in der man gemütlich bei einer Tasse Kaffee in den Büchern blättern kann. Eine kulturelle Begegnungsstätte wie diese hatte in einem kreativen, besonderen Viertel wie Gavinana noch gefehlt.

Die Kleine Literarische Apotheke in der Via di Ripoli 7/R freut sich auf euren Besuch!

»Ich würde sagen, das klingt hervorragend!«

»Dann schicke ich sie gleich Leo, der kennt jede Menge Journalisten in Florenz und kann es rumschicken.«

»Tausend Dank, Ra'.«

»Ah, warte, schau dir mal kurz das Logo an. Das ist nur ein erster Entwurf, aber wenn du mir dein Okay gibst, überarbeite ich es. Mir gefällt, dass es schlicht gehalten ist, der Name ist ja schon ein echter Hingucker, und so bleibt es klar und hat einen hohen Wiedererkennungswert.«

Zum zweiten Mal innerhalb weniger Monate überkam mich das Gefühl, endlich das zu finden, wonach ich lange gesucht hatte.

Das Logo war rund und bestand aus einem äußeren grauen und einem inneren schwarzen Ring, dazwischen war ein gepunkteter Ring wie bei einer Münze. In der Mitte stand in zwei verschiedenen Schriftarten der Name »Kleine Literarische Apotheke«. Darunter ein aufgeschlagenes Buch, als ob es direkt vom Himmel gefallen wäre.

Das Logo war perfekt, da war ich mir sicher.

»Besser hätte ich es mir gar nicht ausdenken können.«

Carolina, die bislang in die Lektüre vertieft war, räusperte sich und ergriff das Wort.

»Also, was soll ich sagen? Diese Gedichte strotzen nur so vor Girl Power. Vergiss die Spice Girls, wir halten uns an die Lyrik. Das geht genau in die richtige Richtung.«

Und so wiesen die Gedichte von Rupi Kaur und Livia Chandra Candiani uns den Weg hin zu unserem Ziel, die menschliche Seele mithilfe von Büchern zu heilen.

9

VON SCHICKSALHAFTEN BEGEGNUNGEN, KULTURELLEN PHÄNOMENEN UND SMOKEY EYES

> Vielleicht, dachte er, vielleicht gibt es so etwas wie gute
> oder schlechte Freunde gar nicht – vielleicht gibt es
> einfach nur gute Freunde, Menschen, die einem helfen,
> sich nicht so einsam zu fühlen. Vielleicht sind Freunde
> es immer wert, dass man sich Sorgen um sie macht, für
> sie hofft und lebt. Ja, und vielleicht sind sie es auch wert,
> dass man für sie stirbt, wenn es sein muss. Keine guten
> Freunde, keine schlechten Freunde. Nur Menschen, mit
> denen man zusammen sein wollte, musste; Menschen,
> die einem ans Herz wuchsen.
>
> STEPHEN KING: *Es*

Einen Monat später

»Schau mal auf Google Maps nach, wo genau das Rai-Studio
und die Via Teulada liegen.«

»Noch eine Stunde, dann sind wir da. Du musst bei Rom-Nord rausfahren.«

»Blu, da ist ein Journalist von der *Repubblica* in der Leitung, der einen Beitrag mit dir für Radio Capital will.«

»Ich bin gerade mit hundertdreißig Sachen auf der Autobahn unterwegs, wie soll ich da ein Interview geben?«

»Keine Ahnung, aber das Interview ist jetzt gleich, in fünf Minuten bist du live auf Sendung.«

»Okay, gib mir die Kopfhörer, ich werd's versuchen.«

Mia, meine Social-Media-Managerin und vorübergehende Kommunikationsberaterin, hielt mir Ohrstöpsel und Handy hin, während Carolina neben mir versuchte, sie mir in die Ohren zu stecken. Inzwischen war ich Expertin in Sachen Radiointerview: nie per Freisprechanlage, immer mit unterdrückter Nummer rangehen, mit fester Stimme sprechen und meist gibt es keine vorab vereinbarten Fragen.

Ja, ich hatte eine Kommunikationsberaterin, denn das Unmögliche war Realität geworden: Die Kleine Literarische Apotheke war ein voller Erfolg, mehr noch, eine Sensation.

»Kleine Literarische Apotheke, guten Tag?«

»Ja, hallo, ich wollte gern mit der Inhaberin sprechen.«

»Ich bin dran.«

»Guten Tag, ich rufe von der Redaktion des *Il Fatto Quotidiano* an; wir würden gerne eine Reportage über Ihre Buchhandlung bringen und wollten nachfragen, ob Sie diesen Samstag Zeit hätten.«

»Ähm, j-ja klar, wann immer Sie wollen.«

»Wunderbar, dann gebe ich unserer Mitarbeiterin Bescheid, die den Beitrag übernimmt. Auf Wiederhören!«

Die knappe Pressemitteilung, die Rachele an einen alten Bekannten aus dem journalistischen Bereich geschickt hatte, hatte eine Lawine losgetreten: Zuerst hatten sich die Lokalblätter gemeldet, dann die Blogs und Internetseiten, dann die überregionalen Wochenzeitungen, dann das Fernsehen und schließlich sogar internationale Tageszeitungen.

»Kleine Literarische Apotheke, guten Tag.«

»Guten Tag, entschuldigen Sie mein Italienisch«, das im Übrigen ausgezeichnet war, »ich wollte mit Blu Rocchini sprechen.«

»Das bin ich.«

»Hi Blu, ich bin Alba und eine Journalistin der BBC. Ich rufe an, weil wir einen Beitrag über deine Buchhandlung bringen wollen.«

»…«

»Hallo?«

»…«

»Guten Tag, ich rufe von der RSI, dem öffentlich-rechtlichen Sender der Schweiz, an. Ich wollte gern mit der Inhaberin sprechen.«

»Guten Tag, ich heiße Micaela und arbeite als Journalistin bei TG1 und würde gern mit Blu Rocchini sprechen.«

»Guten Tag, hier ist die Redaktion von *El Mundo*, könnte ich mit Blu sprechen?«

»Hi, Blu, hier ist Patrizia von TG3, hättest du kurz Zeit?«

Natürlich hatte dieses mediale Echo dafür gesorgt, dass sich scharenweise Leser in meine kleine Buchhandlung drängten, die noch vor einem Monat kurz vor dem endgültigen Aus gestanden hatte. Alle waren neugierig auf die Bücher-Beipackzettel und die literarisch-medizinischen Anleitungen, die Carolina und ich erarbeitet hatten.

»Kleine Literarische Apotheke, guten Tag, hier ist Blu.«

»Hallo, Blu, hier ist Francesca. Ich rufe an, weil ich von deiner abgefahrenen Geschäftsidee gehört habe, und wollte dich fragen, ob du Lust hättest, einen TED-Talk darüber zu halten?«

»…«

Nonna Tilde wäre vor lauter freudigem Schreck beinahe im Krankenhaus gelandet, als sie mich das erste Mal im Fernsehen sah, und hatte ihre Glasvitrine mit sämtlichen Zeitungs- und Zeitschriftenausschnitten tapeziert, auf denen mein siegessicheres Gesicht zu sehen war.

»Liebling, wie unbefangen du immer in den Interviews bist, ein echtes Naturtalent. Du wirkst immer so souverän.«

In Wirklichkeit fühlte ich mich alles andere als souverän.

Denn auch wenn ich ständig lächelte und noch mehr redete, fühlte ich mich in Wirklichkeit angesichts des großen Interesses ziemlich verloren.

Erfolg ist eine unersättliche Bestie, die einem alles abverlangt. Du musst immer abrufbar, immer schlagfertig, immer brillant sein. Darfst dir keine Nachlässigkeit, keine Müdigkeit erlauben. Es ist, als hättest du dich für einen Tanzwettbewerb angemeldet, ohne zu wissen, worum es geht, nur dass du immer weitertanzen musst, um im Spiel zu bleiben, um nicht in Vergessenheit zu geraten, um jenen Traum zu leben, von dem du nie geglaubt hattest, dass er für dich vorgesehen war. Denn du bist ein stinknormaler Mensch, und solche Dinge passieren stinknormalen Menschen nicht, oder?

Du bist es gewohnt, dass es nie so läuft, wie du es dir wünschst, und selbst wenn du lernst, dich mit wenig zufriedenzugeben, kriegst du oft nicht mal dieses Wenige.

Du bekommst das Acryl-T-Shirt für fünf Euro neunzig, bei dem du einen Feuerlöscher bereithalten musst, wenn sich jemand in deiner Nähe eine Zigarette anzündet; den Typen, den du dir schönredest, denn hey, so schlimm ist er nun auch nicht; die Arbeit, für die du morgens um halb fünf aufstehen musst, oder für die du jeden Tag hin und zurück sechzig Kilometer pendeln musst oder bei der du neunundzwanzig Tage im Monat schuften musst, weil dein Arbeitgeber der Meinung ist, das Konzept »Frei-zeit« bestehe darin, dass diese ihm zur freien Verfügung stünde. Wenn dir also zur Abwechslung mal was Schönes widerfährt, glaubst du, es müsse sich um eine Verwechslung handeln, das Schicksal habe bei der Ziehung der Zahlen etwas verwechselt und du hättest einen Preis gewonnen, der dir gar nicht zusteht. Du nimmst ihn entgegen und drückst ihn fest an dich, bist aber überzeugt, dass ihn dir früher oder später wieder jemand wegnimmt und du auch noch eine Entschädigung zahlen musst, weil du ihn unberechtigterweise eine Weile in Anspruch genommen hast.

»Entschuldigen Sie, Signorina, aber es gab da einen Fehler in unserer Datenbank. Dieser Erfolg steht Ihnen gar nicht zu, Sie müssen ihn zurückgeben. Tut uns leid, aber manchmal unterlaufen selbst uns Fehler.«

Wenn man an Rückschläge gewohnt ist, traut man seinem Glück nicht über den Weg. Das ist, wie wenn man in jemanden total verschossen ist, den man aber noch nicht so lange kennt und deshalb befürchtet, es könnte jederzeit aus sein.

»Heute haben wir bei Radio Capitale Blu Rocchini zu Gast, die die Idee zur Kleinen Literarischen Apotheke hatte. Blu, kannst du mich hören?«

Heute Nachmittag war ich bei *Geo* eingeladen, um live über meine Buchhandlung zu sprechen. Ich war extrem nervös, und während ich fuhr, spürte ich mein Herzrasen und einen leider allzu vertrauten Kloß im Hals. Meine liebe Freundin Angst war mal wieder zu Besuch. Unter meiner scheinbaren Heiterkeit, Unbefangenheit und unerschütterlichen Ironie braute sich ganz anderes zusammen.

Ich litt schon so lange unter Angstattacken, dass sie zu einem steten Begleiter geworden waren. Genauer gesagt, seit siebzehn Jahren und somit mehr als die Hälfte meines Lebens, seit ich an einem kalten Februarnachmittag meine erste Panik-attacke hatte. Es war scheinbar ein Tag wie jeder andere gewe-sen, doch danach war nichts mehr wie zuvor. Ich war zu Hause und übte Flöte für einen Test in Musik, als mir plötzlich ganz seltsam zumute war, als ob mir jemand die Luft abdrückte. Ich verspürte eine Art Hitzewallung, mir schnürte sich die Brust zu, und ich hatte das Gefühl, als würde ich buchstäblich er-sticken. Mit einem letzten Rest Stimme rief ich Clarissa um Hilfe, musste ich etwa wirklich sterben?

Ich erlebte die schrecklichsten zwanzig Minuten meines Lebens: mein Herz raste, mir brach kalter Schweiß aus, die Muskeln in meinen Beinen waren völlig verkrampft und mein Körper zitterte wie Espenlaub. Als der Arzt schließlich ein-traf, verschrieb er mir diverse Kontrolluntersuchungen. Aber nichts, ich war kerngesund, insofern gab es nur eine plausible Erklärung: Ich hatte meine erste Panikattacke gehabt. Wer so etwas noch nie erlebt hat, wird nicht nachvollziehen können, welches Gefühl von Angst, Leere und Verlorenheit man in diesem Moment spürt. Das Einzige, was man denkt, ist: »Oh Gott, ich sterbe, oh Gott, diesmal sterbe ich wirklich.«

Man stirbt dann zwar nicht, aber oftmals habe ich mich hinterher dabei erwischt, wie ich dachte, vielleicht wäre es besser gewesen. Denn was danach kommt, ist womöglich noch traumatischer als die Attacke selbst: Ich traute mich nicht mehr in die Schule, blieb nur noch allein zu Hause, schleppte mich von einem Zimmer ins andere und hatte oft unterwegs bereits vergessen, was ich gerade vorgehabt hatte. Man blickt in Abgründe der eigenen Seele, die man lieber nicht gekannt hätte, und fühlt sich so furchtbar, dass man sich manchmal wirklich wünschte, man wäre tot. Mithilfe einer Therapie schaffte ich es allmählich, wieder Boden unter den Füßen zu kriegen, aber seither war meine generalisierte Angststörung mit Agoraphobie immer wieder, in vielen Momenten meines Lebens, aufgetreten. So wie jetzt.

»Mädels, können wir kurz an der Raststätte haltmachen? Ich muss mal einen Schluck Wasser trinken.«

Mia tippte weiterhin mit erstaunlicher Geschwindigkeit auf dem Handy herum.

»Blu, da warten fünfundvierzig Nachrichten auf Facebook und zwanzig auf Instagram darauf, beantwortet zu werden. Die sind alle heute Morgen reingekommen.«

»Okay, die beantworte ich später, wenn ich heimkomme.«

An der ersten Raststätte blinkte ich und nahm die Ausfahrt.

»Ich geh mal auf Toilette.«

Ich blickte auf mein Handy und überflog die Vorschau der E-Mails von Norwegian Air Shuttle und Easy Jet, in denen ich um einen Fototermin gebeten wurde, da sie in ihren Bordmagazinen über meine Buchhandlung berichten wollten.

Während ich die Treppe hinunterging, fühlte sich das alles so unwirklich an, dass meine Beine zitterten und ich anfing zu hyperventilieren. Ich stieß die Tür zum Damen-WC auf, in dem glücklicherweise niemand war. Das flackernde Neonlicht und der Geruch nach Desinfektionsmitteln verschlimmerten meine Übelkeit.

Ich musste Ruhe bewahren.

Mir würde nichts passieren.

Ich würde das hinkriegen, kein Grund zur Panik.

Wenn es mir nicht gut ging, konnte ich jederzeit kehrtmachen.

Aber in Wirklichkeit wusste ich, dass das nicht ging. Das Interview war fest vereinbart, würde ich nicht hingehen, würde ich die Redaktion in Schwierigkeiten bringen. Wenn man an einer Angststörung leidet, schämt man sich dessen so sehr, dass man eher Bauchweh oder Kopfschmerzen vorschiebt, anstatt einfach zu sagen: »Sorry, Leute, aber ich habe eine Angststörung und kriege das gerade nicht hin.« Die wenigen Male, die ich das offen zugegeben habe, waren die anderen so verständnisvoll gewesen, dass ich mich wirklich fragte, ob es nicht besser war, zu seinen Empfindungen zu stehen. Aber es ist gar nicht so leicht, sich verletzlich zu zeigen, zumindest fällt es mir schwer, selbst gegenüber engen Freundinnen.

Der tropfende Wasserhahn gab den Takt für meinen Atem

vor, der immer gehetzter wurde. Ich klammerte mich so fest ans Waschbecken, dass meine Knöchel weiß hervortraten. Ich versuchte, mich zu beruhigen, indem ich meinen Hals mit kaltem Wasser benetzte, doch es half nichts. So konnte ich unmöglich live im Fernsehen ein Interview geben, das würde eine Katastrophe werden. Ich zog das Handy heraus, um Maria anzurufen, die Journalistin, mit der ich im Vorfeld für diesen Auftritt kommuniziert hatte. Hier unten hatte ich jedoch keinen Empfang, ich würde hochgehen müssen.

»H-h-allo.«

Vor Schreck machte ich einen Satz. Zu meiner Rechten war aus dem Nichts ein blonder Junge aufgetaucht. Er war ungefähr zwölf und sah mich mit großen blauen Augen an. Auf den ersten Blick erinnerte er mich an Iwan, meinen jungen Gast mit der Vorliebe für literarische Klassiker, denn auch dieser Junge war anscheinend ganz allein.

Mir stand zwar gerade nicht der Sinn nach Reden, aber vielleicht hatte er sich verlaufen und brauchte Hilfe.

»Hallo, ähm, was machst du auf dem Damen-WC?«

Anstatt meine Frage zu beantworten, stellte er mir eine.

»G-geht es dir nicht g-g-gut?«

Ich wollte antworten, dass es mir bestens ging, blendend, aber vermutlich hätte selbst ein Fünfjähriger meine Lüge durchschaut, also entschied ich mich für die halbe Wahrheit.

»Na ja, mir ging es schon mal besser.«

Es herrschte einen Moment Stille, während mein Gegenüber nach den richtigen Worten suchte, die ihm aber offenbar nicht über die Lippen kommen wollten.

Mir fiel auf, dass ich ihn erwartungsvoll anstarrte und er es

183

mit seinem Stottern sicherlich ohnehin nicht leicht hatte, also wechselte ich schnell das Thema.

»Hast du dich verlaufen? Suchst du deine Mama?«

»N-n-nein.«

»Geht's dir gut, brauchst du was?«

»N-n-nein, danke.«

Stille. Nun, da ich mich vergewissert hatte, dass er nichts brauchte, konnte ich schnell das Weite suchen, um zu telefonieren. Ich wollte diesen Anruf so schnell wie möglich hinter mich bringen.

»Okay, wenn dir nichts fehlt, dann würde ich jetzt gehen.«

Lächelnd ging ich an ihm vorüber, den Blick auf das Handy geheftet, um zu sehen, ob ich Empfang hatte.

»N-n-nicht telefonieren.«

Verdattert blieb ich stehen.

»Wie bitte?«

Nun begann er mit Nachdruck zu sprechen, vermutlich um so wenig wie möglich zu stottern.

»Monster kann man b-b-besiegen. Auch wenn sie einem Angst m-m-achen. Sie können dir nur w-w-wehtun, wenn du dich vor ihnen f-f-fürchtest und du a-a-alleine bist. Wenn du ihnen d-d-direkt ins Auge siehst und ihnen zeigst, dass du keine A-a-angst hast, können sie dir nichts a-a-antun. Und w-w-wenn du F-f-freunde hast, dann bist du nicht a-a-alleine.«

Vor lauter Kraftanstrengung war er rot angelaufen. Ich war einigermaßen perplex, denn ich wusste nicht, wovon er sprach. Welche Monster meinte er?

»Hast du Angst vor Monstern?«

»Blu, bist du hier?«

Carolinas Stimme drang von der Treppe zu uns herein.

»Ja, Caro, ich bin hier«, rief ich zurück. »Hör mal, warum kommst du nicht mit hoch, dann können wir deine Mam…«

Doch als ich den Blick senkte, um den Jungen an der Hand zu nehmen, war er wie vom Erdboden verschluckt.

Verwirrt sah ich in allen Kabinen nach, ob er sich versteckt hatte, aber nichts, er war spurlos verschwunden.

»Was machst du denn da? Spielst du Verstecken? Komm, wir sind spät dran!« Carolina steckte den Kopf zur Tür herein.

»Hast du einen Jungen gesehen? Circa zwölf, blonde Haare…«

»Nein, ich habe niemanden gesehen. Geht's dir gut? Du hast vorhin etwas blass ausgesehen.«

Seufzend stützte ich mich auf dem Waschbecken auf, das ich noch vor wenigen Minuten umklammert hatte wie einen Rettungsring auf hoher See.

»Ja, geht schon… das heißt, eigentlich nein. Ich glaube, ich kriege eine Panikattacke.«

Carolina trat näher und legte mir einen Arm um die Schulter.

»Wieso hast du mir das denn nicht gesagt? Bin ich etwa nicht mehr die Psychotherapeutin deines Vertrauens?«

Ihre Stimme war derart beruhigend, dass sie mir sofort Kraft spendete.

»Doch, aber du weißt, wie ich bin. Ich wollte euch nicht damit behelligen, sondern direkt bei der Rai anrufen und sagen, dass ich nicht komme.«

Sie ließ den Arm sinken und baute sich vor mir auf. Obwohl ich zwanzig Zentimeter größer war als sie, kam sie mir in diesem Augenblick riesig vor.

»Auf gar keinen Fall. Du setzt dich jetzt ganz entspannt auf den Beifahrersitz, ich fahre, und wenn es dir nicht gut geht, machen wir ein paar Atemübungen. Blu, ich weiß, das ist alles völlig irre und du bist gestresst, aber du darfst nicht in Panik verfallen. Du hast so lange auf diesen Traum hingearbeitet und hast es dir redlich verdient, die Früchte deiner Arbeit zu ernten. Wir sind bald in Rom, und wenn du dich dann wirklich nicht danach fühlst, dann drehen wir halt um ... aber gib dir zumindest eine Chance.«

Ich nickte und antwortete mit einem Lächeln: »Okay, wir versuchen's.«

Carolina umarmte mich fest und drückte mir ein Küsschen auf die Wange.

Gemeinsam gingen wir nach oben, wo ich mir in der Bar eine Packung Polka von Haribo kaufte, meine Lieblingsfruchtgummis.

Dann stießen wir zu Mia, die draußen auf dem Parkplatz auf einer Bank vor dem McDonald's auf uns wartete und gerade dabei war, auf der Instagram-Seite der Buchhandlung eine Story über unseren Roadtrip zu posten.

Neben ihr saß, einen Arm über die Rückenlehne gelegt, die Figur von Ronald McDonald als Clown verkleidet.

Carolina schauderte.

»Wie hieß noch mal diese Fernsehserie? Die hatte nur zwei Folgen, glaube ich, mit so einem Clown, der Kinder umbringt ... Danach habe ich monatelang nicht einschlafen können.«

»Das war *Es*, eine Verfilmung des gleichnamigen Romans von Stephen King, ein Meisterwerk. Das war der erste Roman für Erwachsene, den ich mit dreizehn gelesen habe. In jenem Sommer war ich dermaßen von Panikattacken gebeutelt, dass ich monatelang das Haus nicht verlassen konnte, aber der Roman hat mir in dieser schwierigen Zeit geholfen, mich nicht so einsam zu fühlen … er hat mir gewissermaßen Gesellschaft geleistet. Es war ein geradezu therapeutisches Buch für mich, das sollten wir in unser Sortiment für die Kleine Literarische Apotheke aufnehmen.«

»Nur über meine Leiche. Ich werde bestimmt nicht weitere Generationen von Kindern damit traumatisieren«, sagte Carolina und wandte sich dann an Mia: »Miss Social Media, steck das Handy weg, wir wollen weiterfahren, die bei der Rai warten bestimmt nicht, bis es dir und Instagram behagt.«

Während ich mich auf dem Beifahrersitz anschnallte und Carolina den ersten Gang einlegte, starrte ich die Clownsfigur an, die mich von der Bank anlächelte.

Im finstern Föhrenwald, da wohnt ein wahrer Meister. Er ficht gar furchtlos kalt sogar noch feiste Geister.

Bei meiner Ankunft im Studio der Rai brachte man mich in die Maske, wo zwei sympathische Maskenbildner aus dem Nähkästchen plauderten, dass eine berühmte italienische Soubrette eine totale Diva und zigfach operiert war.

»Wie schminkst du dich denn normalerweise, Liebes?«

Ich wagte es nicht, diesem Mann, der vermutlich sein gesamtes Leben Kajalstiften und Mascara gewidmet hatte, ins Gesicht zu sagen, dass ich Schminken für so überflüssig hielt, dass man es meinetwegen ganz abschaffen konnte.

Stattdessen gab ich mich gleichmütig: »Also, eigentlich schminke ich mich nicht sehr.«

»In Ordnung, dann verpasse ich dir nur ein leichtes Make-up.«

Ein leichtes Make-up bestand seinem Verständnis nach aus extremen Smokey Eyes, sieben Schichten Foundation, einem Lippenstift in einem Naturton und massenhaft Mascara.

»Keine Sorge, im Scheinwerferlicht sieht man das fast nicht.«

Ich sah ihn skeptisch an, aber wie sich herausstellte, war dies der Tag, an dem alle anderen mal recht hatten: Im Fernsehen war mein Make-up praktisch unsichtbar, das Liveinterview lief hervorragend, wie Carolina vorausgesagt hatte, und meine Angst war überwunden in dem Moment, als ich mich nicht mehr allein damit fühlte, wie mir der Junge auf dem Damen-WC erklärt hatte. Ich hatte den Fernsehauftritt bravourös über die Bühne gebracht, an diesem Abend war herrliches Wetter in Rom und gleich würde ich einen großen Teller Pasta alla gricia essen.

»Mädels, macht bitte einen Haufen Fotos von mir mit diesem Wahnsinns-Make-up. Am besten machen wir auch gleich eins für meinen Grabstein, so gut geschminkt wie heute werde ich nie wieder sein.«

Auf meinem Handy gingen im Minutentakt Anrufe ein, offenbar hatten sich an diesem Nachmittag alle dazu verabredet, auf Rai 3 mein Interview anzuschauen. Als ich meinen Posteingang checkte, entdeckte ich die E-Mail eines Lektors eines großen Verlags, der mich im Fernsehen gesehen hatte und um einen Termin bat: Er hätte ein Angebot für mich.

Ich las die E-Mail den beiden Mädels vor, und vor lauter Freude begannen wir zu kreischen.

Wir beschlossen, auf der Promenade entlang des Tibers eine Karte zu kaufen, um diesen unvergesslichen Moment festzuhalten.

Früher oder später kehrt das, was zu uns gehört, zu uns zurück.

10

VON SCHARFSINNIGEN OMIS, STALKING SUPREME, ALTER LIEBE UND NEUEM GROLL

Miss Marple hatte wieder einmal recht gehabt.

AGATHA CHRISTIE: *Der Dienstagabend-Klub*

Zwei Wochen später

»Den Buchclub können wir in zwei Wochen abhalten. Am günstigsten ist bestimmt der Samstagnachmittag, zumal im Mai sowieso niemand ans Meer fährt. Ich trag's mir gleich in meinen Kalender ein.«

Dieser Kalender existierte in Wirklichkeit gar nicht, sondern bestand aus diversen herumfliegenden Post-its, die ich an die Kasse klebte und die regelmäßig verloren gingen. Termine für Interviews, die ich vergaß, E-Mails, auf die ich nicht reagierte, Anfragen für Vorträge und Treffen, die sich ansammelten. Mia hatte mir relativ unmissverständlich zu verstehen gegeben, dass sie dieses Ausmaß an Wahnsinn nicht mehr händeln konnte, sie musste sich auf ihr Studium konzentrieren, und das Managen meiner Anfragen nahm zu viel Zeit in Anspruch. Ich versuchte, mich anderweitig zu organisieren, aber ich ertrank buchstäblich in Arbeit und Verpflichtungen.

»Guten Tag, Signorina, stört es Sie, wenn ich mich ein wenig umschaue?«

Eine sympathische ältere Dame hatte soeben die Buchhandlung betreten und lächelte mich an.

»Natürlich nicht, Signora, wenn Sie etwas brauchen, fragen Sie gern.«

Wo zum Teufel hatte ich den Post-it mit der Nummer von Francesca, der Organisatorin des Buchclubs, hingeklebt?

»Hallo, guten Tag.«

Ein weiterer Kunde war hereingekommen und trat vor den Tresen.

»Hallo, ich würde gern dieses Buch zurückgeben. Kann ich es gegen ein anderes eintauschen?«

Ein hochgewachsener, hagerer junger Mann hielt mir Neri Venutis Buch hin.

»Klar, such dir einfach ein anderes aus.«

Lächelnd betrachtete ich den alten Aufkleber der inzwischen untergegangenen Buchhandlung Novecento auf der Rückseite.

Vielleicht war er auch bei der Buchpräsentation gewesen, irgendwie kam es mir vor, als hätte ich ihn schon mal gesehen, konnte mich aber nicht erinnern, ihm das Buch verkauft zu haben. Andererseits kamen mir mittlerweile alle vertraut vor, da ich ständig neue Leute traf und versuchte, mir ihre Gesichter einzuprägen, was gar nicht so einfach war.

Ich ließ die Kunden herumstöbern und wendete mich wieder meinen Angelegenheiten zu.

Dieser verdammte Post-it, wer weiß, wo ich den hingepackt hatte. Die allgemeine Hektik verstärkte meine ohnehin chaotische Natur. Auf dem Kassentresen standen zwei PCs – einer, auf dem ich Beipackzettel verfasste, und einer, auf dem ich alles Geschäftliche erledigte; außerdem lagen dort allerlei Bücher, die es zu rezensieren und fotografieren galt, sowie Zettel in jeder erdenklichen Größe.

Da war er ja, dieser blöde Post-it! Er lag unter einem Stapel aus allerlei Büchern begraben. Langsam zog ich ihn heraus und stellte mir dabei vor, ich wäre einer dieser Zauberkünstler, die Tischdecken wegziehen, ohne dass sich das Geschirr darauf bewegt. Aber natürlich geriet der Turm bedrohlich ins Wanken, bekam Schlagseite und fiel mit großem Getöse zu Boden. Als ich den Kopf hob, sah ich, wie der Junge und die ältere Dame mich erschrocken ansahen.

»Entschuldigen Sie, ich bin ziemlich ungeschickt.«

Die Signora schenkte mir ein nachsichtiges Lächeln. Sie hatte es sich in der Ecke neben der Kasse auf dem dänischen Designer-Sessel gemütlich gemacht, den ich in einem Secondhandladen erstanden hatte, und las. Ihre silbernen Haare hoben sich deutlich vom Blaugrün der Wände ab.

Der Junge sah sich um, als würde er jemanden suchen, und stöberte dann weiter durch die Regale.

Als ich mich hinunterbeugte, um die heruntergefallenen Bücher aufzuheben, traf mich fast der Schlag. Das Buch, das mir der junge Mann zurückgebracht hatte, enthielt eine Widmung von Neri Venuti mit einem unverkennbaren Tintenfleck. Es bestand kein Zweifel, es handelte sich um das Buch, das ich dem mysteriösen Unbekannten gegeben hatte, der mir an jenem kalten Februarabend das Herz gestohlen hatte. Obwohl ich zuletzt viel um die Ohren gehabt hatte, hatte ich oft an ihn gedacht. Ich hätte mich gefreut, ihn wiederzusehen, nicht nur, weil ich mich auf beängstigende Weise Hals über Kopf in ihn verliebt hatte, sondern auch um ihm zu danken. Er hatte mich schließlich auf die Idee mit der literarischen Apotheke gebracht. Aber tief in meinem Herzen machte ich mir auch ein wenig Sorgen: Ja, es war möglich, dass er nicht mehr aufgetaucht war, weil ich ihm nicht gefiel, aber was, wenn ihm etwas zugestoßen war? Außerdem blieb immer noch das Rätsel um das Buch, das er bei mir bestellt hatte, und an dem ihm viel zu liegen schien, eine alte Ausgabe, die man quasi nirgends mehr bekam.

Es passiert relativ häufig, dass Leute Bücher bestellen und dann nicht abholen. Und ich würde von mir behaupten, dass ich eine ziemlich gute Menschenkenntnis habe und normalerweise sofort erkenne, wenn ich einen unzuverlässigen Kandidaten vor mir habe. Unzuverlässige Kandidaten sind jene Leute, die dich fragen, ob du ein bestimmtes Buch dahast, und wenn du dann im Computer nachgeschaut hast und sagst, nein, aber ich könnte es bestellen, blitzt etwas in ihren Augen auf: So lange wollen sie nicht warten, aber sie wollen auch nicht unhöflich sein und den Laden mit leeren Händen verlassen. Also bestellen sie mit wenig Überzeugung in der Stimme das Buch, während du genau weißt, dass das Buch im Regal vor sich hin gammeln wird.

Aber bei ihm hatte ich dieses Gefühl nicht gehabt. Deshalb: Was, wenn ihm wirklich etwas zugestoßen war? Woher hatte dieser Typ sein Buch? Wenn er ihn erwürgt und in eine Grube geschmissen hätte, wäre er wohl kaum seelenruhig hier hereinspaziert, um das Buch eines Toten gegen ein neues einzutauschen. Aber gleichzeitig konnte er unmöglich wissen, dass ich den Tintenfleck wiedererkennen würde. Also?

Ich fing an, den jungen Mann/potenziellen Serienkiller eingehender zu studieren: Er ähnelte Gatsby kein bisschen, weder besaß er dessen angeborene Eleganz noch dessen blondes Haar, insofern konnte ich eine Verwandtschaft mit ziemlicher Sicherheit ausschließen. Wie alt mochte er sein? Vielleicht ungefähr mein Alter, womöglich etwas jünger? Oder etwas älter? Wie sollte ich ein Gespräch anfangen?

Probeweise formulierte ich im Geiste ein paar Sätze.

»Entschuldigung, woher hast du dieses Buch?« Nein, das klang zu vorwurfsvoll.

»Und, hat dir das Buch gefallen? Hast du es gelesen oder hat es dir jemand geliehen?« Das ging auch nicht, es klang zu sehr, als ob er ein Schnorrer war, der die Bücher anderer Leute liest und zurückbringt.

»Kommst du öfter hier vorbei?« Gott, das klingt ja total verzweifelt.

Konnte ich ihm unter dem Vorwand, ihm etwas zu empfehlen, ein Gespräch aufzwingen? Oder wirkte das aufdringlich?

Unauffällig musterte ich ihn. Er sah nicht so aus, als könnte er jemandem etwas zuleide tun, sein Gesicht war viel zu sanft.

Er trug schulterlanges, gewelltes Haar, hatte regelmäßige Gesichtszüge und dunkle Augen. Zum zweiten Mal innerhalb weniger Minuten kam mir dieses Gesicht überaus bekannt vor, aber woher zum Teufel kannte ich ihn nur? Er wirkte unruhig, warf mir ab und zu nervöse Blicke zu, vielleicht hatte er bemerkt, dass ich ihn beobachtete?

Ich hob auch die restlichen Bücher vom Boden auf und stellte sie in die Regale zurück, wobei ich mich ihm ganz beiläufig näherte. Wir lächelten uns ein paarmal schüchtern an, als wir aneinander vorbeikamen, aber nichts, er sprach mich nicht an. Diesmal würde ich nicht den gleichen Fehler wie beim letzten Mal begehen und ihn gehen lassen, ohne seinen Vor- und Nachnamen zu erfahren!

Nach dieser Niederlage in der ersten Runde kehrte ich an den Tresen zurück und heckte einen Plan aus, wie ich mich meinem Opfer nähern konnte.

»Schätzchen.«

Die Signora war an die Kasse getreten und winkte mich zu sich. Sie trug Handschuhe aus schwarzer Spitze, die mir ein Lächeln entlockten. Wer trug denn so was?

»Ich habe den Eindruck, du interessierst dich für diesen Jüngling.« Ihre blauen Augen blitzten schelmisch.

»Ja, in gewisser Weise interessiert er mich. Ich will ihn etwas fragen, weiß aber nicht wie, eigentlich würde es mir schon reichen zu wissen, wie er heißt.«

Ich sprach so leise wie möglich.

»Ach, wenn es nur das ist, nichts leichter als das, Schätzchen. Hast du eine Stempelkarte für Kunden?«

»Ja, aber …«

Verflixt, die Dame hatte recht! Unter dem Vorwand der Stempelkarte konnte ich ihn nach seinem Namen fragen.

»Wenn du schon mal dabei bist, frag ihn doch gleich nach seiner Adresse, man weiß ja nie.«

Sie setzte sich wieder auf den Sessel in der Krimi- und Noir-Ecke, die die Umstellung des Sortiments auf die Kleine Literarische Apotheke überlebt hatte, die nun einen der zwei Räume der Buchhandlung in Anspruch nahm und in der die Bücher nach Gemütszuständen kategorisiert waren. Im zweiten Raum, in dem sich auch die Kasse befand, waren die Bücher ganz regulär nach Genres geordnet. Die Signora blätterte in einem Buch von Agatha Christie, das Sery bei ihrem ersten Besuch in der Buchhandlung gekauft hatte, zwinkerte mir zu und vertiefte sich wieder in ihre Lektüre.

»Ich hab mir das hier ausgesucht«, sagte der Junge und hielt mir *Ein wenig Leben* von Hanya Yanagihara hin.

»Eine hervorragende Wahl, das ist eins meiner Lieblingsbücher, extrem hart, aber man kann es nicht *nicht* lieben.«

Das Buch hatte ich in der Kategorie »Empathiepillen für besondere Beziehungen« empfohlen, da darin Freundschaften und menschliche Beziehungen auf einzigartige Weise beschrieben wurden. Carolina fand, es grenze an eine Pornografie des Schmerzes, und hatte nur widerstrebend zugestimmt, es in unseren Katalog aufzunehmen, als ich darauf bestanden hatte. Zusammen mit der Zwillings-Trilogie von Ágota Kristóf zählte es zu meinen absoluten Must-haves.

»Ja, ich weiß, ich hab es schon gelesen. Aber ich habe es jemandem ausgeliehen, und wie es so oft passiert, habe ich es nie zurückbekommen.«

Ich gab mich verständnisvoll.

»Ahh, ein unverzeihlicher Fehler, jeder weiß, dass man Bücher niemals ausleiht.«

Er schenkte mir ein unstetes, aber strahlendes Lächeln.

Jetzt oder nie.

»Und das Buch von Neri Venuti, hat es dir gefallen? Bislang habe ich sehr unterschiedliche Meinungen dazu gehört, mir selbst hat es gut gefallen.«

Sein Lächeln erstarb augenblicklich.

»Nein, das habe ich nicht gelesen.«

Er verfiel in Schweigen. Nun hatte ich nichts, woran ich anknüpfen konnte. Ich warf einen Blick hinüber zur Signora, die auf dem Sessel lümmelte, aber sie war in die Lektüre vertieft, beziehungsweise, wie ich später herausfinden sollte, tat sie nur so, als würde sie lesen.

»Okay, willst du eine Tüte?«

»Nein, danke, ich trag es in der Hand.«

»Das macht dann zwanzig Euro.«

Ein trockenes Husten meiner Stalking-Assistentin erinnerte mich daran, dass ich schon wieder um ein Haar das Wichtigste vergessen hätte.

»Die Karte!«

Ich schrie ihm praktisch ins Gesicht. Überrumpelt sah er mich an, offenbar hatte er keine Ahnung, wovon ich sprach.

»Ähm, möchtest du, dass ich mit EC-Karte bezahle?«

»Nein, das meine ich nicht.« Oh Mann, wieso kam ich eigentlich immer, wenn ich aufgeregt war, rüber wie eine völlig Irre? »Ich wollte dich fragen, ob du vielleicht eine Treuekarte möchtest.«

»Ähm … vielleicht das nächste Mal.«

Die Signora sah vom Buch hoch und begann zu gestikulieren. Ich durfte es nicht vermasseln, allein schon, um nicht den vorwurfsvollen Blick meiner Komplizin ertragen zu müssen.

»Keine Sorge, du verpflichtest dich zu nichts, ich brauche nur deinen Vor- und Nachnamen und deine Telefonnummer. Für jedes gekaufte Buch erhältst du Punkte, und wenn du dreißig Punkte gesammelt hast …«

Die Signora gestikulierte, als würde sie in die Luft schreiben. Ich verstand nur Bahnhof.

Der Unglückselige war kurz davor sich umzudrehen. Ich musste schnell etwas sagen, bevor er sie dabei ertappte, wie sie mit den Armen fuchtelte.

»Wie gesagt … dreißig Punkte, dann bekommst du auf jeden fünften Euro Rabatt … Punkte. Genau.«

Seine ohnehin runden Augen weiteten sich immer mehr. Bestimmt dachte er, ich hätte nicht mehr alle Tassen im Schrank, aber das war mir egal, ich musste Gatsby wiederfinden, koste es, was es wolle.

»Na gut, okay. Ich heiße Filippo Cipriani.«

Man merkte, dass er es mehr sagte, damit ich endlich Ruhe gab, denn aus echtem Interesse an der Treuekarte.

Rasch notierte ich seinen Namen.

»Vielen Dank, beehre uns bald wieder.«

Er schien sich ein wenig zu entspannen.

»Danke dir, und Kompliment für die tolle Geschäftsidee.«

Während er sich zum Gehen anschickte, schenkte er mir erneut ein unsicheres Lächeln.

»Also, auf Facebook gibt es drei Filippo Cipriani aus Florenz. Ich glaube, ich habe unseren Jüngling bereits entdeckt, schau mal, ob du ihn wiedererkennst, Schätzchen. Ohne Brille sehe ich nicht sonderlich gut.«

Die Signora hatte, immer noch auf ihrem Platz, das Buch beiseitegelegt und ein Smartphone neuesten Modells gezückt, das sie mit einer Selbstverständlichkeit bediente, die nicht mal ich besaß. Sie war bestimmt um die siebzig, tippte aber drauflos wie ein Digital Native im Teenageralter.

»Signora, Sie sind wirklich eine Wucht.«

»Und du, Schätzchen, hast vergessen, nach seiner Adresse zu fragen. Sehr schlecht.«

Ah, das hatte sie mir also mit ihrem Herumfuchteln zu verstehen geben wollen.

Fest entschlossen fuhr sie mit ihrer Recherche fort.

»Ich habe bereits bei Instagram, LinkedIn und Twitter nachgeschaut, aber unser Jüngling hat nur ein Facebook-Profil.«

Ich warf einen Blick über die Schulter, nicht dass Filippo noch mal zurückkam. Wir hätten uns schön blamiert, wenn er uns ertappt hätte, wie meine persönliche Privatdetektivin auf ihrem Zwanzig-Zoll-Handy seine Seite aufrief.

Ich nahm ihr Handy entgegen und sagte mehr zu mir als zur Signora: »Da haben wir dich. Allerdings suche ich jemand anderen, über den wir alles herausfinden müssen.«

»Ach, du bist gar nicht an ihm interessiert, Schätzchen? Das ist doch ein ganz hübscher junger Mann, nicht?«

»Doch, aber ich muss jemand anderen finden. Ich schulde ihm einen Gefallen.«

Ich gab ihr eine Kurzfassung von meiner Begegnung, dem sensationellen Abend, den wir miteinander verbracht hatten, und von meinem Riesenfehler: ihn nicht nach seinem Namen gefragt zu haben.

Auch sie stellte mir jene Frage, die ich nur ungern beantwortete.

»Und er ist nicht wiedergekommen, um das Buch abzuholen?«

»Nein, leider, das Buch steht immer noch im Lager und wartet auf ihn, mit einem Fragezeichen im Namensfeld.«

Sie strahlte, als ob sie sich prächtig amüsierte.

»Prima, Schätzchen, ich liebe Herausforderungen«, sagte sie und setzte eine Brille auf, an der eine mit bunten Klunkern besetzte Kette befestigt war.

Ich nahm auf dem Sessel neben ihrem Platz, und gemeinsam begannen wir, seine Facebook-Pinnwand zu durchforsten.

»Am besten wir gehen als Erstes seine Facebook-Freunde durch, er hat nur dreihundertachtundfünfzig. Schau dir die Profilfotos an, vielleicht erkennst du Mister X wieder.«

Von den dreihundertachtundfünfzig Freunden waren zweihundertfünf Männer. Wir kontrollierten jedes Foto und sämtliche Details, aber nichts, von Gatsby keine Spur.

»Davon lassen wir uns nicht entmutigen, jetzt knöpfen wir uns seine Pinnwand vor.«

Allerdings hatte er ein fürchterlich privates Profil, sodass es außer seinem Profil- und Hintergrundfoto und ein paar wenigen Angaben kaum etwas gab, was man über ihn herausfinden konnte. Ich scrollte rasch weiter durch seine Pinnwand, als ein Detail meine Aufmerksamkeit erregte. Ich scrollte wieder nach oben und betrachtete eingehend ein Foto, auf dem er getaggt worden war: Darauf stand er Arm in Arm mit einem Mädchen und einem Jungen. Sie kannte ich vom Sehen, wir hatten denselben Uni-Kurs besucht, aber das war es nicht, was mir auffiel. In der Bildunterschrift hatte das Mädchen einen bemerkenswerten Satz geschrieben: »Looking for Romanov«.

Plötzlich hatte ich einen Flashback von jenem Februartag.

Wären wir Freunde, würde ich dich heute Abend einladen, mit mir einen Long Island Ice Tea im Romanow zu trinken.

»Eventuell haben wir eine heiße Spur«, sagte ich an meine neue Komplizin gewandt, »denn Gats…, ähm, ich meine, der mysteriöse Unbekannte, hat ebenfalls dieses Lokal erwähnt.«

»Sehr gut, Schätzchen, das klingt nach einem ersten Anhaltspunkt. Ich würde mich nicht so weit aus dem Fenster lehnen, es eine heiße Spur zu nennen. Das wäre zu gewagt.«

Ich brauchte die Bestätigung von jemandem, der regelmäßig das Romanow besuchte, und ich hatte da auch schon eine Idee. Denn wenn meine Erinnerung mich nicht täuschte, war von meinen Freunden Michele schon ein-, zweimal dort gewesen. Ich schnappte mir mein Handy und schickte ihm flugs eine Nachricht. Nun musste ich nur seine Antwort abwarten, um zu wissen, wie ich als Nächstes vorgehen würde.

»Eines interessiert mich noch, Signora. Wieso haben Sie so darauf beharrt, ich sollte ihn nach seiner Adresse fragen?«

Sie sah mich mit einem Gesichtsausdruck an, der besagte: »Das ist nicht dein Ernst, oder?«

»Meine Liebe, heute gibt es Technologien, mit denen man ausgehend von einer Adresse allerhand über denjenigen herausfinden kann, der dort lebt. Privatdetektive und Inkassobüros nutzen dies zuhauf.«

201

Die Reska! Ich konnte Rachele fragen, ob sie sich mit diesen geheimnisvollen Technologien auskannte.

»Womöglich wüsste ich da jemanden, den ich fragen könnte.«

»Da hatte ich keine Zweifel, Schätzchen.«

Sie erhob sich vom Sessel und hielt ihre Handtasche in der Hand, in die sie ihr leistungsstarkes Handy verstaut hatte.

»Schätzchen, heute kaufe ich nichts, aber ich komme bald wieder. Danke für deine Gesellschaft und dafür, dass sich so eine alte Frau wie ich noch mal jung fühlen darf.«

»Ich muss Ihnen danken, ohne Sie hätte ich niemals so viele wertvolle Infos gefunden. Kann ich Ihnen nebenan in der Bar einen Kaffee ausgeben?«

»Oh, danke, das ist lieb. Aber ich trinke nur Tee. Bis bald.«

Sie winkte mir zum Abschied mit ihrer behandschuhten Hand zu, und schon war sie zur Tür hinaus.

Was für ein außergewöhnlicher Charakter. Nonna Tilde war ebenfalls eine smarte Frau, aber diese hier steckte sie locker in die Tasche.

Ich pflügte gerade durch die Facebook-Seite von Filippo Cipriani, um möglichst viel über ihn herauszufinden, als ein Junge die Buchhandlung betrat. Inzwischen war ich an einen steten Besucherstrom gewöhnt, aber dennoch versetzte mich jeder, der durch die Tür kam, noch immer in helle Freude. »Demut und Dankbarkeit« waren mein tägliches Mantra.

»Hallo, kann ich mich ein wenig umsehen?«

»Ja klar, wenn du was brauchst, sag einfach Bescheid.«

Geistesabwesend ging er an den Regalen entlang, bis er bei der Pinnwand mit dem »Best of« ankam. Das war eine neue

Erfindung von mir, um die Freude am Lesen und ein größtmögliches Repertoire an Autoren und Titeln zu vermitteln. Auch wenn ich eine profunde Kennerin der Welt der Bücher war, bei einigen Genres hatte ich enorme Wissenslücken, und im Gespräch mit Kunden bekam ich immer höchst interessante Anregungen. Deshalb bat ich meine Kunden darum, ihre persönliche Bestenliste der Bücher, die sie besonders geprägt oder ihnen über eine schwere Phase ihres Lebens hinweggeholfen hatten, für meine »Best-of«-Pinnwand aufzuschreiben. Meine eigene Rangliste thronte natürlich ganz oben.

»Entschuldige, was ist das hier?«

Ich erklärte ihm, wie die »Best of«-Liste funktionierte und fragte ihn, ob er auch etwas dazu beitragen wolle.

»Nein, danke«, antwortete er ziemlich barsch. »Kann man auch erfahren, von wem genau diese Listen stammen?«

»Nein, die sollen anonym bleiben. Abgesehen von meiner, die ganz oben hängt.«

Sichtlich enttäuscht von meiner Antwort fuhr er damit fort, die Ranglisten zu lesen.

Fünf Minuten später stand er wieder vor mir. Allmählich fing ich an zu denken, dass er irgendein Problem hatte, das mir entging.

»Brauchst du was?«

»Ja, bitte. Ich hätte gern ein Buch, das ich diesen Sommer lesen kann.«

»Okay, hast du ein Lieblingsgenre?«

»Nein, aber ich möchte was Unterhaltsames, Lustiges. Und einen Krimi, wenn möglich. Also, ich möchte zwei Bücher.«

Mein Blick scannte das Regal mit der Überschrift »Freudetropfen gegen Traurigkeit«, in dem witzige Titel versammelt waren, die einem selbst an miesesten Tagen ein Lächeln aufs Gesicht zauberten.

»Da kann ich dir Diego De Silva empfehlen, sein Buch *Meine Schwiegermutter trinkt* ist gut geschrieben und …«

»Nein, nicht De Silva, den hat meine Ex immer gelesen.«

Oje. Wenn jemand seine Ex ohne jeden Anlass nach nur fünf Minuten erwähnt, kann das nur eins bedeuten: Er leidet noch immer unter der Trennung. Er konnte nicht einmal dieselben Bücher lesen? Insofern bräuchte er wohl weniger ein Heilmittel gegen Traurigkeit als vielmehr eins bei unerwiderter Liebe. Natürlich behielt ich diesen Gedanken für mich und schlug ihm weitere Titel aus dem Regal vor. Doch jeder meiner Vorschläge stieß auf Ablehnung.

Letztlich entschied er sich für *Gott bewahre* von John Niven, das meines Erachtens zu den witzigsten Büchern der Kategorie »Freudetropfen gegen Traurigkeit« gehörte. Jetzt musste ich ihm nur noch einen Krimi vorschlagen; bei dem Tempo würden wir noch um Mitternacht hier stehen. Glücklicherweise las seine Ex keine Krimis, insofern gab es in der Hinsicht keine Hürden, dennoch gestaltete es sich äußerst schwierig, etwas Passendes zu finden. Ich schlug ihm bestimmt zwanzig Bücher vor, alle gut konstruiert und mit überraschendem Ende, aber nichts schien ihn zufriedenzustellen.

»Eigentlich suche ich eher etwas Klassisches.«

Ich senkte den Blick, um die bestmögliche Stelle zu finden, an der ich im Erdboden verschwinden konnte, als ich auf dem Sessel ein Buch von Agatha Christie liegen sah. *Der Dienstagabend-Klub. 13 Fälle für Miss Marple* genügte offenbar den hohen

204

Ansprüchen meines Gasts, und nachdem er kurz den Klappentext überflogen hatte, folgte er mir zur Kasse.

Während ich mit dem Scanner auf den Barcode schoss, fing er erneut mit seiner Ex an.

»Entschuldige, wenn ich De Silva so kategorisch abgelehnt habe, aber das erinnert mich zu sehr an sie.«

Als ob es für mich einen Unterschied machte, ob er De Silva oder Niven kaufte, glücklicherweise waren die Zeiten von LeggereInsieme und Umsatzzielen längst vorbei. Bei der Kleinen Literarischen Apotheke empfahl ich wirklich nur Bücher, die ich gelesen und für gut befunden hatte.

»Macht doch nichts, gar kein Problem.«

Es kam mir vor, als wollte er etwas sagen, zierte sich aber.

»Übrigens bin ich extra hergekommen, um das Buch hier zu kaufen, weil meine Ex in ihrer Instagram-Story über diesen Laden berichtet hat.«

Ahh, jetzt war mir alles klar. Wetten, ich kannte seine Ex, wieso sonst hätte er mir völlig ungefragt diesen Käse mit De Silva aufdrängen sollen?

»Ah ja? Das freut mich.«

Er schwieg und begann, die Ecken von Miss Marple zu Eselsohren zu knicken.

Jetzt, wo ich ihn mir genauer anschaute, hatte er glasige Augen, oder täuschte das?

Ich sah ihn an.

Er sah mich an.

»Willst du gar nicht nachfragen, wie meine Ex heißt?«

Los, Blu, frag ihn, wie seine Ex heißt, und das war's dann. Er wird dir erzählen, wie sie ihn eiskalt verlassen hat, du klopfst ihm aufmunternd auf die Schulter und vielleicht endet dieses Gespräch, ohne dass dir jemand die Halsader aufschlitzt.

Ich beschloss, dass das heute der Welttag der Psycho-Killer war.

»Wie heißt deine Ex?«

»Mia Sacchetti.«

Um ein Haar wäre mir die Tüte aus der Hand gefallen.

Das war also er.

Das war der Ex, von dem mir Mia erzählt hatte?

Der sie betrogen und für eine andere verlassen hatte, was er bis zuletzt geleugnet hat.

Der nach gerade mal zwei Monaten seine neue Flamme zu Weihnachten mit zu seiner Familie genommen hatte? Mia hatte nur davon erfahren, weil er vergessen hatte, die Fotos für eine gemeinsame Freundin bei Facebook zu blockieren.

Dieser Typ besaß die Dreistigkeit, hier aufzutauchen und rumzuheulen, dass er bestimmte Autoren nicht mehr lesen kann, weil sie ihn zu sehr an Mia erinnern?

Warte mal, vielleicht war es ein anderer Ex, nicht der, von dem sie mir erzählt hatte.

»Ah ja, Mia ist eine gute Freundin von mir und neuerdings auch meine Kommunikationsberaterin.«

»Aber hatte sie damit nicht aufgehört, um sich aufs Studium konzentrieren zu können?«

Ich wusste nicht, was ich antworten sollte. Einerseits wollte ich nicht zu viel preisgeben, andererseits musste ich mich irgendwie aus dieser Sackgasse befreien.

Er sah mich mit nach Informationen gierenden Augen an.

»Hi, Süße, hast du Lust auf einen Nachmittagssnack?«

Rachele, mein Schutzengel, hatte soeben den Laden betreten, in der Hand eine Tüte, die bestimmt irgendeine Kalorienbombe aus Fett, Zucker und Kohlenhydraten enthielt.

»Ja, komm, lass uns einen Kaffee trinken. Du hattest ja dann so weit alles, oder? Wenn du mir deinen Vor- und Nachnamen gibst, kann ich dir eine Treuekarte ausstellen.«

Ich war echt ein Trottel, aber ich hatte schnell dazugelernt, nachdem mich die alte Dame die hohe Kunst des unauffälligen Ausspionierens gelehrt hatte.

Ich notierte mir seinen Namen und verabschiedete mich von diesem unangenehmen Zeitgenossen, nicht ohne mir geistig eine Notiz zu machen, dass ich Mia schreiben würde, sobald der Typ außer Sicht war.

»Wer war das denn?«

Rachele nahm auf dem Sessel Platz, auf dem noch vor Kurzem die ältere Dame gesessen hatte, kaute an einem Cookie herum und krümelte alles voll. Aber in diesem Moment brannte mir so vieles unter den Nägeln, was ich ihr erzählen musste, dass ich großzügig über ihre übliche Schlampigkeit hinwegsah.

»Du hast keine Ahnung, wie unangenehm das eben war.«

Ich erzählte ihr von Mias Ex und wie er mich in ein Gespräch verwickelt hatte, um Infos über sie aus mir herauszuquetschen.

Rachele sah immer schockierter drein.

»Der spinnt ja!«

»Warte, das Irrste kommt ja erst noch.«

Ich berichtete ihr von dem Buch mit dem Tintenfleck und von dem Jungen, der es zurückgebracht hatte.

»… was mich zu der Schlussfolgerung gelangen lässt, dass ich mit meinen Nachforschungen im Romanow anfangen muss.«

Außerdem erzählte ich ihr von der Signora und ihrem Tipp, es mal mit den Programmen der Inkassobüros zu probieren.

Rachele fixierte einen Punkt oberhalb meines Kopfes und kaute nachdenklich weiter.

»Stimmt schon, es gibt ziemlich ausgeklügelte und höchst illegale Programme, um Informationen über Leute herauszufinden, die nicht bei Inkassobüros gelistet sind. Bei der Reska benutzen wir REDI, aber ich glaube, das läuft wirklich unter dem Radar. Deshalb darf man es auch nur unter Aufsicht benutzen und auch höchstens fünf Minuten, aber das spuckt dir sämtliche Namen der Leute aus, die in einem Gebäude wohnen. Wirklich alle.«

»Ach du Scheiße. Von wegen Datenschutz.«

»Na ja, denk nur mal an die Firmen, die uns Telefonnummern mit zugehörigem Namen und Anschrift verkaufen. In dem Bereich war es mit der Legalität noch nie sonderlich weit her. Und in den letzten Jahren sind Datenschutzverstöße deutlich gravierender, noch vor zehn Jahren war das Schlimmste, was passieren konnte, dass die Mitarbeiter ihren Nachbarn und Verwandten von den unbezahlten Rechnungen der Schuldner erzählten.«

»Schade, dass wir außer dem Romanow nicht den Hauch einer Spur haben. Wenn ich doch nur seine Telefonnummer kaufen könnte.«

Sie hob den Blick und fixierte mich mit einem Ausdruck, den ich an ihr noch nie gesehen hatte. Ich war an ihre zynischen Kommentare gewöhnt, aber in ihren Augen schwang immer Belustigung mit. Davon war diesmal keine Spur.

»Ich glaube, du bist echt durch, weißt du das?« Sie sprach ruhig und wählte ihre Worte sorgfältig. »Bei allem, was du um die Ohren hast, verschwendest du Zeit darauf, einen Typen zu suchen, der dich auf einem bestellten Buch hat sitzen lassen? Überleg dir lieber mal, wie du Ordnung in dein Chaos bekommst oder deine E-Mails rechtzeitig beantwortest.«

Ohne ihren unverhohlen polemischen Ton zu beachten, antwortete ich ungerührt: »Frag mich nicht wieso, aber ich hab das Gefühl, dass er nicht deshalb nicht mehr aufgekreuzt ist, weil er nicht wollte, sondern weil er nicht konnte. Was, wenn ihm etwas zugestoßen ist?«

»Oh Gott, hab Erbarmen!« Rachele ließ theatralisch beide Arme auf die Sessellehnen plumpsen. »Irgendwie hab ich den Eindruck, das viele *Mord ist ihr Hobby*-Gucken mit Sery ist dir nicht gut bekommen.«

»Denk ruhig, was du willst, ich hab jedenfalls vor, ihn wiederzufinden. Eigentlich verdanke ich alles ihm, die Kleine Literarische Apotheke ist schließlich durch ihn entstanden.«

Rachele zerknüllte energisch die Papiertüte, die sie in der Hand hielt, stützte beide Ellenbogen auf den Knien auf und blitzte mich an.

»Ähm, nein, meine Liebe, da möchte ich widersprechen. Die literarische Apotheke ist entstanden, weil wir Tag und Nacht an dem Konzept gefeilt haben. Das ist ganz allein dein Verdienst, wag es ja nicht dir einzureden, dass das, was du erschaffen hast, auf einen Unbekannten zurückgeht, der mal zufällig hier vorbeigekommen ist. Es ist immer dasselbe mit dir. Du wartest darauf, dass ein Mann kommt und deine Probleme löst, so warst du schon immer, schon als kleines Mädchen. Die Traumprinzen existieren nicht, wann kapierst du das endlich, Blu?«

Nun reichte es aber. Diesmal hatte sie den Bogen wirklich überspannt. In meiner Magengrube verspürte ich etwas, das ich ihr gegenüber noch nie empfunden hatte. Ein aufstachelndes Gefühl, das ich kaum wiedererkannte, weil es so lange her war, seit es mich zuletzt heimgesucht hatte.

Wut.

Schlichte, glasklare, reine Wut.

Sie fühlte sich an wie ein schwerer warmer Stein auf dem Zwerchfell, der von unten nach oben stieg. In meinen Armen kribbelte es, und eine Hitzewallung trieb mir das Blut in die Wangen. Ich klappte den Mund auf, um etwas zu entgegnen, klappte ihn aber augenblicklich wieder zu, um nicht etwas zu sagen, was ich hinterher bereuen würde.

Zähl bis zehn, Blu.

Eins, zwei, drei, vier…

»Na los, red schon. Steh nicht da mit offenem Maul wie ein Goldfisch.«

Das war selbst für mich mit meiner Engelsgeduld zu viel.

»Ja, ich bin tatsächlich der Meinung, dass ich einen Mann brauche, immerhin bin ich seit über einem Jahr Single«, begann ich leise und wurde allmählich lauter. »Und wo wir schon dabei sind, wer ist denn hier einem Mann völlig hörig, wenn nicht du? Wer hat denn vor zwei Monaten erzählt, dass sie aus der WG ausziehen muss, weil ihr Freund mit ihr zusammenziehen will? Dabei weiß ich genau, dass du das gar nicht willst und gern weiter in der Via del Campuccio wohnen würdest, wo du Leute anschleppen kannst, ohne dass Lorenzo davon erfährt. Aber um der Harmonie willen knickst du ein. Außerdem ist es so offensichtlich, dass du ihn nicht liebst, wie die Tatsache, dass wir eines Tages von dem All-you-can-eat-Sushi bei uns in der Straße an einer Lebensmittelvergiftung sterben werden. Und wofür? Nur, um nicht allein zu sein? Wer von uns beiden braucht denn einen Mann, damit er mit sich selbst klarkommt?«

An ihrem Gesichtsausdruck konnte ich ablesen, dass ich sie zutiefst getroffen hatte. Ich hatte nie ein Wort verloren über ihre unzähligen Affären, weil es mir ziemlich egal war. Sie war schließlich alt genug, und wenn sie den Kick eines One-Night-Stands brauchte, stand es mir nicht zu, darüber zu urteilen. Aber sie hatte mich verletzt, also hatte ich sie verletzt.

Das Hässliche daran, mit geliebten Menschen zu streiten, ist, dass man genau weiß, wie man den anderen treffen kann. Ich wusste, ich hatte ihr gerade sehr wehgetan. Und ich wusste auch, dass sie sich jetzt, wo sie keine Familie mehr hatte, die sie unterstützte, mit aller Macht an Lorenzo klammerte, um nicht in jenen Abgrund zu stürzen, in den wir als Waisen noch lebender Eltern früher oder später blicken müssen. Das hatte ich bereits lange vor ihr getan und mir einen Schutzpanzer zugelegt, aber was hatte ich im Gegenzug für meine Unverwundbarkeit geopfert? Ich wollte ihr einfach nur klarmachen, dass eine einseitige Beziehung nicht die Lösung für ihre Probleme war. Aber aus meiner Wut heraus war ich sie zu hart angegangen.

Ohne ein Wort zu sagen, packte sie ihre Sachen zusammen,

erhob sich vom Sessel, strebte zur Tür und knallte sie mit solcher Wucht hinter sich zu, dass es beinahe das Haus zum Einsturz gebracht hätte.

Nicht mal dreißig Sekunden später steckte Giulio Maria seinen Kopf zur Tür herein.

»Was ist denn hier passiert? Ich habe nur einen mörderischen Knall gehört.«

Ich umriss kurz meinen Streit mit Rachele.

»Ach, die kriegt sich schon wieder ein, schließlich hast du nichts gesagt, was nicht wahr wäre.«

Welch beneidenswerte männliche Naivität. Mein Barista-Kumpel ignorierte die Tatsache, dass ich gerade eine Krise entfacht hatte, gegen die die Kubakrise und der somit drohende Atomkrieg zwischen USA und UdSSR ein Picknick gewesen war.

»Allerdings habe ich nicht so richtig verstanden, was nun der Auslöser für euren Streit gewesen ist.«

In dem Moment vibrierte mein Handy. Michele hatte mir geantwortet, und zwar genau das, was ich hören wollte.

Jetzt brauchte ich nur noch einen Komplizen für den heutigen Abend. Ich fixierte Giulio Maria mit einem Blick, wie wenn man nach einem Monat Fastenkur einen Fleischspieß erspäht.

»Was hast du heute Abend vor?«

»Nichts, wieso?«

»Dann hast du jetzt etwas vor.«

»Mir gefällt nicht, wie du mich anschaust, wie der Kater Sylvester, wenn er Tweety in seinen Fängen hat.«

»Ich nehm dich mit in die Zwanzigerjahre, Baby.«

11

VON UNAUFFINDBAREN LOKALEN, ALTEN BEKANNTEN, PORTRAITS UND BAR-SCHLÄGEREIEN

Wenn es keine angemessene Anstrengung hervorbringt,
dann steht auch keine angemessene Überzeugung dahinter.

JANE AUSTEN: *Emma*

Am selben Abend

»Sie hat recht. Du bist völlig verrückt geworden. Wie kommst
du nur auf so eine bescheuerte Idee? Du kannst übrigens vergessen, dass ich bei diesem Irrsinn mitmache.«

Ich hatte Giulio Maria soeben meinen Plan skizziert, doch
er schien daran starke Zweifel zu hegen.

Das Romanow war eine Flüsterkneipe, also eine Bar, die
weder in Telefonbüchern noch in den sozialen Medien, bei
Google oder sonst wo auftauchte und deren Adresse man nur
durch Weitersagen erfuhr. Entstanden sind diese nach dem

Vorbild der Speakeasy-Bars in den USA zur Zeit der Prohibition in den Zwanzigerjahren. Zutritt bekommt man, indem man an eine Tür klopft, die nach außen wie die einer ganz normalen Wohnung aussieht, und seinen Mitgliedsausweis vorzeigt. In meiner Vorstellung war es so ähnlich wie in *Falsches Spiel mit Roger Rabbit*, es hätte mich nicht überrascht, wenn ein echter Gorilla an der Tür stünde und Pinguin-Kellner Whiskey on the Rocks mit echten Steinen statt Eis darin servieren würden.

Das, was mich an diesem Abend besonders daran reizte, das Romanow aufzusuchen, war sein Status als Privatclub. Und Michele hatte mir in seiner Nachricht einen wichtigen Hinweis für meine Nachforschungen genannt: Um sich eine Mitgliedskarte ausstellen zu lassen, brauchte man seinen Personalausweis, von dem eine Kopie im Lokal hinterlegt wurde.

Mein zugegebenermaßen ziemlich gewagter Plan ging von mehreren Voraussetzungen aus, die alle gleichzeitig eintreten mussten.

Punkt Nummer eins: Weder Giulio Maria noch ich hatten einen Mitgliedsausweis; wir mussten also davon ausgehen, dass man uns an einen Ort führen würde, an dem solche ausgestellt wurden. Falls nicht, wäre der Plan gescheitert.

Punkt Nummer zwei: Wir gingen davon aus, dass das Romanow sein Mitgliederverzeichnis auf Papier führte; wenn sie es digitalisiert und auf einen passwortgeschützten Computer übertragen hatten, war der ganze Plan dahin; wenn das Archiv auf Papier geführt wurde, aber unzugänglich war, wäre der ganze Plan auch dahin.

Punkt Nummer drei: Wenn nicht genug Zeit blieb, mich

in den Raum zu schleichen, das Archiv ausfindig zu machen und darin zu stöbern, ohne entdeckt zu werden, wäre der Plan gescheitert.

So gesehen war meine Mission noch aussichtsloser als Napoleons Russlandfeldzug, aber ich würde es dennoch versuchen. Ich war enorm motiviert trotz des deutlichen Protests von Giulio, der am Eingang meiner Buchhandlung in seiner schicken schwarzen Schürze stand und den Kopf schüttelte.

»Das funktioniert nie und nimmer, das hier ist kein amerikanischer Film. Weder bin ich Diabolik noch bist du Eva Kant, wenn ich's mir recht überlege, ähnelst du eher Bösartik. Das kommt überhaupt nicht infrage. Ich bin raus.«

Eine halbe Stunde später saßen wir auf seinem Motorroller und fuhren an einen nicht näher bestimmten Ort in Santo Spirito. Letztlich kriegte ich Giulio immer herum.

»Ich frag mich echt, wieso ich mich deinetwegen dauernd in unmögliche Situationen bringe. Wenn die uns erwischen, wie wir uns in ihr Büro schleichen, sind wir am Arsch. Gerade jetzt, wo du berühmt bist, macht das einen besonders schlechten Eindruck.«

»Ich hör dich nicht, du musst lauter reden.«

Natürlich war das Romanow schwerer auszumachen, als ich in meinem törichten Plan vorgesehen hatte. Apropos, Punkt Nummer vier: Wenn wir das Lokal gar nicht erst fänden, wäre der Plan gescheitert. Und dank meiner schlechten Orientierung fuhren wir bereits seit zwanzig Minuten sinnlos im Kreis. Ich wusste, dass es irgendwo hier sein musste. Wir befanden uns auf der Piazza Santo Spirito, direkt hinter meinem Haus, insofern sollte es theoretisch für mich ein Kinderspiel sein, es zu finden. Aber diese verdammten Türen sahen alle gleich aus, und ich konnte nirgends diejenige entdecken, die mir Michele so minutiös beschrieben hatte.

»Lass uns absteigen und zu Fuß gehen.«

»Was?«

»WIR GEHEN ZU FUSS.«

»Okay, kein Grund zu schreien.«

»Was?«

»NICHT SCHREIEN.«

»DU SCHREIST DOCH.«

Giulio Maria brachte den Motorroller so abrupt zum Halten, dass ich fast über ihn hinweggeschleudert wurde.

»Okay, wir beruhigen uns erst mal. Falls wir dieses verflixte Lokal wirklich finden sollten und völlig aufgelöst ankommen, lassen sie uns gar nicht erst rein, ganz zu schweigen von deinem hanebüchenen Plan. Das klingt eher nach einer *Mission: Impossible.*«

»Na los, Tom Cruise, steig schon ab, und lass uns diesen Laden finden.«

Während wir die Helme absetzten und sie im Helmfach verstauten, schüttelte Giulio den Kopf, um erneut seinen Widerwillen zum Ausdruck zu bringen, falls er mir entgangen sein sollte.

»Später musst du mir mal erklären, wieso du eigentlich so auf diesen Typen fixiert bist.«

»Das sagt genau der Richtige. Seit Monaten redest du von nichts anderem als Mia.«

»Was hat das damit zu tun? Immerhin sehe ich sie täglich.«

216

»Ja, aber du bist immer noch keinen Schritt weiter, es ist ja nicht so, als ob du erfolgreicher wärst als ich.«

Er blieb stehen und sah mich ernst an. »Hör mal, ich habe eine wichtige Entscheidung getroffen.«

»Dann lass mal hören, Tom.«

»Hör auf mich zu verarschen. Ich habe beschlossen, sie auf ein Date einzuladen und ihr zu sagen, dass ich sie mag. Wenn sie Nein sagt, kann ich wenigstens meinen Seelenfrieden wiedererlangen. Außerdem, wenn sie mit diesem Idioten zusammen war, besteht zumindest ein Funke Hoffnung für mich, oder nicht? Auch wenn sie mir neulich erzählt hat, dass sie sich jetzt erst mal auf sich konzentrieren will und keine Zeit für Männer hat.«

»Für den Richtigen finden wir immer Zeit, mein Lieber. Und wenn du mich fragst, mag sie dich. Sie hat nur noch nicht bemerkt, welche Absichten du hegst. Weißt du was? Morgen hat sie Geburtstag, warum nutzt du nicht die Gelegenheit und schlägst zwei Fliegen mit einer Klappe?«

»Meinst du? Aber immer, wenn ich ihr gegenüberstehe, bin ich total tollpatschig, mir fällt alles herunter, ich kriege kein Wort heraus und bin wie erstarrt. Eine Katastrophe.«

»Keine Sorge, ich helfe dir. Ich habe auch schon das ideale Geschenk zu ihrem Geburtstag.«

»Was für ein Geschenk denn?«

»Na, ein Buch natürlich! Es heißt *Wenn ein Elefant sich verliebt*. Darin geht es darum, dass sich ein Elefant verliebt hat und alles probiert, um von seiner Angebeteten bemerkt zu werden. Aber er ist genauso unbeholfen wie du. Er wirft sich in Schale, aber wenn sie dann vorbeikommt, versteckt er sich hinter einem Baum; er macht Diät, schleicht aber nachts zum Kühlschrank, um sich den Cheesecake einzuverleiben; er möchte ihr seine Liebe gestehen, traut sich aber nicht. Also praktisch genau wie bei dir.«

Giulio Maria war perplex.

»Ich weiß nicht, ob das so eine gute Idee ist, mir erscheint das ein wenig gewagt.«

»Ganz im Gegenteil, wenn du mich fragst, weißt du dann wenigstens endlich, woran du bist. Sie hat noch immer nicht die leiseste Ahnung, was du für sie empfindest. Ich habe schon mehrfach versucht, etwas aus ihr herauszukriegen.«

Sein perplexer Gesichtsausdruck schlug in Entsetzen um.

»Wie, du hast versucht, sie auszufragen? Davon hast du mir gar nichts erzählt!«

Offenbar hielt er nicht viel von meinen Befragungskünsten.

»Keine Angst, ich habe ihr nicht verraten, dass du sie magst. Ich habe ihr lediglich ein paar Fragen gestellt, um herauszufinden, ob sie dein Interesse an ihr bemerkt hat.«

»Du bist ein echter Aasgeier. Meinst du nicht, dass sie dich durchschaut hat?«

»Oh, welch nette Komplimente ich heute Abend bekomme, danke. Nein, sie hat nichts gemerkt, weder in der einen noch in der anderen Hinsicht, glaub mir.«

Er fing an, nervös auf und ab zu gehen und herumzufuchteln.

»Toll, jetzt bringe ich erst recht nicht den Mut auf, sie um ein Date zu bitten. Wenn sie Nein sagt, sind all meine Hoffnungen endgültig zerstört.«

Giulio machte ein solches Drama daraus, dass Mario Merola im Vergleich wie ein Anfänger wirkte.

»Komm, jetzt sei mal nicht so theatralisch.«

»Du hast leicht reden. Was weißt du schon, wie es ist, sich mit vierzig noch einmal zu verlieben? Warst du überhaupt schon mal verliebt? Du bist der abweisendste Mensch, den ich kenne.«

Nach dem Streit mit Rachele wollte ich mich nicht auch noch mit ihm anlegen, also versuchte ich das Gespräch zu entschärfen und das Thema Mia abzuhaken.

»Vertraust du mir?«

Er zögerte kurz, dann lächelte er.

»Mmm … sagen wir mal Ja.«

»Dann überlass mir das Ganze. Wenn du mich fragst, rennst du offene Türen ein, das habe ich so im Gespür. Nenn es weibliche Intuition, wenn du willst.«

Giulio entdeckte ziemlich breite Stufen vor einem Haus und steuerte geradewegs darauf zu.

»Boah, ich muss mich mal hinsetzen. Ich hab eh das Gefühl, wir finden das Lokal nicht mehr. Ich dreh mir erst mal eine Zigarette, dann können wir von mir aus weitergehen.«

Auch wenn ich es nur ungern zugab, war auch ich müde, außerdem haperte es bei meinem Plan an allen Ecken und Enden; wie die alte Dame richtig bemerkt hatte, besaß ich nur vage Anhaltspunkte, keinen handfesten Beweis.

»Ja, meine Füße fühlen sich auch an wie Brei, ich muss mich mal ausruhen.«

Giulio holte Tabak und Papers heraus und fing an, mit dem Filter herumzuhantieren.

»Aber eins interessiert mich noch. Mia ist rein vom Äußeren her doch gar nicht dein Typ, wie kommt es, dass du trotzdem so auf sie stehst? Ich hab dich in Bezug auf Frauen und Beziehungen immer für relativ oberflächlich gehalten.«

Meine Freundschaft mit Giulio Maria war vor elf Jahren aufgeblüht, als ich frisch nach dem Abi voller Hoffnungen nach Florenz gezogen war. Wir hatten uns bei einem meiner zahlreichen vorherigen Jobs kennengelernt. Genauer gesagt im Callcenter von Creditosuper, einer bekannten italienischen Finanzgesellschaft, bei der wir in den Sommerferien 2008 drei Monate zusammenarbeiteten. Wir waren befristet eingestellt worden als Urlaubsvertretung für die älteren Kollegen und hatten die Aufgabe, Verträge und Revolving-Kreditkarten zu verkaufen.

Das Bewerbungsverfahren war knallhart gewesen: Logiktest, Gruppengespräch und Einzelgespräch. Vier hatten es letztlich geschafft: ich, Giulio Maria, Luigi und Nino. Luigi war total sympathisch, besaß aber null Gespür für unterschwellige Dynamiken, wenn man Angestellter ist. Damals war ich irgendwann felsenfest davon überzeugt, dass er sich in den Kopf gesetzt hatte, ins *Guinnessbuch der Rekorde* zu kommen als der Mitarbeiter, der die meisten Zigaretten bei der Arbeit raucht. Nino hingegen war extra aus Neapel hergezogen und fest entschlossen, nicht zurückzukehren. Am ersten Arbeitstag trug er bei achtunddreißig Grad im Schatten einen dreiteiligen Anzug im Wert von tausend Euro und malochte mit gesenktem Blick vor sich hin.

In dieser desolaten Situation waren sich Giulio Marias und mein Blick begegnet, und wir hatten ineinander Gleichgesinnte gefunden. Zwei Schiffbrüchige in einem Meer aus

Verzweiflung. Wir beide fühlten uns dort so fehl am Platz, dass wir uns sofort zusammengetan hatten. Beide waren wir unfähig, irgendwas zu verkaufen, aber angesichts des Vertrags und des damit einhergehenden Lohns hatten wir beide Augen zugedrückt und unser Gewissen an der Tür abgegeben, während wir versuchten, ahnungslosen Kunden Revolving-Kreditkarten anzudrehen, von denen sie glaubten, sie könnten sie wie normale Kreditkarten benutzen. Mein Gewissen schrie jedes Mal auf, wenn ich die Wahrheit verbog, indem ich bestimmte Details wegließ, denn leider liest sich niemand diese ellenlangen Verträge durch, die man dir kurz unter die Nase hält und dreißig Sekunden nach der Unterschrift wieder wegzieht. Und noch weniger Leute lesen das Kleingedruckte, wo der Zinssatz für die Nutzung der Kreditkarte angegeben ist, der damals nur knapp unter dem vom Finanzministerium definierten Wucherzins lag.

Diese drei Monate brachten wir wie Soldaten im Schützengraben damit zu, die bereits verstrichenen Tage im Kalender abzuhaken, und baten ausdrücklich darum, dass unser Vertrag nicht verlängert wurde. Ich wollte in Kürze mit der Uni anfangen und konnte nicht nebenher einen Vollzeitjob stemmen. Als unser Vertrag endlich auslief, organisierten wir eine nie da gewesene Party, vermutlich war noch niemals jemand so froh gewesen, eine so sichere und gut bezahlte Festanstellung loszuwerden.

»Weiß auch nicht. Ich sehe in ihr mehr als nur ihr Äußeres. Mir gefällt, was sie zu sagen hat, wie sie sich den Pony aus der Stirn streicht, wie sie mich anschaut. Mir geht einfach das Herz auf, wenn ich sie sehe.«

Er begann, *Tu sei l'unica donna per me* von Alan Sorrenti zu singen, in einer gekünstelten Falsettstimme, bei der mir die Ohren bluteten. Beim höchsten Ton lehnte er sich an die Tür in unserem Rücken; doch wie wir feststellen mussten, war diese nur angelehnt, sodass wir hintüberfielen. Der Hausflur war in rotes Licht getaucht, und zu beiden Seiten vom Eingang ragten große Kristallkerzenhalter mit roten Kerzenstummeln empor, die einen trägen Lichtschein warfen. Zwei kleine Schränkchen aus Nussbaumholz oder so rundeten die Szenerie ab.

»Ja, leck mich doch…«

Giulio Maria setzte sich auf und starrte immer noch ungläubig in den Hausflur, der wie aus dem vorigen Jahrhundert schien.

Am Ende des Gangs befand sich eine kleine grüne Tür mit einem Schlitz auf Augenhöhe und einem gusseisernen Türklopfer.

»Ich fass es nicht, das ist ja wie im Film! Du hast echt mehr Glück als Verstand.«

Er drehte sich zu mir um, und ich zeigte ihm mein spöttischstes Lächeln.

»Na, dann los, mein Lieber. Wir haben eine Mission zu erfüllen.«

Ich stand auf und klopfte mir die Rückseite meines Rocks ab. Das Letzte, was ich wollte, war, Gatsby mit einem staubigen Abdruck am Hintern gegenüberzutreten.

Giulio Maria stand hinter mir, während ich mit der Eisenfaust an die schwere grüne Holztür klopfte. Zwei Augen spähten durch den Schlitz und einen Moment lang erwartete ich, dass man mich nach einem Codewort fragen würde. Doch stattdessen war alles total easy und informell.

»Hi, habt ihr einen Mitgliederausweis?«

»Nein, aber wir möchten uns einen ausstellen lassen.«

»In Ordnung.«

Beim Geräusch der Schlösser, die entriegelt wurden, machte ich einen Schritt zurück, um der Tür nicht im Weg zu stehen, die sich aber natürlich nach innen öffnete.

Wir betraten einen Vorraum, der dem Hausflur glich: Auch hier dominierten Kristallkerzenhalter, aber an der Wand hingen Portraits von Menschen, die seit mindestens hundert Jahren tot sein mochten.

»Hier entlang.«

Der junge Mann, der uns zu einer Tür am Ende des Gangs führte, ähnelte in keinster Weise dem Gorilla, den ich in *Falsches Spiel mit Roger Rabbit* gesehen hatte. Gekleidet in Hemd, Hose und Weste war er eher klein und flink und trug einen kuriosen Schnurrbart mit nach oben gezwirbelten Spitzen.

Wir betraten eine Art Arbeitszimmer.

»Euren Perso habt ihr dabei, oder?«

»Klar«, antwortete ich mit Überzeugung in der Stimme und warf schnell einen prüfenden Blick zu Giulio Maria hinüber, der nickte.

»Prima, dann nehmt ruhig Platz. Gleich kommt meine Kollegin, die eure Daten aufnimmt. Ach, und ihr müsst eure Handys abgeben, die bekommt ihr am Ausgang wieder. Fotografieren ist bei uns verboten.«

Wir händigten dem Schnurri unsere Handys aus und setzten uns auf zwei beige Chesterfield-Sessel, die vor einem Schreibtisch standen.

Es lief besser als gedacht: Ich hatte erwartet, dass in dem Raum bereits jemand hinter dem Schreibtisch sitzen würde, stattdessen ließ man uns allein, sodass wir ein paar Minuten Zeit hatten, uns in aller Seelenruhe umzusehen. Die Gewölbedecke aus Backstein harmonierte perfekt mit dem roten Farbton des weichen Perserteppichs zu unseren Füßen. Ich kam mir vor, als seien wir geradewegs in einer Folge von *Twin Peaks* der Zwanzigerjahre gelandet.

Der Schnauzbart verabschiedete sich von uns, während er die Tür hinter sich schloss, um wieder den Empfang zu übernehmen. Sobald er zur Tür hinaus war, sprang ich auf und begann mich umzusehen.

»Ich pass auf, dass niemand kommt. Aber mach keinen Blödsinn«, raunte mir Giulio Maria zu und bezog an der Tür Stellung, ohne zu bemerken, dass ich längst eine der Schubladen des alten Mahagoni-Schreibtischs geöffnet hatte, der den Raum dominierte.

»Ja, keine Sorge.«

In der dritten Schublade fand ich eine Mappe mit dem Titel »Mitglieder 2018/19«.

Bingo!

Heute Abend hatte ich wirklich unverschämt viel Glück. Diesen Gedanken revidierte ich ganz schnell, als ich die Mappe herauszog und ihren wahren Umfang ermessen konnte. So dick, wie sie war, bräuchte ich eine halbe Stunde, um alles durchzublättern. So viel Zeit hätten wir bestimmt nicht. Rasch warf ich Giulio einen Blick zu, der noch immer nach draußen spähte und von meinem Treiben nichts mitbekommen hatte. Ich legte die Mappe auf dem Schreibtisch ab, zog vorsichtig den Gummizug herunter und fand darin mehrere geheftete Blätter: vorne war das Anmeldeformular, dahinter eine Kopie des Personalausweises.

»Da hinten kommt jemand«, flüsterte mir Giulio zu und fuhr mit an Hysterie grenzendem Tonfall fort: »Was machst du da? Leg das sofort weg!«

Ich versuchte die Blätter in Rekordgeschwindigkeit wieder zu ordnen.

»Beeil dich, verdammt.«

So schnell wie möglich fing ich an, die Formulare wieder hineinzustopfen, aber nun hörte auch ich im Flur die vom Teppich gedämpften Schritte näherkommen.

Die Mappe war dermaßen dick, dass ich sie mit beiden Händen festhalten musste. Während ich an einer Seite losließ, um die Schublade aufzuziehen, klappte sie auf der anderen Seite auf und der gesamte Inhalt ergoss sich auf den Boden.

Ich sah zu Giulio Maria, der mich seinerseits mit einem Ausdruck irgendwo zwischen *Der Schrei* von Edvard Munch und den großen Augen des gestiefelten Katers in *Shrek* ansah.

Diesmal war keine Giulia in der Nähe, um mich mit einem fingierten Ohnmachtsanfall aus dem Schlamassel zu retten.

Ich warf mich zu Boden, um mit beiden Händen die schiere Menge an Blättern zusammenzuraffen, die den Großteil des Raums unter dem Schreibtisch bedeckte.

Keine Chance, dass ich es rechtzeitig schaffen würde.

Tack, tack, tack.

Nicht mal annähernd.

Tack, tack, tack.

Es kam immer näher.

Giulio Maria stand erstarrt und resigniert da und machte gar keine Anstalten, mir zu helfen. Stattdessen hielt er sich die Augen zu, um das Verderben, in das wir rannten, nicht mit ansehen zu müssen.

Das Klappern der Absätze verstummte, und die Tür wurde schwungvoll aufgerissen.

Ich schloss die Augen und wartete das Unvermeidliche ab, als eine Frauenstimme meinen Namen rief.

»Blu? Was zum Teufel tust du da?«

Ich hob den Blick und setzte eine Unschuldsmiene auf.

Die Blondine, die vor mir stand, sagte mir erst mal nichts, ihr Gesicht war nicht in meiner internen Datenbank abgespeichert. Dann fiel mein Blick auf ihr Zwanzigerjahre-Charleston-Kleid, das über dem Bauch spannte.

Soll ich dir das als Geschenk einpacken?

Nein, es ist für mich.

»Vanessa?«

Sie, die offensichtlich schwanger war, nickte und besah sich dabei das Blättermeer auf dem Fußboden.

»Ich glaube, du schuldest mir eine Erklärung. Wieso kramst du zwischen den persönlichen Unterlagen unserer Mitglieder? Und glaub ja nicht, dass es mit einer Entschuldigung getan ist, nur weil du mir ein Buch empfohlen hast, das mein Herz im Sturm erobert hat.«

Ich ließ die Blätter fallen und rappelte mich zutiefst verschämt auf, auch wenn sie mich mit einem wohlwollenden Blick bedachte. Also nahm ich auf dem beigen Sessel Platz und erzählte ihr die ganze Geschichte. Ich schummelte ein wenig, indem ich die romantischen Aspekte besonders ausschmückte, schließlich wusste ich, dass ich jemanden mit einem weichen Herz vor mir hatte.

Giulio Maria hatte bislang kein Wort gesagt, er saß inzwischen wieder in seinem Sessel, hielt aber die Lehnen derart fest umklammert, dass er sie abzubrechen drohte. Sein Mund war zu einem Strich zusammengepresst, als ob er etwas zurückhielt, und ich ahnte bereits, was mir blühte, sobald wir alleine wären. Das war der unverkennbare »Wir beide sprechen uns noch«-Blick, den einem die Eltern zuwarfen, wenn man in aller Öffentlichkeit etwas angestellt hatte. Am liebsten würden sie einen auf der Stelle erwürgen, aber vor all den Leuten reißen sie sich zusammen und strafen einen lieber mit Blicken.

Hinter dem Schreibtisch auf dem vergoldeten thronartigen Holzstuhl hörte sich Vanessa meine Geschichte an.

Als ich fertig war, massierte sie sich sanft die Schläfen und begann ruhig und gefasst zu sprechen, wie wenn man jemanden vor sich hat, der die eigene Sprache nicht beherrscht.

»Ich stelle euch jetzt die Ausweise aus, dafür brauche ich den ausgefüllten und unterschriebenen Anmeldebogen«, sagte sie und zog zwei leere Formulare aus einer anderen Schublade des Schreibtischs, »danach werde ich mich eine halbe Stunde lang zurückziehen, um eure Pässe zu kopieren. Blu, das ist natürlich keine Einladung, in unserem Mitgliederverzeichnis nachzuschauen, denn gemäß Datenschutz dürfen wir niemandem Zugang zu den persönlichen Daten unserer Mitglieder gewähren. Habe ich mich klar ausgedrückt?«

»Glasklar«, sagte ich und fügte ein »Vielen Dank« an.

»Gern geschehen. Hoffentlich hilft es dir, denjenigen ausfindig zu machen, den du suchst.«

»Und du, hast du am Ende auch das gefunden, wonach du gesucht hast?«

»Ich würde sagen, ja. Es wird ein Mädchen.« Sie strich sich über den Bauch, und ihre Gesichtszüge wurden augenblicklich weicher beim Gedanken an ihre ungeborene Tochter.

»Eine halbe Stunde, mehr nicht«, fügte sie plötzlich hinzu.

Damit erhob sie sich und verließ den Raum.

Als wir allein waren, sah ich schüchtern zu Giulio Maria hoch.

Er war drauf und dran, etwas zu sagen, doch ich kam ihm zuvor.

Ich legte beide Hände wie zum Gebet aneinander und senkte den Kopf in einer Geste größter Reue.

»Morgen ist Mias Geburtstag. Ich schwöre dir, dass ich dir das romantischste Date aller Zeiten organisiere.«

»Das hoffe ich für dich, Blu. Ich bin nämlich echt sauer.«

Sein Tonfall war ruhig und kontrolliert, aber in seinen Augen loderte es.

Hastig schnappte ich mir die auf dem Boden verteilten Blätter und nahm auf dem goldenen Thron Platz, auf dem bis eben noch Vanessa gesessen hatte. Mit einer raschen Handbewegung strich ich mir die Haare hinter die Ohren und begann, die teils bekannten, halb bekannten und unbekannten Gesichter durchzugehen. Da war Michele mit seinem schwarzen Brillengestell, meine Ex-Kommilitonin von der Uni, die ich bei Facebook auf einem Foto mit jenem Jungen zusammen gesehen hatte, der mir das Buch von Neri Venuti zurückgebracht hatte, und zuletzt Rachele mit ihrem Backpfeifengesicht.

Irgendwie kränkte mich das, sie hatte mir nie erzählt, dass sie das Romanow kannte. Als ich sie heute Nachmittag in meine Pläne eingeweiht hatte, erwähnte sie mit keiner Silbe, dass sie Mitglied war, und bot auch nicht an, mich zu begleiten, nicht einmal bevor der Streit vom Zaun brach. Sie war immer so stur, immer in der Defensive, selbst wenn es gar keinen Grund dazu gab. Sie hatte mich wirklich auf die Palme gebracht, aber meine Zuneigung zu ihr war ungebrochen. Wenn ich heute Abend nach Hause käme, würde ich versuchen, mit ihr zu reden, und mich bei ihr entschuldigen für das, was ich gesagt hatte. Es war zwar das gewesen, was ich dachte, aber ich hätte es besser erklären müssen. Das war meine große Schwäche: Entweder sagte ich nichts und ließ mir alles gefallen, oder ich explodierte und sagte in meiner Wut unbedachte Dinge.

»Sieh mal einer an! Der gute Nino!«

Giulio Maria hatte sich hinter mich geschlichen und spähte über meine Schulter in die Karten, die ich durchging.

»Ob er immer noch seinen Tausend-Euro-Anzug trägt?«

»Wusstest du nicht, dass er inzwischen bei Creditosuper ein hohes Tier ist? Irgend so ein Oberboss.«

»Stell dir vor, wir wären geblieben, vielleicht hätten wir auch Karriere gemacht.«

Giulio zuckte mit den Achseln.

»Na, ich würde sagen, wir haben es doch super getroffen. Gott, wenn ich dich nie kennengelernt hätte, wäre mein Leben mit Sicherheit besser verlaufen.«

»Klappe, ohne mich wüsstest du doch gar nichts mit dir anzufangen.«

Endlich, da war sie, die Kartei von Filippo Cipriani. Auf dem Foto sah er so ernst drein, wie ich ihn von seinem Besuch in der Buchhandlung in Erinnerung hatte, wo es fast schien, dass er sich von meiner Anwesenheit gestört fühlte. Ich hatte angenommen, das rühre daher, dass es ihm unangenehm war, ein Buch zurückzubringen, das er nicht gekauft hatte, aber wenn ich es mir recht überlegte, kam es mir so vor, als stecke da noch etwas anderes dahinter, was ich momentan nicht einordnen konnte. Natürlich konnte er nicht wissen, dass ich den Tintenfleck auf Anhieb wiedererkennen würde, und wenn das Buch nicht heruntergefallen wäre, hätte ich es vermutlich gar nicht bemerkt. Ich hätte es zurückgenommen wie jedes andere Buch, und wenn dann ein Fehlbetrag entstanden wäre, wäre es zu spät gewesen, das Geld zurückzufordern. Ich lüftete das Deckblatt und erblickte die Kopie seines Personalausweises. Der Stempel der ausstellenden Gemeinde stammte von 2009, als er laut Angabe Student war.

Außerdem erfuhr ich, dass Filippo vierunddreißig war, also auch nicht mehr der Jüngste, aber bestimmt noch nicht verheiratet. Das wusste ich, weil mein wachsames Auge seine Hände abgescannt und keinen Ehering entdeckt hatte – so was gehörte zum Grundwissen eines jeden Single, der etwas auf sich hielt. Außerdem war er viel zu locker, als dass er in festen Händen wäre. Zumindest kam es mir so vor. Aufmerksam studierte ich das Foto und dieses ernste Gesicht, das mich stark an etwas erinnerte.

Oder an jemanden.

Ich öffnete alle Schubladen meiner Erinnerung, konnte aber nichts finden, wie wenn ein Puzzleteil sich nirgends einfügt. In den letzten zwei Monaten hatte ich mehrfach einen Burn-out riskiert und am eigenen Leib erfahren, was es hieß, etwas vollkommen aus den Gedanken zu verbannen. Die Arbeit hatte jeden Winkel meines Lebens ausgefüllt, ihr galt mein erster Gedanke, wenn ich morgens aufstand, und mein letzter, wenn ich abends zu Bett ging. Was die anderen einfach nicht verstehen wollten, so auch Rachele heute, war, dass dahinter ein einfaches Konzept stand: Meine Suche nach Gatsby war nichts anderes als der Versuch, mir weiszumachen, dass ich noch ein Leben außerhalb der Arbeit hatte.

Ich fuhr damit fort, all die Passkopien durchzublättern und an Giulio Maria weiterzureichen, der hin und wieder einen Gesichtsausdruck oder eine Frisur kommentierte. Viele Gesichter kamen mir bekannt vor, aber nichts, von meinem künftigen Ehemann keine Spur. Ich klappte die Mappe wieder zu, lehnte mich an die Samtrückenlehne und massierte mir meinen schmerzenden Hals.

»Das ist eine Sackgasse.«

»Ich habe dir ja gleich gesagt, dass das ein etwas gewagtes Hirngespinst von dir ist.«

»Das war das einzige verbindende Element zwischen uns. Sonst hatte ich keinerlei Anhaltspunkte.«

»Und jetzt? Du willst doch bestimmt nicht geradewegs nach Hause, oder? Einen Gin Tonic hab ich mir verdient.«

»Na schön, wir trinken was, und dann geh ich schlafen. Ich lad dich ein.«

»Das ist ja wohl das Mindeste.«

Schwungvoll stand ich vom Thron auf und folgte Giulio Maria durch den engen Flur, der in einem Raum endete, der im selben Stil gehalten war wie das Arbeitszimmer eben.

Vor uns erstreckte sich unter der Gewölbedecke ein langer Bartresen in schimmerndem Mahagoni. Zwei Messinglampen mit schwarzem Lampenschirm standen an beiden Enden: Zusammen mit den großen Kerzenständern, die überall verteilt waren, spendeten sie gedämpftes Licht. Zur Linken stand ein imposantes glänzendes Klavier; ganz in der Nähe befand sich ein weiterer Bartresen, der die Miniaturausgabe des anderen zu sein schien. Ein herrliches Jazzstück erfüllte den Raum und sorgte bei mir sogleich für eine wohlige Atmosphäre. Es klang total nach Sidney Bechet, zu dem ich an jenem Abend getanzt hatte, als ich Gatsby das erste und letzte Mal traf. Auch wenn ich nicht das gefunden hatte, wonach ich suchte, eroberte das Lokal mein Herz im Sturm.

»Hey, Giulio.«

Giulio Maria und ich drehten uns gleichzeitig um und erblickten seinen Freund Fernando, ein Dummschwätzer vor dem Herrn, den ich nicht ausstehen konnte.

»Hey, Ferra, wie geht's?«

Fernando erging sich in einen langen Vortrag über den Hausarrest, den er gerade hinter sich hatte, und wie sehr er sich gelangweilt hätte, den ganzen Tag nur vor der Glotze zu sitzen, und dass seine neununddreißigjährige Freundin den Arsch einer Zwanzigjährigen hat und allerlei anderes Gedöns. Schnell verabschiedete ich mich unter dem Vorwand, auf die Toilette zu müssen. Ich erfrischte mein Gesicht, ließ mir Wasser über die Handgelenke laufen und musste plötzlich an das

Damen-WC in der Raststätte und an den merkwürdigen Jungen denken.

Monster kann man besiegen. Auch wenn sie einem Angst machen. Sie können dir nur wehtun, wenn du dich vor ihnen fürchtest und du alleine bist. Wenn du ihnen direkt ins Auge siehst und ihnen zeigst, dass du keine Angst hast, können sie dir nichts antun. Und wenn du Freunde hast, dann bist du nicht alleine.

In dem Moment war mir gar nicht aufgefallen, wie sehr er mir damit geholfen hatte und dass ich mich, inspiriert von seiner emotionalen Ansprache, Carolina anvertraut hatte. Im Geiste nahm ich ihn in die Liste der Menschen auf, bei denen ich mich bedanken musste. Diese Liste wurde mit jedem Tag länger, und ich war mir durchaus bewusst, welches Glück ich hatte. Oft empfand ich große Dankbarkeit, und das war gut so.

Als ich zurückkehrte, textete Fernando den leidgeprüften Giulio immer noch zu.

Ich hatte keine Lust, mir sein Gejammer anzuhören, aber ich wollte mich auch nicht allein an einen der langen Tische im Raum setzen.

Während im Hintergrund hervorragender Jazz spielt, sitzen wir an einem langen Tisch, der eigentlich viel zu groß für uns zwei ist, und lachen uns kaputt.

Ich setzte mich auf den Barhocker an der Minibar neben dem Klavier und holte meinen Terminkalender heraus. Übermorgen stand ein Radiointerview mit Radio 1 um sechs Uhr morgens an, und ich musste daran denken, den Wecker meines Handys auf Viertel vor sechs zu stellen, sobald ich es wiederbekam. Bestimmt hätte ich eine supersexy Stimme um die Zeit!

Noch wichtiger, der Lektor, der mich nach meinem Fernsehauftritt bei der Rai kontaktiert hatte, würde aus Mailand vorbeikommen und mich nachmittags in der Buchhandlung besuchen. Ich war unheimlich aufgeregt, schließlich wusste ich nicht, was mich erwarten würde.

Nachdem ich minutenlang in meinem Kalender geblättert hatte – ohne ein Smartphone wurde jedes Warten lang –, bemerkte ich zu meiner Rechten ein kleines Bücherregal. Natürlich musste ich sofort einen Blick darauf werfen, also rutschte ich vom Hocker herunter und steuerte auf das Regal zu, das eindeutig nach Bookcrossing aussah. Ich ging die Titel einzeln durch, bis ich auf eins stieß, das mit meinem Wanderbuch-Sticker versehen war. Es war eine alte Ausgabe von *Emma* von Jane Austen, die ich mal für ein paar Groschen bei einem Trödler erstanden hatte. Ein Buch, an dem ich sehr hing, denn es war das erste gewesen, das ich aus der Schulbibliothek ausgeliehen hatte. Eigentlich hatte ich *Un amore* von Dino Buzzati lesen wollen, aber meine Lehrerin hatte es für viel zu skandalträchtig für mein Alter gehalten. Ich nahm das Buch aus dem Regal und setzte mich wieder an den Tresen. Ich fing an zu lesen und reiste gedanklich von den USA zur Zeit der Prohibition in das England des neunzehnten Jahrhunderts.

Emma Woodhouse, schön, klug und reich, mit einem behaglichen Heim und einer glücklichen Veranlagung, schien einige der besten Segnungen des Lebens in sich zu vereinen, und es hatte in den fast einundzwanzig Jahren, die sie auf der Welt war, nur sehr wenig gegeben, das sie beunruhigt oder betrübt hätte.

Meine Lektüre wurde von einem Blatt Papier unterbrochen, das sich plötzlich über die Buchseite schob und auf das ein Profil skizziert war. Nach einigen Sekunden bemerkte ich, dass es sich um mein Profil handelte. Ich hatte es nicht sofort erkannt, denn das auf der Zeichnung war zwar ich, aber im Look der Zwanzigerjahre. Meine schulterlangen Haare, die ich offen trug mit einem halblangen, in der Mitte leicht gescheitelten Pony, wellten sich sanft. Zudem trug ich eine Art Stirnband mit einer Feder. Verdutzt sah ich hoch und stand einem hübschen Mädchen mit wachem Blick gegenüber.

»Hallo.«

»Hallo, hast du das gezeichnet?« Ich deutete auf die Skizze.

Das Mädchen nickte heftig.

»Kompliment, du bist eine wahre Künstlerin.«

»Nicht wirklich«, antwortete sie und betrachtete lakonisch das Klavier zu unserer Linken. »Möchtest du etwas trinken?«

»Eigentlich warte ich auf einen Freund.«

»Nur ein Freund?« Sie zwinkerte mir zu.

»Ja, zum Glück. Wir streiten uns alle fünf Minuten.«

»Kenn ich, so einen Freund habe ich auch. Bist du das erste Mal hier?«

»Ja, aber es ist so schön, dass ich mich sofort in den Laden verliebt habe. Ich komme bestimmt wieder. Arbeitest du hier schon lange als Barkeeperin?«

Sie sah mich mit ihren Rehaugen an, als hätte ich soeben verkündet, dass Aliens auf der Erde gelandet sind und Lambada tanzen.

»Ich bin doch keine Barkeeperin.«

»Oh Gott, sorry.«

Nun, da ich sie genauer betrachtete, bemerkte ich, dass sie auch gar keine Schürze trug, aber dennoch kostümiert war.

»Ich bin als Portraitzeichnerin hier, und ab und zu schenke ich jemandem ein Glas ein, aber von Beruf bin ich Wedding Planner.«

»Wow, also eine professionelle Hochzeitsplanerin.«

»Ganz genau.«

»Und was passiert mit den Portraits, die du von den Gästen zeichnest?«

Sie breitete die Arme großzügig aus.

»Du brauchst dich nur umschauen, sie hängen überall an den Wänden.«

Sie nahm mir das Portrait wieder aus der Hand.

»Bist du verheiratet?«, fragte sie, während sie die Zeichnung um einige Details ergänzte.

»Nein, dazu fehlt mir der Mann.«

»Wenn du Hilfe brauchst, sag Bescheid. Abgesehen davon, dass ich Hochzeiten organisiere, sorge ich auch für die idealen Voraussetzungen, damit diese zustande kommen. Und falls alles nichts nützt, kann ich dir immer noch hervorragenden Gin anbieten«, sagte sie und zwinkerte mir erneut zu.

Sie stützte sich auf den Tresen und nippte an einem Glas mit einer durchsichtigen Flüssigkeit, das gut und gern Hochprozentiges enthalten mochte.

Ich hoffte nur, dass sie nicht puren Gin hinunterkippte, denn bei ihrer zierlichen Figur würde sie sonst innerhalb kürzester Zeit unter dem Tresen liegen.

Ich schenkte ihr ein Lächeln und begann mich umzusehen. Meine Suche im Ordner mit den Passkopien war zwar im Sand verlaufen, aber das hieß nicht, dass mir das Glück nicht hold sein und Gatsby mir höchstpersönlich über den Weg laufen konnte.

»Du suchst gar keinen erstklassigen Gin, du suchst etwas anderes, stimmt's?«

»In gewisser Weise ja.«

Ich bemerkte, dass Fernando sich allmählich verabschiedete und der Zeitpunkt gekommen war, mich wieder zu Giulio zu gesellen und unseren Abend fortzusetzen.

»Danke dir«, sagte ich zu dem Mädchen. »Ich geh wieder zu meinem Kumpel rüber, der sich endlich loseisen konnte. Kann ich in zehn Minuten wiederkommen und einen Blick auf das fertige Portrait werfen?«

»Gerne. Du weißt ja, wo du mich findest.«

In dem Moment hörte ich lautes Gepolter, und als ich mich umdrehte, sah ich wie in Zeitlupe, wie sich Fernando mit wutverzerrtem Gesicht auf einen anderen Mann stürzte, der kleiner als er war und ein zu eng sitzendes lila Hemd trug. Der Knirps war allerdings flinker als er und schlug ihm mit der Faust in die Rippen.

Daraufhin brach die Hölle los. Giulio Maria versuchte, die beiden Streithähne zu trennen, aber Fernando wich ihm aus und warf sich mit seinem ganzen Gewicht wie beim Tackling im Rugby auf den Mann, der ihn soeben geschlagen hatte. Dann streckte er ihn auf einem der langen Tische nieder, an den ich mich noch kurz vorher für einen entspannten Drink hatte setzen wollen. Im Nullkommanichts tauchten drei bullige Typen auf, die wirklich wie der Gorilla in *Falsches Spiel mit Roger Rabbit* aussahen. Sie ergriffen Fernando, den Mann im lila Hemd, der laut schimpfte und fluchte, sowie Giulio Maria, dessen einziges Vergehen darin bestanden hatte zu versuchen, zwischen den beiden zu schlichten.

»Nein, wartet, ich hab doch gar nichts gemacht.«

Ich hörte, wie er versuchte, ihnen die Situation zu erklären, doch die drei wollten davon nichts wissen und zerrten ihn Richtung Ausgang.

Ich musste zu ihm. Hastig folgte ich ihnen in den Flur und hatte bereits drei Viertel durchschritten, als etwas meine Aufmerksamkeit erregte. Wie angewurzelt blieb ich vor dem Portrait eines blonden Jungen mit blauen Augen stehen, der mich ansah. Ich ging so dicht heran, dass ich all die Bleistiftdetails ausmachen konnte, die diese Gesichtszüge so lebendig wirken ließen. Ich hatte so lange nach ihnen gesucht, dass ich sie nun, da sie mir direkt vor Augen standen, fast nicht wiedererkannte.

Es war Gatsby, gar kein Zweifel, ich hatte ihn gefunden. Ich musste sofort umkehren: Wenn ich auch nur die leiseste Chance haben wollte, etwas über ihn herauszufinden, musste ich das Mädchen an der Bar fragen. Giulio Maria würde bestimmt auf mich warten, und selbst wenn nicht, waren es nur fünf Minuten bis zu mir nach Hause. Ich nahm die Zeichnung von der Wand, wobei ich fast erwartete, die Barkeeperin/Künstlerin nicht mehr anzutreffen, doch zu meinem Glück stand sie noch immer hinterm Tresen und kritzelte in ihr Album.

»Entschuldige, kann ich dich etwas fragen?«

Sie sah vom Album hoch. »Klar, ich bin gleich mit deinem Portrait fertig, nur eine Minute noch.«

Mit einer wegwerfenden Geste bedeutete ich ihr, dass mich das Portrait von mir nicht die Bohne interessierte.

Stattdessen hielt ich ihr die Zeichnung unter die Nase, die ich aus dem Flur stibitzt hatte.

»Kennst du ihn?«

Mit ihren Rehaugen sah sie mich prüfend an, stützte eine Hand unters Kinn und betrachtete konzentriert das Bild.

»Ah ja, ich erinnere mich an ihn.«

Bingo! Ich hatte ihn gefunden.

»Kommt er öfter her?«

Sie schüttelte den Kopf.

»Nein, leider nicht. Ich erinnere mich bloß an ihn, weil er mir öfter über den Weg läuft, er wohnt in meiner Nähe.«

»Weißt du, wie er heißt?«

Sie kniff die Augen zusammen und konzentrierte sich noch mehr. Dann schüttelte sie den Kopf.

»Ist ja nicht so, als würde ich mit ihm rumhängen, der ist hundert Jahre jünger als ich! Er wohnt in einer Straße parallel zu meiner, Richtung Süden, in einem Haus auf der rechten Straßenseite. Tut mir leid, aber mehr weiß ich nicht.«

Hundert Jahre jünger als sie? Vielleicht meinte sie doch jemand anderen. Gatsby war ungefähr in meinem Alter, vielleicht ein paar Jahre älter, während die Barkeeperin/Künstlerin so um die fünfundzwanzig, höchstens achtundzwanzig Jahre alt war.

Ich beschrieb ihn ihr noch mal, aber sie bestätigte, dass sie genau denselben meinte.

»In Ordnung. Würdest du mir deine Adresse geben? Keine Sorge, ich werde dir nicht auflauern. Mir liegt nur sehr daran, diesen Typen zu finden.«

Das Mädchen holte hinter der Bar eine Serviette heraus und begann, in wunderschöner Handschrift etwas darauf zu notieren. Dann faltete sie sie zusammen und reichte sie mir. Ich öffnete sie, überflog schnell die Adresse und verstaute sie in meiner Tasche.

»Entschuldigen Sie, Signorina, aber ich muss Sie nach draußen begleiten. Ihr Freund wartet schon auf Sie.«

Einer der Gorillas, die Giulio Maria weggeschleift hatten, stand hinter mir und wartete darauf, dass ich ihm folgte.

»Ja, nur einen Moment«, antwortete ich und wandte mich an das Mädchen: »Vielen Dank. Du hast mir sehr geholfen. Treffe ich dich jeden Abend hier an?«

»Klar.«

»Prima, ich schulde dir noch einen vorzüglichen Gin.«

»Ich nehm dich beim Wort.«

Überwältigt von der Euphorie des Moments, umarmte ich sie fest. Anfangs war sie etwas steif, dann entspannte sie sich und erwiderte die Umarmung.

»Signorina?«

Ich drehte mich zu dem Türsteher um, der dicht hinter mir stand und mich fragend ansah.

»Gleich.«

Ich drehte mich ein letztes Mal zu meiner neuen Freundin um und winkte ihr zum Abschied zu, was sie mit der freien Hand, die nicht mein Portrait hielt, erwiderte.

Während ich durch den Flur hinaus eskortiert wurde, warf

ich einen letzten Blick auf das Portrait von Gatsby. Einen Moment lang lag etwas Merkwürdiges in diesem Bild. Ich ging langsamer, um es genauer in Augenschein zu nehmen.

»Ich glaube, Sie haben da etwas, das uns gehört«, sagte der Türsteher und konfiszierte das Portrait in meiner Hand.

Jetzt war ich auch noch eine Diebin, heute Abend hatte ich mich wirklich von meiner besten Seite gezeigt.

Am Ausgang händigte mir der Junge mit dem nach oben gezwirbelten Schnauzbart mein und Giulio Marias Handy aus, allerdings mit weit weniger wohlwollendem Blick als bei unserer Ankunft. Ob Vanessa ihm etwas von meinem Ausflug ins Archiv erzählt hatte? Egal, bei all den Gästen würde er sich bestimmt sowieso nicht an mein Gesicht erinnern, insofern konnte es mir egal sein.

Sobald ich rausging, kam mir Giulio Maria entgegen.

»Gehen wir, das ist heute echt nicht unser Abend. Ich hoffe, dir hat der Laden nicht gefallen, denn ich nehme an, wir haben für immer Hausverbot.«

»Ich weiß jetzt, wo Gatsby wohnt.«

In aller Kürze erzählte ich ihm von meiner Begegnung mit der Barkeeperin und was sie mir berichtet hatte.

»Bist du dir sicher, dass es wirklich er ist?«

»Ja, es war zwar nur eine Zeichnung, aber ich habe ihn wiedererkannt, und als ich ihn dem Mädchen beschrieben habe, hat sie bestätigt, dass es sich um ihn handelt.«

Plötzlich ergoss sich ein Schwall Wasser über unsere Köpfe.

»Was zum Henker ...«

Ich war pitschnass. Als ich hochsah, begegnete ich dem Blick einer Frau in Schlafanzug mit Hochsteckfrisur.

»Was fällt euch ein, so einen Lärm zu machen, ihr Arm-leuchter.«

Ich drehte mich zu Giulio Maria, der wie durch ein Wunder verschont geblieben war; er konnte beim besten Willen nicht ernst bleiben und lachte, bis ihm die Tränen herunter-liefen. An diesem Abend trug ich wie so oft meine legendären Clogs, in denen sich Pfützen gebildet hatten, einen weiß-grün gestreiften Rock, der nun an mir klebte wie der Schwanz einer Meerjungfrau, und eine weiße Bluse mit Mao-Kragen, die völ-lig durchsichtig geworden war.

Auch in meine Handtasche war ein wenig Wasser gelangt, und innerlich fluchend hoffte ich, dass die hauchdünne Ser-viette nicht nass geworden war. Ich konnte sie zwar nicht fin-den, aber ich hatte noch etwas anderes aus dem Romanow mitgenommen, ohne es zu merken. Die Wanderbuch-Aus-gabe von *Emma* war wie von Zauberhand in meine Tasche gewandert. Was soll's, war schließlich ohnehin mein Buch. Ich schlug die erste Seite auf und kritzelte die Adresse hinein, wie ich sie in Erinnerung hatte.

Dann hob ich den Blick zu Giulio Maria.

»Einmal mehr sitzt du buchstäblich in der Patsche.«

Er lachte sich noch immer schief.

»Na los, gehen wir heim. Ich glaube, das ist wirklich nicht unser Abend heute.«

»Du musst mich nicht heimfahren, die paar Meter gehe ich zu Fuß. Bis morgen früh.«

Ich gewährte Giulio einen flüchtigen Kuss auf die Wange und machte mich auf den Weg nach Hause.

Schakk. Schakk.

Meine Füße schmatzten in den nassen Schuhen, obwohl ich Füßlinge trug.

Es war ein fantastischer Abend gewesen, und obwohl ich am nächsten Tag früh rausmusste, wollte ich noch nicht nach Hause gehen.

Ich legte auf der Piazza Santo Spirito eine Pause ein und setzte mich auf eine Bank. In meiner durchnässten Tasche steckte noch immer das Manuskript von Rachele, und so zog ich es heraus, um es zu lesen, merkte aber, dass ich keine Lust dazu hatte. Nach dem ersten Kapitel hatte ich immer noch keine Zeit gefunden, das zweite zu lesen, konnte es sein, dass ich einfach eine miserable Freundin war?

Ich blickte auf meine kleine Armbanduhr, die mir mein Vater zum Uniabschluss geschenkt hatte, und stellte fest, dass es wirklich schon spät war. Das Plätschern des Brunnens hinter mir machte mich müde, auch wenn mich nach der ungebetenen kalten Dusche fröstelte.

Ich dachte über die unglaublichen Zufälle an diesem Abend nach und wie die Puzzleteile sich allmählich zusammenfügten. Ich musste an die Szene aus *Lolita* von Nabokov denken, als Charlotte Haze herausfindet, dass Humbert heimlich in ihre Tochter Dolores verliebt ist und sie nur geheiratet hat, um ihr nahe sein zu können. Alles scheint verloren, aber zack, Mutter Haze wird von einem Auto überfahren, und zwar just in dem Moment, in dem sie alles auffliegen lassen will. Das Schicksal verhöhnt uns gern, aber manchmal zwinkert es uns auch zu. Mit mir war es an diesem Abend sehr nachsichtig gewesen, und das trotz der peinlichen Aktionen von mir und dem armen Giulio Maria.

Es war Zeit, nach Hause zu gehen. Ich musste ein Interview führen, ein Geschenk abliefern, eine Freundschaft retten und eine Straße auskundschaften.

Man könnte sagen, ich war viel beschäftigt, aber auch vom Glück geküsst.

12

VON FEHLGELEITETEN LIEBESBEKUN-DUNGEN, ACHTSAMKEITSÜBUNGEN UND SICH ERFÜLLENDEN TRÄUMEN

Wenn ein Elefant sich verliebt, tut er alles, um auf sich aufmerksam zu machen.

DAVIDE CALÌ: *Wenn ein Elefant sich verliebt*

Am nächsten Tag

»Danke für die Einladung, hat mich gefreut.«

Um Viertel nach sechs Uhr morgens hatte ich mein Radio-interview hinter mich gebracht, und obwohl ich noch bis nachts um zwei in *Emma* gelesen und nur vier Stunden geschlafen hatte, war ich putzmunter. Frodo sah mich verstört vom Bett aus an, ich hatte sein morgendliches Schnurren durch ein – in seinen Augen völlig unnützes – Telefoninterview gestört. Durch den unteren Türspalt drang Licht herein, offenbar war ich nicht die Einzige, die in aller Herrgottsfrühe auf war in der Via del Campuccio. Ich stand auf und ging in unser Wohnzimmer mit offener Küche in der Hoffnung, Rachele vorzufinden, damit wir unseren Streit vom Vortag klären konnten. Stattdessen fand ich Carolina vor, die aufmerksam einige auf dem Tisch verstreute Blätter studierte.

»Guten Morgen.«

»Blu, bist du verrückt geworden? Was machst du um diese Uhrzeit schon auf?«

»Ich habe im Morgengrauen ein Radiointerview gegeben und kann nicht mehr einschlafen. Und was treibst du da?«

Hastig versteckte sie die Blätter, die vor ihr lagen. Ich versuchte etwas zu entziffern, aber sie war zu schnell.

»Ich lerne, ich habe heute eine Prüfung. Willst du Kaffee?«

Die unvermeidliche Frage, selbst beim ersten Sonnenstrahl.

»Nein, danke, ich frühstücke nachher. Ich muss dir unbedingt von gestern Abend erzählen.«

Ich schilderte ihr in groben Zügen, wie ich auf die Barkeeperin und die Zeichnung an der Wand gestoßen war.

»Bist du dir ganz sicher, dass es wirklich er ist?«

»Ja, klar. Ich suche ihn seit Monaten, ich kann mich gar nicht irren.«

Carolina war merkwürdig schweigsam.

»Was ist los, Caro?«

»Ich weiß auch nicht, irgendwie kommt mir diese ganze Sache spanisch vor. Wir leben im Jahr 2019, im Zeitalter des Internets, aber von diesem Typen fehlt jede Spur. Stattdessen entdeckst du ihn auf einer Zeichnung in einer Flüsterkneipe, und statt einer Handynummer, einer E-Mail-Adresse oder eines Profils in einem sozialen Netzwerk oder einfach eines Namens hast du was? Eine simple Adresse.«

Ihre Worte verunsicherten mich, normalerweise war Carolina die Optimistischste von uns.

Krampfhaft suchte ich nach etwas, das meine These stützte.

»Wenn man mal darüber nachdenkt, wäre ich ebenfalls nur ein Phantom, wenn man mich suchen würde, schließlich hatte ich auch nie ein Profil in den sozialen Medien. Aber immerhin wissen wir jetzt, wo er wohnt. Das ist doch gar nicht so übel, oder nicht?«

»Wenn du meinst.«

»Allerdings war ich verwundert über etwas, das das Mädchen in Bezug auf sein Alter gesagt hat.«

»Nämlich?«

»Sie war so fünfundzwanzig und meinte, er sei deutlich jünger als sie. Aber glaub mir, der Typ im Buchladen war mindestens fünfunddreißig. In altmodischer Kleidung wirkt man ja automatisch etwas älter, aber doch bestimmt keine fünfzehn Jahre. Außerdem könnte ich es mir nie verzeihen, wenn ich mich in einen Zwanzigjährigen verschossen hätte. Nicht, dass ich noch zur Cougar mutiere.«

»Ach komm, du weißt genau, wenn es eine Cougar in unserer WG gibt, die jüngere Typen aufreißt, dann bin das ich.« Carolina lächelte, und erst jetzt fielen mir ihre dunklen Augenringe auf.

»Caro, geht's dir gut? Entschuldige, wenn ich dir das so offen sage, aber du siehst etwas mitgenommen aus.«

»Ja, alles okay. Ich hab mich nur mit Bobo gezofft. Er hatte gestern Geburtstag und ich hatte mir überlegt, ihm seinen Lieblingskuchen zu schicken. Also habe ich seinem Mitbewohner geschrieben, ob er zu Hause die Stellung halten kann, um die Torte entgegenzunehmen, und Bobo hat sich fürchterlich aufgeregt, weil niemand von unserer Beziehung wissen darf. Er legt höchsten Wert auf Diskretion, das war mir schon klar. Aber sein Mitbewohner wusste von uns, insofern wüsste ich nicht, was daran falsch war.«

Na toll, da hatte sie sich wieder mal einen Deppen geangelt, der nicht nur feige war, sondern obendrein noch Verfolgungswahn hatte. Und wir hatten ihn für eine gute Wahl gehalten. Ich zog Versager magisch an, sie Arschlöcher.

»Caro, darf ich dir was sagen? Mir kommt es so vor, als ob Bobo, der tadellose Ritter in der schimmernden Rüstung, in Wirklichkeit nur ein Gockel in Alufolie ist. Ich an seiner Stelle hätte Luftsprünge gemacht vor Freude, das war schließlich eine total süße Idee von dir und überhaupt nicht übergriffig.«

»Ja ... ich weiß auch nicht. Eigentlich hatte ich ihn für ausgeglichen gehalten.«

»Ich auch, aber offenbar haben wir uns beide getäuscht. Vergiss den Typen, du verdienst was Besseres. Kuck dich an, du bist jung, schön und intelligent. Du kannst jeden haben, den du willst, du hast das ganze Leben doch noch vor dir.«

Sie lächelte bitter, stand auf, nahm ihre Espressotasse und die Blätter mit dem Lernstoff und ging zum Spülbecken.

»Da wäre ich mir nicht so sicher.« Ohne meine Antwort abzuwarten, fuhr sie fort: »Lass mir doch mal die Adresse da. Inzwischen finde ich die Geschichte selbst total spannend, vielleicht haben wir zu zweit bessere Chancen, ihn ausfindig zu machen.«

»Okay, ich leg dir einen Zettel auf den Tisch.«

»Hast du ein Foto von der Zeichnung gemacht? Denn nur anhand deiner Beschreibung weiß ich nicht, ob ich ihn wiedererkenne.«

»Schön wär's, die nehmen einem am Eingang die Handys weg, damit man keine Fotos von dem Lokal postet.«

»Klingt jedenfalls nach 'ner echt coolen Location, da müssen wir unbedingt mal abends hin.«

»Ähm, ich glaube, da kann ich erst wieder hin, wenn etwas Gras über die Sache gewachsen ist.«

Ich erzählte ihr von meiner peinlichen Aktion mit Vanessa und dem Handgemenge mit Giulio Maria.

»Oh Gott, das klingt ja nach einem echt aufregenden Abend. Das freut mich, immerhin lenkt dich das mal von der Arbeit ab. Du arbeitest zu viel, ist dir das bewusst?«

»Ja, ich weiß. Aber was soll ich machen?«

»Zum Beispiel eine Aushilfe für den Laden einstellen? So musst du nicht jeden Tag zwölf Stunden am Stück schuften.«

»Ich möchte mich nicht übernehmen, indem ich jemanden einstelle.«

»Aber mit Burn-out in der Klinik landen ist die bessere Alternative, oder was? Versprich mir, dass du noch heute anfängst, jemanden zu suchen, der dich unterstützt.«

»Ich schau mal, was sich machen lässt.«

»Tu es einfach.«

Sie klang so bestimmt, dass ich nicht wagte zu widersprechen, also nickte ich und kehrte schnell in mein Zimmer zurück.

Wie versprochen notierte ich Straße und Hausnummer auf einen Notizzettel und legte ihn gut sichtbar auf den Wohnzimmertisch. Es war zwar erst sieben, aber ich verspürte noch immer keine Müdigkeit nach der kurzen Nacht; umso besser: Dann würde ich in aller Ruhe darauf warten, dass Rachele aufstand, damit wir reden konnten.

Ich beschloss, mich anzuziehen. Was inzwischen gar keine so leichte Aufgabe mehr war, und so brachte ich eine gute halbe Stunde vor dem Kleiderschrank zu. Meine Kleidungsstücke blickten mir ungerührt von ihren Kleiderbügeln entgegen, wo sie in Reih und Glied hingen. Die knallpinke Jeans in Größe achtunddreißig schien vor sich hin zu grinsen. Ich zog sie an, blieb aber auf Beckenhöhe stecken. Hm, wenn ich vorhatte, ein einbeiniger Flamingo zu werden, würde mir diese Hose sogar stehen. Betrübt hängte ich sie zurück und ließ den Blick schweifen auf der Suche nach etwas Brauchbarem. Ich nahm eine andere Jeans heraus und versuchte hineinzuschlüpfen, aber sie war dermaßen eng, dass ich aussah wie eine Mortadella in der Pelle. Beim Hinsetzen hätte die reale Gefahr bestanden, dass der Knopf abspringt und einen meiner Kunden ernstlich verletzt. Also entschied ich mich für den Rock, der ebenfalls eng saß, aber wenn ich ihn bis zur Taille hochzog, ging es. Noch ein, zwei Kilo und ich würde ihn mir bis unter die Achseln ziehen müssen. Mit Grauen dachte ich an die Zeit, wenn es warm genug wäre, um kurzärmelige Tops zu tragen. Oder noch schlimmer, Kleider. Bis dahin musste ich wenigstens ein bisschen Farbe abbekommen, damit ich nicht aussehen würde wie Zizzona von Battipaglia, ein köstlicher Mozzarella, aber eben auch ziemlich käsig von der Erscheinung her. Wenn ich noch ein, zwei Kilo zunehmen würde, würde ich nicht nur den Rock unter den Achseln tragen, sondern auch dasselbe Schicksal erleiden wie Sängerin Mina, die seinerzeit beschloss, sich nicht mehr in der Öffentlichkeit zu zeigen. Ich musste ins Bad und mich wiegen, der Schock würde mich bestimmt dazu bewegen, eine Diät einzulegen. Seit Wochen mied ich die Waage mit derselben Sorgfalt, wie man jemanden mied, den man nicht auf der Straße grüßen wollte. Und Gott sei Dank gehörte die Waage zu jenen, die ihrerseits so taten, als hätten sie dich nicht gesehen.

Gepriesen seien sie in Ewigkeit.

Mit diesen düsteren Gedanken und Klamotten in Übergröße unter dem Arm stapfte ich zum Bad.

Gedankenversunken, in Träumen schwelgend von gesunden Snacks mit frischem Obst, die ich glücklich lächelnd, dankbar und satt verspeisen würde, drückte ich, ohne vorher zu klopfen, die Klinke der Badtür herunter.

Sery saß auf dem zugeklappten Klodeckel und aß ein Salamibrötchen. Genauer gesagt, mit Salami und Schinken. Das erste Mal, dass ich sie dabei gesehen hatte, wie sie zwei verschiedene Wurstsorten kombiniert aß, war ich entsetzt gewesen, aber mit der Zeit hatte ich mich an ihre seltsamen Essgewohnheiten gewöhnt.

»Sery, entschuldige mal, aber wieso isst du im Bad?«

Sery hatte ihr ganz eigenes Diätkonzept. Die ersten drei Tage, die sie bei uns wohnte, hatte sie folgende recht ungewöhnliche Ernährungsgewohnheit gepflegt: zum Frühstück Kaffee; zum Mittagessen ein Teller puren Rucola und dann nichts mehr bis zum Abendessen. Auch wenn ihre Figur keinen Grund zur Sorge bot, sie könne in die Magersucht abrutschen, war ich beunruhigt gewesen und hatte Carolina daraufhin angesprochen, die mir jedoch versicherte, dass Sery sehr wohl aß, und zwar mit Appetit. Und wirklich, an jenem Abend hatte sie sich Pommes und öligen Thunfisch reingepfiffen, alles großzügig garniert mit massenhaft Mayonnaise. Nachdem sie den ganzen Tag gefastet hatte, war sie offenbar überzeugt, abends reinhauen zu können wie ein Scheunendrescher. Von allen Frauen, mit denen ich je zu Tisch gesessen hatte, war sie mit Abstand die, die die größten Mengen in sich hineinschaufeln konnte. Einmal, als sie aus Apulien zurückkam, hatte sie es geschafft, ein halbes Kilo Spaghetti mit Meeresfrüchten und eine ganze Pizza zu essen. Und ich schwöre euch, wenn ich es nicht mit eigenen Augen gesehen hätte, würde ich es nicht glauben.

»Ich frühstücke«, entgegnete sie verdattert, als ob es das Normalste der Welt wäre, morgens um sieben auf der Toilette ein belegtes Brötchen zu verdrücken.

»Ah, okay. Darf ich mal ins Bad?«

Achselzuckend erhob sie sich äußerst langsam und widerwillig von der Schüssel. Mit ihren glatten schwarzen Haaren, Resultat stundenlanger Mühen mit dem Glätteisen, schlurfte sie an mir vorüber.

Sie war schon fast draußen, als sie sich abrupt umdrehte.

»Ich hab gehört, du hast die Adresse von Gatsby.«

Dieses Mädchen hatte wirklich Ohren wie ein Luchs. Egal, mit wem man in dieser WG ein Gespräch führte, man konnte sich sicher sein, dass sie es aufschnappen würde.

»Ja, ich habe ein Mädchen getroffen, das in seiner Nähe wohnt, von ihr habe ich die Adresse, wo er ungefähr wohnt.«

Ihr Blick schweifte über die Regale voller Cremes, Haarkuren, Shampoos und all dem Kram, den man bei fünf Mädels erwarten konnte.

»Dieser Fall ist so knifflig, dass nicht mal Miss Marple ihn lösen könnte. Da glaube ich kaum, dass du es schaffst. Deine Hinweise sind viel zu vage. Denk dran, erst drei Indizien ergeben einen Beweis.«

Wow, heute Morgen schien ja wirklich Optimismus in der Via del Campuccio zu herrschen.

»Danke, Sery, darauf wurde ich bereits hingewiesen.«

»Kein Problem«, antwortete sie, die offenbar die Ironie in meiner Stimme nicht im Geringsten bemerkt hatte.

Sie war fast draußen, als mir einfiel, dass auch ich eine Frage an sie hatte.

»Sag mal, ist mit Carolina alles in Ordnung? Irgendwie hat sie heute Morgen seltsam auf mich gewirkt.«

Sie dachte einen Moment darüber nach und antwortete dann: »Glaub schon.«

»Würdest du mir einen Gefallen tun, ohne es ihr zu sagen?«

Sery war sofort misstrauisch.

»Kommt darauf an, was.«

»Würdest du deine Mutter fragen, ob sie von etwas weiß, das Carolina Sorgen machen könnte?«

Sie dachte kurz darüber nach, dann antwortete sie wenig überzeugt: »Na gut, aber ich glaube kaum, dass Mama etwas weiß, was wir nicht wissen.«

»Tu mir einfach den Gefallen. Ach, und das bleibt natürlich unter uns.«

Sie machte eine Geste, als ob sie die Lippen mit einem Reißverschluss zuziehen würde, und verließ das Bad mit ihrem angekauten Brötchen, das in eine Serviette eingewickelt war – oder war es Klopapier? In diesem Haushalt waren Küchentücher, Servietten und Klopapier oft kaum voneinander zu unterscheiden, das kam immer darauf an, was zuerst alle war. Wenn die Küchenpapierrolle als Klopapier herhalten musste, war das nie sonderlich angenehm.

In meiner Morgenmanteltasche vibrierte mein Handy.

Es war eine Nachricht von Mia: Am Vorabend hatte ich ihr geschrieben, dass ich ihr etwas erzählen musste, ohne auch nur im Entferntesten den Besuch ihres Psycho-Ex anzudeuten, und hatte sie gefragt, ob sie heute im Laden vorbeikommen könnte. Nun schrieb sie, dass sie da wäre, sobald der Laden aufmachte.

Ich blickte auf die Uhr und stellte fest, dass ich, wie man in Florenz sagte, den Nardi gemacht hatte und zuerst überpünktlich und nun spät dran war. Ich musste unbedingt vor Mia da sein, um noch Giulios Geschenk für sie einzupacken und ihr zu überreichen, in der Hoffnung, dass alles nach Plan liefe und mein guter Barista-Kumpel heut Abend ein Date klarmachen konnte.

»Tut mir leid, du Liebe, aber wir treffen uns ein anderes Mal«, sagte ich zur Waage und warf ihr eine Kusshand zu, während ich unter die Dusche sprang.

Anschließend radelte ich mit einer Energie, die mir gar nicht ähnlich sah, zur Buchhandlung, wo ich rechtzeitig eintraf, um alles zu erledigen. Als ich völlig verschwitzt ankam, wartete Giulio bereits sichtlich aufgeregt vor der Tür auf mich.

»Und, hast du Mia geschrieben?«

»Ja.«

»Und? Was hat sie gesagt?«

»Dass sie gleich morgens vorbeikommt.«

Seine Augen schnellten in alle Richtungen.

»So früh? Ich bin noch nicht bereit.«

Ich versuchte mein Rad abzuschließen, doch Giulio hatte mich mit seiner Nervosität angesteckt, und so versuchte ich vergeblich, den Schlüssel ins Schloss zu stecken. Sichtlich ungehalten hob ich den Kopf.

»Nerv nicht, früher oder später spielt doch keine Rolle. Der Plan ist wie folgt: Ich gebe ihr das Geschenk, und wenn alles gut läuft, lädst du sie heute Abend zum Essen ein. So einfach ist das. Ich geh jetzt rüber, das Buch einpacken.«

Vor lauter Panik ging er wortlos wieder in die Bar und begann, den bereits sauberen Tresen blitzblank zu putzen.

Nachdem ich eilig sämtliche Handgriffe bei Öffnung des Ladens getan hatte, schnappte ich mir *Wenn ein Elefant sich verliebt* aus dem Regal und begann, das Buch einzupacken. In meiner Tasche wartete auch mein Geschenk für sie, eine Kette mit einem Bronzeanhänger in Form eines Fischs, der von einer talentierten lokalen Künstlerin von Hand gefertigt worden war. Er hatte ein Vermögen gekostet, aber ich hatte beschlossen, dass sie ihn sich verdient hatte nach all den Stunden, die sie gratis meine Social-Media-Kanäle bespielt und mich im Laden vertreten hatte, wenn Not am Mann war.

Ich war gerade damit fertig, die Schleife anzubringen, als Mia die Buchhandlung betrat. Perfektes Timing.

Beim Hereinkommen empfing ich sie mit Applaus und hysterischen Jubelrufen, die sie zum Lachen brachten.

»Da ist ja meine Lieblings-Social-Media-Managerin! Alles, alles Gute auch meinen Lieblingsbrüsten!«

Mia, die an diesem Tag achtundzwanzig Jahre alt wurde, sah strahlend jung aus in ihrem T-Shirt mit Blumenmotiv, das ihren Mordsbusen gerade so zusammenhielt. Wie vermutlich alle Frauen mit kleinen Brüsten besaß ich eine Art Faszination für große Brüste und ertappte mich oft dabei, wie ich verzückt ihre betrachtete. Wie gern hätte auch ich einen Vorbau gehabt, der selbst Pamela Anderson in *Baywatch* neidisch gemacht hätte. Der Vorspann, in dem sie mit hüpfenden Titten den Strand entlangrennt, hatte meine Kindheit nachhaltig geprägt.

»Danke, du bist echt doof«, sagte sie und umarmte mich.

Am besten, ich sprach direkt das heikle Thema an und berichtete ihr von der Begegnung mit ihrem Ex. Ich beschloss, das schnell hinter mich zu bringen, auch aus Sorge, ihr damit die Laune zu verderben.

»Bevor wir zu den Geschenken kommen, wollte ich dir etwas erzählen, was mir gestern passiert ist und dich hoffentlich nicht allzu sehr mitnimmt.«

Von allen Möglichkeiten, wie ich das Thema einleiten konnte, hatte ich die denkbar schlechteste gewählt. Sofort sah sie alarmiert aus.

»Worum geht's?«

»Keine Sorge, nichts Schlimmes. Ich nenne dir einfach mal einen Namen, mal sehen, was du damit anfangen kannst.«

Auf dem Computer suchte ich nach der Datei, die die Namen der Kunden mit einer Treuekarte enthielt.

»Kennst du einen gewissen …« Ich begann mit der Maus die Zellen entlangzufahren. »Sebastiano Traini?«

Allein als sie den Namen hörte, änderte sich ihr Gesichtsausdruck schlagartig. Meine Befürchtung, dass es eine schlechte Idee gewesen war, ihr ausgerechnet heute davon zu erzählen, wurde zur Gewissheit.

»Was will der denn hier?«, fragte sie, wobei man sagen muss, dass sie es eher zischend hervorstieß. Noch nie hatte ich sie in diesem Tonfall reden hören.

Kurz und knapp berichtete ich ihr, wie er die Bücher von De Silva kategorisch abgelehnt und mich ausgefragt hatte, wobei ich die mitleiderregendsten Äußerungen wegließ. Immerhin war ich kurz davor, ihr die Liebeserklärung von Giulio Maria zu überreichen, und wollte sie nicht weiter verärgern. Auch wenn es dafür bereits zu spät war: Wann würde ich endlich mal lernen, meine Klappe zu halten?

Am Ende meines Berichts hatten sich ihre Augen zu Schlitzen verengt, und ich konnte mir nur nickend anhören, wie sich aus ihrem Mund ein Schwall an Beleidigungen ergoss. Als sie sich abreagiert hatte, versuchte ich sie aufzuheitern, indem ich ihr vom Romanow und meinen Observationsplänen rund um Gatsbys Haus erzählte. Augenblicklich leuchteten ihre Augen auf, kein Wunder, jeder, der Klatsch und Tratsch liebte, wäre angesichts dieser Verfolgungsjagd begeistert gewesen.

»Du kannst auf meine Hilfe zählen, ich liebe solche Geschichten.«

Das Ablenkungsmanöver hatte offenbar funktioniert, Mia war wieder ganz die Alte.

»Heute Abend nach Ladenschluss wollte ich schon mal einen ersten Kontrollgang machen.«

»Heute Abend kann ich leider nicht, meine Mitbewohnerinnen haben eine Überraschungsparty für mich organisiert.«

257

Ihre Reaktion war so impulsiv, dass es den Eindruck machte, als hätte sie sich diese Ausrede eben erst ausgedacht, aber ich hatte ohnehin vorgehabt, allein zu gehen. Allerdings war damit mein perfekter Plan dahin, nach dem Giulio Maria und sie heute ein romantisches Abendessen verbracht hätten.

»Kein Problem, ich muss sowieso erst mal eine erste Runde allein drehen, um das Terrain zu sondieren.«

Es entstand ein Moment der Stille, und ich beschloss, dass der große Moment gekommen war.

Ich zog die zwei Päckchen unter dem Tresen hervor.

»Ta-daaa! Alles Gute, liebes Geburtstagskind.«

Sie lächelte wie ein Honigkuchenpferd und hopste vergnügt.

»Gleich zwei Geschenke? Blu, das wäre doch nicht nötig gewesen!«

»Eins ist von mir und eins von Giulio Maria. Mal sehen, ob du errätst, welches von wem stammt«, sagte ich und zwinkerte ihr schelmisch zu.

Kichernd begann sie die Schleife aufzumachen, die die Liebeserklärung unseres gemeinsamen Freunds zusammenhielt.

Vielleicht sollte ich eine Erklärung vorausschicken, damit sie sich nicht nur das Cover ansah.

»Also, ich möchte noch vorwegsagen, dass du den gesamten Text lesen solltest, bevor du deine Schlussfolgerung ziehst, und auch den Beipackzettel, der erklärt es näher.«

Sie hatte gerade angefangen, das Papier abzuziehen, als sie das Buch einen Moment ablegte und mich ernst ansah.

»Ich muss dir was gestehen: Heute Abend gibt es gar keine Überraschungsparty, ich habe ein Date mit Neri Venuti. An dem Abend seiner Buchpräsentation haben wir Nummern ausgetauscht und uns von da an Nachrichten geschrieben und bestimmt schon Dutzende Male getroffen. Ich glaub, ich bin in ihn verliebt.«

Mist.

Mist, verdammter.

Nicht nur hatte sich diese Unglückselige in Neri Venuti verliebt, den ich ihr überhaupt erst vorgestellt hatte, sondern ich hatte ihr gerade auch Giulios Liebeserklärung ausgehändigt, der mich zweifelsohne umbringen, häuten, in Salz einlegen und an der Decke aufhängen würde wie einen Schinken zum Reifen. Die Idee mit dem Buch, dem Geständnis, dem Elefanten und dem Cheesecake war komplett auf meinem Mist gewachsen. Beziehungsweise auf meiner offenbar mistigen weiblichen Intuition.

Mir fehlten die Worte, während Mia mich mit ihrem hoffnungsvollen Blick drängte. Ich musste etwas antworten, stammelte aber nur zusammenhangslos vor mich hin.

»V-verliebt? W-wie genau hab ich das zu verstehen?«

Schnaubend verdrehte sie die Augen.

»Was ist denn das für eine Frage, Blu. Wie viele Bedeutungen von ›verliebt‹ kennst du genau?«

Stimmt, es gab nur eine.

Und jetzt? Was konnte ich fragen, um den Ernst der Lage abzuschätzen?

»Aber habt ihr … rumgemacht?«

Mia sah mich ungläubig an, wahrscheinlich dachte sie, ich müsse mir an diesem Morgen irgendwo den Kopf angestoßen haben. Meine Fragen waren objektiv gesehen unangebracht.

»Ich bin achtundzwanzig und alt genug, meinst du nicht? Auch wenn ich zugeben muss, dass der Funke noch nicht übergesprungen ist.«

Ich stieß einen erleichterten Seufzer aus.

Vielleicht war Neri Venuti gar nicht so perfekt, und Mia würde im Laufe der Zeit das Interesse verlieren. Aber das Konzept »im Laufe der Zeit« biss sich mit dem Versprechen, das ich Giulio Maria gegeben hatte, ihm in einer halben Stunde konkrete Ergebnisse zu liefern.

Am Vorabend hatte ich seine Wut nur im Zaum halten können durch die Aussicht auf ein Date mit Mia. Aber nichts lief wie geplant. In Wirklichkeit war in meinem Leben noch nie irgendwas nach Plan verlaufen.

Glückwunsch, Blu, das hast du wie immer großartig hingekriegt.

Mia beendete das Thema und nahm erneut das Buch zur Hand: »Genug gefragt. In Wirklichkeit kann ich unser Verhältnis selbst noch nicht so richtig definieren, aber wenn es so weit ist, erzähle ich dir mehr.«

Sie fuhr damit fort, das Papier aufzureißen, und Sekunden später hielt sie das Buch mit dem Elefanten auf dem Cover in der Hand. Auf dem Beipackzettel stand: »Bewusstmachungs-Bonbons bei heimlicher Liebe«.

Perplex sah sie mich an, während sie das Buch durchblätterte und ich geistig den Text rezitierte, den ich inzwischen auswendig kannte.

Es entstand eine lange Pause, in der Mia den Klappentext las.

»Ah, wie schön, eine Liebeserklärung nach allen Regeln der

Kunst.« Verschämtes Lachen. »Sieh nur, wie herzallerliebst dieser Elefant ist. Süß, herzallerliebst…«

Zutiefst beschämt wusste sie nicht mehr, was sie sagen sollte. Keine Ahnung, was ich mir einfallen lassen würde, aber nachdem sie die Bombe mit Neri Venuti hatte platzen lassen, konnte ich ihr unmöglich die Wahrheit sagen.

»Blu, aber hat Giulio Maria…?«

»Was? Nein! Das Buch ist von mir«, sagte ich mit einer solchen Heftigkeit, dass sie wie erstarrt schien.

Das war das Erste, was mir einfiel, auch wenn es natürlich überhaupt keinen Sinn ergab, dass ich ihr ein solches Buch schenken würde.

Ihr beschämter Gesichtsausdruck wich nun größtem Unbehagen.

»Blu, entschuldige«, sagte Mia, deren Wangen sich knallrot färbten, »offenbar hatte ich da was missverstanden. Ich wusste nicht, dass du… vor allem nach der Geschichte mit dem Buch und Dimitri und so. Mir war nicht klar gewesen, dass du… Das bringt mich jetzt ein wenig in Verlegenheit.«

Während sie sprach, verschränkte sie die Arme, wie um ihre Brüste vor meinem Blick zu verbergen.

Oh Gott, glaubte sie etwa, dass ich sie anmachte?

»Ach so, nein«, sagte ich ironisch, um dem Ganzen die Dramatik zu nehmen, »nicht im Sinn von: Ich liebe dich.«

Bei den Worten »Ich liebe dich« stand ihr Entsetzen ins Gesicht geschrieben.

Wie immer hatte ich die Situation nur noch schlimmer gemacht. Erst der Witz über ihre Brüste, dann die No-Go-Fragen zu Neri Venuti und ihrem Sexleben, und jetzt auch noch mein Liebesgeständnis; kein Wunder, dass sie mich missverstand.

»Warte, ich habe mich falsch ausgedrückt«, sagte ich und bedeutete ihr gestikulierend, dass da ein großes Missverständnis vorlag. »Damit wollte ich einfach meine Zuneigung zu dir zum Ausdruck bringen. Im Sinn von: Ich wollte mich für alles bedanken, was du für mich getan hast. Ohne dich hätte ich nie die anfängliche Flut an Anfragen für Interviews, Veranstaltungen et cetera bewältigen können. Die Botschaft meines Geschenks lautet einfach: Danke, ich hab dich gern, du bist ein wunderbarer Mensch, in den man sich nur verlieben kann.«

Ich legte die Handflächen aneinander und machte eine kurze Verbeugung auf japanische Art, in der Hoffnung, dass sie mir meine improvisierte Rechtfertigung abkaufte.

Mia war noch immer perplex, aber die Aufrichtigkeit, mit der ich meine Gründe vorgetragen hatte, überzeugte sie.

»Oh Mann, du hast mir einen Schrecken eingejagt«, sagte sie mit einem erleichterten Seufzer, »ich dachte schon, du würdest gleich versuchen, mich zu küssen.«

Bei der Vorstellung daran brachen wir beide in schallendes Gelächter aus.

Kopfschüttelnd und weiterhin lachend griff sie zum zweiten Geschenk.

»Dann mach ich jetzt das auf, aber ich schwöre dir, wenn da ein Verlobungsring drin ist, renne ich schreiend davon.«

Sie packte das Geschenk aus, das ursprünglich meins für sie gewesen war, und zog den bronzenen Fischanhänger heraus.

»Aber das ist ja der aus Pesci Che Volano! Er ist wunderschön, den hab ich mir schon lange gewünscht! Aber woher weiß Giulio davon?«

»Tja, da muss ihn wohl jemand gut beraten haben«, sagte ich und deutete auf mich.

»Wie toll! Ich geh gleich rüber, um mich zu bedanken. Willst du einen Kaffee?«

Mia wandte sich dem Ausgang der Buchhandlung zu. Ich musste sie aufhalten, bevor sie Giulio Maria traf, der natürlich nichts von dem vertauschten Geschenk ahnte. Er würde glauben, dass Mias Begeisterung sich auf seine Liebeserklärung bezog.

Kleine Notiz an mich fürs nächste Mal: Blu, kümmere dich um deinen eigenen Scheiß. Am besten ich tätowierte mir das direkt über meine buschigen Augenbrauen auf die Stirn, damit ich es nicht mehr vergaß. Mein Bedürfnis, gemocht zu werden und es allen recht zu machen, brachte mich immer wieder in Teufels Küche. Die Ereignisse der letzten Monate zeigten dies anschaulich. Ich musste endlich die hohe Kunst der Achtsamkeit erlernen, das heißt, meine Haltung ruhig und sachlich vertreten und damit klarkommen, dass ich nicht allen gefallen konnte.

In diesem Fall wäre das nicht so einfach: Ich hätte Mia die Wahrheit sagen und jegliche unangenehme Situation vermeiden können, aber dann hätte ich das Vertrauen missbraucht, das Giulio Maria mir entgegenbrachte. Und das konnte ich nicht, das hätte ihn zu sehr verletzt.

Also beschloss ich, mir weiterhin etwas aus den Fingern zu saugen, auch wenn es immer schwieriger wurde.

»Nein, geh nicht.«

»Äh, und wieso?«

Tja, gute Frage, wieso eigentlich?

»Wieso?«

Sie sah mich an, als wollte sie sagen: »Wenn du es nicht mal weißt.«

»Weil er ein Büfett für heute Abend vorbereitet und total im Stress ist.«

Meine improvisierte Ausrede war ziemlich schwach, und tatsächlich ließ sich Mia davon nicht aufhalten.

»Ach was, ich sag ihm eben Danke und komme gleich wieder.«

Genau in diesem Moment sah ich aus dem Augenwinkel, wie der Gegenstand unserer Unterhaltung den Kopf durch die Tür steckte. Als er Mia bemerkte, versuchte er, sich unbemerkt zurückzuziehen, aber sie hatte sich bereits umgedreht und ihn entdeckt.

»Giulio! Komm ruhig rein, nicht so schüchtern. Tausend Dank für dein Geschenk, du weißt ja gar nicht, wie lange ich mir das gewünscht habe.«

Das Gesicht meines ahnungslosen Kumpels leuchtete auf wie die Stadionlichter beim Fußballspiel am Sonntagabend. Zunächst kam keine Reaktion von ihm, und es entstanden zwei, drei Sekunden Stille, in denen ich versuchte einzuschreiten, stattdessen aber nur ein Wort stammelte: »W-wirklich?«

»Ja klar, es war mir schon länger aufgefallen. Aber ich wusste nicht, ob ich die Gelegenheit beim Schopfe packen sollte.«

Giulio Marias Pupillen weiteten sich, bis die Iris fast verschwunden war. Falls ich jemals zeichnerisch darstellen müsste, wie Glück aussieht, würde ich Giulios Augen in diesem Moment malen. Es brach mir das Herz, wenn ich mir vorstellte, wie diese Freude in wenigen Minuten verpuffen würde.

»War ich so durchschaubar?«

»Wenn schon, dann bin *ich* ziemlich durchschaubar, wie sonst hättest du erraten, dass mir so etwas gefällt? Aber ich glaube, die wahre Strippenzieherin war in diesem Fall unsere liebe Freundin Blu.«

»Ja, dieses eine Mal habe ich gut daran getan, ihr zu vertrauen«, sagte Giulio Maria und warf mir einen komplizenhaften Blick zu. Je länger die beiden aneinander vorbeiredeten, desto größer war das Risiko, dass er sich blamieren würde.

Ich wollte gerade intervenieren, als Mia freudig ausrief: »Das werde ich heute Abend bei meinem romantischen Dinner tragen!«

Bravo. Das Desaster war angerichtet!

Giulio sah mich fragend an, laut unserer Abmachung hätte eigentlich *er* sie zu einem romantischen Abendessen einladen sollen: Ich sollte nur das Buch überreichen, sonst nichts.

»Unsere Blu hat sich ein paar Freiheiten herausgenommen, das mit dem Abendessen sollte eigentlich eine Überraschung von mir sein. Aber was zählt, ist ja das Ergebnis.«

Giulio strahlte über beide Ohren und sah mir selbst diese kleine mutmaßliche Übergriffigkeit nach.

Ich sah, wie Mia immer verwirrter dreinblickte.

»Also eigentlich …«

»Hallo, Blu. Kompliment, wie ich sehe, bist du mittlerweile berühmt.«

Ein Gesicht hatte triumphierend Einzug in die Buchhandlung gehalten. Und mit ihm eine Stimme, die so schnell gesprochen hatte, dass es in meinen Ohren klang nach: »halloblukomplimentbismlberühmt«.

In meiner derzeitigen kniffligen Situation freute ich mich beinahe, das Schreckgespenst der Buchhandlung Novecento zu sehen: Premio Strega in all ihrer rotädrigen Erhabenheit.

»Hallo, Beatrice, wie geht's? Wir haben uns schon eine Weile nicht mehr gesehen.«

Der Vollständigkeit halber sei erwähnt, dass sie mir in der Zwischenzeit mehrfach über das Profil der Kleinen Literarischen Apotheke per Facebook-Messenger geschrieben hatte. Nachrichten, vor denen ich mich gehütet hatte, sie zu beantworten.

»Ja, wie ich dir in meinen unzähligen Nachrichten geschrieben habe, von denen ich übrigens weiß, dass du sie gesehen hast, war ich beruflich eine Zeit lang nicht in Florenz, aber nun da ich wieder hier bin, wollte ich sofort vorbeikommen, um dich zu beglückwünschen.«

»Du hast recht, entschuldige, aber ich hatte allerhand um die Ohren, wie du dir vorstellen kannst.«

In Wirklichkeit waren ihre die einzigen Nachrichten, auf die ich nicht geantwortet hatte, manchmal war ich bis nachts um drei wach geblieben, um allen zu antworten, die mir schrieben, um mich um Rat oder nach Infos zu fragen, oder einfach nur, um mir ihr Lob auszusprechen. Mir schlug eine derart große Welle an Zuneigung und Interesse entgegen, dass ich mich gerne persönlich bei denjenigen bedanken wollte, die all das möglich gemacht hatten. Die Kleine Literarische Apotheke wäre nie ein solcher Erfolg geworden, wenn die Leute nicht meine Buchhandlung besucht hätten, entweder physisch oder virtuell über meine Social-Media-Seiten.

»Ich hab gesehen, dass du mit vielen zusammenarbeitest, aber was die Buchpräsentation angeht, die du mir versprochen hast, ist immer noch nichts passiert. Und den Kontakt zu Neri Venuti hast du letztlich auch nicht hergestellt.«

Nun war der Zeitpunkt gekommen, meine guten Vorsätze in die Tat umzusetzen und mich in der hohen Kunst der Achtsamkeit zu üben. Mein erstes Übungsobjekt dafür würde meine liebe Schriftstellerfreundin werden.

»Weißt du, Beatrice, ich habe dein Buch schon vor Längerem gelesen. Sogar noch vor der Präsentation von Neri Venuti.«

»Und wieso hast du dann nichts gesagt, bitte schön?«

Ihr arroganter Tonfall machte meine Achtsamkeitsübung nicht gerade leichter, aber ich bewahrte Ruhe, auch wenn es in meinem Hirn schrillte: »Weil dein Buch total kacke ist!«

In meinem Kopf hörte ich mich an wie der Buchhalter Ugo Fantozzi in der Szene aus dem Film *Il secondo tragico Fantozzi*, als er den Mut aufbringt, sich dem illustren Professor Guidobaldo Maria Riccardelli zu widersetzen, einem passionierten Cineasten, der alle Mitarbeiter und ihre Familien zwingt, einmal pro Woche in das firmeneigene Kino zu gehen.

»Ich habe dir nichts gesagt, weil ich kein negatives Urteil über dein Manuskript fällen wollte.«

Gut gemacht, Blu: freundlicher, aber bestimmter Tonfall, Blickkontakt, breites Lächeln.

Trotz der Ruhe und Professionalität, die ich glaubte, an den Tag gelegt zu haben, zitterte Premio Stregas Stimme vor Wut, als sie das Wort ergriff.

»Wie bitte?«

Ich versuchte einen noch versöhnlicheren Ton anzuschlagen, um ihre Gefühle nicht zu verletzen.

»Es tut mir leid, Beatrice, auch wenn der Inhalt interessant und gut strukturiert ist«, hier griff ich weniger auf die hohe Kunst der Achtsamkeit als auf die altbewährte Kunst der Lüge zurück, »möchte ich in meiner Buchhandlung keine Präsentation abhalten von einem Buch, das mich nicht bis ins Letzte überzeugt hat. Ich versuche ein Vertrauensverhältnis zu meinen Kunden aufzubauen, und das heißt, alles, was ich ihnen empfehle, muss mir hundertprozentig gefallen haben, und bei deinem Buch war das leider nicht der Fall.«

In diesem Augenblick überzog eine sibirische Kälte Florenz, der Himmel verdunkelte sich und ein Wind zog auf. Alle in der Buchhandlung waren erstarrt, Giulio Maria noch immer mit Herzchenaugen, Mia mit der fragenden Miene von jemandem, der weiß, dass er irgendetwas verpasst hat, und Premio Strega, die vollkommen reglos mit ihrer Umhängetasche dastand.

»Mit anderen Worten sagst du mir, dass mein Buch scheiße ist«, sagte sie merkwürdig gefasst und liebenswürdig.

»Nein, überhaupt nicht, ich sage nur, dass es mich nicht überzeugt hat. Aber wir wissen ja beide, dass ein solches Urteil immer total subjektiv ist. Du kannst es immer noch anderen Buchhandlungen vorstellen, die werden bestimmt begeistert zusagen.«

Hier bediente ich mich der noch älteren Kunst des Sündenbocksuchens. Irgendwie musste ich meine Haut retten, mein Eindruck war, dass das Gespräch sich nicht zu meinem Vorteil entwickelte, wie ich anfangs gehofft hatte.

Gedankenversunken nickend näherte sie sich dem Regal mit den Büchern gegen Liebeskummer. Eine rasche Handbewegung, und schon fielen die eben noch sorgfältig sortierten Bücher mit einem dumpfen Knall zu Boden.

Fassungslos beobachteten Mia, Giulio und ich das Geschehen, ohne uns auch nur einen Zentimeter rühren zu können.

»Willst du damit sagen, die hier wären besser als meins? Weißt du, was du bist, Blu?«

Ohne eine Reaktion abzuwarten, fuhr sie fort.

»Du bist bloß eine arrogante Kuh, die nichts von Büchern versteht. Mein Roman hat zwei Preise gewonnen, was bildest du dir eigentlich ein? Literarische Apothekerin von diesem Scheißdreck hier!«

Beunruhigenderweise war sie immer näher gekommen und deutete mit dem Zeigefinger auf mich.

»Beatrice, beruhige dich. Ich habe nicht gesagt, dass dein Buch schlecht ist, sondern einfach nur ...«

Sie stieß mir mit voller Wucht gegen die Brust, sodass ich gegen die Tische in der Ladenmitte knallte. Unglaublich, woher sie diese Kraft nahm: Ich war nicht gerade ein Hungerhaken, und trotzdem hatte sie es geschafft, mich mühelos wegzuschubsen.

Sie holte erneut aus, ihr rot geädertes Gesicht nur Zentimeter vor meinem, als zwei kräftige Arme sie unter den Achseln packten und wegzerrten.

»Lass mich los, lass mich loooos ...!«

In dem ganzen Trubel betrat die erste Kundin an diesem Tag das Geschäft, die eine bizarre Szene vorfand: Ich, zusammengesunken auf dem Tisch, umgeben von auf dem Boden verstreut liegenden Büchern; Giulio Maria, ein Herkules von einem Meter neunzig und einigermaßen imposanter Statur, der Mühe hatte, ein Mädchen mit einem Körpergewicht von fünfzig Kilo verteilt auf einen Meter sechzig, festzuhalten; und Mia, die kurz davor war in Tränen auszubrechen.

»Guten Tag, entschuldigen Sie, wir haben hier ein kleines Problem ...«

Premio Strega schlug derweil weiterhin wie von der Tarantel gestochen um sich und wetterte, ich sei ein Miststück und ihr Buch supergut.

Statt einer Antwort ließ die Kundin ihren Blick von mir zu den Büchern und zu Premio Strega wandern. Giulio setzte dem ganzen Spuk ein Ende, indem er sie hochhob und nach draußen trug. Als die neu eingetroffene Dame beiseitetrat, um den beiden Platz zu machen, bekam sie einen Schlag von meiner Erzfeindin ab; der Koffer, den sie in der Hand trug, schlug gegen das Bücherregal zu meiner Linken, sprang auf, und sein Inhalt ergoss sich auf den Boden. Endlich war Premio Strega weit weg von mir und meiner Buchhandlung. Das ganze Theater mochte nicht mehr als drei Minuten gedauert haben, aber mir kam es vor, als wäre ein Tsunami über mich hereingebrochen.

Schnell begann ich, die Blätter aus dem Koffer der Dame aufzusammeln, inzwischen quasi Routine, und erging mich in Entschuldigungen, als ich ohne es zu wollen auf einem Briefumschlag das Logo eines bedeutenden Verlags erblickte.

Der Verlag.

Der, mit dem ich an diesem Nachmittag einen Termin hatte.

Und zwar mit einer äußerst netten Dame, mit der ich telefoniert hatte.

Ich hob den Blick.

Die Dame reichte mir die Hand und stellte sich vor.

»Hallo, Blu, ich bin Erica Sassetti, Lektorin bei Milanesi Libri.«

Das war sie.

Die Person, bei der ich einen besonders guten Eindruck hinterlassen wollte, hatte ich soeben auf einem Tisch liegend empfangen, während eine Irre auf mich losging. Im Vergleich dazu war der Abend, an dem Gatsby mich dabei ertappt hatte, wie ich ohne jedes Rhythmusgefühl tanzte, harmlos gewesen.

»Hallo, Erica, entschuldigen Sie bitte den Vorfall eben. Ich hoffe, Sie haben sich nicht wehgetan?«

Sie warf einen raschen Blick auf ihre Hand und schüttelte den Kopf. Mit ihren vierzig, fünfundvierzig Jahren war sie eine attraktive Erscheinung: blaue Augen, blonde Haare, Top-Figur. Das Kostüm, das sie trug, stand ihr bombig.

»Sollen wir uns duzen?«

»Klar, gerne, nimm ruhig Platz. Das ist Mia, meine Kommunikationsberaterin«, stellte ich Mia vor, damit sie sich gegebenenfalls am Gespräch beteiligen konnte.

Wir setzten uns wie üblich auf meine dänischen Sessel, die inzwischen so etwas wie mein Büro geworden waren, und begannen, uns über die Buchhandlung zu unterhalten, wie die Idee entstanden war, wie es lief und alles, was damit einherging.

Natürlich kamen wir auch auf Bücher im Allgemeinen zu

sprechen, ich erzählte ihr von meiner Erfahrung als Lektorin und meiner großen Liebe für diesen Beruf.

»Die Idee mit der literarischen Apotheke ist genial, und auch deine Geschichte klingt überaus interessant. Hättest du Lust, ein Buch zu schreiben?«

Ich ein Buch schreiben.

Ich ein Buch schreiben bei einem erstklassigen Verlag.

Das vertraute Gefühl von »das hast du gar nicht verdient, das kann nicht wahr sein« tauchte auf wie ein unerwünschter Gast, der sich nicht rausschmeißen lässt.

Nein, das konnte nicht sein, so was passierte bloß im Film, und auch nur den reichen, wichtigen und berühmten Leuten. Nicht einer wie mir, deren Leben ein einziger Hindernisparcours war.

Es war, als hätte mich das Leben in den ersten turbulenten dreißig Jahren ständig auf die Probe gestellt, bis es sich eines Tages – als die reguläre Spielzeit schon abgelaufen schien und ich jede Hoffnung, etwas Anständiges hinzukriegen, aufgegeben hatte – zu mir umdrehte und sagte: »Ach, sorry, das hätte ich fast vergessen, das ist für dich.«

Und mir alles in die Hände gelegt hätte, was ich mir je gewünscht hatte.

»Blu? Alles in Ordnung?«

Erica riss mich aus meinen Gedanken und holte mich in die Wirklichkeit zurück. Und was für eine Wirklichkeit.

»Ja, natürlich! Da fragst du noch? Klar hätte ich Lust! Aber worüber genau müsste ich schreiben?«

»Uns interessiert deine Geschichte und die der Leute, die bei dir im Laden ein und aus gehen. Es soll darum gehen, was sich in einer literarischen Apotheke ereignet. Ansonsten lassen wir dir in allem freie Hand. Meinst du, du schaffst es, uns in vierzehn Tagen eine Idee einzureichen?«

»Ja, absolut.«

Von wegen! Ich hatte nicht die leiseste Ahnung, worüber ich schreiben sollte, aber ich hätte zu allem Ja gesagt, selbst wenn sie mir angeboten hätten, ein Rezeptbuch für chinesische Gerichte zu verfassen.

»Ja, ich gloße Expeltin chinesische Küche. Gal kein Ploblem. Ni-hao.«

Wir verabschiedeten uns und vereinbarten, dass ich ihr die Idee für den Plot in Kürze schicken würde.

Als sie ging, sahen Mia und ich uns überwältigt an; ich noch immer unter Schock, sie noch ungläubiger als ich.

»Blu.«

»Sprich.«

»Ist das gerade wirklich passiert?«

»Ich glaube, ja.«

»Oh Gott.«

»Oh Gott.«

»Aber dann … lass uns FEIERN!!«

Mia begann auf- und abzuhüpfen, soweit es ihr Busen zuließ, und kurz darauf ergriff ich ihre Hände und begann ebenfalls zu hüpfen und wie eine Irre zu schreien.

Wir hüpften und kreischten immer noch, als der erste echte Kunde an diesem Tag hereinkam. Es war mein Freund Iwan mit seinem Exemplar von *Die unendliche Geschichte* in der Hand, das er versprochen hatte zurückzubringen. Offenbar war nur auf Männer unter fünfzehn Verlass.

»Was macht ihr denn da?«

Mia und ich blieben regungslos stehen und hielten uns weiterhin an den Händen.

»Wir feiern. Und du, wie geht's dir? Hat dir *Die unendliche Geschichte* gefallen?«

»Sehr, auch wenn ich wahnsinnig gerne selbst einen Glücksdrachen hätte.«

»Hast du es geschafft, dein Handy zurückzukriegen, das sie dir geklaut haben?«

»Ja, am Tag danach habe ich alles der Direktorin gemeldet. Ich wollte nicht in einem Müllcontainer enden wie Bastian.«

Es freute mich sehr zu hören, dass ihm das Buch geholfen hatte, die Jungs zu melden, die ihn mobbten.

»Dennoch«, fuhr er fort, »übt die russische Literatur nach wie vor eine besondere Faszination auf mich aus. Hast du zufällig *Krieg und Frieden* da?«

Dieser Junge überraschte mich jedes Mal aufs Neue.

Ich nahm den Wälzer von Tolstoi aus dem Regal mit den fremdsprachigen Klassikern und legte noch *Wunder* von R. J. Palacio hinzu.

»Das hier gehört dir, und das bringst du mir wieder. Du musst auch was lesen, das in der Gegenwart spielt, nicht nur in der Vergangenheit.«

Die Abmachung zwischen uns war klar, und so nahm er widerstandslos beide Bücher entgegen.

Als er die Buchhandlung verlassen hatte, sah mich Mia verdattert an.

»Wie alt ist der Junge denn bitte schön? *Krieg und Frieden* kann er unmöglich bewältigen.«

»Er schon.«

Sie warf einen Blick auf die Uhr und schreckte hoch.

»Blu, ich muss los, in einer halben Stunde muss ich an der Uni sein, und der Bus fährt in fünf Minuten. Richte Giulio Maria schöne Grüße aus, das mit dem Abendessen hab ich zwar nicht verstanden, aber danke ihm bitte für das Buch.«

»Wann hast du gemerkt, dass das Buch von ihm war?«

»Als ich rausgegangen bin, um nachzusehen, ob er mit der Verrückten fertigwird, und er zu mir meinte, die Kette, die du mir geschenkt hast, würde mir hervorragend stehen.«

»Okay, keine Sorge, ich kümmere mich um ihn.«

»Tut mir leid, das mit Neri ist bestimmt ein Reinfall, das seh ich schon kommen. Das merke ich daran, wie er nach dem Sex auf Abstand geht oder die Hände hebt und erklärt, er sei allergisch gegen Beziehungen und so Kram. Außerdem meint er, wir sollten auch andere Leute daten können.«

Ich seufzte, offenbar besaß Mia, genau wie Carolina, eine eigene Arschlochsammlung, die sie regelmäßig befüllte. Nicht, dass es einen Unterschied machen würde, aber ich wollte trotzdem meine Meinung dazu kundtun.

»Ich bin auch allergisch, weißt du?«

Sie sah mich überrascht an.

»Allergisch? Wogegen?«

»Gegen die zerstörerischen, sich selbst überschätzenden Scheißkerle, die die Stammväter sind von all den Scheißkerlen, die rumlaufen.«

Sie begann zu lächeln und schüttelte den Kopf.

»Wir können uns nicht aussuchen, in wen wir uns verlieben.

Ich muss in dieser Beziehung erst am Ende angelangt sein, mir wehtun, mich kaputtmachen, um wieder von vorn beginnen zu können.«

Ich nickte und drückte ihr einen Kuss auf die Wange. Ich hatte verstanden, was sie mir sagen wollte, auch wenn ich es zutiefst falsch fand.

»Was willst du Giulio sagen?«, fragte sie.

»Die Wahrheit. Auch wenn ich ihm das alles gern ersparen würde, aber das geht in diesem Fall nicht.«

»Ich schick ihm später auch noch eine Nachricht. Ich hoffe, das ändert nichts zwischen uns.«

In der Hinsicht hatte ich so meine Zweifel, behielt es aber für mich, umarmte Mia und ließ sie zu ihrem Bus eilen.

Ich ging ebenfalls nach draußen und strebte auf Giulios Bar zu, aber inzwischen war es Mittagszeit, und er hatte alle Hände voll zu tun, Panini und Salate herzurichten.

Als ich zurückkehrte, schlug die Uhr eins, und ich beschloss, dass ich die zwei Stunden Mittagspause nutzen konnte, um den Plot für mein Buch zu entwerfen.

Abgesehen von Mia wusste noch niemand von dieser sensationellen Neuigkeit, aber ich hatte keine Lust, so etwas per Nachricht zu verkünden. Ich wollte die Freude von Angesicht zu Angesicht teilen, wie eben mit Mia. Gemeinsam lachen, kreischen, hüpfen. Schnell schrieb ich eine Nachricht in unseren WG-Gruppenchat, dass ich ihnen eine große Neuigkeit mitzuteilen hätte. Abgesehen von einem Daumen hoch von Sery, die inzwischen ebenfalls zur Whatsapp-Gruppe Campuccio10 gehörte, sowie zwei Herzchen und einem Einhorn von Giulia bekam ich keine Antwort. Damit hatte ich schon gerechnet: Rachele war vermutlich noch wütend auf mich, und Carolina hatte eine Prüfung.

Aber ich machte mir keine Gedanken deswegen, wenn ich sie heute Abend nicht sehen würde, würde ich es ihnen eben morgen beim Frühstück erzählen. Ich konnte es kaum abwarten.

Ich zog einen Hocker heran, nahm bequem vor dem Computer Platz und rief das Textverarbeitungsprogramm auf.

So.

Jetzt musste ich also eine Idee zu Papier bringen, schade nur, dass mir nun, da ich vor dem Bildschirm saß, absolut nichts einfiel.

Gab es irgendetwas in meinem Leben, das auch nur halbwegs interessant sein könnte für den Leser? Würde ich wie Premio Strega enden und von all meinen amourösen Reinfällen erzählen und das Ganze mit pikanten Details garnieren?

Oh Gott, niemals.

Ich sah mich um auf der Suche nach irgendeiner Inspiration. Die Geschichte von der von Insolvenz bedrohten Buchhandlung und der verzweifelten Dreißigjährigen, die tausend schräge Jobs hinter sich und keine Perspektive für die Zukunft hat, war ein so abgedroschenes Klischee, dass die von Milanesi mich nach der dritten Zeile ausgelacht hätten. Außerdem war ich Dauer-Single und hatte ansonsten eine Katze vorzuweisen sowie einen Hintern, der immer breiter wurde. Ich konnte die neue Bridget Jones sein, nur in der aktualisierten Crazy-Cat-Lady-Version. So aktuell, dass mein Mister Darcy sich bereits aus dem Staub gemacht hatte, noch bevor es überhaupt zu einer Beziehung mit der Verfasserin kam.

»Also, was ziehe ich heute Abend an?«

Giulio Maria, dem Amors Pfeil noch immer aus der Brust ragte, steckte hoffnungsfroh seinen Kopf zur Tür der Buchhandlung herein.

Unfreiwillig entfuhr mir ein banges Stöhnen.

Während ich rausging, um mit Giulio in die Bar rüberzugehen, fiel mein Blick auf den Korb mit den Wanderbüchern. Das farbenfrohe Regenwald-Cover von *Die Liebe in den Zeiten der Cholera* stach zwischen den anderen Titeln heraus. Es war Zeit, die Vergangenheit hinter sich zu lassen.

Ich nahm das Schild mit der Aufschrift BIN GLEICH WIEDER DA und hängte es an die Tür, bevor ich abschloss.

Aber ich wäre nicht gleich wieder da, gebrochene Herzen brauchen nämlich Zeit, um zu heilen.

An jenem Abend traf ich zu Hause niemanden an, Sery war bereits im Bett, und die anderen waren ausgegangen. Lustlos knabberte ich an meinem Lachs und legte mich auf die Couch, wo ich fast sofort einschlief. Giulio Maria die ganze Wahrheit zu erzählen war nicht leicht gewesen.

Zwei Stunden später wachte ich dadurch auf, dass Frodo mir das Gesicht leckte. Es stimmte wirklich, wenn man niemanden hatte, mit dem man seine freudigen Neuigkeiten teilen konnte, war es, als existierten sie gar nicht. Unter meinen Arm geklemmt fand ich aber fünf vorn und hinten bedruckte A4-Blätter. Die Überschrift lautete »REDI« – sofort setzte ich mich auf. Rachele hatte mir also verziehen! Wenn sie für mich diese Recherche angestellt hatte, konnte das nur bedeuten, dass sie nicht mehr wütend auf mich war. Bestimmt würde sie sich riesig freuen, wenn ich ihr das mit dem Buch erzählte. Das war immer unser Traum gewesen!

Ich lief zu ihrer Zimmertür und klopfte an, aber es kam keine Reaktion, vielleicht schlief sie auch schon. Ich ging weiter in mein Zimmer, warf mich aufs Bett und fing an, eine Sozialversicherungsnummer nach der anderen zu lesen, aber die Namen und Geburtsdaten sagten mir gar nichts. Nach der dritten Seite nickte ich bereits fast weg, der Tag war emotional einfach so anstrengend gewesen. Ich fing gerade an, die vierte Seite zu lesen, als ein Name mich stutzig machte. Irgendwo hatte ich den schon mal gehört, aber wo? Plötzlich hellwach kam ich blitzschnell hoch.

Wie hieß es noch mal?

Drei Indizien ergeben einen Beweis.

13

VON VERLORENEN UND WIEDER-GEFUNDENEN SCHLÜSSELN, AUS DER ZEIT GEFALLENEN BARS UND SCHLECHTEN NEUIGKEITEN

Gentlemen, jeder kommt mal an den Punkt, wo er sich entscheiden muss, ob er hart bleiben oder davonlaufen will. Ich habe beschlossen hart zu bleiben.

CHARLES BUKOWSKI: *Kaputt in Hollywood*

Am nächsten Tag

An einem frischen Tag Ende April ging mir allmählich ein Licht auf. Auch wenn ich noch weit davon entfernt war, auch nur ansatzweise die Wahrheit zu durchschauen, ahnte ich an jenem Tag, dass nichts so war, wie es schien.

Es war morgens, und ich versuchte gerade etwas zu Papier zu bringen, gab aber schon bald auf, als eine größere Reisegruppe aus Imola in meinen Buchladen einfiel. Es waren allesamt Damen eines Buchclubs, die von meiner Buchhandlung im Internet erfahren und extra einen Ausflug hierher organisiert hatten, um sich mit neuem Lesestoff zu versorgen.

»Was kann ich Ihnen denn Schönes zum Lesen anbieten, die Damen?«

Jede schlug etwas anderes vor: eine Familiensaga, einen historischen Roman, eine Liebesgeschichte, einen nicht allzu blutigen Krimi. Im Handumdrehen zauberte ich meine Trumpfkarten hervor, angefangen bei *Die stürmischen Jahre: Die Chronik der Familie Cazalet* von Jane Howard über *Das Herzenhören* von Jan-Philipp Sendker und zu guter Letzt *Schwarze Seerosen* von Michel Bussi.

Dann war eine quirlige Dame an der Reihe, die ihr weißes Haar in einem trendy Bob trug und keine meiner Empfehlungen zufriedenstellend fand.

»Ich möchte mal etwas ganz anderes lesen. Ein Genre, das nichts mit mir zu tun hat und mich überrascht.«

Ich schlug ihr mehrere Titel vor, wobei ich mich immer an den sicheren Kandidaten orientierte, stellte aber schon bald fest, dass ich damit mein Ziel verfehlte.

Also beschloss ich, auf volles Risiko zu gehen und etwas vorzuschlagen, das sie mit Sicherheit nie von allein gelesen hätte.

»Signora, wie wäre es mit Bukowski?«, sagte ich und hielt ihr ein Exemplar von *Kaputt in Hollywood* hin. Auf dem Cover war eine nackte, vollbusige Frau zu sehen.

Dieses Buch bedeutete mir viel, ich liebte den unverwechselbaren Stil von Bukowski, und meine Leidenschaft fürs Schreiben war überhaupt erst beim Lesen seiner Gedichte und Kurzgeschichten geweckt worden. Wie gern würde ich so flüssig schreiben können wie er. Sofort sah sie interessiert aus, und ich erzählte ihr ein wenig vom Autor und seiner Lebensgeschichte, als ein junger Mann in Jackett und Krawatte die Buchhandlung betrat.

Beim Anblick des Anzugs machte mein Herz einen Sprung.

Ohne Rücksicht auf das Gespräch, in das ich gerade mit der Kundin vertieft war, kam er näher und sprach mich an. Eindeutig sehr viel weniger gentlemanlike als mein geliebter Gatsby.

»Guten Tag.«

»Guten Tag. Sind Sie Blu?«

»Ja, das bin ich.«

»Hallo, ich bin Immobilienmakler der Agentur CasaVeloce. Ich bin gekommen, um die Schlüssel für die Wohnung in der Via del Campuccio 10 abzuholen. Der Eigentümer, Signor Tatini, sagte mir, sie lägen hier für mich bereit.«

Einen Augenblick lang war ich sprachlos. Ich hatte meine Begegnung mit dem seltsamen Immobilienmakler, dem ich die Schlüssel vor fast zwei Monaten ausgehändigt hatte, völlig vergessen.

»Die hat vor ein paar Monaten bereits ein Kollege von Ihnen abgeholt, aber bislang nicht zurückgebracht.«

Meine Antwort erstaunte ihn sichtlich.

»Ein Kollege von mir? Ah, entschuldigen Sie, davon wusste ich nichts. Ich rufe kurz in der Agentur an, entschuldigen Sie die Störung.«

»Kein Problem. Schönen Tag noch.«

Just an jenem Tag, als alles verloren schien, hatte die Kleine

Literarische Apotheke Gestalt angenommen. Bei dem Gedanken daran lächelte ich vor mich hin. Seither waren gerade mal ein paar Monate vergangen, aber mir kam es vor wie hundert Jahre angesichts der emotionalen Achterbahn zwischen Glück, Angst und Erschöpfung, die ich durchlaufen hatte. Irgendwie musste ich durchhalten, jetzt nur nicht zusammenbrechen. Carolina hatte recht, ich musste mir wirklich eine Aushilfe suchen.

Schlagartig merkte ich, dass ich in Tagträume versunken war, und riss mich zusammen, doch die ältere Dame mit dem Bob war bereits weitergezogen, das Buch von Bukowski in der Hand, und so fuhr ich damit fort, den anderen Damen Anekdoten und Geschichtchen zu erzählen. Wenn man jahrelang in der Buchbranche arbeitet, wird man zu einer Art Geschichtenerzählerin: Mit der Zeit bekommt man ein Gefühl dafür, wie man etwas erzählen muss, ohne zu viel preiszugeben, und vor allem lernt man, einen Hauch von Mysterium zu lassen, indem man das Thema wechselt. Wenn man das nicht schafft, kann man den Beruf hinschmeißen. An diesem Tag war ich gut in Form und nahtlos von einem Plot zum anderen gewechselt, als ich sah, wie der Immobilienmakler mit besorgter Miene erneut hereinkam.

»Entschuldigen Sie, aber ich hatte mich vorhin gewundert wegen dem, was Sie erzählt haben, und habe eben in der Agentur angerufen. Dort hat man mir bestätigt, dass sie niemanden hergeschickt haben.«

»Wie, niemanden? Er hat mir sogar seine Visitenkarte dagelassen.«

Noch während ich es aussprach, fiel mir auf, dass der Typ

an jenem Märznachmittag gar nicht mehr reingekommen war. Aber vor lauter Anrufen hatte ich das überhaupt nicht bemerkt.

»Das heißt, das stimmt nicht«, sagte ich, »wenn ich's recht bedenke, hat er mir nichts dagelassen.«

Ich runzelte die Stirn und versuchte krampfhaft, mich an irgendein wichtiges Detail zu erinnern.

Ich musste den Gedanken verbalisieren, der sich in mir Bahn brach.

»Wollen Sie damit sagen, dass der Mann, dem ich unsere Wohnungsschlüssel gegeben habe, gar kein Makler war?«

Kopfschüttelnd antwortete er mir:

»Es tut mir leid, unsere Agentur hat das exklusive Verkaufsrecht an dem Objekt. Das heißt, es kann auch niemand von der Konkurrenz gewesen sein.«

Allmählich verspürte ich einen Anflug von Panik in der Magengegend. Ich musste daran denken, dass er wie ein fieser Kobold dreingeschaut und ich ihn zunächst unheimlich, sogar ein wenig gefährlich gefunden hatte.

In den gut anderthalb Monaten seither hatte sich nichts Seltsames zugetragen, es war nichts verschwunden, und obendrein hatten wir noch Sery, die wie ein Wachhund war. Sie ging nie länger als zwei Stunden am Stück vor die Tür, wenn sich wirklich jemand in unsere Wohnung geschlichen hätte, hätte er sie vermutlich auf der Couch vorgefunden, wie sie irgendeine Fernsehserie oder eine Trash-Sendung schaute und dabei eine nach der anderen rauchte. Mit Ausnahme von jenem Nachmittag, an dem ich eine Nachricht an die WG-Chatgruppe geschickt und damit alle aus dem Haus gejagt hatte.

Die Panik schnürte mir die Kehle zu, während ich laut dachte und versuchte, mir allerlei plausible Erklärungen zurechtzulegen. Ich wollte die Fakten einfach nicht wahrhaben, um nicht schuld zu sein an einer so blöden Sache.

»Aber ... aber er kannte Signor Tatini! Er hat seinen Namen genannt, da bin ich mir ganz sicher. Und er wusste vom Verkauf der Wohnung und alles.«

Der Makler nahm meine Erklärung gleichmütig zur Kenntnis und wusste sichtlich nicht, was er mir sagen sollte: Einerseits verstand er mein Bedürfnis, mich zu rechtfertigen, andererseits gab es nichts, was er zu meiner Verteidigung hätte vorbringen können. Stattdessen sagte er nur: »Wenn ich Sie wäre, würde ich zu den Carabinieri gehen und Anzeige erstatten. Und das Schloss austauschen lassen.«

Wie peinlich! Ich würde dem Vermieter Bescheid sagen müssen, dass ich mich übers Ohr hatte hauen lassen wie ein Dummkopf, und obendrein würde ich die Kosten für das Auswechseln des Schlosses übernehmen müssen.

Hektisch dachte ich darüber nach, welche Schritte als Nächstes zu ergreifen waren, als der Makler sich räusperte:

»Ähm.«

Ich war in eine Art Trance verfallen, in der das gut gelaunte Stimmengewirr der älteren Damen wie von Weitem zu mir herandrang.

Um mich in die Wirklichkeit zurückzuholen, richtete er erneut das Wort an mich:

»Entschuldigen Sie, aber ein Problem bleibt: Ich bräuchte die Schlüssel für die Wohnung.«

Ich hatte keine Lust, den anderen per Nachricht die Sache

mit dem Schlüsseldieb zu erklären, also rief ich Sery an und bat sie einfach darum, am Nachmittag aufzumachen, wenn der Immobilienmakler mit potenziellen Käufern vorbeikäme. Sie stellte keinerlei Fragen, und so beendete ich das Gespräch. Es war fast Mittagszeit, sobald ich die Damen fertig bedient hätte, würde ich die Buchhandlung zumachen und geradewegs zu den Carabinieri gehen, um Anzeige zu erstatten, und anschließend stand der Schlüsseldienst an.

Ich war so nervös und gereizt wie nie. War es wirklich möglich, dass ich mich so hatte reinlegen lassen? Dass ich einem völlig Fremden unsere Wohnungsschlüssel überlassen hatte, nur weil er mir bei einem Nervenzusammenbruch beigestanden hatte? In Wirklichkeit hatte er mir sehr viel mehr geholfen, als ich mir eingestehen wollte, aber in diesem Moment war ich völlig panisch. In der Zwischenzeit hatten sich die Damen in einer Reihe an der Kasse angestellt, jede mit ihren jeweiligen Büchern unterm Arm. Als die Dame mit dem Bob an der Reihe war, konnte ich mir ein Schmunzeln nicht verkneifen: Sie legte mir *Kaputt in Hollywood* und *Was man von hier aus sehen kann* von Mariana Leky hin, ein modernes Märchen, das ich ihr wärmstens empfohlen hatte.

Nachdem ich den letzten Kauf abgewickelt und die Damen eine nach der anderen mit einem Wangenküsschen verabschiedet hatte, schloss ich die Buchhandlung ab und lief betrübt zu meinem Fahrrad. Ich fing an in meiner Tasche zu kramen, aber der Fahrradschlüssel war plötzlich weg. Hatte ich den etwa auch irgendeinem Unbekannten ausgehändigt, der zufällig vorbeigekommen war?

Erneut überkam mich ein Wutanfall. Wenigstens den Fahrradschlüssel besaß ich noch, er war natürlich ganz unten am Boden unter einer Taschentuchpackung, dem Portemonnaie, einem kussechten Lippenstift, dem Necessaire mit den Medikamenten, einer zusammengeknüllten Serviette und allerlei unnützem Kram begraben gewesen, den Frauen mit sich herumschleppen und Muckis kriegen, bei denen Arnold Schwarzenegger blass vor Neid geworden wäre.

Ich angelte mit den Fingern nach dem Schlüssel und zog. Als ich einen merkwürdigen Widerstand spürte, dachte ich in meiner Naivität, er müsse sich in irgendeinem Haargummi oder einer Spange verfangen haben, stattdessen verriet mir ein sattes *ratsch*, dass ich soeben das Innenfutter meiner Handtasche mit dem Ring meines Pusheen-Schlüsselanhängers aufgerissen hatte. Innerlich begann ich wie ein Seemann zu fluchen. Das war meine Lieblingstasche, die ich, abgesehen von seltenen eleganten Anlässen, stets und ständig bei mir trug. Klar, sie hatte bereits ein Loch im Futter gehabt, aber diesmal hatte ich sie vollends ruiniert. Das war heute wirklich nicht mein Tag.

Ich stellte die Tasche in meinen Fahrradkorb und begann, den gesamten Inhalt herauszunehmen, um den Schaden zu begutachten. Verflixt, ich hatte sie von der einen Seite zur anderen aufgeschlitzt, ich könnte sie zwar zur Schneiderin bringen, aber sie würde nie mehr so werden wie vorher. Während ich noch mit den beiden Stofffetzen hantierte, spürte ich etwas Hartes unter dem Futter. Mit zwei Fingern griff ich hinein und hielt plötzlich einen Schlüsselbund in der Hand. Aber nicht irgendeinen. Ich blickte auf genau den Schlüsselbund, den vor gut anderthalb Monaten der angebliche Immobilienmakler entgegengenommen und mir, theoretisch, nie zurückgegeben hatte.

Theoretisch deshalb, weil er es praktisch doch getan hatte, schließlich hielt ich ihn ja in den Händen und spürte das kühle, glatte Metall auf meiner Handfläche. Ich stützte mich aufs Fahrrad und begann nachzudenken. Mir hatte er sie bestimmt nicht gegeben. Auch wenn ich in diesen Monaten enorm müde, gestresst und oft vergesslich war, wäre mir eine erneute Begegnung mit diesem Mann ganz sicher nicht entfallen. Ansonsten müsste ich mich schnellstens in eine Klinik für degenerative Hirnerkrankungen einweisen lassen.

Nun war ich gänzlich verwirrt: Mir hatte er den Schlüssel nicht zurückgebracht, in der Wohnung war er mit Sicherheit nicht gewesen, die einzig mögliche Erklärung war demnach, dass er ihn in der Buchhandlung abgegeben hatte. Vielleicht bei Mia, die mich nicht selten nachmittags vertrat, wenn ich bei irgendeinem Event oder Auftritt gefragt war. Ja genau, vermutlich hatte er ihr den Schlüssel zurückgebracht, und sie hatte ihn, ohne mir Bescheid zu sagen, in die Tasche gesteckt, wo er durch einen kleinen Riss im Futter gerutscht war, sodass ich nicht bemerkt hatte, dass er wieder in meinem Besitz war. Das passierte öfter, dass meine persönlichen Gegenstände in der Buchhandlung herumflogen, bis ich sie irgendwann wie von Zauberhand in meiner Handtasche wiederfand, weil meine verlässliche Mitarbeiterin, genervt von meinem materiellen und mentalen Chaos, versucht hatte, etwas Ordnung und Disziplin hineinzubringen.

Ich sah auf die Uhr: Mia wäre noch bis zum Nachmittag mit ihrer Prüfung beschäftigt, ich musste daran denken, ihr später zu schreiben. Noch mal zum Mitschreiben: Der Schlüssel war in meinem Besitz, niemand hatte etwas geklaut und Sery hatte auch nichts Ungewöhnliches bemerkt, sonst hätte sie es uns gesagt. Es waren fast zwei Monate vergangen, wenn der Typ böse Absichten gehabt hätte, hätte er sie längst in die Tat umgesetzt. Der Betrüger musste zudem jederzeit damit rechnen, dass der echte Immobilienmakler von CasaVeloce für eine Besichtigung vorbeikäme. Nein, wenn er wirklich vorgehabt hätte, etwas zu stehlen, hätte er es längst getan. Ich konnte also ruhigen Gewissens davon absehen, die Carabinieri zu behelligen, die bestimmt Wichtigeres zu tun hatten, aber das Schloss würde ich trotzdem auswechseln lassen. Keine Ahnung, was der Unbekannte mit dieser Schlüsselaktion bezwecken wollte, aber ich wollte es ganz sicher nicht an einem warmen Sommerabend herausfinden, wenn ich allein mit Frodo zu Hause war, der, anstatt mich zu beschützen, vermutlich angefangen hätte, dem Eindringling schnurrend um die Beine zu streichen.

Der Schlüsseldienst machte erst um drei wieder auf: Das hieß, ich hatte zwei Stunden Leerlauf und nichts zu tun, die ideale Gelegenheit, mich mal bei der Adresse umzuschauen, die mir die Barkeeperin aus dem Romanow genannt hatte. Und vor allem herauszufinden, ob die Sozialversicherungsnummer zu jenem Gesicht gehörte, nach dem ich Ausschau hielt. Eilig schwang ich mich auf den Sattel und radelte zu meinem Ziel, das glücklicherweise nicht weit von der Buchhandlung entfernt lag. Die Adresse führte mich zu einem kleinen, überaus vornehmen Privatweg, der eine Sackgasse war, die im Fluss Mugnone endete. Die Häuser waren typische

Fünfzigerjahre-Bauten mit höchstens drei Stockwerken, aber das wusste ich bereits dank der Listen, die Rachele mir ausgedruckt hatte. Wie üblich wies mein Plan große Schwächen auf. Was genau hatte ich eigentlich vor? Zwei Stunden lang dumm auf der Straße rumstehen wie eine Laterne und die Passanten anglotzen? Da es sich um eine Sackgasse handelte, herrschte hier nicht mal viel Durchgangsverkehr, sodass es bestimmt jemandem auffallen würde, wenn eine eins achtzig große Frau hier auf und ab lief. Die Lösung für mein Problem präsentierte sich in Form eines kleinen Außenbereichs vor einer Bar, die halb hinter einem Jasminstrauch verborgen lag.

Mein Magen knurrte leise, es war Mittagszeit, und offenbar hatte ich Hunger. Ich ging hinein und stand einem älteren Mann gegenüber, der einen florentinischen Einschlag hatte und mit starkem ausländischem Akzent sprach. Er war mir auf Anhieb sympathisch: Durch seine runde Brille wirkten seine Augen größer, was mich an Sery erinnerte. Allerdings ähnelte er eher einer Schildkröte denn einer Eule. Er verrichtete seine Arbeit mit einer Gemächlichkeit, die eine beinahe hypnotische Wirkung auf mich ausübte, und ich verfolgte gebannt die ruhigen, präzisen Bewegungen, mit denen er ein Tramezzino belegte. Mit einem strahlenden Lächeln fragte er mich, was ich wünsche. Ich beschloss, mir direkt eines der Tramezzini zu genehmigen und machte ihm ein Kompliment für den schönen Jasminstrauch. Wie sich herausstellte, hieß der Barbetreiber Amir, stammte aus dem Iran und besaß eine Leidenschaft für Botanik. Wir unterhielten uns ein paar Minuten, dann setzte ich mich nach draußen, um mich an der

Frühlingswärme und dem betörenden Duft der Blumen zu erfreuen, die mich umgaben.

In der Straße herrschte Stille und im Außenbereich saßen nur ich und ein Herr, den ich beim Hineingehen gar nicht bemerkt hatte – in letzter Zeit war ich offenbar wirklich ziemlich unachtsam. Ich begann, an meinem Tramezzino zu knabbern, das köstlich war – eine Kombination aus Ei, Tomaten und Salsa capricciosa, einer Art Fleischsalat –, und holte ein Buch heraus, wobei ich mich bemühte, es nicht mit Mayonnaise vollzusauen. Als Buchhändlerin musste ich mich stets über die Neuerscheinungen auf dem Laufenden halten, damit ich meinen Kunden in den zehn Kategorien der Kleinen Literarischen Apotheke immer neue Titel empfehlen konnte. Aber ich merkte schnell, dass ich das Buch nicht unfallfrei nur mit einer Hand offen halten konnte, also legte ich es beiseite. Stattdessen zog ich, ganz altmodisch, Stift und Papier heraus, um einen vernünftigen Plot für mein Buch zu entwerfen.

Konnte ich darüber schreiben, wie Gatsby mir das Herz gestohlen und spurlos verschwunden war? Ich brauchte nicht mal Rachele dafür, um zu wissen, dass das total banal war. Vielleicht könnte ich einen Creative-Writing-Kurs bei einem der Autoren besuchen, die ich kannte und deren Bücher ich gelesen hatte. Nach deren Lektüre ich mich gefragt hatte, wie sie sich erdreisten konnten, überhaupt irgendwen unterrichten zu wollen.

Ich knüllte mein Taschentuch zusammen und trank einen Schluck von dem hausgemachten Eistee, den ich zu meinem Tramezzino bestellt hatte: Der Geschmack war raffiniert und intensiv. Diese Bar war eine echte Perle, und unabhängig davon, ob Gatsby hier wohnte oder nicht, würde ich mit Sicherheit wiederkommen. Außerdem: Wenn es einen Ort auf dieser Welt gab, an dem ich mein Buch schreiben würde, dann hier.

Jeder Schriftsteller, der etwas auf sich hält, hat eine Schreibroutine, und da ich das Schriftstellerdasein anstrebte, brauchte ich ebenfalls eine.

Irgendwo hatte ich mal gelesen, dass beispielsweise Jane Austen am liebsten im heimischen Salon schrieb. Sie stand früh auf, um zunächst Klavier zu spielen und das Frühstück für die Familie zuzubereiten, und widmete sich anschließend dem Schreiben, das sie nur unterbrach, wenn sie Besuch empfing. Am Abend las sie dann allen vor, was sie tagsüber verfasst hatte. Ich stellte mir vor, wie ich in unserem Wohnzimmer schrieb, während Sery ihre Serien schaute, die Lautstärke bis zum Anschlag aufgedreht, und mit Kopfhörern auf den Ohren für alle Kaffee zubereitete. Am Abend, wenn dann alle um den Herd vereint waren, würde ich meine Texte vorlesen: Giulia und Rachele hätten sich schlappgelacht! Bei dem Gedanken daran erstarb mein Lächeln: In rund drei Monaten würden wir aus unserer Wohnung ausziehen müssen, die immer ein sicherer Hafen gewesen war, der uns aufnahm und zusammenbrachte, während wir uns aus unterschiedlichen Motiven ziellos durchs Leben treiben ließen.

Mir war zum Heulen zumute, mit zunehmendem Alter mutierte ich wirklich immer mehr zu einem armen Würstchen.

Um Fassung bemüht, konzentrierte ich mich lieber schnell auf das weiße Blatt vor mir. Ich fing an, ein paar Ideen hinzukritzeln, die ich regelmäßig wieder durchstrich. Ich war eine Schriftstellerin ohne Ideen, na, wenn mir mal keine glänzende Karriere bevorstand. Vielleicht könnte ich mir ein paar Anregungen bei anderen Schriftstellern holen, die ich mochte, keine Ahnung, Donna Tartt oder Ágota Kristóf. Okay, vielleicht war das etwas vermessen. Mein vernehmbarer Seufzer erregte die Aufmerksamkeit des Herrn, der am Tisch neben mir saß.

»Keinen guten Tag erwischt, was?«, raunzte er mich an.

»Na ja, es gab schon bessere, würde ich sagen.«

»Was schreibst du denn da?«, fragte er und nickte mit dem Kopf zu meinem Blatt herüber.

Ich betrachtete ihn genauer: Bart, Kleidung und Haare wirkten ungepflegt und ließen ihn vermutlich älter wirken als er war. Außerdem trank er um zwei Uhr nachmittags an einem Werktag etwas, das verdächtig nach einem Cocktail aussah.

»Ich versuche, ein Buch zu schreiben«, antwortete ich, ohne es näher auszuführen.

Diese Neuigkeit sollte vorerst noch geheim bleiben, bis ich das Manuskript fertiggestellt hatte, woran ich zusehends mehr Zweifel hegte, aber bei meinem Gegenüber war ich mir relativ sicher, dass er es nicht in der Gegend rumerzählen würde.

Er nickte wortlos, so als ob es völlig normal war, dass eine Dreißigjährige am Tisch eines Lokals ein Buch schreibt, anstatt irgendwo im Büro zu sitzen und sich so ihre Brötchen zu verdienen. Offenbar war auch er ein Träumer gewesen, bevor er damit angefangen hatte, um zwei Uhr nachmittags Cocktails zu trinken.

Vielleicht würde ich auch so enden und mein Leid im Alkohol ertränken.

»Was trinken Sie denn da?«, fragte ich, unfähig meine Neugier zu zügeln. Die Farbe seines Getränks gab keinerlei Aufschluss.

Er musterte mich ein paar Sekunden, hob das Glas zum Mund, nahm einen Schluck von der bernsteinfarbenen Flüssigkeit und sagte dann bedächtig: »Das ist ein Boilermaker, Signorina.«

»Davon habe ich noch nie gehört. Was ist da drin?«

Die Vernunft riet mir, zu schweigen und mich auf das Schreiben und das Beobachten von Passanten zu konzentrieren – auch wenn ich mit anderem beschäftigt war, hatte ich mein Hauptziel nicht aus den Augen verloren, nämlich verstohlene Blicke auf jeden zu werfen, der dort vorbeikam. Aber dieser Mann machte mich einfach neugierig, so wie alles Schöne und Kaputte in dieser Welt.

»Whisky und Bier«, antwortete er und trank weiter aus seinem Glas, ohne dem etwas hinzuzufügen.

Okay, das Gespräch war definitiv beendet, ich konnte mich wieder meinem Manuskript zuwenden beziehungsweise meinem Nulluskript angesichts dessen, dass ich nicht mal eine halbe Zeile zustande gebracht hatte.

»Wenn es nicht aus dir herausplatzt, lass es sein.«

Er hatte mit der üblichen Bedächtigkeit gesprochen, doch diesmal klang er entschieden.

»Wie bitte?«

Er drehte sich samt Stuhl zu mir.

»Wenn du stundenlang dasitzt und dir nichts einfällt, lass

es. Wenn allein schon der Gedanke daran dich anstrengt, tu es nicht. Wenn du versuchst, wie ein anderer zu schreiben, lass es bleiben. Sei nicht wie all die Leute, die sich Schriftsteller schimpfen, werde nicht genauso ein prätentiöser Langweiler. Die Bibliotheken dieser Welt gähnen und schlafen fast ein wegen Leuten wie dir.«

Stillschweigend saß ich da, seine Worte trafen mich wie ein Schlag ins Gesicht. Vermutlich hätte ich beleidigt sein sollen, schließlich kannte er mich nicht, was erlaubte er sich, mich langweilig zu finden? Aber das war ich nicht, weil ich im Grunde der Meinung war, dass er mit allem recht hatte. Mich beschäftigte nur eine Frage: »Und was soll ich Ihrer Meinung nach also tun?«

Er zündete sich eine Zigarette an, stieß Rauch aus und lehnte sich gemütlich zurück.

»Wenn der richtige Zeitpunkt gekommen ist und du dafür prädestiniert bist, kommt es von ganz allein und hält so lange an, bis du stirbst oder es in dir stirbt. Und falls du warten musst, bis es aus dir herausplatzt wie ein Brüllen, dann warte eben. Anders geht es nicht. Ging es noch nie.«

»Danke.«

Das war alles, was ich dem Mann sagen wollte, der mir so knallhart die Augen geöffnet hatte. Ich konnte keinen Roman schreiben nur des Geldes oder des Ruhmes wegen. Wenn ich wirklich etwas zu sagen hatte, dann würde ich schreiben. Und falls nicht, würde ich die Lektorin von Milanesi anrufen und höflich ihr Angebot ablehnen. Nonna Tilde sagte immer, Pferde lassen sich zum Wasser bringen, aber nicht zum Trinken zwingen. Und an alte Volksweisheiten habe ich schon immer geglaubt.

Mein Blick fiel auf die Uhr, es war bereits halb drei, wenn ich noch beim Schlüsseldienst vorbeigehen wollte, musste ich mich beeilen, um die Buchhandlung rechtzeitig aufzumachen. Ich hatte bereits bezahlt, aber für gewöhnlich räumte ich mein Geschirr selbst weg, wenn ich in einer Bar etwas trinken war, als Zeichen des Respekts vor dem Personal, das oft rund um die Uhr schuftete. Also nahm ich meinen Teller und mein Glas, um hineinzugehen, aber vorher drehte ich mich abrupt um.

»Falls ich zum Schreiben zurückkehren sollte, treffe ich Sie wieder hier an?«

»Ich bin jeden Tag hier. Sie können mich gar nicht verfehlen«, antwortete er, drehte mir den Rücken zu und rauchte seine Zigarette weiter.

Während ich mein Fahrrad aufschloss, dachte ich über den Beruf des Schriftstellers sowie über meine Mission nach, die sich an diesem Tag als totales Fiasko erwiesen hatte. Kein einziges bekanntes Gesicht war an der Bar vorbeigekommen, dabei konnte man von dort aus locker die ganze Straße überblicken. Nachdem ich beim Schlüsseldienst einen Termin für den nächsten Tag vereinbart hatte, stand ich um fünf nach drei, fast pünktlich, im Laden bereit.

Nach dem Reinfall mit Mia war Giulio Maria äußerst betrübt, und ich sinnierte gerade, wie ich ihn aufheitern konnte, als ein Mädchen zur Buchhandlung hereinkam. Sie war in Begleitung eines großen Typen, allem Anschein nach ihr Freund, so wie sie sich ansahen und berührten. Sofort fiel mir ihr Lächeln auf. Es war eines dieser seltenen Lächeln, das sich nicht nur auf die Lippen erstreckt, sondern auf das ganze Gesicht.

Beide schlenderten an den Regalen entlang und stöberten in den Büchern. Ihre Wahl fiel auf *Tony & Susan* von Austin Wright, ein Buch, das ich liebte, das ich aber aufgrund des verstörenden Plots, der exzessiven Gewalt und des beklemmenden Endes nicht in die Titel der Kleinen Literarischen Apotheke aufgenommen hatte.

Ich beglückwünschte sie zu ihrer Wahl, und nachdem wir ein paar Worte gewechselt hatten, stellte sich heraus, dass dieses sympathische, strahlende Mädchen für die teuflische Kette LeggereInsieme arbeitete. Sie gehörte ebenfalls zur Kategorie der heimlichen Bücherverschlinger, und genau wie ich war sie trotz aller Tricks, um ihre wahre Identität zu verbergen, entlarvt worden und würde Ende des Monats ihr Glück woanders suchen. Sie hieß Chiara, und was sie noch nicht ahnte: Sie hatte soeben ihren neuen Arbeitsplatz betreten. Ich wusste zwar nichts über sie, aber ich hatte mich schon immer auf mein Gefühl verlassen, und in diesem Lächeln konnte ich mich gar nicht täuschen. Ich bat sie um ihre Telefonnummer, und wir vereinbarten, dass wir uns Ende des Monats hören würden. Ich konnte es kaum abwarten, Carolina davon zu erzählen!

Der Tag verging wie im Fluge, und zum Feierabend schlug ich Giulio Maria eine Kombi aus Hamburgern und Kino vor, doch er lehnte ab, die Enttäuschung saß offenbar noch zu tief. Also beschloss ich, heimzugehen und mit den Mädels zu reden: Ich musste ihnen den Schlamassel mit dem Schlüssel beichten, vor allem aber musste ich ihnen von meinem Buch erzählen. Ich war so gespannt auf ihre Reaktion!

Als ich in der Via del Campuccio eintraf und von der Tür

aus laut die anderen begrüßte, war ich zutiefst erleichtert, als mir alle antworteten. Wenigstens musste ich meine Geschichte nicht zweimal erzählen.

Also scharte ich alle um den Couchtisch und zwang auch Sery, sich vom Fernseher loszureißen und sich zu uns zu setzen, worauf sie sich erst einließ, als wir ihr eine Packung Eis versprachen, die wir uns teilen würden. Giulia war gut gelaunt und plauderte drauflos von ihrem Theaterstück, während Rachele noch eine Rechnung mit mir offen hatte: Ich kannte sie gut genug, um es ihr an den Augen abzulesen. Ich musste nur noch herausfinden, ob sie mir verziehen hatte oder nicht. Carolina hingegen wirkte noch erschöpfter als in den Tagen zuvor.

Ich gab ihnen eine Kurzfassung von der ganzen Geschichte mit dem Makler, dem Schlüsselbund und dem Schlüsseldienst, und alle zeigten sich äußerst verständnisvoll und erklärten, es hätte ihnen genauso passieren können.

Rachele ergriff das Wort.

»Der war bestimmt in der Wohnung, wozu sonst sollte er den Schlüssel klauen? Der wird festgestellt haben, dass hier nichts zu holen ist und ist wie ein begossener Pudel abgezogen. Ehrlich gesagt, könnte ich gar nicht sagen, ob mein Zimmer an dem Abend durchwühlt aussah, da drin sieht es immer aus wie auf dem Schlachtfeld. Auf jeden Fall hat er dir die Schlüssel wiedergebracht, damit du keinen Verdacht schöpfen würdest, wenn jemand anderes kommen und danach fragen würde. Nur hat er nicht damit gerechnet, dass Mia dir nicht Bescheid gibt, und so ist der ganze Schwindel aufgeflogen, als der echte Makler vor dir stand.«

Ich warf ihr einen dankbaren Blick zu, den sie mit nachsichtiger Miene erwiderte. Sie hatte mir also verziehen.

Dann war Giulia an der Reihe.

»Bei mir fehlt auch nichts. Ich hatte sogar ein paar Geldreserven in der Schublade mit der Unterwäsche versteckt, aber als ich letzten Monat damit mein Schulgeld bezahlt habe, fehlte kein einziger Cent. Wahrscheinlich hat Rachele recht, vielleicht hat der Typ es auch mit der Angst zu tun gekriegt, dass ihn Signora Leoparda oder Mr. Schlitzohr erwischen könnten, und hatte keine Zeit mehr, um in Ruhe alles zu durchsuchen. Und die Tatsache, dass du nicht gemerkt hast, dass er dir den Schlüssel zurückgebracht hat, ist meines Erachtens ein Glücksfall. Bestimmt hat er einen Zweitschlüssel angefertigt.«

Carolina schüttelte den Kopf.

»Mir fehlt auch nichts.«

»Sery?«

Sery, den Löffel in der Hand, sah verdattert hoch. Sie hatte die Packung mit der Amarena-Eismischung nicht eine Sekunde aus den Augen gelassen, die wir gemeinsam in ungleichen Anteilen futterten, und sah mich verärgert an.

»Welchen Nachmittag meinst du genau, Blu?«

»Genau weiß ich das nicht mehr, aber es ist fast zwei Monate her. Das heißt, das stimmt nicht, ich erinnere mich sehr wohl. Das war der Tag, an dem wir die Kleine Literarische Apotheke gegründet haben.«

»Der Tag, an dem wir uns nach den Spice Girls benannt haben?« Giulia fing an zu kichern, offenbar stand ihr wieder das Bild von Sery in roten Lackstiefeln vor Augen.

Sery ignorierte sie völlig und dachte weiter nach.

»An dem Tag bin ich gar nicht rausgegangen.«

»Und ob, du hast mir doch noch auf meine Nachricht geantwortet, die ich euch in den WG-Gruppenchat geschrieben habe.«

»Ihr habt mich doch erst später hinzugefügt. Ich habe deine Nachricht nie gekriegt, und an dem Nachmittag habe ich auch das Haus nicht verlassen. Hier ist niemand reingekommen, das kann ich euch versichern.«

Unsere beruhigende Theorie, nach der der Typ bereits reingekommen war und nie mehr wiederkehren würde, geriet nach dieser Aussage wieder ins Wanken.

»Tja … Vielleicht hat er an dem Nachmittag aus irgendeinem Grund was Besseres zu tun gehabt.«

Giulia und ihre Naivität waren wirklich herzerwärmend. Die Tatsache, dass er sich an jenem Nachmittag nicht bei uns umgesehen hatte, hieß, dass Diebstahl nicht sein vordergründiges Motiv war und wir von seinen wahren Absichten absolut nichts wussten.

Eine angespannte Stille machte sich am Tisch breit, unterbrochen nur vom Kratzen von Serys Löffel, der über den Plastikboden der Packung schabte.

»Okay«, sagte Carolina, »morgen tauschen wir das Schloss aus, damit dieser Spuk ein Ende hat. Vielleicht könnten wir heute Abend abwechselnd Wache an der Tür halten. Und den Riegel vorschieben, damit niemand reinkommen kann.«

Ringsum zustimmendes Nicken. Carolina schaffte es immer, den Hausfrieden wiederherzustellen.

»Mädels, jetzt habe ich noch eine gute Neuigkeit zu berichten«, fuhr ich fort.

Ich war ganz hibbelig: In aller Kürze berichtete ich von dem Besuch der Lektorin von Milanesi und dem Handgemenge mit Premio Strega, während mir die Mädels in atemloser Spannung zuhörten.

Als ich mit meiner Geschichte am Ende war, wartete ich gespannt ihre Reaktionen ab. Giulia begann vor Freude zu schreien, Carolina bekam endlich wieder ein wenig Farbe ins Gesicht und riss mich in ihre Arme, und Sery ließ von ihrem Eis ab, um in die Hände zu klatschen. Während ich damit beschäftigt war, den Ansturm der Freude zu bewältigen, mit dem mich die anderen buchstäblich überrannten, versuchte ich Racheles Blick zu erhaschen. Ich war wie versteinert angesichts dessen, was ich in den Augen meiner besten Freundin seit Kindheitstagen las. Auch wenn sie lächelte und sich der allgemeinen Freude anzuschließen versuchte, kannte ich sie gut genug, um zu erkennen, was sich dahinter verbarg. Und dabei ging es nicht um unseren Streit, der war bereits vergeben und vergessen, sonst hätte sie mir nicht mit der REDI-Liste geholfen und eine Lanze für mich gebrochen, als ich meinen Fehler mit dem Makler gebeichtet hatte. Nein, wir hatten zu viel gemeinsam durchgemacht, als dass ich nicht verstehen würde, was in ihr vorging: Rachele war neidisch, weil ich ein Buch schreiben würde und nicht sie, die sich so sehr ins Zeug gelegt hatte. Vielleicht empfand sie es als unfair, und vielleicht war es das auch, aber ich finde, wenn man befreundet ist, sollte man sich dennoch mitfreuen können. Nachdem der Jubel sich gelegt hatte, nahmen die Mädels wieder Platz, und ich sah Rachele direkt in die Augen.

Ich unternahm einen letzten verzweifelten Versuch, etwas

anderes in ihren haselnussbraunen Augen abzulesen. Doch da war nicht mehr und nicht weniger als vorher. In dem Moment war mir nicht mehr danach, ihnen, aber vor allem ihr, von meinen neuesten Erkenntnissen zu berichten, die ich anhand der REDI-Listen gewonnen hatte. Stattdessen quatschten wir weiter über Theaterstücke, Prüfungen und allerlei anderen Kram. Ich hatte keine Lust, Rachele noch an diesem Abend unter vier Augen zu sprechen, also gab ich vor, müde zu sein und verschwand ins Bad, um ausgiebig zu duschen. Als ich in mein Zimmer kam, fand ich Carolina auf dem Bett sitzend vor, die auf mich wartete.

»Ich weiß, dass du dich bei Sery erkundigt hast, ob es etwas gibt, das mir Sorgen bereitet.«

Ich machte Anstalten zu widersprechen, doch sie brachte mich mit einer Geste zum Verstummen.

»Ich habe versucht, so normal und gelassen wie möglich zu wirken, aber vielleicht hatte ich dich unterschätzt.«

Sie stand vom Bett auf und ging zum Fenster.

»Ehrlich gesagt hatte ich gehofft, dass du vor lauter Trubel in deinem Leben gar keine Zeit hättest, dich um meins zu kümmern … Aber da habe ich mich getäuscht.«

Sie stand nun mit dem Rücken zu mir vor dem Fenster, und in ihrer Spiegelung bemerkte ich das Glitzern einer Träne, die ihr über die Wange lief. Hastig wischte sie sie weg, doch es war zu spät, ich hatte es bereits bemerkt.

»Wenn es immer noch um diesen Blödmann Bobo geht, schwör ich dir, geb ich dir 'nen Arschtritt. Wir haben gerade erst das Kapitel Enrico ad acta gelegt, wir können jetzt nicht wieder von vorn anfangen.«

Sie drehte sich zu mir um, diesmal ließ sie ihren Tränen freien Lauf.

»Blu, ich habe Krebs. Ich habe Angst zu sterben.«

14

VON ALTEN BEGEGNUNGEN UND NEUEN GEWISSHEITEN

Ruf mich an, oder ich rufe dich an, aber einer von uns tut es, ja? Ich meine, es ist kein Wettbewerb.
Du verlierst nicht, wenn du zuerst anrufst.

DAVID NICHOLLS: *Zwei an einem Tag*

Zwanzig Tage später

Es waren drei Wochen vergangen seit jenem Abend, als nach Carolinas Geständnis alles andere in den Hintergrund gerückt war. Chiara vertrat mich seither fast jeden Vormittag in der Buchhandlung, und ich begleitete meine Freundin, die sonst als Psychotherapeutin arbeitete, zu ihren diversen Untersuchungen.

Heute erwarteten wir die Ankunft ihrer Eltern, die mich als Fahrerin für die Besuche in Arztpraxen und Krankenhäusern ablösen würden. Wir hatten gemeinsam beschlossen, dass eine von uns ihr Zimmer für unsere Gäste räumen musste, und

Rachele hatte sich sofort bereit erklärt mit der Ausrede, dass sie am schnellsten ausziehen konnte. Zudem war es nur eine Frage der Zeit, bis wir nach dem Sommer ohnehin alle ausziehen würden.

Seit jenem Nachmittag in der Buchhandlung hatten Rachele und ich nicht mehr miteinander gesprochen, wir hatten zu lange mit der Aussprache gewartet und die Kluft, die sich zwischen uns aufgetan hatte, wurde mit jedem Tag breiter. Was zuvor unsere Höhle, unsere Zuflucht vor der Welt gewesen war, wurde mit jedem Tag immer mehr zum Grab unserer Freundschaft. Auch wenn es hart klang, hatte ich den Eindruck, als ob Rachele, genau wie Giulia, vor Carolinas Krankheit die Flucht ergriffen hatte: Giulia, indem sie länger als nötig in Sarzana blieb, und Rachele, indem sie sofort die Chance ergriffen hatte und ausgezogen war. Von Giulia hatte ich ein derart oberflächliches Verhalten erwartet, so war sie eben, fröhlich, witzig, spritzig, aber auf sie war kein Verlass – das wusste ich, und das hatte ich einkalkuliert. Dass Rachele sich aus dem Staub machte, enttäuschte mich noch mehr als der Neid in ihren Augen, als es um den Buchvertrag ging.

Carolinas Brusttumor war glücklicherweise offenbar weniger gravierend als von den Ärzten anfangs angenommen: Sie sprach gut auf die Krebsbehandlungen an, und dank einer Operation und einer Chemotherapie standen ihre Überlebenschancen sehr gut. Sie gab sich derweil größte Mühe, immer optimistisch zu bleiben: Sie führte ihr Leben so gut es ging weiter und half mir auch mit der Kleinen Literarischen Apotheke. Glücklicherweise hatte sie die Geschichte mit

Bobo endgültig beendet nach der Aktion mit der Geburtstagstorte.

Ich versuchte mich währenddessen auf meine Arbeit zu konzentrieren, doch es gelang mir nicht, ich fühlte mich ständig rastlos. Vor einer Woche war der Abgabetermin abgelaufen, bis zu dem ich Milanesi meinen Entwurf für einen Plot hätte zusenden sollen, und die E-Mail von Erica prangte fett zwischen den anderen ungelesenen Nachrichten in meinem Postfach. Sie zu öffnen und zu lesen hätte bedeutet, dass ich ihr eine Antwort hätte geben müssen, die in diesem Moment nur negativ ausfallen konnte. Aber ich kam nicht länger darum herum. Ja, es war an der Zeit, mich für das tolle Angebot zu bedanken, aber höflich abzulehnen. Wenn ich heute Nachmittag in die Buchhandlung gehen würde, würde ich das als Allererstes erledigen. Es tat mir in der Seele weh, denn eine solche Chance kam kein zweites Mal, aber ich hatte nicht mal ansatzweise eine Idee für die Geschichte, und meine Kreativität machte Ferien in Honolulu mit Merlin, dem Zauberer.

Mit der Ankunft unserer Gäste war ich ab heute offiziell von meinen Aufgaben als persönliche Assistentin entbunden. Umso besser, dann konnte ich mit dem Rad schon etwas früher in die Buchhandlung fahren, um all den liegen gebliebenen Kram abzuarbeiten, den Chiara nicht an meiner Stelle erledigen konnte. Ich radelte durch die Straßen im Zentrum und versuchte, die Unbeschwertheit früherer Zeiten wiederzufinden, als zwar die Arbeit nicht gut lief, aber dafür alles andere seine Ordnung hatte. Mein Dasein als ewige Jugendliche war in der denkbar schlimmsten Weise mit Carolinas Krankheit und der Entfremdung von Rachele geendet. Bei dem Gedanken traten mir Tränen in die Augen, doch ich hielt sie zurück und trat fester in die Pedale.

Als ich vor der Buchhandlung ankam, stellte ich fest, dass ich eigentlich das Bedürfnis verspürte, allein zu sein. So machte ich schnell mit dem Rad kehrt, bevor ich von Chiara entdeckt wurde, der ich schnell eine Nachricht schickte und sie bat, auch am Nachmittag im Laden zu arbeiten, oder, noch schlimmer, von Giulio Maria. In letzter Zeit hatten sich unsere beiden miesen Launen zu einer tödlichen Mischung vereint, und jedes Mal, wenn wir zusammen ausgingen, glich es mehr einer Totenwache denn einem ausgelassenen Abend unter Freunden. Er hatte noch immer nicht die, wenn auch sanfte, Abfuhr Mias verkraftet, und genau wie ich erwartet hatte, war auch die gelöste Atmosphäre von früher, wenn wir zu dritt waren, dahin. Ja, wir sahen uns kaum noch, denn sobald Giulio entdeckte, dass Mia da war, fand er immer neue Ausreden, weshalb er nicht mit uns ausgehen konnte.

Diesen Nachmittag würde ich ganz allein verbringen, um ein wenig Klarheit zu erlangen und mir Gedanken über meine Zukunft nach der Via del Campuccio zu machen. Ich wusste nicht, wie ich mit den Veränderungen umgehen sollte, die ohne mein Zutun meinen bisherigen Alltag über den Haufen warfen. Ich fing an, ohne Ziel durch die Gegend zu kurven, als ich in der Ferne den Privatweg sah, um den vor scheinbar einer Ewigkeit all meine Gedanken gekreist waren. Ein hausgemachter Eistee von Amir unter dem duftenden Jasminstrauch war jetzt genau das Richtige.

Ich steuerte auf die Terrasse zu, die direkt aus Paris zu

stammen schien, und parkte mein Rad an einem Fahrradständer ganz in der Nähe. Mit einer Mischung aus Erstaunen und Freude entdeckte ich auch den bärtigen Mann, mit dem ich über die Tische hinweg geplaudert hatte.

Amir empfing mich mit seiner üblichen Liebenswürdigkeit an diesem Ort, an dem Zeit eine andere Ausdehnung zu haben und langsamer zu vergehen schien als im Rest der Welt. Während ich am Tresen darauf wartete, dass mein Eistee fertig war, warf ich einen Blick nach draußen und sah, dass mein Kumpel erneut seinen Cocktail aus Bier und Whisky trank. Was hatte er noch mal gesagt, wie der hieß?

Ich fragte Amir, ob ich meine Bestellung noch ändern und stattdessen einen Boilermaker nehmen könne. Halb verdutzt, halb alarmiert sah er mich an und bereitete mir einen Krug Bier mit einem Glas Whisky darin zu. Ich war Alkohol nicht gewöhnt, erst recht nicht um diese Uhrzeit, aber ich hatte Lust, mit diesem Typen einen zu trinken, denn auch wenn er wenig vertrauenswürdig aussah, hatte er mich sofort für sich eingenommen.

»Kann ich mich zu dir setzen?«

Er nickte mit dem Kopf zu dem freien Stuhl hinüber, was ich als Ja interpretierte, und nahm Platz. Wie von selbst war ich vom Sie zum Du übergegangen, er machte mir nicht den Eindruck, als würde er viel von Höflichkeitskonventionen halten.

Ein paar Minuten lang saßen wir schweigend da, bis ich das Gefühl hatte, mich zumindest vorstellen zu müssen.

»Ich bin übrigens Blu«, sagte ich und streckte ihm die Hand entgegen.

»Blu? Wie die Farbe? Was für ein Scheißname!«

Zuerst war ich wie vor den Kopf gestoßen, was erlaubte sich dieser Assi eigentlich? Aber sprach er damit nicht aus, was ich mein ganzes Leben lang gedacht hatte? Blu war wirklich ein Scheißname! Ich fing an zu lachen, zuerst leise, dann immer lauter, bis der Mann darin einstimmte. Sein Lachen war heiser und scheppernd, vielleicht weil er qualmte wie ein Schlot und soff wie ein Loch.

Als wir uns wieder beruhigt hatten, liefen mir Tränen vor Lachen über die Wangen. Er streckte mir die Hand hin.

»Du kannst mich Hank nennen.«

Sein Händedruck war rau und fest. Mir gefiel es, wenn Leute einen festen Händedruck hatten, aber einem nicht die Hand abquetschten.

Das wohlige Gefühl, das mir dieses Lachen vermittelt hatte, brachte mich dazu, an unser Gespräch vom letzten Mal anzuknüpfen.

»Ich habe beschlossen, das Buch doch nicht zu schreiben.«

Er sah durch mich hindurch, als ob er mich nicht sehen und sich auch nicht an unser Gespräch erinnern würde.

»Klingt vernünftig.«

Mehr sagte er nicht dazu, was mich an das Buch der Antworten erinnerte, das bei mir im Laden stand: Man schlug einfach eine beliebige Seite auf und fand einen knappen philosophischen Rat für die Zukunft. Kurz stellte ich ihn mir als eine Art angeschickerten Osho vor und musste lachen. Ich hatte meinen Cocktail inzwischen fast ausgetrunken und spürte, wie mir der Alkohol in den Kopf stieg, ich musste aufpassen, dass ich keinen Blödsinn erzählte oder den Leuten ins Gesicht lachte.

Er nahm ebenfalls regelmäßig einen Schluck von seinem Getränk, während wir uns unterhielten.

»Ich nehme an, Schmerz und Leid sind ein wichtiger Antrieb für das, was wir Kunst nennen. Wenn ich die Wahl gehabt hätte, hätte ich gern all diesen Schmerz und all das Leid vermieden, aber wer weiß, warum sie immer zu mir finden. Und du, hast du damit Erfahrung?«

»Ich weiß nicht, ich habe noch nicht gefunden, wonach ich gesucht habe. Bist du denn Künstler?«

Er lachte, zündete sich eine Zigarette an und aschte in den Aschenbecher in der Mitte des Tischs.

»Es gibt viele Kategorien von Künstlern, aber ich falle in keine davon. Und wenn du mich fragst, hast du längst gefunden, wonach du gesucht hast.«

Als ich seinem Blick folgte, entdeckte ich einen jungen Mann, der mich anstarrte. Und genau dieser junge Mann schuldete mir jede Menge Erklärungen.

Hastig stand ich auf, wobei ich fast den Stuhl umwarf, und ging eiligen Schrittes auf den Typen zu, der regungslos auf mich wartete. Es war also tatsächlich sein Name gewesen, den ich in der Kombination aus Buchstaben, Geburtsdaten und anderen Informationen auf dieser blöden Liste ausgemacht hatte. Diesmal würde er mir nicht entwischen: Er schuldete mir eine Erklärung.

»Hallo.«

Filippo Cipriani, alias der Buchzurückbringer, stand vor mir und starrte mich weiterhin an, ohne etwas zu sagen.

»Bestimmt denkst du jetzt, ich wäre vollkommen irre, aber ich muss wissen, woher du das Buch hast, das du mir in die Buchhandlung zurückgebracht hast.«

Inzwischen hatte es gar keinen Zweck mehr, es herauszufinden, aber diese Frage hatte mich monatelang umgetrieben, und ich wollte endlich damit abschließen. Ich spürte, dass mir irgendetwas entgangen war.

Er fegte sich die Haare aus der Stirn, verschränkte die Arme vor der Brust und antwortete in resigniertem Ton.

»Blu, erkennst du mich wirklich nicht wieder?«

Ich betrachtete ihn aufmerksam, irgendwie hatte ich immer das Gefühl gehabt, dass er mir bekannt vorkam, aber das hatte ich darauf zurückgeführt, dass ich in der Buchhandlung ständig Menschen begegnete und er vielleicht einfach jemandem ähnelte, den ich ein paarmal flüchtig getroffen hatte. Doch da fiel es mir schlagartig wieder ein: An dem Abend von Neri Venutis Präsentation, als die Zombies sich gewaltsam Zutritt zum Laden verschafft hatten, war ein Junge von der Tür getroffen und zu Boden geworfen worden. Ich war mir fast sicher, dass er das gewesen war.

»Wir haben uns bei der Buchpräsentation von Neri Venuti gesehen. Du hast vor der Tür gesessen, als Leute, die nicht mehr reingekommen sind, hereindrängten.«

Nun verschränkte er die Arme mit noch mehr Nachdruck und sah mich aus einem Meter neunzig Höhe an.

»Stimmt. Aber streng dich noch mal an: Stell dir mal vor, ich hätte Rastas und einen Lorbeerkranz auf dem Kopf.«

Ich war mir sicher, dass er an jenem Abend weder Rastas noch einen Lorbeerkranz getragen hatte, wieso auch?

»Was haben denn deine Haare mit dem Buch zu tun, das du mir wiedergebracht hast?«

Er seufzte und begann die ersten Worte eines Werks zu rezitieren, die mir wohlvertraut waren. *»Er hieß Rotfuchs, weil er rote Haare hatte, und rote Haare hatte er, weil er verschlagen und böse war und ein rechter Spitzbube zu werden versprach.«*

Ich konnte es nicht fassen.

Es konnte unmöglich er sein. Andererseits ... inzwischen waren so viele Jahre vergangen. Jetzt wo ich ihn mir genauer anschaute ... verdammt, er war es wirklich.

»Du bist der Typ aus dem Twice? Den ich am Abend meiner Abschlussfeier kennengelernt habe?«

»Unserer, genauer gesagt.«

Wieso hatte ich ihn nicht eher wiedererkannt?

Stotternd versuchte ich, meine Fassung wiederzuerlangen.

»A-aber ... wieso hast du denn nichts gesagt, als du bei mir im Laden warst?«

»Meinst du, ich hätte es nicht probiert? Ich wusste von ehemaligen Kommilitonen, dass du eine Buchhandlung eröffnet hast. Eigentlich bin ich an dem Abend zu der Präsentation gekommen, um dir Hallo zu sagen, aber dann ist ein Mädchen in Ohnmacht gefallen und es herrschte ein solches Tohuwabohu, dass ich es sein ließ.«

Selbst wenn an dem Abend der Ministerpräsident da gewesen wäre, hätte ich bei all dem Terz nichts davon mitgekriegt.

»In derselben Woche bin ich samstags noch mal an deiner Buchhandlung vorbeigekommen und wollte reingehen und mit dir plaudern, habe mich aber nicht getraut. Also habe ich eines der Bücher am Eingang genommen, wie nennst du die noch mal? Wanderbücher? Jedenfalls habe ich eins mit nach Hause genommen und ein paar Wochen gewartet, damit es glaubwürdig erschien, dass ich es in der Zwischenzeit gelesen hatte, und habe es dir wiedergebracht. Ich hatte dich im Fernsehen und in den Zeitungen gesehen und wollte dir zu deinem Erfolg gratulieren.«

Es war unmöglich, dass er es mitgenommen hatte, ich hatte schließlich mit eigenen Augen gesehen, wie Gatsby es in die Innentasche seines Mantels gesteckt hatte, und es konnte auch keine Verwechslung vorliegen, es gab nur ein Buch mit genau diesem Tintenfleck. Und er und Gatsby waren ganz sicher nicht ein und dieselbe Person, die beiden ähnelten sich nicht im Geringsten. Dennoch stellte ich ihm eine Frage, auch wenn ich die Antwort bereits kannte.

»Hast du zufälligerweise eine alte Ausgabe von *Die Liebe in den Zeiten der Cholera* bestellt?«

»Blu, ist das dein Ernst? Ich habe *Ein wenig Leben* gekauft, sag bloß, das weißt du auch nicht mehr?«

Es war eine rhetorische Frage, aber ich dachte dennoch über die Antwort nach, als er fortfuhr.

»An dem Tag, als ich noch mal in die Buchhandlung zurückgekehrt bin, warst du irgendwie komisch, hast Selbstgespräche geführt und mich ständig im Auge behalten, als sei ich ein Dieb. Das hat mich so nervös gemacht, dass ich kein Wort mehr rausgebracht habe. Und auch die Tatsache, dass du mich nicht wiedererkannt hast, hat mich davon Abstand nehmen lassen, dich anzusprechen.«

»Da war eine ältere Dame, ich habe keine Selbstgespräche

geführt«, sagte ich mehr zu mir als zu ihm, da ich überhaupt nicht verstand, wovon er da redete.

»Wie bitte?«

»Ich sagte, an dem Tag war eine ältere Dame da. Eine Dame mit weißen Haaren, sie saß versteckt auf einem Sessel in der Ecke bei der Kasse, deshalb hast du sie nicht gesehen.«

Er sah mich einen Moment perplex an und sagte dann ruhig: »Blu, wir waren ganz allein im Laden. Dessen bin ich mir ziemlich sicher, sonst hätte ich niemals vorgehabt, dich anzusprechen. Ich dachte, du bist vielleicht einfach ein wenig gestresst, aber offenbar bist du das immer noch, denn du hast es schon wieder getan.«

»Inwiefern?«

Er deutete auf die Tische vor der Bar.

»Vorhin hast du an dem Tisch gesessen und Selbstgespräche geführt. Einmal hast du sogar herzhaft gelacht. Bist du sicher, dass es dir gut geht?«

Mir schien, derjenige, bei dem irgendwas nicht stimmte, war er: Entweder war er verrückt oder sah schlecht.

»Was redest du denn da?«, entgegnete ich erbost. »Siehst du nicht den Mann da, der …«

Ich drehte mich um in der Erwartung, meinen Saufkumpan zu sehen, wie er qualmte und ein Glas in der Hand hielt. Doch an dem Tisch, wo ich noch bis eben gesessen hatte, standen nur mein nahezu leeres Glas und ein unbenutzter Aschenbecher.

Als ich mich wieder zu ihm umdrehte, schenkte er mir ein nachsichtiges Lächeln.

»Vielleicht bist du nicht nur gestresst, sondern auch ein wenig angeheitert? Oder muss ich mir Sorgen machen?«

Ich war verwirrt, bestimmt war mein Kumpel Hank nur reingegangen, um sich noch einen Boilermaker zu bestellen? Er hatte mir doch erzählt, dass er Stammgast hier war.

»Nein, da war wirklich ein Mann. Warte, ich geh kurz rein und frag den Barinhaber.«

Er ergriff meine Hand und hielt mich zurück.

»Warte, ich muss dir etwas sagen, und zwar jetzt gleich, bevor du wieder damit anfängst mich nach dem Wanderbuch zu fragen oder – schlimmer noch – Selbstgespräche zu führen.«

Ich blieb stehen und stand Auge in Auge diesem Fremden gegenüber, der letztlich so fremd gar nicht war. Mein Gesicht brannte bei dem Gedanken an den Abend vor so vielen Jahren. Ich hasste es, dass ich in peinlichen Situationen rot anlief. Man kann sich schlecht gleichgültig geben, wenn man rot ist wie eine Tomate. Filippo schien jedoch keine Notiz davon zu nehmen und fuhr unbeirrt fort.

»Als ich dich nach all der Zeit in der Buchhandlung wiedergesehen habe, sagte ich mir, diesmal lässt du sie nicht noch einmal einfach so gehen. Am liebsten wäre ich jeden Tag vorbeigekommen und hätte sämtliche Bücher aufgekauft, bis dein Laden leer wäre und kein Kunde mehr käme. Dann hättest du das Rollgitter runtergelassen und ich hätte dich zum Eis eingeladen. Eis mag schließlich jeder, oder? Ich würde gerne herausfinden, ob du eher der Vanille- oder der Schokotyp bist, was du gern zum Frühstück isst, und ob du dich im Dunkeln fürchtest. Bevor ich den Mut fand, dir das Buch zurückzubringen, habe ich quasi meinen gesamten Monatslohn bei deinem Freund in der Bar nebenan ausgegeben, immer in der Hoffnung, du würdest in einer ruhigen Minute reinkommen und einen Kaffee trinken. Ich hätte dir gern gelauscht, wie du dich mit geliebten Menschen unterhältst, um herauszufinden, wer du bist, wenn du keine schützenden Mauern um dich aufbaust. Vielleicht bist jetzt du diejenige, die denkt, ich sei verrückt geworden, aber ich habe wirklich das Gefühl, in jener Nacht vor sechs Jahren mein Herz an dich verloren und es erst wiedergefunden zu haben, als ich dich bei der Präsentation sah.«

Ich schwieg, sprachlos von dieser regelrechten Liebeserklärung. Wie oft hatte ich in all den Jahren an ihn gedacht? Um ehrlich zu sein, selten, er war ohne ein Wort verschwunden, und ich war enorm wütend auf ihn gewesen.

Wie üblich war ich der Meinung, ich sei eine solche Aufmerksamkeit nicht wert, und versuchte alles kaputt zu machen, indem ich aggressiv wurde, wie immer, wenn ich mir nicht anders zu helfen wusste.

»Wenn du mich so mochtest, wieso hast du dich dann in all den Jahren nie gemeldet? Du bist einfach abgehauen wie so ein Feigling, ohne dich auch nur zu verabschieden oder mir deine Nummer dazulassen.«

Er sah aufrichtig überrascht aus.

»Hast du nicht den Zettel gefunden, den ich dir dagelassen habe?«

Jetzt bluffte er, wenn er einen Zettel dagelassen hätte, hätte ich ihn in den sechs Jahren ja wohl gefunden. Mochte sein, dass ich keine Koch-Queen war, aber in den sechs Jahren hatte ich durchaus mal in meinem Zimmer aufgeräumt.

»Nein, nichts. Du hättest auch warten können, bis ich aufwache.«

Er schenkte mir erneut ein sanftes Lächeln.

»Blu, am nächsten Tag ging mein Flug in die USA, ich war insgesamt drei Jahre im Ausland. Ich habe versucht dich in den sozialen Netzwerken ausfindig zu machen, ich dachte, mit so einem Namen sollte das kein Problem sein. Aber Pustekuchen, nichts, als würde ich einem Gespenst nachjagen. Jedenfalls hatte ich dir meine Telefonnummer und meine E-Mail-Adresse auf einen Zettel geschrieben, aber es war in der Nacht recht windig und zu warm, um das Fenster zuzumachen. Also habe ich den Zettel sicherheitshalber in das Buch gesteckt, das auf deinem Nachttisch lag, weil ich davon ausgegangen bin, dass du ihn dort am ehesten findest. Wenn du mir nicht glaubst, schau doch zu Hause nach, wenn du ihn nie gefunden hast, müsste er nach wie vor dort sein.«

Ich hörte ihm zu, aber es war, als wäre ich außerstande, die Informationen aufzunehmen. Was er da sagte, ergab keinen Sinn, aber im Inneren spürte ich, dass sich die Puzzleteile, die ich in den letzten Monaten gesammelt hatte, allmählich zu einem Bild zusammensetzten.

Unsere Blicke trafen sich, Filippo wartete eindeutig auf eine Reaktion von mir.

»Ich muss zuerst eine Frage klären. Das hat nichts mit dem zu tun, was vor sechs Jahren zwischen uns gelaufen ist, sondern mit mir und meinem Leben in den letzten Monaten.«

Verwirrt sah er mich an, offensichtlich wusste er meine Worte nicht recht zu deuten. Wie auch, diese Geschichte hatte nichts mit ihm zu tun.

»Ich weiß ja jetzt, wo ich dich finde. Diesmal lasse ich bestimmt keine sechs Jahre verstreichen, versprochen.«

Ich drückte ihm einen Kuss auf die Wange, drehte mich um und ging entschlossenen Schrittes Richtung Bar, in der ich noch vor wenigen Minuten eine eklige Bier-Whisky-Mischung getrunken hatte, die mir im Magen herumging.

Als ich hereinkam, fand ich den persischen Barinhaber vor, wie er die prächtigen Zimmerpflanzen pflegte, die der Bar ein Ambiente wie in einem üppigen Regenwald verliehen.

»Amir, entschuldige, darf ich dir eine Frage stellen?«

Er hielt mit der Schere inne, mit der er eben noch welke Blätter und verdorrte Stängel gestutzt hatte, und schenkte mir seine ganze Aufmerksamkeit.

»Sicher doch, schieß los.«

»Wahrscheinlich wird dir meine Frage merkwürdig vorkommen, aber ich würde dich bitten, mir einfach zu antworten.«

Durch seine dicken Brillengläser sah er mich ernst an und nickte.

»Wie lange hast du schon keinen Boilermaker mehr zubereitet, bevor ich mir heute einen bestellt habe?«

Nachdenklich hob er den Blick zur Decke und antwortete dann mit Entschiedenheit.

»Ehrlich gesagt glaube ich, das war das erste Mal heute.«

»Das heißt, abgesehen von mir hat nie jemand danach gefragt?«

»Genau.«

»Wenn ich dir also sagen würde, dass vor deiner Bar ein ungepflegter alter Mann mit Bart und weißen Haaren saß und einen Boilermaker getrunken hat, würdest du das für unmöglich erklären, oder?«

»Na ja, ich würde sagen, ja.«

»Danke dir.«

Bevor ich mathematische Gewissheit darüber hatte, was in meinem Kopf gerade Gestalt annahm, musste ich zuerst einem anderen Ort einen Besuch abstatten. Mein Handy zeigte an, dass es halb fünf war, nicht unbedingt die geeignetste Uhrzeit, aber ich musste es probieren. Keine Ahnung weshalb, aber die Dringlichkeit, die ich verspürte, veranlasste mich dazu, keine Sekunde länger zu warten.

Während Filippo wie betäubt zusah, schloss ich mein Fahrrad auf und bedauerte einen Moment lang, keinen Motorroller oder ein anderes, schnelleres Transportmittel zur Verfügung zu haben. Mit aller Kraft trat ich in die Pedale und kam innerhalb von fünfzehn Minuten in Santo Spirito an. Diesmal fand ich den Eingang vom Romanow relativ schnell, aber wenn man bedachte, dass ich bereits einmal hier gewesen war und ihn im Handumdrehen hätte finden sollen, hätte es eigentlich schneller gehen müssen. Ich klopfte kräftig an die grüne Holztür, und nach einigen Sekunden erschien das Gesicht des Schnurrbartträgers, der mich fragend ansah.

»Hallo, entschuldige, aber wir haben noch geschlossen.«

»Ich weiß, ich suche Vanessa. Es ist wichtig.«

Seine Augen blitzten auf, höchstwahrscheinlich hatte er mich wiedererkannt und mit der Schlägerei und dem durchwühlten Archiv letzten Monat in Verbindung gebracht.

»Vanessa ist nicht da. Tut mir leid, da musst du ein anderes Mal wiederkommen.«

Er wollte schon die Tür schließen, aber ich hatte beschlossen, direkt reinzugehen und ihm gar nicht erst die Zeit zu geben, den Sicherheitsdienst zu rufen. Kurzerhand stellte ich den Fuß in die Tür und drückte mit aller Kraft dagegen. Der Junge stieß einen seltsamen kleinen Schrei aus, allerdings mehr vor Überraschung denn vor Angst.

»Entschuldige, aber es geht um eine wichtige Angelegenheit.«

Wäre er nicht so zierlich gewesen, hätte ich keine Chance gehabt, aber ich durfte keine Zeit verlieren, denn die bulligen Türsteher konnten jede Sekunde auftauchen. Eilig lief ich durch den Flur und schritt die Portraits an den Wänden ab, auf der verzweifelten Suche nach dem von Gatsby. Doch in dem Bereich, in dem ich mich erinnerte, ihn gesehen zu haben, hingen nur die starren Gesichter von Wichtigtuern mit gegelten Haaren.

Hinter mir schrie der Typ irgendwas, aber ich hatte keine Zeit, mir anzuhören, was er mir zu sagen hatte. Ich musste Vanessa finden und ihr eine simple Frage stellen. Ich rannte zum Büro, wo ich in den Mitgliederformularen und Passkopien geschnüffelt hatte, und öffnete die Tür. Es war niemand da. Ich machte kehrt und hastete zum mittleren Teil des Lokals, die erregten Stimmen hinter mir signalisierten, dass ich mich beeilen musste. Als ich den Saal betrat, sahen mich die Barkeeper perplex an, aber niemand sagte etwas. Schnurstracks ging ich auf den Bartresen zu, wo ich die Portraitzeichnerin kennengelernt hatte. Dahinter stand ein Mädchen mit dunklen Haaren und aufgewecktem Blick, das Gläser wegräumte.

»Hallo, entschuldige, ich suche das Mädchen, das die Portraits zeichnet.«

Das Geschirrtuch in der Hand hörte sie auf, das Weinglas abzutrocknen.

»Hallo, ich bin Francesca. Kann ich dir irgendwie behilflich sein?«

War sie taub, oder was?

»Ja, hallo, ich heiße Blu. Ich suche eine Kollegin von dir, die mich neulich abends hier am Tresen bedient und ein Portrait von mir gezeichnet hat. Das heißt, genauer gesagt, stammen wohl alle Zeichnungen hier von ihr«, sagte ich und deutete auf die Wände.

Sie sah sich um und richtete dann den Blick auf mich nach dem Motto »Willst du mich verarschen?«.

»An diesem Tresen schenken wir nie aus. Hier bewahren wir nur die Gläser auf. Und es tut mir leid, aber wir haben keine Zeichnungen. Das, was da an den Wänden hängt, sind allesamt Fotografien.«

Ich warf einen Blick auf das erste Bild, das mir unterkam, keine Ahnung, wie ich darauf gekommen war, dass es sich um Zeichnungen handelte, denn selbst auf einen Kilometer Entfernung konnte man erkennen, dass es sich um schlichte Fotoreproduktionen auf Hochglanzpapier handelte.

Doch ich wollte mich trotz der Fakten nicht geschlagen geben.

»Wo habt ihr die Fotos aufgenommen?«

»Das sind alles Fotoabzüge von Leuten aus der Zeit der Prohibition. Schriftsteller, berühmte Persönlichkeiten, so was.«

»Und sag mal, arbeitet dieses Mädchen bei euch?«

Ich gab ihr eine kurze Beschreibung der Portraitzeichnerin, doch Francesca schüttelte den Kopf.

»Ich arbeite hier, seit der Laden aufgemacht hat, und ich kann dir versichern, dass es hier niemanden gegeben hat, auf den die Beschreibung passt.«

»Da ist sie.«

Die Nervensäge vom Empfang hatte mich eingeholt und wie erwartet hatte er seine beiden Türsteher dabei. Der einzige Unterschied zum letzten Mal bestand darin, dass sie in Zivil gekleidet waren, da sie noch keinen Dienst hatten. Brav folgte ich ihnen zum Ausgang. Ich wollte gerade das Foyer verlassen, als der Schnurri mich ansprach.

»Vanessa ist nicht da, weil sie gerade ihr Kind bekommen hat.«

»Das freut mich. Ein Mädchen, stimmt's?«

»Ja, sie heißt Myriam.«

Ich lächelte vor mich hin, denn nur sie und ich wussten, woher sie die Inspiration für diesen Namen hatte.

»Richte ihr meine Glückwünsche aus.«

Ich winkte zum Abschied und ging zu meinem Fahrrad.

Während ich an die Ereignisse an jenem Abend zurückdachte, suchte ich nach wenigstens einem Aspekt, der mir Anlass zur Hoffnung gab, nicht völlig wahnsinnig geworden zu sein. Wie üblich konnte ich den Fahrradschlüssel nirgends finden, und um zu vermeiden, dass ich dem Innenfutter endgültig den Todesstoß versetzte, nachdem ich es mit der Nähmaschine notdürftig geflickt hatte, die ich mir in meiner »Ich werde Mode- und Accessoire-Designerin«-Phase gekauft hatte, stellte ich die Handtasche in meinen Fahrradkorb und nahm behutsam den Inhalt heraus. Erneut stieß ich auf die Schlüssel, die der angebliche Makler zurückgebracht hatte und die nach dem Schlosswechsel inzwischen nutzlos waren. Sie waren in eine dünne Serviette eingewickelt, wie man sie in Bars bekam und die jetzt völlig zerknittert und zerknüllt war. Zuerst erkannte ich sie nicht wieder, doch dann setzte mein Herz einen Schlag aus: Es war die Serviette, auf die das Mädchen die Adresse geschrieben hatte. Ich hielt sie fest zwischen den Händen und hoffte, darauf das zu finden, was ich hastig überflogen hatte, ehe ich sie in der Tasche verstaut und mich zu Giulio Maria begeben hatte. Mit dem Rücken an die Wand gelehnt, holte ich tief Luft und öffnete sie langsam.

Sie war vollkommen weiß.

Mir wurde heiß, und ein Anflug von Panik machte sich in meiner Magengegend breit. Das, was sich nach und nach vor meinen Augen offenbarte, ergab überhaupt keinen Sinn, und ich weigerte mich, es zu akzeptieren.

Es gab nur einen Ort, an dem ich jeden Zweifel ausräumen konnte in Bezug auf das, von dem ich glaubte, was geschehen war.

Ich stieg auf mein Fahrrad und fuhr nach Hause.

15

ENDE

Antworte mit Ja [...]. Selbst wenn du vor Angst stirbst,
selbst wenn du es später bereuen solltest, denn du wirst
es auf jeden Fall dein ganzes Leben lang bereuen,
wenn du ihm mit Nein antwortest.

GABRIEL GARCÍA MÁRQUEZ:
Die Liebe in den Zeiten der Cholera

Am selben Tag

Vor unserer Wohnungstür fand ich ein Klappfahrrad und
einen großen Trekkingrucksack vor. Vielleicht hatte Mr.
Schlitzohr festgestellt, dass ein wilder, zerzauster Abenteurer-
look bei den Frauen gut ankam. Er war der Typ Mann, der für
jede Gelegenheit das ideale Outfit hat, so wie der Protagonist
in diesem Guru-Roman von Lorenzo Licalzi.

Ich rief beim Betreten einen Gruß in die Wohnung.

Sofort kam mir Giulia entgegengeeilt und umarmte mich
fest, als hätte sie mich monatelang nicht gesehen.

»Huch, womit hab ich denn diesen Begeisterungssturm verdient?«

Sie ließ mich los und verkündete stolz: »Ich habe es geschafft. Ich habe ihn zum Teufel gejagt!«

»Wen denn? Was?«

»Na wen wohl! Paolo natürlich. Ich wollte nicht alles zurücklassen und wieder nach Hause ziehen, wie er es von mir erwartet hat. Hier spielt sich mein ganzes Leben ab, das Theater, meine Hobbys. Zuletzt bin ich länger als nötig in Sarzana geblieben, weil ich nicht den Mut hatte, Schluss zu machen. Aber ich wollte so schnell wie möglich zurückkommen, um euch nicht in dieser schwierigen Situation allein zu lassen.«

Ich hatte Giulia für oberflächlich gehalten, dabei war ich die Oberflächliche, die vorschnelle Urteile über Menschen fällte, und wie es aussah, war ich nicht einmal gut darin.

»Du weißt ja, dass ich diesen Schritt gutheiße, ich hab nie ein Geheimnis daraus gemacht, dass mir Paolo nicht der Richtige für dich erschien. Du warst seit Jahren unglücklich in der Beziehung. Wie kommt es, dass du dich jetzt dazu durchgerungen hast?«

Wenn eine ausgelutschte Beziehung nach Jahren endete, war meiner langen Beziehungserfahrung nach in der Regel jemand anderes im Spiel. Wie ich geahnt hatte, bekam ihr Gesicht einen spitzbübischen Ausdruck. Sie seufzte und strahlte wie ein Honigkuchenpferd.

»Weil ich mich verliebt habe.«

»Wusste ich's doch! Und darf man wissen, wer der Glückliche ist? Und vor allem, wie hast du es geschafft, uns nichts davon zu verraten? Ich wäre innerlich gestorben.«

»Du hast recht, ich hätte es euch sagen sollen. Entschuldige, aber alles ging so schnell. Ich habe es auch geheim gehalten, weil wir zusammenarbeiten, aber sobald das Stück vorbei ist, können wir unser Glück in die Welt hinausschreien. Blu, ich bin mit Neri Venuti zusammen.«

Das durfte doch nicht wahr sein. Dieser Klugscheißer mit der furchtbaren Frisur hatte zwei so hinreißende Frauen wie Giulia und Mia erobert. Wohingegen Giulio Maria, der liebenswürdig, knuffig und gut erzogen war, leer ausging.

Für heute hatte ich bereits die geballte Ladung an Emotionen abgekriegt und wollte gar nichts Näheres wissen. Aber Giulia war nun, da sie mit der Wahrheit herausgerückt war, nicht mehr zu bremsen.

»Wir sind zusammengekommen, kurz bevor ich ihn zu dir in die Buchhandlung mitgenommen habe. Er meint, solange wir zusammenarbeiten, dürfen wir niemandem von uns erzählen, sonst würde es den Eindruck erwecken, ich hätte die Rolle in dem Stück nur bekommen, weil wir ein Paar sind.«

Wer weiß, wie viele Pseudo-Freundinnen dieser durchtriebene Latin Lover hatte. Betrog Cocker Giulia jetzt mit Mia oder andersrum? Ich verstand gar nichts mehr, das heißt, nein, in Wirklichkeit hatte ich von Anfang an nichts kapiert.

»Was darfst du niemandem erzählen?«

Carolina war aus ihrem Zimmer gekommen, im Schlepptau einen Jungen, den ich schon lange nicht mehr gesehen hatte und unter anderen Umständen nicht wiedererkannt hätte. Aber in Kombination mit dem Rucksack und dem Fahrrad vor unserer Tür fiel mir wieder ein Name zum Gesicht ein.

»Hallo, Enrico, wie geht's?«

Giulia erzählte die ganze Geschichte mit Neri Venuti noch einmal Carolina, die mir einen alarmierten Blick zuwarf: Sie war die Einzige, der ich während der vielen Stunden in den Wartesälen der Arztpraxen von den Ereignissen rund um Mia und Giulio Maria erzählt hatte.

Glücklicherweise sagte sie ebenfalls nichts und zog unter dem Vorwand, einen Saft trinken zu wollen, zusammen mit ihrem Begleiter Richtung Küche ab.

»Hast du Enrico eben gesehen? Anders als dieser Scheißkerl hat er alles stehen und liegen lassen und ist zurückgekommen, sobald er gehört hat, dass es Carolina schlecht ging«, berichtete Giulia.

Das Narrativ von der Liebe, die alles überwindet, fand heute großen Anklang in der Via del Campuccio. Abgesehen davon, dass ich mir wie üblich meine ironischen Kommentare nicht verkneifen konnte, war ich aufrichtig überrascht. Manchmal steckte mehr in den Menschen, als es auf den ersten Blick den Anschein hatte. Darauf, dass sich dieser Typ als einfühlsam und ehrlich an meiner Freundin interessiert entpuppte, hätte ich keinen Cent gewettet. Stattdessen, siehe da, war er sofort zur Stelle – mit all seinen Unzulänglichkeiten, aber auch mit der nötigen Reife, um mit einer Krankheit und allen damit einhergehenden Konsequenzen umzugehen.

Ich murmelte vor mich hin und strebte auf mein Zimmer zu.

»Was hast du gesagt?«

»Nichts, mich beschäftigt nur gerade eine Frage, die ich noch heute Abend klären will.«

Ohne eine Antwort von Giulia abzuwarten, ging ich in

mein Zimmer und schloss die Tür hinter mir ab. Im Moment wollte ich ungestört sein. Wegen der Sache mit Neri Venuti würde ich mir später Gedanken machen.

Ich näherte mich der Wand, die vollständig von Bücherregalen bedeckt war, und betrachtete die Titel, die alphabetisch nach Autor sortiert waren. Alle Bücher, die ich in den letzten elf Jahren gelesen hatte, standen in Reih und Glied wie Soldaten. Darunter stachen einige hervor, die besondere Momente meines Daseins geprägt hatten und von denen ich mich nie trennen würde. Die Billy-Regale von IKEA die ich bei meinem Einzug vorgefunden und denen ich im Lauf der Jahre weitere hinzugefügt hatte, bogen sich unter dem Gewicht der unzähligen Bände, die sie bevölkerten.

Ich stellte die Tasche auf mein Bett und zog die Schlüssel und die weiße Serviette heraus: Wenn man davon ausging, dass weder Hank mit mir einen gehoben noch die Dame mit dem silbernen Haar mich beim Stalking beraten hatte, wuchs die Zahl der Personen, die ich mir in den letzten Monaten eingebildet hatte, beträchtlich. Ich fand nicht den Mut, mit den Mädels darüber zu reden, und vielleicht war es auch besser so. Carolina war ohnehin der Meinung, dass ich am Rande eines Nervenzusammenbruchs stand, und Giulia hätte eine rationale Erklärung dafür gesucht, die den Fakten nicht gerecht wurde.

Ich seufzte und musste an Filippo denken. Wenn das, was er sagte, stimmte, musste sein geheimnisvoller Zettel ja in einem meiner Bücher liegen. Aber wo sollte ich anfangen? In meinen Regalen stapelten sich mindestens zweihundert Bücher, wenn nicht mehr. Während ich den Blick umherschweifen ließ, um einen Anfangspunkt auszumachen, fiel mein Blick auf meine alte Ausgabe von *Der große Gatsby,* die reglos unter F wie Fitzgerald stand. Eine Reihe darüber stand, etwas weiter links, *Emma* von Jane Austen.

Er läuft mir öfter über den Weg, er wohnt in meiner Nähe ... in einer Straße parallel zu meiner, Richtung Süden, in einem Haus auf der rechten Straßenseite.

Oh Gott, war ich wirklich so übergeschnappt? Ich sprang vom Bett herunter, nahm *Emma* aus dem Regal, schlug die erste Seite auf und suchte auf der linken Seite das Jahr der Veröffentlichung: 1815. Dann griff ich mir *Der große Gatsby* und schlug ebenfalls nach: Erscheinungsjahr 1925.

Ist ja nicht so, als würde ich mit ihm rumhängen, der ist hundert Jahre jünger als ich!

Super, ich war offiziell verrückt geworden. Ich fing an, die Titel aus der Buchhandlung herauszusuchen: Nach *Emma* und *Der große Gatsby* nahm ich Bulgakows *Der Meister und Margarita* heraus, danach *Kaputt in Hollywood,* anschließend das unvergleichliche *Es,* das mir als Dreizehnjährige den Sommer gerettet hatte, und zum Schluss nahm ich eine uralte Ausgabe von *Der Dienstagabend-Klub. 13 Fälle für Miss Marple* aus dem Regal, einen der Krimis, der bei mir als junges Mädchen die Leidenschaft am Lesen geweckt hatte. Ich fühlte mich wie Bastian, als er den neuen Namen der Kindlichen Kaiserin rufen soll, sich aber nicht bewusst ist, dass das Buch tatsächlich ihn damit meint.

Da lagen sie nun verteilt auf meinem Bett, meine Version von »Sechs Personen suchen einen Autor«. Beziehungsweise vielleicht eher »Sechs Gründe, sich in eine Nervenklinik einweisen zu lassen«. Aber vielleicht hatten diese sechs Figuren in Wirklichkeit bereits einen Autor, der über sie schreiben würde. In mir verspürte ich dieses Brüllen und die Dringlichkeit zu schreiben, von der mir Hank erzählt hatte. Es gab eine Geschichte, die erzählt werden wollte, selbst wenn sie verschroben, unglaubwürdig und verrückt werden sollte. Aber es war meine Geschichte, sie gehörte zu mir, und wenn ich sie nicht schwarz auf weiß aufschreiben würde, würde ich vielleicht wirklich durchdrehen.

Ich schnappte mir meinen Laptop und begann, völlig im Fluss, zwanzig Seiten herunterzutippen. Ich hatte keine Ahnung, wie viel Zeit vergangen war, als es leise an meine Tür klopfte. Ich schrie »Herein!«, als mir wieder einfiel, dass ich ja abgeschlossen hatte.

Ich ging zur Tür, um aufzumachen, und stand Rachele gegenüber.

Ungeschminkt, die langen Haare zu einem hohen Dutt hochgedreht, aber trotz allem bildschön.

»Ich wollte mich nur verabschieden, Lorenzo bringt meine Sachen runter.« Sie warf einen Blick auf meinen Schreibtisch und sah den aufgeklappten Laptop. »Schreibst du?«

»Ja.«

»Na gut, dann mal ciao.«

Sollte es wirklich so enden? Konnte ich das wirklich zulassen? Ich setzte alles auf eine Karte: »Rachele, es tut mir leid. Wegen allem, was ich zu dir gesagt habe, ich weiß, dass du eine schwere Zeit durchmachst, und ich wollte nicht noch nachtreten. Du warst immer meine beste Freundin und ohne dich wäre ich nie so weit gekommen. Von all meinen glücklichen Momenten habe ich die meisten mit dir zusammen erlebt. Ohne dich hätte ich meine irre Familie nicht überlebt, wäre die Kleine Literarische Apotheke nicht da, wo sie heute ist, und *last but not least*, wenn du mir nicht das Blatt mit den Adressen gegeben hättest, wäre ich nie auf die Inspiration zu meinem Buch gestoßen.«

Atemlos hatte ich alles runtergerattert, damit sie keine Zeit hatte, mich zu unterbrechen oder etwas zu erwidern.

Aber sie hatte weder das eine noch das andere vor, sondern sah mich einfach mit einem undurchdringlichen Blick an.

Als sie anfing zu reden, war ihr Tonfall weich und seltsam versöhnlich. Keine Spur von Ironie, keine Seitenhiebe.

»Das war dein Schicksal, Blu. Du hattest längst gewonnen, auch wenn du dir dessen nie bewusst warst. Du bist von Menschen umgeben, die dich dafür lieben, wie du bist, und denen du nichts beweisen musst. Ich habe damit gar nichts zu tun, das hast alles du allein geschafft.«

Sie umarmte mich und gab mir zwei Wangenküsschen.

»Aber du kommst doch wieder, oder?« Ich flehte sie beinahe an. »Samstag organisieren wir alle zusammen ein Abendessen für Caro, da darfst du nicht fehlen.«

Sie schüttelte den Kopf, und mich beschlich das starke Gefühl, dass das hier ein Abschied für immer war.

»Es tut mir leid, so bin ich halt, ich kann nicht anders, ich laufe immer vor Dingen davon. Ciao, Bluette, leb wohl.«

Sie verließ mein Zimmer mit einem Wirbelwind aus Mahagonihaar und französischem Parfum.

Ich kehrte an meinen Schreibtisch zurück und starrte auf den Bildschirm, war mir aber sicher, dass ich an diesem Abend nichts mehr zustande bringen würde. Aber die Geschichte war da; sie pulsierte unter meiner Haut und wollte raus und würde sich von nichts und niemandem aufhalten lassen. Ich konnte nicht aufhören, an sie zu denken: Wir waren ein Leben lang Freundinnen gewesen, ja, beinahe Schwestern, sollte das alles nun wirklich einfach so enden, nur weil wir unterschiedliche Wege gingen? Nach einigen Sekunden klopfte es erneut an die Tür. Ich drehte mich um in der Hoffnung, Rachele hätte es sich anders überlegt. Doch enttäuscht musste ich feststellen, dass es Sery mit ihren großen Eulenaugen war.

»Blu, isst du mit uns oder hast du andere Pläne? Wir haben Sushi von unten bestellt.«

Das hatte ich ganz vergessen! Mein Projekt »Sechs Personen suchen einen Autor« hatte mich von meiner ursprünglichen Suche abgebracht!

Ich sprang vom Stuhl auf und stellte mich erneut vor meine Bücherwand. Es lag so klar auf der Hand, wo ich suchen musste, dass ich mich über meine eigene Dummheit ärgerte, nicht eher darauf gekommen zu sein. Mein geliebter Gatsby hatte mich auf den entscheidenden Pfad geführt. Einen Augenblick lang stockte ich, dann fand ich sie, die wunderschöne farbenfrohe Ausgabe von *Die Liebe in den Zeiten der Cholera* von Gabriel García Márquez, ein Buch, das mir gezeigt hatte, was es heißt, jemanden mit jeder Faser seines Körpers zu lieben. Rasch blätterte ich es durch, und genau dort, wo ich es vermutet hatte, lag der vergilbte Zettel. Er hatte all die Jahre unbemerkt in meinem Bücherregal gelegen. Wie viel Schönes liegt direkt vor unseren Augen, ohne dass wir es je wirklich sehen.

Hallo! Ich wollte dich nicht wecken, aber ich muss leider los. Ich trete in wenigen Stunden eine Reise ins Ausland an, weit weg von Florenz. Vermutlich werde ich ziemlich lange weg sein, aber ich würde mich freuen, wenn wir in Kontakt bleiben. Ich lass dir meine Nummer und meine E-Mail-Adresse da. Filippo.

»Blu?«

Sery, die alles mitverfolgt hatte, sah mich perplex an.

»Isst du nun mit zu Abend oder nicht?«

Ich klappte das Buch zu und hob den Kopf.

»Leider nein. Ich habe ein Date, das ich seit sechs Jahren aufschiebe.«

Damit nahm ich meine Handtasche und strebte zur Tür. Ich verabschiedete mich von den Mädels und von Enrico, dem ich wirklich dankbar war, denn seit er hier war, hatte Carolina wieder mehr Farbe im Gesicht.

»Blu, warte.«

Carolina fing mich just in dem Moment ab, da ich die Wohnungstür hinter mir zuziehen wollte.

»Nun, da Giulia nicht nach Sarzana zurückgeht, haben Sery und ich überlegt, ob wir nicht alle zusammen eine andere Wohnung mieten sollten. Was hältst du davon?«

»Ihr wart doch so davon überzeugt, dass es das Beste wäre, wenn jede sich was Eigenes sucht? Woher kommt denn der plötzliche Sinneswandel?«

»Wir haben uns geirrt«, erwiderte Carolina schlicht.

»Deine Freunde brauchen dich, wenn sie im Irrtum sind, Jean Louise. Sie brauchen dich nicht, wenn sie recht haben«, fügte Giulia hinzu.

333

Ich dachte einen Moment darüber nach, auch wenn ich die Antwort bereits kannte.

»Okay, Mädels, auch wenn ich immer recht habe und ihr dumme Nüsse seid, bin ich bereit, weiterhin meine Wohnung und mein Leben mit euch zu teilen.«

Ich drehte gerade am Türknauf, als Giulia mich fragte: »Blu, wie ist eigentlich die Geschichte mit Gatsby ausgegangen? Hast du die Adresse letztlich herausgefunden?«

»Nein, er ist wie vom Erdboden verschluckt, aber er hat mich genau dorthin geführt, wo ich hingehöre.«

Die beiden sahen mich verdattert an und ich warf ihnen eine Kusshand zu, während ich die Tür hinter mir zuzog.

Nachdem ich mein Fahrrad aufgeschlossen hatte, stieg ich auf den Sattel und radelte zu jenem Weg, der mir inzwischen so vertraut war. Die Bar von Amir war geschlossen, und erst jetzt bemerkte ich das Schild, das von der üppigen Vegetation halb verdeckt war, die den Eingang des Lokals umgab. BAR FLORENTINO stand darauf, unpassender hätte der Name gar nicht sein können.

Ich holte den Zettel mit Filippos genauer Adresse aus der Tasche, ging zu dem Klingelschild aus glänzendem Messing und klingelte bei seinem Nachnamen. Keine Reaktion. Als ich es gerade erneut probieren wollte, hörte ich seine Stimme.

»Ja?«

»Ciao, hast du Lust mit einem Mädchen auszugehen, das ein Faible für Vanille-Eis hat?«

Früher oder später kehrt das, was zu uns gehört, zu uns zurück.

ANHANG

KLEINE
LITERARISCHE
APOTHEKE

WIE FUNKTIONIERT DIE KLEINE
LITERARISCHE APOTHEKE?

*Spüre in dich hinein, wie es dir aktuell geht und was du dir für deine
Zukunft wünschst.*

*Auf den nachfolgenden Seiten findest du unter »Arzneimittelkate-
gorie« die unterschiedlichen Leiden, die man mit unserer literarischen
Medizin kurieren kann. Für jedes empfohlene Buch haben wir zusam-
men mit professionellen Psychologinnen einen Beipackzettel erarbeitet.
Darauf findest du Angaben zu Anwendung, Nebenwirkungen und eine
Dosierungsanleitung zum jeweiligen Text.*

Wie haben wir unsere Bücher kategorisiert?

*Als die Schreibmaschine erfunden wurde, waren die Tasten der
Legende nach noch alphabetisch angeordnet, was das logischste und
schnellste System war, um die Buchstaben zu finden. Zu schnell, wie
sich herausstellte, denn damals waren die Maschinen noch nicht so aus-
gereift, sodass sich die Typenhebel ständig ineinander verkeilten. Also
dachte man sich, man mischt die Buchstaben einfach wild durcheinander,
damit man sie schwerer findet und somit langsamer tippt. So entstand
die QWERTZ-Tastatur. Heutzutage ist ein schnelles Tippen mit dem
Computer kein Problem mehr, dennoch ist die QWERTZ-Tastatur ge-*

blieben. Obwohl sie rein zufällig entstand und völlig unlogisch ist, gibt es sie bis heute.

Bei uns in der Kleinen Literarischen Apotheke haben wir beschlossen, dasselbe System beim Einsortieren der Bücher in die Regale anzuwenden. Wir wollen, dass unsere Besucher herumstöbern und womöglich auf der Suche nach einem bestimmten Buch unverhofft auf einen Titel stoßen, der wie für sie gemacht ist.

Unsere Bücheranordnung folgt somit keiner Logik, sondern ist genauso chaotisch wie menschliche Gefühle, das Leben und genauso unvorhersehbar wie die Zukunft.

NAME DER MEDIZIN
Die Wolfsfrau. Die Kraft der weiblichen Urinstinkte von Clarissa Pinkola Estés

ARZNEIMITTELKATEGORIE
Anti-Unsicherheit und Anti-Stereotype

ANWENDUNG
Empfohlen zur Behandlung von diffusen Selbstwertstörungen, die durch gesellschaftliche und kulturelle Regeln und Stereotype verursacht werden. Zudem trägt die Lektüre dazu bei, dass man sich der eigenen Stärke bewusst wird, ohne auf jemanden angewiesen zu sein.

NEBENWIRKUNGEN
Könnte Personen mit einer starken Persönlichkeit dazu bringen, auch ihre negativen Seiten zu akzeptieren, ohne sie unterdrücken zu wollen. Vorsicht ist geboten bei Patienten mit einer rebellischen Vorgeschichte sowie bei all jenen, die sich nicht davor scheuen, sich mit der schönsten, nämlich der ursprünglichen, wahrhaftigen und kraftvollen Seite der menschlichen Natur zu konfrontieren. Häufen sich diese Symptome, muss die Behandlung unterbrochen werden. Eine Fortsetzung der Lektüre könnte dazu führen, dass der Leser seinem Instinkt vertraut und dadurch zu einem bewussteren, weiseren Individuum wird.

WECHSELWIRKUNGEN

Kann mit folgenden Arzneimitteln kombiniert werden:
Frauen, die Blumen kaufen von Vanessa Montfort
Verzauberter April von Elizabeth von Arnim
Damit du mich nicht vergisst von Marcela Serrano

DOSIERUNG, ART UND DAUER DER ANWENDUNG

Zwanzig Seiten pro Tag, achtundzwanzig Tage lang.
Das Medikament sollte auf dem Nachttisch aufbewahrt und jedes Mal wieder zur Hand genommen werden, wenn sich der Patient kraftlos fühlt.

NAME DER MEDIZIN
Tante Mame von Patrick Dennis

ARZNEIMITTELKATEGORIE
Anti-Einsamkeit und Anti-Traurigkeit

ANWENDUNG
Bei Symptomen diffuser Traurigkeit, die durch den Verlust wichtiger Bezugspersonen verursacht wird. Zudem empfohlen für all diejenigen, die geglaubt hatten, nie wieder jemandem vertrauen zu können, und dann eines Besseren belehrt wurden.

NEBENWIRKUNGEN
Könnte Personen stark zum Nachahmen animieren. Es sind Fälle bekannt, in denen das Medikament den Leser dazu gebracht hat, ein exzentrisches Verhalten an den Tag zu legen und eine ungesunde Vorliebe für Gin zu entwickeln. Bei vermehrtem Auftreten dieser Symptome muss die Behandlung sofort unterbrochen werden.

WECHSELWIRKUNGEN
Kann mit folgenden Arzneimitteln kombiniert werden:
Der große Gatsby von Francis Scott Fitzgerald
Wie Barney es sieht von Mordecai Richler
Monsieur Malaussène von Daniel Pennac

DOSIERUNG, ART UND DAUER DER ANWENDUNG

Zwölf Seiten pro Tag, einen Monat lang, gefolgt von Videos der besten Broadway-Musicals. Bei den ersten Anzeichen sich einstellender Traurigkeit Therapie wiederholen.

NAME DER MEDIZIN
Sei du mir das Messer von David Grossman

ARZNEIMITTELKATEGORIE
Anti-Einsamkeit und Anti-Verlassenheit

ANWENDUNG
Zur Behandlung von durch platonische Liebe auf Distanz hervorgerufene Störungen, verbunden mit einer Aversion gegen banale Beziehungen und oberflächlichen Austausch. Für alle, die die Symptome einer ausweglosen Beziehung lindern wollen, in der sie sich eingeengt fühlen.

NEBENWIRKUNGEN
Könnte Personen mit einer starken Persönlichkeit dazu bringen, sich zu öffnen, sich dem anderen völlig hinzugeben, ohne ihn wirklich zu kennen, und somit potenziell schädliche Beziehungen einzugehen. Vorsicht ist geboten bei besonders sensiblen Patienten, die gelitten und gekämpft haben und deshalb andere dazu verleiten können, es ihnen gleichzutun.

Bei vermehrtem Auftreten dieser Symptome muss die Behandlung aufmerksam beobachtet werden. Eine Fortsetzung der Medikation könnte dazu führen, dass der Leser eine radikale Veränderung seiner Gefühlswelt durchmacht.

WECHSELWIRKUNGEN

Kann mit folgenden Arzneimitteln kombiniert werden:

Der unsichtbare Ring von Richard Bach

Wo wir uns finden von Nicholas Sparks

Liebesleben von Zeruya Shalev

DOSIERUNG, ART UND DAUER DER ANWENDUNG

In der ersten Woche jeden zweiten Tag einen Brief lesen. Dann eine Woche unterbrechen und Lektüre wiederaufnehmen.

NAME DER MEDIZIN
Lasst die Spiele beginnen von Niccolò Ammaniti

ARZNEIMITTELKATEGORIE
Antidepressiva und Anti-Angstzustände

ANWENDUNG
Zur Behandlung von diffusen Oberflächlichkeitsstörungen, die durch eine Aversion gegen Demut und Zurückhaltung verursacht werden. Hilft gegen Symptome schweren Verfolgungswahns.

NEBENWIRKUNGEN
Könnte Personen mit einer schwachen Persönlichkeit stark zum Nachahmen animieren. Vorsicht ist geboten bei Patienten mit einer Neigung zu Prunk und Übertreibung. Tritt dies verstärkt auf, muss die Behandlung unterbrochen werden. Eine Fortsetzung der Einnahme könnte dazu führen, dass der Leser Partys mit Elefanten und Feuerschluckern organisiert.

WECHSELWIRKUNGEN
Kann mit folgenden Arzneimitteln kombiniert werden:
Schrecklich amüsant – aber in Zukunft ohne mich von David Foster Wallace
Die Verschwörung der Idioten von John K. Toole
Straight White Male von John Niven

DOSIERUNG, ART UND DAUER DER ANWENDUNG

Zehn Seiten pro Tag, dreiunddreißig Tage lang. Vor einem mondänen Event lesen, um sämtliche Spielarten des menschlichen Wesens optimal zu erfassen.

NAME DER MEDIZIN
Der große Gatsby von Francis Scott Fitzgerald

ARZNEIMITTELKATEGORIE
Anti-Melancholie und Anti-Nachtrauern

ANWENDUNG
Zur Behandlung von diffusen Gleichgültigkeitsstörungen, die durch ein Festhalten an der Vergangenheit verursacht werden. Für Patienten, die einer längst verflossenen Liebe nachtrauern und die Symptome lindern möchten.

NEBENWIRKUNGEN
Könnte Personen mit einer schwachen Persönlichkeit zu der Annahme verleiten, dass sich Menschen mit der Zeit nicht ändern. Vorsicht ist geboten bei Patienten, die dazu neigen, charismatischen Persönlichkeiten zu verfallen und sich die Wahrheit zurechtzubiegen. Bei vermehrtem Auftreten dieser Symptome muss die Behandlung unterbrochen werden. Eine Fortsetzung der Einnahme könnte dazu führen, dass der Leser sich eine Parallelwelt aufbaut, um seine/-n Ex zurückzugewinnen.

WECHSELWIRKUNGEN

Kann mit folgenden Arzneimitteln kombiniert werden:

Die Schönen und Verdammten von Francis Scott Fitzgerald

Der Fall Crump von Ludwig Lewisohn

Manhattan Transfer von John Dos Passos

DOSIERUNG, ART UND DAUER DER ANWENDUNG

Dreiundzwanzig Seiten pro Tag, zehn Tage lang. Am Fenster lesen, während Jazzmusik aus den Zwanzigerjahren im Hintergrund läuft, und dabei einen Cocktail schlürfen.

NAME DER MEDIZIN
Wir haben noch das ganze Leben von Eshkol Nevo

ARZNEIMITTELKATEGORIE
Präparat zur Stärkung von Freundschaften und Wünschen

ANWENDUNG
Zur Kräftigung langjähriger und symbiotischer Freundschaften. Für Patienten, die gerade eine stressige Phase und große Veränderungen durchmachen und den Druck lindern möchten.

NEBENWIRKUNGEN
Vorsicht ist geboten bei Patienten, bei denen gerade große Entscheidungen anstehen. Bei zunehmender Angst vor einer ungewissen Zukunft muss die Behandlung unterbrochen werden. Eine Fortsetzung der Lektüre könnte dazu führen, dass der Leser das eigene Leben und dessen Sinnhaftigkeit hinterfragt und dabei auf unerwartete Antworten stößt.

WECHSELWIRKUNGEN

Kann mit folgenden Arzneimitteln kombiniert werden:

Die drei Musketiere von Alexandre Dumas

Wie Kater Zorbas der kleinen Möwe das Fliegen beibrachte von Luis Sepúlveda

Narziss und Goldmund von Hermann Hesse

Briefe 1. 1888–1927 & *Briefe 2. 1928–1941* von Virginia Woolf

DOSIERUNG, ART UND DAUER DER ANWENDUNG

Ein Kapitel lesen, dann eine Liste mit Wünschen für die Zukunft aufschreiben, die Einnahme unterbrechen und erst wieder aufnehmen, wenn man sich bewusst ist, welchen Weg es einzuschlagen gilt.

NAME DER MEDIZIN
Der Meister und Margarita von Michail Bulgakow

ARZNEIMITTELKATEGORIE
Präparat zur Stärkung eines surrealen Lebensgefühls und von Illusionen

ANWENDUNG
Diese Medikation wird denjenigen empfohlen, die die absurdeste Seite des menschlichen Daseins ergründen wollen. Zudem ist sie für all diejenigen geeignet, die ein groteskes, anarchisches Halunkendasein führen und die Symptome lindern wollen.

NEBENWIRKUNGEN
Könnte den Patienten dazu bringen, mit großen schwarzen Katern zu sprechen und auf einem Besenstiel zu reiten. Vorsicht ist geboten bei denjenigen, die nichts mit Fantastereien anfangen können. Falls dem Patienten jeglicher Verstand abhandenkommt, muss die Behandlung sofort unterbrochen werden. Personen, denen es an Humor fehlt, wird von der Lektüre abgeraten.

WECHSELWIRKUNGEN

Kann mit folgenden Arzneimitteln kombiniert werden:

Der schwarze Kater von Edgar Allan Poe

Die Groucho-Letters von Groucho Marx

Traurig, einsam und endgültig von Osvaldo Soriano

DOSIERUNG, ART UND DAUER DER ANWENDUNG

Die beiden Geschichten, die im Buch enthalten sind, zuerst separat voneinander lesen, als wären es eigenständige Bücher. Dann das Buch noch einmal in Gänze lesen, um all seine Aspekte besser erfassen zu können.

NAME DER MEDIZIN
milk and honey – milch und honig von Rupi Kaur

ARZNEIMITTELKATEGORIE
Schmerzmittel gegen Trennungsschmerz

ANWENDUNG
Die Lektüre wird allen Frauen empfohlen, die jegliche Form von Schmerz lindern wollen. Geeignet für diejenigen, die eine Trennung verarbeiten müssen und versuchen, ihre Wunden zu heilen, nachdem man ihnen das Herz gebrochen hat.

NEBENWIRKUNGEN
Könnte den Patienten dazu bringen, Aspekte der eigenen Persönlichkeit zu entdecken, die anderen nicht gefallen. Bei rasantem Anstieg des eigenen Selbstwertgefühls muss die Behandlung intensiviert werden.

WECHSELWIRKUNGEN
Kann mit folgenden Arzneimitteln kombiniert werden:
Liebesgedichte von Mascha Kaléko
Dich suchte ich von Pablo Neruda
Die Blüten der Sonne von Rupi Kaur

DOSIERUNG, ART UND DAUER DER ANWENDUNG

Ein Gedicht pro Tag lesen, und diesen Vorgang so lange wiederholen, bis man am Ende des Buches angelangt ist. Diese Behandlung mindestens einmal pro Jahr wiederholen.

NAME DER MEDIZIN
Es von Stephen King

ARZNEIMITTELKATEGORIE
Präparat zur Stärkung von Freundschaft und Mut

ANWENDUNG
Die Lektüre wird allen empfohlen, die sich ihren größten Ängsten stellen beziehungsweise dem Schrecken des Alltags entkommen wollen.

NEBENWIRKUNGEN
Könnte den Patienten dazu bringen, sich mit Situationen zu konfrontieren, die zu schmerzhaft für ihn sind. Falls das Medikament zu impulsiven und selbstzerstörerischen Entscheidungen verleitet, muss die Behandlung sofort unterbrochen werden. Eine Fortsetzung der Einnahme könnte dazu führen, dass der Leser auf innere Ressourcen zurückgreifen will, die er gar nicht besitzt, und dabei entdeckt, dass er völlig hilflos ist.

WECHSELWIRKUNGEN
Kann mit folgenden Arzneimitteln kombiniert werden:
David Copperfield von Charles Dickens
Wir haben schon immer im Schloß gelebt von Shirley Jackson
Das Buch der Monster von J. Rodolfo Wilcock

DOSIERUNG, ART UND DAUER DER ANWENDUNG

Zuerst den Teil der Geschichte lesen, in dem die Hauptfiguren Kinder sind und in ihrer Kleinstadt der Fünfzigerjahre als Loser gelten. Das Ganze sacken lassen, und anschließend den Teil der Geschichte lesen, in dem sie Erwachsene in den Achtzigerjahren sind.

NAME DER MEDIZIN
Der Dienstagabend-Klub. 13 Fälle für Miss Marple von Agatha Christie

ARZNEIMITTELKATEGORIE
Stärkt die Neugier und den richtigen Riecher

ANWENDUNG
Empfohlen für die Stärkung des kriminalistischen Spürsinns und der Fähigkeit, verschwundene Personen zu finden. Hilft Patienten, schnellstmöglich sämtliche Informationen zusammenzutragen, um ein bestimmtes Ziel zu erreichen.

NEBENWIRKUNGEN
Könnte Patienten mit ausgeprägter Neugier dazu bringen, die Nase in Dinge zu stecken, die sie nichts angehen. Besondere Vorsicht ist geboten bei Patienten, die andere Leute gern ausspionieren, ob vom virtuellen oder analogen Fenster aus. Bei verstärktem Auftreten von Schnüffeldrang muss die Behandlung unterbrochen werden.

WECHSELWIRKUNGEN

Kann mit folgenden Arzneimitteln kombiniert werden:

Eine Studie in Scharlachrot von Arthur Conan Doyle

Mord im Marschland von John Ferguson

Die Spur des Tigers. Ein Albert-Campion-Roman von Mar-
gery Allingham

DOSIERUNG, ART UND DAUER DER ANWENDUNG

Nach jedem Kapitel alle Hinweise kombinieren und
erst dann weiterlesen. Wenn genug Indizien vorhanden
sind, kann man versuchen, den Fall zu lösen.

NAME DER MEDIZIN
Emma von Jane Austen

ARZNEIMITTELKATEGORIE
Hilft bei falschen Illusionen und Hoffnungen

ANWENDUNG
Empfohlen für alle, die meinen, immer in der besten Absicht zu handeln. Auch geeignet für Patienten, die eine blühende Fantasie haben, die sie immer wieder in Teufels Küche bringt.

NEBENWIRKUNGEN
Vorsicht ist geboten bei Patienten, die glauben, die Persönlichkeit und die geheimen Wünsche anderer Menschen bestens deuten zu können. Bei verstärktem Auftreten von Ambivalenz und Missverständnissen muss die Behandlung unterbrochen werden.

WECHSELWIRKUNGEN
Kann mit folgenden Arzneimitteln kombiniert werden:
In feiner Gesellschaft von Barbara Pym
Die Frau des Botschafters von Nancy Mitford
Zeit der Unschuld von Edith Wharton

DOSIERUNG, ART UND DAUER DER ANWENDUNG

Zehn Seiten pro Tag lesen und die Behandlung so lange wiederholen, bis der Patient den unwiderstehlichen Drang verspürt, sich um seine eigenen Angelegenheiten zu kümmern.

NAME DER MEDIZIN
Wie sagt man eigentlich: Ich liebe dich von Michael Engler und Martina Matos

ARZNEIMITTELKATEGORIE
Mutmachpräparat bei Liebeserklärungen

ANWENDUNG
Empfohlen für Patienten, die jemandem ihre Liebe gestehen wollen, aber nicht den Mut aufbringen. Und für all diejenigen, die das Gefühl haben, dass der Moment gekommen ist, jegliche Bedenken beiseitezuschieben und alles auf eine Karte zu setzen.

NEBENWIRKUNGEN
Könnte schüchterne Menschen dazu bringen, gewagte Liebeserklärungen vorzubringen. Vorsicht ist geboten bei der Auswahl des richtigen Augenblicks für den Einsatz des Buches. Bei negativen Signalen des Gegenübers muss die Behandlung sofort unterbrochen werden. Eine Fortsetzung der Einnahme könnte den Leser sonst in peinliche Situationen bringen.

WECHSELWIRKUNGEN

Kann mit folgenden Arzneimitteln kombiniert werden:

Rosalie und Trüffel von Jutta Bücker und Katja Reider

Zwei, die sich lieben von Jürg Schubiger und Wolf Erlbruch

Die Geschichte vom Löwen, der nicht schreiben konnte von Martin Baltscheit und Marc Boutavant

DOSIERUNG, ART UND DAUER DER ANWENDUNG

Der heimlichen Liebe schenken und abwarten, was passiert.

NAME DER MEDIZIN
Kaputt in Hollywood von Charles Bukowski

ARZNEIMITTELKATEGORIE
Stärkt den Antikonformismus und Zynismus

ANWENDUNG
Empfohlen für Patienten, die stets gegen den Strom schwimmen und sich nicht um Konventionen scheren. Eignet sich für alle, die nichts von einer Festanstellung halten und glauben, dass das Leben weit mehr zu bieten hat als fünf Tage die Woche nach der Stechuhr zu leben.

NEBENWIRKUNGEN
Könnte sensible Menschen zu Übersprunghandlungen verleiten, etwa mit fünfzig die Festanstellung zu kündigen. Vorsicht ist geboten bei Personen mit einer Vorgeschichte hinsichtlich Alkoholismus. Nimmt die Gleichgültigkeit gegenüber Grundregeln der Gesellschaft zu, muss die Behandlung unterbrochen werden. Der weitere Konsum könnte den Leser dazu bringen, sich einer obszönen Ausdrucksweise zu bedienen.

WECHSELWIRKUNGEN

Kann mit folgenden Arzneimitteln kombiniert werden:

Wendekreis des Krebses von Henry Miller

Paris. Ein Fest fürs Leben von Ernest Hemingway

Der Simulant von Chuck Palahniuk

DOSIERUNG, ART UND DAUER DER ANWENDUNG

Das Buch ausschließlich am Ende des Sommers lesen. Es wird empfohlen, sich eine Erzählung pro Abend zu Gemüte zu führen, barfuß im Freien sitzend, damit man die Lektüre für immer mit dieser Mischung aus tropischer Hitze und dem Jahreszeitenwechsel, der in der Luft liegt, verbindet.

NAME DER MEDIZIN
Zwei an einem Tag von David Nicholls

ARZNEIMITTELKATEGORIE
Präparat für schicksalhafte Zufälle

ANWENDUNG
Die Lektüre wird Patienten empfohlen, die glauben, dass Liebe vor allem eine Frage der Fügung ist. Zudem eignet sie sich für alle, in deren Leben gerade eine Phase beginnt, in der sie neue Verantwortung übernehmen müssen.

NEBENWIRKUNGEN
Könnte dazu führen, dass man darüber nachdenkt, wie die Zeit vergeht und welche Spuren sie an Körper und Geist hinterlässt. Eventuell weiten sich diese Überlegungen auf persönliche Charaktereigenschaften aus, die von großem Egoismus und Oberflächlichkeit geprägt sind. Bei einem Anstieg existenzieller Fragen muss die Behandlung unterbrochen werden.

WECHSELWIRKUNGEN
Kann mit folgenden Arzneimitteln kombiniert werden:
Normale Menschen von Sally Rooney
Der Liebesbrief von Cathleen Schine
Ein verdammt starker Abgang von Enrico Brizzi

DOSIERUNG, ART UND DAUER DER ANWENDUNG

Die ersten zwanzig Seiten an dem Tag lesen, an dem ihr euren Seelenverwandten kennenlernt, dann an den folgenden siebenundzwanzig Tagen jeweils weitere zwanzig Seiten.

NAME DER MEDIZIN
Die Liebe in den Zeiten der Cholera von Gabriel García Márquez

ARZNEIMITTELKATEGORIE
Vitaminkur für nie endende Liebe

ANWENDUNG
Die Einnahme wird Patienten empfohlen, die einmal jemandem begegnet sind, den sie seither nicht mehr vergessen können. Außerdem geeignet für alle, die sich von einer Beziehung in die nächste stürzen, aber nicht mit dem Herzen dabei sind, weil sie insgeheim noch an jemand anderem hängen.

NEBENWIRKUNGEN
Könnte beim Lesen masochistisches Verhalten auslösen. Vorsicht ist geboten bei Patienten, die dazu tendieren, sich selbst etwas vorzumachen. Bei einer Zunahme beider Symptome muss die weitere Entwicklung aufmerksam beobachtet werden. Eine Fortsetzung der Behandlung könnte beim Leser dazu führen, dass er stets mit der Ungewissheit und der Hoffnung auf einen vagen Traum leben wird, der sich womöglich nie erfüllt.

WECHSELWIRKUNGEN

Kann mit folgenden Arzneimitteln kombiniert werden:

Das Herzenhören von Jan-Philipp Sendker

Am Ufer des Rio Piedra saß ich und weinte von Paulo Coelho

Doktor Shiwago von Boris Pasternak

DOSIERUNG, ART UND DAUER DER ANWENDUNG

Nach jedem gelesenen Kapitel gilt es, einen Brief an den geliebten Menschen zu schreiben. Am Ende der Lektüre werden alle Briefe gebündelt und es steht dem Leser frei, ob er sie abschickt oder nicht.

QUELLENVERZEICHNIS

Ammaniti, Niccolò, *Lasst die Spiele beginnen*, aus dem Italienischen von Ulrich Hartmann und Petra Kaiser, Piper, München 2013.

Austen, Jane, *Emma*, aus dem Englischen von Helga Schulz, dtv, München 2012.

Bukowski, Charles, *Kaputt in Hollywood und andere Erzählungen*, aus dem amerikanischen Englisch von Carl Weissner, Maro, Augsburg 1990.

Bulgakow, Michail, *Der Meister und Margarita*, aus dem Russischen neu übersetzt und mit einem Nachwort von Alexandra Berlina, Anaconda, München 2021.

Calì, Davide, *Quando un elefante si innamora*, illustr. von Alice Lotti, Kite Edizioni, Padua 2014.

Christie, Agatha, *Der Dienstagabend-Klub. 13 Fälle für Miss Marple*, aus dem Englischen von Renate Orth-Guttmann, Atlantik, Hamburg 2017.

Dennis, Patrick, *Tante Mame*, aus dem amerikanischen Englisch von Thomas Stegers, Goldmann, München 2004.

Dumas, Alexandre, *Die drei Musketiere*, aus dem Französischen von August Zoller, Verlag der Franck'schen Buchhandlung, Stuttgart 1844.

Fitzgerald, Francis Scott, *Der große Gatsby*, aus dem amerikanischen Englisch von Bettina Abarbanell, Diogenes, Zürich 2007.

García Márquez, Gabriel, *Die Liebe in den Zeiten der Cholera*, aus dem Spanischen von Dagmar Ploetz, Kiepenheuer & Witsch, Köln 1987.

Grossman, David, *Sei du mir das Messer*, aus dem Hebräischen von Vera Loos und Naomi Nir-Bleimling, Hanser, München 1999.

Kaur, Rupi, *milk and honey – milch und honig*, aus dem Englischen von Frieda Ellman, Lago, München 2017.

King, Stephen, *Es*, aus dem amerikanischen Englisch von Alexandra von Reinhardt und Joachim Körber, bearb. und teilw. neu übers. von Anja Heppelmann, Heyne, München 2019.

Lee, Harper, *Geh hin, stelle einen Wächter*, aus dem amerikanischen Englisch von Ulrike Wasel und Klaus Timmermann, Penguin, München 2016.

Nevo, Eshkol, *Wir haben noch das ganze Leben*, aus dem Hebräischen von Markus Lemke, dtv, München 2010.

Nicholls, David, *Zwei an einem Tag*, aus dem Englischen von Simone Jakob, Ullstein, Berlin 2021.

Pinkola Estés, Clarissa, *Die Wolfsfrau – Die Kraft der weiblichen Urinstinkte*, aus dem amerikanischen Englisch von Mascha Rabben, Heyne, München 1993.

Verga, Giovanni, *Sizilianische Dorfgeschichten*, aus dem Italienischen von Sabine Schneider, dtv, München 1993.

DANKSAGUNG

Da ich nicht weiß, ob ich je wieder Gelegenheit haben werde, öffentlich allen Menschen zu danken, die mir auf dem Weg zu diesem lang ersehnten Dasein beigestanden haben, wird die folgende Dankesliste lang und schmerzvoll. Falls ihr also beabsichtigt, sie zu lesen, lehnt euch zurück.

Zuallererst möchte ich Paola, Paolo und dem Verlag danken, ohne die ich niemals diesen heimlichen Wunschtraum von mir verwirklicht hätte, der scheinbar viel zu weit weg war, um je in Erfüllung zu gehen.

Ich danke meiner Mama Sandra für ihre sibirische Erziehung, dafür, dass sie mir immer geholfen hat, auch wenn sie nicht meiner Meinung war, und dafür, dass sie so geduldig gewesen ist mit ihrer aufmüpfigen, wenig kooperativen Tochter.

Ich danke meiner Nonna Ines für all unsere gemeinsamen Nachmittage, für die Rossana-Bonbons und all die Male, die sie meine schlechten Eigenschaften zu spüren bekam, ohne ein Wort darüber zu verlieren. Wie schön wäre es, könnte sie noch miterleben, was ich aus meinem Leben gemacht habe.

Ich danke Gianna für alles, was sie jeden Tag für mich macht, und dafür, dass sie eine wichtige Stütze in meinem Leben geworden ist.

Ich danke meinem Papa Loris, denn ohne ihn wäre ich nicht

auf der Welt (meine Mutter gehörte eher zum Team Einzelkind, und es gab bereits meine große Schwester).

Ich danke meiner ganzen Familie für ihre Liebenswürdigkeit und ihren Zusammenhalt und dafür, dass sie mich jeden Morgen um halb sieben über WhatsApp mit »Guten Morgen«-Nachrichten weckt.

Ich danke Deborah für Captain Harlock, dafür, dass sie mir auch bei meinen irrsten, anstrengendsten Unternehmungen zur Seite steht, selbst wenn sie von Anfang an zum Scheitern verurteilt sind.

Ich danke Costanza für unsere Heiterkeitsausbrüche, das Jahresabo fürs Fitnessstudio, das wir nie nutzen, für die Songs von Baglioni und all die Sonnenaufgänge, die wir von den Stufen der Kirche Santa Croce aus zusammen beobachtet haben.

Ich danke Lella für das Notruf-Armband von Beghelli, den grünen Tee von Ledda und den Lucky-Strike-Rucksack. Marinella wartet auf uns – forever.

Ich danke Giulia für die Abende in der Bar Massimo und bei Andre, fürs Herumstöbern bei Soffitta und in der Buchhandlung, frühstücken um elf und dafür, dass sie den Winter fast genauso sehr hasst wie ich.

Ich danke Marco für Birnensaft mit einem Schuss Milch, gemeinsame Frühstücke bei Dynamo Camp, den Experten und den kränklichen Alten. Eines Tages machen wir unseren Traum wahr und hauen gemeinsam ab.

Ich danke Nicola, weil wir es geschafft haben, über unsere Liebe hinwegzukommen, ohne je zu vergessen, dass wir uns einst geliebt haben.

Ich danke Maria Grazia dafür, dass sie mich daran erinnert, wie man auch mit sechsunddreißig noch jung sein kann.

Ich danke Manuela Sonia dafür, dass sie mir in den schwierigen Momenten immer beigestanden hat, für unsere Spaziergänge und für den gelben Tropfenauffangschwamm zum Aufstecken auf den Flaschenhals. Ich muss immer noch lachen, wenn ich daran denke.

Ich danke Paola dafür, dass sie mir bei der Zombie-Invasion und bei Unterleibskrämpfen zur Seite gestanden und mich ermutigt hat, mich nicht unterkriegen zu lassen.

Ich danke Daniele für eine Stunde Liebeslieder bei Radio Subasio, die Tage an den Klippen, während unter uns Tarpune dahinschwammen, die unglaublichsten Konzerte und Überraschungspartys zum Geburtstag.

Ich danke Teo für unvergessliche Sommer im Capannina.

Ich danke Chiara dafür, dass sie mich täglich erträgt, obwohl ich die chaotischste Chefin der Welt bin.

Ich danke Arianna M. für ihre erste Lektüre dieses Romans. Und dafür, dass sie mir sagte, er sei gut.

Ich danke Nicola D. P. für den Twingo in Kackbraun, Frühstück mit Sanbittèr und Minipizzen und die Kurse für angehende Kosmetiker, die wir empört verlassen haben.

Ich danke Davide für die Videospiele von Onkel Lucio, den Typhoon Martini und die Abende, an denen wir Tiefkühlpizza auf dem Kamin zubereiteten.

Danke, Cristiana, für jenen Donnerstagnachmittag im September in Barberino – dafür kann ich dir gar nicht genug danken.

Ich danke Massimo dafür, dass er die schönsten Bücherregale in Palisanderholzoptik angefertigt hat, die man sich nur wünschen kann.

Ich danke Carlotta, Barbara und Francesca dafür, dass sie mir eine Chance gegeben und mir alles beigebracht haben, was ich heute weiß. Kämpft weiter, Mädels, ich stehe an eurer Seite.

Ich danke Arianna G. für jenen Morgen, an dem sie den Wecker überhört und die Buchhandlung nicht geöffnet hat und bei mir damit eine noch größere Wecker-Paranoia hervorgerufen hat.

Ich danke Elena dafür, dass sie mich mit einer falschen Sushi-Bestellung beinahe umgebracht hätte, für das Konzert von Cremonini und für jene Januartage, an denen wir morgens in der Bar vor dem Büro einen Suizid erwogen.

Ich danke all meinen Kunden und Followern, die mich täglich aus Nah und Fern unterstützen. Ihr wisst gar nicht, wie sehr ihr mir damit das Leben gerettet habt.

Ich danke Giovanna und Anna Luisa dafür, ganz besondere Kundinnen zu sein.

Ich danke meiner Italienischlehrerin Margherita dafür, dass sie bei mir die Liebe zu Verga geweckt hat und uns »die Vergianischen Verlassenen, Verzweifelten, Besiegten« nannte.

Ich danke Maria Giusy und Viviana, die mich bei meinen halsbrecherischen Projekten unterstützt haben und heil davongekommen sind.

Ich danke Consuelo für unsere Jugend, die Tage am Meer mit der Stereoanlage und den Liedern von Davide De Marinis, das Schulschwänzen mit dem roten Cinquecento und unsere sinnlosen Ausflipper.

Ich danke Valentina für die Reliefkarte, den Geburtstag von Diego Caravano und die Garelli mit kaputten Bremsen.

Und zuletzt danke ich Stefania dafür, dass sie mir klargemacht hat, was ich alles *nicht* im Leben wollte.

Von Herzen vielen Dank.

NACHWEISE DER ZITATE

Alle Zitate mit freundlicher Genehmigung der jeweiligen Verlage und Übersetzer*innen.

Auch nach ausgiebiger Recherche konnten nicht alle Rechteinhaber ausgemacht werden. Bitte wenden Sie sich bei Rückfragen an den Diana Verlag in der Penguin Random House Verlagsgruppe.

S. 13
Pinkola Estés, Clarissa, *Die Wolfsfrau – Die Kraft der weiblichen Urinstinkte*, aus dem amerikanischen Englisch von Mascha Rabben, © Heyne, München 1993.

S. 36
Dennis, Patrick, *Tante Mame*, aus dem amerikanischen Englisch von Thomas Stegers, © Goldmann, München 2004.

S. 61 und S. 72
Grossman, David, *Sei du mir das Messer*, aus dem Hebräischen von Vera Loos und Naomi Nir-Bleimling, © Carl Hanser Verlag GmbH & Co. KG, München 1999.

S. 78
Ammaniti, Niccolò, *Lasst die Spiele beginnen*, aus dem Italienischen von Ulrich Hartmann und Petra Kaiser, © der deutschen Übersetzung Piper Verlag GmbH, München 2013. Originalausgabe *Che la festa cominci* © Einaudi, Turin 2009.

S. 106
Fitzgerald, F. Scott, *Der große Gatsby*, aus dem amerikanischen Englisch von Bettina Abarbanell, © der deutschen Übersetzung Diogenes Verlag AG, Zürich 2006, 2007.

S. 126
Dumas, Alexandre, *Die drei Musketiere*, aus dem Französischen von August Zoller, Verlag der Franck'schen Buchhandlung, Stuttgart 1844.

S. 146
Bulgakow, Michail, *Der Meister und Margarita*, aus dem Russischen neu übersetzt und mit einem Nachwort von Alexandra Berlina, © Anaconda, München 2021.

S. 163 und S. 172
Kaur, Rupi, *milk and honey – milch und honig*, aus dem Englischen von Frieda Ellman, © Lago, München 2017.

S. 175 und S. 187
King, Stephen, *Es*, aus dem amerikanischen Englisch von Alexandra von Reinhardt und Joachim Körber, bearbeitet und teilw. neu übersetzt von Anja Heppelmann, © Heyne, München 2011.

S. 190
Christie, Agatha, *Der Dienstagabend-Klub. 13 Fälle für Miss Marple*, aus dem Englischen von Renate Orth-Guttmann, © Atlantik, Hamburg 2017.

S. 213 und S. 234
Austen, Jane, *Emma*, aus dem Englischen von Helga Schulz, © dtv Verlagsgesellschaft mbH & Co. KG, München 2012.

S. 245
Calì, Davide, *Quando un elefante si innamora*, illustr. von Alice Lotti, © Kite Edizioni Padua 2014. (Das Zitat wurde aus dem Italienischen übersetzt von Janine Malz.)

S. 280
Bukowski, Charles, *Kaputt in Hollywood und andere Erzählungen*, aus dem amerikanischen Englisch von Carl Weissner, © Maro Verlag, Augsburg 1990.

S. 304
Nicholls, David, *Zwei an einem Tag*, aus dem Englischen von Simone Jakob, Ullstein, © der deutschen Übersetzung Kein & Aber AG Zürich – Berlin 2021.

S. 312
Verga, Giovanni, *Sizilianische Dorfgeschichten*, aus dem Italienischen von Sabine Schneider, Copyright der deutschen Übersetzung © Sabine Schneider, dtv, München 1993.

S. 324
García Márquez, Gabriel, *Die Liebe in den Zeiten der Cholera*, aus dem Spanischen von Dagmar Ploetz, © Verlag Kiepenheuer & Witsch GmbH & Co. KG, Köln 1987.

S. 333
Lee, Harper, *Geh hin, stelle einen Wächter*, aus dem amerikanischen Englisch von Ulrike Wasel und Klaus Timmermann, © Penguin, München 2016.

Turbulent, tough, typisch Beth O'Leary!

DOSIERUNG, ART UND DAUER DER ANWENDUNG

Zuerst den Teil der Geschichte lesen, in dem die Hauptfiguren Kinder sind und in ihrer Kleinstadt der Fünfzigerjahre als Loser gelten. Das Ganze sacken lassen, und anschließend den Teil der Geschichte lesen, in dem sie Erwachsene in den Achtzigerjahren sind.

NAME DER MEDIZIN
Es von Stephen King

ARZNEIMITTELKATEGORIE
Präparat zur Stärkung von Freundschaft und Mut

ANWENDUNG
Die Lektüre wird allen empfohlen, die sich ihren größten Ängsten stellen beziehungsweise dem Schrecken des Alltags entkommen wollen.

NEBENWIRKUNGEN
Könnte den Patienten dazu bringen, sich mit Situationen zu konfrontieren, die zu schmerzhaft für ihn sind. Falls das Medikament zu impulsiven und selbstzerstörerischen Entscheidungen verleitet, muss die Behandlung sofort unterbrochen werden. Eine Fortsetzung der Einnahme könnte dazu führen, dass der Leser auf innere Ressourcen zurückgreifen will, die er gar nicht besitzt, und dabei entdeckt, dass er völlig hilflos ist.

WECHSELWIRKUNGEN
Kann mit folgenden Arzneimitteln kombiniert werden:
David Copperfield von Charles Dickens
Wir haben schon immer im Schloß gelebt von Shirley Jackson
Das Buch der Monster von J. Rodolfo Wilcock